HEYNE BÜCHER

W0224291

SCIENCE FICTION

Herausgegeben
von Wolfgang Jeschke

Ein vollständiges Verzeichnis aller
im HEYNE VERLAG erschienenen STAR TREK-Romane
finden Sie am Schluß des Bandes.

PETER DAVID

STAR TREK
CLASSIC

DIE TOCHTER DES CAPTAIN

Roman

Star Trek®
Classic Serie
Band 91

Deutsche Erstausgabe

WILHELM HEYNE VERLAG
MÜNCHEN

HEYNE SCIENCE FICTION & FANTASY
Band 06/5691

Titel der amerikanischen Originalausgabe
THE CAPTAIN'S DAUGHTER
Deutsche Übersetzung von Bernhard Kempen

Umwelthinweis:
Dieses Buch wurde auf chlor- und
säurefreiem Papier gedruckt

Redaktion: Rainer-Michael Rahn

Erstausgabe by Pocket Books/Simon & Schuster Inc., New York

Printed in Germany 1998
Umschlagbild: Pocket Books/Simon & Schuster Inc., New York
Umschlaggestaltung: Atelier Ingrid Schütz, München
Technische Betreuung: M. Spinola
Satz: Schaber Satz- und Datentechnik, Wels
Druck und Bindung: Ebner Ulm

ISBN 3-453-14880-0

ERSTER TEIL

TOD

1

Hätte Demora Sulu gewußt, daß in einer Woche ihre Beisetzung stattfinden würde, hätte sie nicht auf die Mousse au chocolat verzichtet.

Sie starrte die Frau, die ihr gegenüber saß, mit eisigem Blick an. Es war schwierig, den Blick zu konzentrieren, weil sich die Schale mit der Mousse ständig in ihrem Blickfeld bewegte. Denn die Frau hielt die Schale abwechselnd vor Demoras Gesicht und zog sie wieder zurück. Sie vollführte sozusagen einen netten kleinen Kalorientanz.

»Nimm das weg, Maggie!« warnte Demora die Frau.

Maggie schien es überhaupt nicht gehört zu haben. »Schau mich an, hier bin ich mit einer schönen, unbeschwerten Mousse au chocolat… Aber nein! Ich werde beobachtet!« Sie brachte die Schale so nahe an Demoras Gesicht heran, daß nur noch ein winziges Stück fehlte, bis ihre Nase sie berührt hätte. »Vielleicht von… dir?«

Ringsum gingen verschiedene Besatzungsmitglieder der *Enterprise* 1701-B ihren Freizeitbeschäftigungen nach, ohne auf dieses kleine Spiel zu achten. Die Nahrungsspender in den Wänden des Kasinos summten unablässig. Doch niemand machte von den üblichen verlockenden Angeboten aus allen Teilen der Galaxis Gebrauch.

Und was Demora betraf, so hätte sie liebend gerne der Verlockung der Mousse au chocolat nachgegeben.

»Maggie, allmählich treibst du es zu weit«, sagte sie.

Lieutenant Maggie Thompson, wissenschaftlicher Offizier, schien sich durch diese Drohung nicht sehr beeindrucken zu lassen. Sie hatte ein rundliches Gesicht, dichtes und lockiges Haar, und ihre braunen Augen funkelten amüsiert. Sie zog ihre sommersprossige Nase in Falten. Wie Maggie es schaffte, ihre Sommersprossen zu behalten, obwohl sie soviel Zeit im Weltraum verbrachte, war Demora ein Rätsel, das Maggie ihr bislang noch nicht hatte erklären können oder wollen.

Demora war in jeder Beziehung das Gegenteil von Maggie. Sie war ernst, wenn Maggie schelmisch aufgelegt war, doch sie besaß eine Schlagfertigkeit, mit der sie jeden überraschen konnte, der ihre ruhige Art mit Passivität verwechselte. Ihr schulterlanges Haar war schwarz und glatt, ihre mandelförmigen Augen blickten dunkelbraun und anmutig.

Besonders interessant war ihre Stimme. Sie hatte etwas Musikalisches, einen ausgeprägten melodischen Tonfall. Selbst wenn Demora völlig normal redete, klang es immer, als würde sie singen. Doch wenn plötzlich ein Ernstfall eingetreten war, sprach Demora ohne Modulation, aber mit absolutem Selbstvertrauen. Wenn sie so klang, war es Zeit, zwar nicht in Panik zu verfallen, aber doch äußerste Vorsicht walten zu lassen.

»Du willst sie«, sagte Maggie zu ihr. »Du weißt genau, daß du sie willst. Sie ist einfach köstlich!« Dabei deutete sie auf ihre halb geleerte Schale. »Glaube mir!«

»Das meinst du nicht ernst.«

»Ich meine es ernst, daß das hier eine verdammt gute Mousse ist. Ich dürfte mich nicht mehr deine Freundin nennen, wenn ich zulassen würde, daß du sie dir entgehen läßt. Du mußt nur einen winzigen

Happen probieren!« Sie tauchte einen Löffel hinein und hielt ihn Demora vor das Gesicht.

»Ich warne dich, Maggie ... ich kann Karate ... und Kung Fu ...«

»Und du kennst noch andere gefährliche Worte. Ich weiß nicht, was die schlimmere Beleidigung wäre, Demora ... einen vorgesetzten Offizier zu bedrohen oder ihn mit uralten Scherzen zu langweilen.«

Jetzt wirkte Demora aufrichtig überrascht. »Das soll ein alter Scherz sein?« fragte sie.

»Er hat Jahrhunderte auf dem Buckel.«

»Oh.« In diesem Ausruf lag eine so unverkennbare, unverfälschte Enttäuschung, daß Thompson langsam den Löffel sinken ließ und Demora verwirrt anstarrte.

»Was ist los?«

Demora zwang sich zu einem Lächeln, was etwas Ungewöhnliches darstellte, da es ihr normalerweise leichtfiel zu lächeln. »Nichts. Es war dumm.«

»Wieso dumm?«

»Nun«, sagte Demora mit einem Schulterzucken, »dieser Scherz mit den ›gefährlichen Worten‹. Mein Vater hat es vor vielen Jahren immer gesagt. Und ich dachte, daß es urkomisch war. Ich habe mich kaputtgelacht ... Ich konnte gar nicht mehr aufhören zu lachen. Und ich hatte immer gedacht ... nun ja ... daß er ihn sich ausgedacht hat. Ich weiß nicht, warum das für mich so wichtig ist oder warum ich mir deswegen Gedanken machen sollte. Aber so ist es nun einmal. Ist das nicht seltsam?«

»Eigentlich nicht«, erwiderte Maggie. »Ich kann mich erinnern ... Mein Gott, ich habe seit Jahren nicht mehr daran gedacht! Als ich noch ganz klein war, hat mein Vater mir abends immer dieses Lied vorgesungen. Es hieß ›A Bushel and a Peck‹.«

»Ein was und ein was?«

»Ein Scheffel und ein Viertelscheffel. Das sind uralte

Maßeinheiten. Aber das wußte ich als kleines Kind natürlich nicht. Ich dachte, es wären irgendwelche Worte ohne Sinn. Das Lied ging ›I love you, a bushel and a peck, a bushel and …‹«

Maggie Thompson besaß viele Fähigkeiten, aber der Gesang gehörte nicht dazu. Sie wurde unmißverständlich auf diesen Punkt hingewiesen, als sich mehrere Besatzungsmitglieder zu ihr umblickten. Sie brach sofort ab, fügte jedoch hinzu: »Auf jeden Fall hatte ich mir in meiner kindlichen Vorstellungswelt gedacht, daß er dieses Lied nur für mich erfunden hatte. Es war ein Schock für mich, als ich irgendwann feststellen mußte, daß es aus einem alten Musical mit dem Titel *Guys and Dolls* stammt.«

»Ging es darin um Männer, die mit Puppen spielen?«

»Ich glaube, es ging um Glücksspieler.«

»Glücksspieler?« Demora verzog das Gesicht. »Singende Glücksspieler?«

»In der damaligen Zeit gab es auch Musicals über singende Katzen oder singende Friseure, die ihre Kunden töteten und Hackfleisch aus ihnen machten. Ich kann dir nur sagen, daß es eine merkwürdige und perverse Zeit war. Was ich damit eigentlich ausdrücken wollte, ist … daß ich verstehe, wie du dich fühlst. Es gibt keinen Grund, traurig oder gar enttäuscht zu sein, aber man ist es trotzdem.«

»Es scheint so.«

»Hast du eine enge Beziehung zu deinem Vater?«

Demora zuckte die Schultern. »Ja … sicher«, sagte sie in nicht sehr überzeugendem Tonfall.

»Warum sagst du es so zögernd?«

»Darüber möchte ich lieber nicht reden.«

»Aber wenn du vielleicht …«

»Ich sagte, ich möchte lieber nicht darüber reden!« Sie ließ keinen Zweifel daran, daß dieses ›lieber nicht‹

eine reine Höflichkeitsfloskel war. Es bedeutete, daß sie auf gar keinen Fall darüber reden wollte.

Maggie wirkte leicht verärgert. »Entschuldigung.«

»Schon gut«, sagte Demora. »Ich wollte nicht unfreundlich werden. Dabei bist du immer sehr nett zu mir gewesen. Und eine wirklich gute Freundin.«

»Ich weiß. Und es schmerzt mich, wenn du betrübt bist, vor allem, wenn ich dafür verantwortlich bin. Weißt du, womit du deine Stimmung heben könntest?« Sie schob die Schale mit der Mousse au chocolat in Demoras Richtung.

Demora schob sie zurück. »Wo liegt dein Problem?« fragte sie schneidend.

»Mein Problem liegt darin, daß ich bereits eine Portion gegessen habe. Und ich weiß, daß ich davon zunehmen werde. Und du hast gesagt, daß auch du von Schokolade zunimmst. Deshalb möchte ich meine Misere mit dir teilen. Alles klar?«

»Ja, prima!« Sie holte sich die Schale mit der Mousse au chocolat zurück, nahm sich einen Löffel... und starrte auf den Nachtisch. Dann blickte sie zu Maggie auf und sagte: »Ich bin ein Schokoholiker. Das gebe ich ehrlich zu. Auch das habe ich von meinem Vater. Wenn ich der Versuchung nur ein einziges Mal nachgebe, wird mein Trieb unkontrollierbar. Ich werde alle Schokolade in Reichweite verschlingen und schneller expandieren als eine Supernova. Du würdest mich zu wochenlanger, wenn nicht gar monatelanger Gewichtszunahme verdammen, bis ich es irgendwann geschafft habe, wieder zur Vernunft zu kommen. Und du, meine angebliche Freundin, wirst dafür verantwortlich sein.«

Maggie seufzte, nahm die Schale und zog sie auf ihre Seite des Tisches zurück. »Ich hasse dich.«

»Ich hasse dich auch. Dazu sind Freundinnen da.«

Plötzlich meldete sich das Interkom des Schiffes.

»An alle Mitglieder der Brückenbesatzung, bitte melden!«

»Soviel zu diesem Thema«, sagte Maggie, stand auf und ging zum Kommunikationsanschluß hinüber. Sie tippte auf die Empfängertaste. »Thompson und Sulu hier. Sprechen Sie.«

»Wir empfangen ein Notsignal, Lieutenant«, sagte die Stimme von Commander Tracy Dane, dem Ersten Offizier des Schiffes. »Wir brauchen Sie hier.«

»Wir sind schon unterwegs«, sagte Thompson. Sie schaltete ab, drehte sich um und gab Demora einen Wink mit dem Zeigefinger, daß sie ihr folgen sollte. Demora erhob sich mit einem Seufzer, und gemeinsam verließen sie hastig die Offiziersmesse.

Die Mousse au chocolat ließen sie unbeachtet und unverzehrt zurück, bis Fähnrich Li den verschmähten Nachtisch einige Minuten später bemerkte und das Erbarmen hatte, die Portion in weniger als dreißig Sekunden aufzuessen.

Demora nahm ihren Platz an der Pilotenkonsole ein und lächelte Junior-Lieutenant Magnus freundlich zu. Magnus war ein recht dienstbeflissener Offizier. Er war sehr kompetent und sich seiner Kompetenz sehr bewußt. Außerdem ließ er jeden spüren, daß er fest davon überzeugt war, sich auf dem direkten Weg zu einem eigenen Kommando zu befinden. Er hatte stets eine gerade, tadellose Haltung und sprach in knappen und steifen Sätzen.

Demora hatte große Schwierigkeiten, mit ihm warm zu werden. Zuvor war dieser Stuhl mit Fähnrich Tommy Singer besetzt gewesen. Demora und Singer hatten gemeinsam die Akademie durchlaufen. Sie hatten ähnliche Interessen gehabt, hatten sich auf Anhieb verstanden... und waren sogar einmal miteinander ins Bett gegangen. Daraus hatte sich keine feste Beziehung entwickelt, aber es war eine sehr angenehme Zeit für beide gewesen. Mit einem Wort, sie hatten hervorragend zusammengepaßt.

Und als das Los entschieden hatten, daß sie beide an Bord der *Enterprise* kommen sollten, waren sie fassungslos und überglücklich gewesen. Was ihre Beziehung daran gehindert hatte, sich zu vertiefen, war die gemeinsame Besorgnis gewesen, daß sie nicht wußten, wohin sie ihre weitere Karriere führen würde. Wer wußte, was geschehen wäre, wenn sie weiterhin mit dem Segen von Starfleet Seite an Seite hätten arbeiten dürfen …?

Wer hätte ahnen können, daß Demora auf dem Jungfernflug der *Enterprise* 1701-B die Leiche von Tommy Singer in den Armen halten würde, nachdem er von herumfliegenden Trümmern getötet worden war, während das stolze Raumschiff gegen die Gewalt gravimetrischer Energien kämpfte?

Das Schiff hatte wirklich einen denkbar schlechten Start gehabt. Nun, es war nicht das erste Mal, daß ein Schiff mit dem Namen *Enterprise* unmittelbar nach dem Start in große Schwierigkeiten geraten war. Am berüchtigtsten war der Zwischenfall, als die generalüberholte *Enterprise* in ein Wurmloch geraten war, nur fünf Minuten nachdem sie das Raumdock verlassen hatte.

Doch im Vergleich zum Fiasko während des Jungfernfluges der *Enterprise* 1701-B war das ein Kinderspiel gewesen. Auch die Art der Berichterstattung war keineswegs ein Trost gewesen. Mehrere Reporter hatten beobachtet, was Captain John Harriman unternommen hatte, um die zwei in Not geratenen Raumschiffe zu retten. Sie hatten sich nicht auf die mehreren Dutzend Personen konzentriert, denen durch seine Bemühungen das Leben gerettet worden war. Das war ein lächerliches Detail, das schnell aus allen folgenden

Berichten herausgefallen war. Die Journalisten konzentrierten sich auf die Besatzungsmitglieder, die trotz Harrimans Anstrengungen das Leben verloren hatten.

Vor allem auf eine Person, die in jedem Bericht immer wieder erwähnt wurde.

Starfleet hatte die Logbuchaufzeichnungen von Harrimans Handlungen quasi mit einem Teilchenmikroskop untersucht. Es sah so aus, als hoffte man verzweifelt, irgend etwas zu finden, was er falsch gemacht hatte, damit das Geschrei der Medien nach einem Sündenbock befriedigt werden konnte. Doch das endgültige Urteil lautete, daß Harriman keine Schuld an den Ereignissen trug.

Die Informationen über den tragischen Jungfernflug der *Enterprise*-B hatten einen beträchtlichen Teil des galaktischen Nachrichtennetzes blockiert. Der zweite, wesentlich ruhigere Stapellauf war reine Routine gewesen und hatte kaum noch Aufmerksamkeit erregt.

Vor diesem Hintergrund war der Verlust von Tommy Singer beinahe zu einer Nebensache geworden. Für die meisten war er kaum mehr als eine Fußnote gewesen.

Aber nicht für Demora Sulu.

Kirks Tod hatte sie genauso schwer wie jeden anderen getroffen… nein, noch schwerer, denn ihr Vater hatte so oft in überschwenglichen Tönen von ihm gesprochen. Es war beinahe…

Sie verdrängte diese Gedanken. Sie wollte nicht darüber nachgrübeln. In dieser Richtung lauerte der Wahnsinn.

Zwei Finger schnippten genau vor ihrem Gesicht, und sie sah sich überrascht um. Magnus blickte sie mit säuerlicher Miene an – wie immer. Er betrachtete die ganze Welt mit diesem Gesichtsausdruck.

»Haben Sie über ein Problem nachgedacht?« fragte er.

»Nein«, erwiderte sie sofort.

Dane saß im Kommandosessel und studierte die Berichte. Die Frau war groß und muskulös, hatte ein dreieckiges Gesicht und vorzeitig ergrautes Haar, das sie wesentlich älter als ihre dreiunddreißig Jahre aussehen ließ. Als Harriman hereinkam, sagte Dane knapp: »Captain auf der Brücke.« Sie erhob sich sofort vom Sessel und salutierte hastig.

Harriman warf ihr einen Blick der Verärgerung und Resignation zu. Dane entstammte einer traditionsreichen Soldatenfamilie, deren Geschichte bis zum Amerikanischen Bürgerkrieg zurückreichte, wo sie in der Unionsarmee gedient hatte. Obwohl Starfleet im Grunde keine militärische Organisation war, verhielt sich Dane, als wäre sie an Verhaltensregeln gebunden, die vor Jahrhunderten gültig gewesen waren. Sie waren ihr in Fleisch und Blut übergegangen. Sie wußte nicht einmal, daß sie sich ungewöhnlich verhielt und hätte nichts dagegen tun können.

Zu Anfang war sie Harriman damit furchtbar auf die Nerven gegangen. Doch er konnte nicht die Augen vor der Tatsache verschließen, daß Dane ein hervorragender Offizier war. Also hatte er entschieden, ihre kleinen Schrullen zu dulden, zumal sie dafür sorgten, daß ihr Verstand wach blieb. »Bericht, Commander«, sagte er.

»Ein Notsignal, Captain«, sagte sie. »Ursprung …«

»An den Koordinaten drei zwei vier Komma drei«, warf Demora ein, als Dane sich ein leichtes Zögern anmerken ließ.

Harriman nickte Demora zu, um ihr für diese Information zu danken, und wandte sich dann wieder an Dane. »Irgendwelche bekannten Schiffe in diesem Sektor?«

»Starfleet ist kein registriertes Schiff bekannt, dessen Flugplan sich mit diesen Koordinaten decken würde«, teilte Dane ihm mit.

Harriman nickte langsam. »Was natürlich überhaupt nichts zu sagen hat – außer daß es sich um kein Starfleet-Schiff handeln kann. Womit sich die Auswahl auf mehrere Tausend unabhängige Einheiten reduziert.«

Von der Kommunikationskonsole meldete sich Lieutenant Z'on, dessen rauhe Stimme elektronisch durch die Einrichtung reproduziert wurde, die er am runzligen blauen Hals trug. »Es ist mir gelungen, einige der lokalen Interferenzen auszuschalten, Captain«, sagte Z'on. »Dadurch konnte der Empfang des Notsignals verbessert werden.«

»Ich möchte es hören, Lieutenant«, sagte Harriman. Er beugte sich nachdenklich vor, auf die Armlehne seines Kommandosessels gestützt, als eine weibliche Stimme aus den Brückenlautsprechern drang. Dann runzelte er die Stirn, da es sich um einen Fluß unverständlicher Silben handelte.

Demora blickte plötzlich auf und blinzelte überrascht.

Harriman wandte sich an Z'on. »Was ist das? Es klingt wie ...«

»... Chinesisch«, warf Demora ein und drehte sich mit ihrem Sitz herum. »Einer der nicht so weit verbreiteten Dialekte, um genau zu sein.«

»Ich werde den automatischen Translator zuschalten«, sagte Z'on.

»Sparen Sie sich die Mühe, Lieutenant«, sagte Demora. »Meine Kenntnisse sind ein wenig eingerostet, aber ... es handelt sich um einen allgemeinen Notruf. Der Text wird ständig wiederholt: ›Wir sind in Not geraten. Bitte helfen Sie uns! Wir benötigen Hilfe von einem Schiff in diesem Sektor. Wir sind in Not geraten‹, und so weiter.«

»Keine genaueren Angaben?«

»Nein. Nur das, was ich gerade sagte. Immer wieder von vorne.«

»Ich konnte den Ursprung des Signals feststellen«, sagte Z'on. »Es kommt von Askalon Fünf.«

»Askalon Fünf«, sagte Dane ohne Zögern. »Eine Welt der Klasse M, aber unbewohnt und nicht besonders lebensfreundlich. Bei früheren Fernuntersuchungen wurden Spuren einer ausgestorbenen Zivilisation entdeckt, die noch nicht von einem archäologischen Team erforscht wurden. Der Stern des Systems befindet sich in einem Übergangsstadium. Die allmähliche Abkühlung hat keinen sehr positiven Einfluß auf die Umwelt der Planetenoberfläche.«

»Stellt die Sonne irgendeine Gefahr für das Schiff dar?«

»Peripher.«

»Und das bedeutet ...?«

Dane lächelte dünn. »Wenn wir uns die nächsten hunderttausend Jahre im Orbit um Askalon Fünf aufhalten, dann besteht die Möglichkeit, daß es zu gefährlichen Situationen kommt.«

Harriman war so verblüfft, daß er eine Weile lang gar nichts sagte. Diese Phase hielt so ungewöhnlich lange an, daß sich mehrere Besatzungsmitglieder neugierig umdrehten. Doch dann lachte Harriman leise. »Ich denke, wir können ein solches Risiko eingehen. Pilot, gehen Sie auf Kurs Askalon Fünf!«

»Kurs eingegeben, Captain«, meldete Magnus.

Harriman trommelte aus Gewohnheit mit den Fingern auf der Armlehne seines Sessels, bevor er den Befehl gab, der an einen anderen Captain eines Raumschiffs namens *Enterprise* erinnerte. Im Stil des großen Captains Christopher Pike sagte er: »Energie!«

Captain Harriman saß in seinem Quartier und starrte nach draußen auf die Bewegungen der Sterne, während er dachte, daß ein Bereitschaftsraum eine wirklich gute Idee wäre. Ein spezieller Raum für den Captain, genau neben der Brücke. Wohin er sich zurückziehen konnte, wenn er nachdenken oder planen mußte oder einfach nur für einen Moment der erdrückenden Last der Verantwortung entfliehen wollte. Dort könnte er sich sammeln, ohne sich allzuweit von der Brücke entfernen zu müssen, ohne den weiten Weg in sein Quartier gehen zu müssen.

Denn er verließ die Brücke nur ungern.

Dummerweise war er in letzter Zeit auch nicht sehr versessen darauf, sich dort aufzuhalten ...

»Captain?« hörte er eine leicht besorgte Stimme von draußen, die ihn aus seinen Grübeleien riß, bis er erkannte, daß sich ein Besucher angemeldet hatte.

»Herein!« rief er.

Die Tür glitt auf, und Fähnrich Sulu trat ein. Ihr Verhalten wirkte sehr zögerlich.

»Ja, Fähnrich?«

»Captain ... ich bitte darum, dem Rettungsteam auf Askalon Fünf zugeteilt zu werden, vorausgesetzt, daß es ein solches geben wird.«

Er blickte sie über seinen Schreibtisch hinweg an. »Warum sollte es kein Rettungsteam geben, Fähnrich? Wir haben einen Notruf empfangen. Wir sind gekommen, um zu helfen. Und wenn wir dort eingetroffen sind, werden wir auf keinen Fall nur gebannt auf die Stelle starren, wo sich der Notfall ereignet hat.«

»Nein, Captain.«

»Dann haben Sie eine seltsame Formulierung gewählt.«

»Ja, Captain. Entschuldigen Sie bitte.«

»Ein Rettungsteam ist keine Urlaubsgruppe, Fähnrich. Es wäre Ihr erster Außeneinsatz, nicht wahr?«

»Ja, Captain.« Sie versuchte, die Situation etwas aufzulockern. »Ich könnte in Weiß gehen.«

Er starrte sie an. »Ich schätze, das sollte der Versuch eines Scherzes sein.«

Ihre Lippen bewegten sich, aber es gelang ihr nicht sofort, eine Erwiderung zu formulieren. »Ja, Captain«, brachte sie schließlich heraus, als sie sich zusammengerissen hatte. »Ich wollte es Ihnen bereits zu diesem Zeitpunkt sagen, Captain, statt stumm darauf zu hoffen oder es mit Ihnen vor allen anderen auf der Brücke zu diskutieren.«

»Aus Rücksicht auf Ihre oder meine Gefühle, Fähnrich?«

»Ich …« Sie zuckte die Schultern. »Ich hätte es für unangemessen gehalten, Captain.«

»Damit haben Sie recht.« Er hielt kurz inne und zuckte seinerseits die Schultern. »Also gut. Sie werden dem Landeteam zugewiesen.«

»Vielen Dank, Captain«, sagte Demora. »Wissen Sie, ich dachte, ich könnte von Nutzen sein, da das Notsignal in Chinesisch ist …«

»Ja, dessen bin ich mir bewußt.«

»Und wenn es da unten wirklich Ruinen gibt, nun, alte Zivilisationen sind ein Hobby von mir … Ich habe sogar mehrere Hobbys, um genau zu sein. Ich habe mir außerdem vor einiger Zeit überlegt, ob ich vielleicht …«

»Fähnrich«, sagte Harriman mit sanftem Nachdruck, »es gibt eine alte Redensart: Wenn man die Verhandlung gewonnen hat, sollte man schnellstmöglich den Gerichtssaal verlassen.«

Sie blinzelte verblüfft. »Wie bitte?«

»Sie sind zu mir gekommen, um sich meine Erlaubnis zu holen. Ich habe sie Ihnen erteilt. Und jetzt wollen Sie mir die Gründe nennen, aus denen ich eine Entscheidung treffen sollte, die ich längst zu Ihren Gunsten getroffen habe. Das einzige, was Sie jetzt noch erreichen könnten, wäre, daß ich es mir anders überlege. Das wollen Sie doch sicher nicht, oder?«

»Nein, Captain«, sagte Demora. Instinktiv öffnete

sie den Mund, um noch etwas zu sagen, doch dann riß sie sich im letzten Moment zusammen, schloß den Mund wieder und ging.

Erst nachdem sie sein Quartier verlassen hatte, erlaubte sich Harriman ein Lächeln, wenn auch nur ein leichtes, das bald wieder verblaßte.

Er tippte auf eine Taste in seiner Schreibtischkonsole. »Persönliches Logbuch, Zusatzeintrag«, sagte er. Er hatte heute bereits einen knappen und recht nüchternen Eintrag gemacht. Doch sein Gespräch mit Fähnrich Sulu hatte eine traurige Saite in ihm angeschlagen.

Und er hatte niemanden, mit dem er darüber reden konnte.

Er konnte nicht mit seinen jüngeren Offizieren reden. Das wäre unangemessen. Der Ingenieur war älter als er, genauso wie der Doktor... aber er fühlte sich nicht sicher genug, um ihren Rat zu suchen. Schließlich war er der Captain. Er konnte es sich nicht leisten, jemanden zu seinem Ersatzvater zu ernennen. Er war es, an den sich alle anderen vertrauensvoll wenden sollten. In dieser Rolle fühlte er sich sehr einsam.

Also tat er das einzige, was ihm noch blieb: Er führte Selbstgespräche.

»War ich auch einmal so jung?« überlegte er laut. »Nun, genau da scheint das Problem zu liegen. Es kommt mir wie gestern vor, als ich so jung war. Und jetzt stehe ich hier und habe das Kommando über ein Schiff – über das Raumschiff *Enterprise*. Trotzdem steckt mir immer noch der zögernde, unsichere Fähnrich in den Knochen. Der weiterkommen möchte, der neue Dinge ausprobieren will, der aber keine Probleme verursachen will, der keinen Wirbel machen will.

Verdammt, ich habe mich auf der Brücke zögerlich

verhalten. Nicht sehr, aber immerhin. Die Leute haben es bemerkt, das ist mir nicht entgangen. Ich habe zu viele Fragen über die Sicherheit gestellt. Ich war viel zu vorsichtig!« Er schlug mit der offenen Hand auf die Tischplatte. »In dem Augenblick, als sich herausstellte, daß es ein Notruf war, hätte es keine weiteren Diskussionen mehr geben dürfen! Jemand braucht unsere Hilfe, also helfen wir – so einfach ist das!

Jedesmal... jedesmal, wenn ich auf diese Brücke trete, sehe ich Kirk dort sitzen. Er starrt mich an und beobachtet jede meiner Bewegungen. Er prüft mich, und ich falle jedesmal durch. Immer. Jede Entscheidung, die ich treffe, jeden Befehl mit Konsequenzen diskutiere ich im Geiste mit Kirk, um sicherzugehen, daß ich richtig handle. Aber er gibt mir niemals auch nur den geringsten Hinweis. Er sitzt einfach nur da, sieht mich an und schweigt!

Sie glauben, ich wüßte nichts davon. Sie glauben, ich hätte den Spitznamen nicht gehört, den dieses Schiff insgeheim erhalten hat: *Der Fliegende Holländer*. Hinter verschlossenen Türen, hinter vorgehaltener Hand reden sie darüber, daß ich der Captain des Totenschiffes bin. Des Schiffes, das die lebende Legende tötete.

Und alles ist meine Schuld. Man hat mich von allen Vorwürfen freigesprochen, ja. Man hat meinen Namen reingewaschen. Und das alles nur, damit wir das schmutzige kleine Geheimnis bewahren können, von dem wir alle wissen. Ich hätte niemals zustimmen dürfen, daß das Schiff startete, bevor alle Überprüfungen abgeschlossen waren. Ich war so begeistert von dieser einmaligen Gelegenheit. Ich habe mir von ihnen alle Bedenken ausreden lassen. Waffen- und Verteidigungssysteme nicht vor Dienstag einsatzbereit. Warum zum Teufel habe ich also nicht darauf bestanden, daß wir bis Dienstag warten? Aber nein. Das durfte ich nicht verantworten. Irgendein Wichtigtuer hatte alle Termine für die Pressekonferenzen angesetzt und dann festgestellt, daß wir eine Woche hinter dem Zeitplan lagen. Also wollte er nicht wie ein Idiot dastehen. ›Fliegen Sie mit dem Schiff los, Harriman! Es wird schon gutgehen, Harriman. Ein kleiner Rundflug durch das Sonnensystem – es kann überhaupt nichts schiefgehen, Harriman. Gehorchen Sie Ihren Befehlen, Harriman. Tun Sie, was man Ihnen sagt, seien Sie ein braver Junge, Harriman!‹ Ich verfluche das gesamte scheinheilige Pack! Ihnen habe ich es zu verdanken, daß ich mit diesem Schiff zu einer Rettungsmission starten mußte, auf die wir überhaupt nicht vorbereitet waren, und jetzt bin ich berühmt als der Captain, auf dessen erster Mission der unverwüstliche Kirk ums Leben kam. Der Mann, der tausend Gefahren überlebte, bis er mit der Gefahr konfrontierte wurde, der er nicht mehr gewachsen war: dem Kommando von Captain John Harriman.«

Dann schwieg er und starrte auf das Computerterminal. »Computer«, sagte er schließlich, »sämtliche Einträge des heutigen Tages aus dem persönlichen Logbuch löschen!«

»Einträge gelöscht«, sagte der Computer.

Harriman trommelte mit den Fingern auf der Tischplatte, bis er sagte: »Neuer Eintrag. Persönliches Logbuch des Captains: Alles in Ordnung.«

Es war aus zwei Gründen ein bemerkenswerter Eintrag. Erstens war er lobenswert kurz. Und zweitens hatte er exakt denselben Wortlaut wie alle Logbucheinträge der letzten zwei Wochen. Die zudem alle auf ähnliche Weise entstanden waren.

Eine Woche, bevor Captain John Harriman einen Kinnhaken von Commander Pavel Chekov erhalten würde, schaltete er den Computer ab und machte sich wieder auf den Weg zur Brücke.

2

Askalon V wurde in jeder Beziehung dem Ruf gerecht, eine Welt zu sein, auf der niemand freiwillig leben wollte.

Ein düsterer violetter Schleier hing über dem Himmel. Die Luft wurde von einer stetigen Brise bewegt, die täuschend sanft wirkte. Doch bereits nach etwa dreißig Sekunden spürten die Mitglieder der Landegruppe die beißende Kälte, die ihnen bis in die Knochen drang.

Der Boden unter ihren Stiefeln fühlte sich weich an, beinahe wie Lehm. Dieser Umstand machte das Laufen zu einer anstrengenden Tätigkeit. Alles schien sich gegen sie verschworen zu haben, der widerspenstige Boden, der Wind, der ihre Gelenke steif werden ließ, und der düstere Himmel, der auf die Stimmung drückte. Insgesamt war es keineswegs die Atmosphäre, in der man nach landläufigen Vorstellungen zu Abenteuern und Entdeckungen aufbrach.

Harriman führte das Landeteam persönlich an. Diese Praxis war zu Kirks Zeiten allgemein verbreitet gewesen. Doch die Föderationspolitik hatte sich allmählich geändert, als immer mehr Captains dem Beispiel Kirks folgten. Damit wollten sie ihre Tapferkeit und ihre Flexibilität demonstrieren, doch was sie im allgemeinen nicht demonstrieren konnten, war Kirks beinahe übernatürliches Glück.

Das bedeutete keineswegs, daß die Captains wie die Fliegen gestorben waren. Allerdings hatte es ein paar schreckliche Zwischenfälle gegeben, ganz zu schweigen von zwei Ereignissen, bei denen die Betroffenen Gliedmaßen einbüßten, und einem unglücklichen und überflüssigen Todesfall, als ein Captain unwissentlich auf ein Stück Planetenoberfläche getreten war, die zunächst völlig normal ausgesehen hatte. Er hatte nicht wissen können – und hatte vermutlich auch nicht mehr die Zeit gehabt, es zu erkennen –, daß es sich um eine außerirdische Variante von Treibsand handelte, die jedoch zehnmal schneller und hundertmal aggressiver wirkte. Was von ihm übriggeblieben war, hatte kaum für eine DNS-Identifikation gereicht.

Zweifellos wäre niemand ›glücklicher‹ gewesen, wenn der Erste Offizier, ein Sicherheitswächter oder irgendein anderes Besatzungsmitglied von einem solchen schrecklichen Tod ereilt worden wäre. Grundsätzlich war kein individuelles Leben mehr wert als ein anderes. Doch letztlich ging es um die nackte, brutale Realität des Weltraums und die Ausbildung für diese lebensfeindliche und gnadenlose Umwelt. In dieser Hinsicht mußte ein Captain einfach mit anderen Maßstäben betrachtet werden.

Hinzu kam, daß das Daystrom-Institut eine faszinierende, wenn auch recht kontroverse Studie vorgelegt hatte. Tausende von Landungsmissionen waren in eine gewaltige Datenbank eingegeben und durch die positronischen Schaltkreise eines hochgezüchteten M9-Computers ausgewertet worden. Der Computer gelangte zu seinen eigenen Erkenntnissen, die zum Vergleich an eine Expertenkommission von Starfleet übergeben wurden. Die Entscheidung des Gremiums, die der ganzen Flotte einen eiskalten Schauer verursachte, lautete, daß die Computerauswertungen äußerst sinnvoll waren. Sie waren nicht durch freundschaftliche Rücksichten oder gar unterschwellige menschliche Bedenken beeinflußt.

Die überraschendste Erkenntnis betraf den Status des Captains als Anführer der Landegruppe. Der Computer stellte nüchtern fest, daß der befehlshabende Offizier des Raumschiffs in fünfundneunzig Prozent aller Fälle überflüssig war, und klassifizierte ihn als unwesentliches Personal.

Infolge dessen sickerten bereits Andeutungen von Veränderungen durch die Starfleet-Vorschriften. Das Recht eines Captains, ein Landeteam anzuführen, war nicht mehr sakrosankt wie zuvor, sondern stand nun zur offenen Diskussion.

Für viele Captains war dieser Bissen nur schwer zu verdauen. Denn zuallererst waren sie Erkunder. Sie waren Starfleet beigetreten, um fremde neue Welten zu erkunden, neues Leben und neue Zivilisation zu suchen und was sonst noch in der Literatur beschrieben wurde. An die Brücke gefesselt zu sein, während irgendwelche rangniederen Besatzungsmitglieder die Gelegenheit erhielten, den Starfleet-Auftrag persönlich auszuführen, war eine Vorstellung, die sich einfach nicht mit jahrelangem, pflichtbewußtem Dienst vertrug.

In diesem speziellen Fall ging es darum, daß Harriman sich hätte bewußt sein müssen, daß seine Position als Anführer der Landegruppe fragwürdig war, vor allem angesichts der gegenwärtigen Stimmung innerhalb von Starfleet.

Harriman war sich dieser Situation sogar bewußt, doch er hatte beschlossen, daß er keine Rücksicht darauf nehmen wollte. Er würde das tun, was er tun wollte, und wenn es anderen nicht paßte, sollten sie zum Teufel gehen. Er wollte endlich damit aufhören, jede Entscheidung genauestens abzuwägen. Und die Auswahl der Landegruppe war eine gute Gelegenheit, klare Entscheidungen zu treffen.

Dennoch wünschte sich Harriman insgeheim, daß

er das Landeteam in ein tropisches Paradies geführt hätte, statt durch diese unwirtliche Hölle zu stapfen.

Vielleicht beim nächsten Mal.

Demora Sulu war ein wenig außer Atem geraten, während sie sich durch das unwegsame Gelände kämpfte. Lieutenant Thompson, die ein kleines Stück rechts hinter ihr ging, murmelte: »Was hast du dir nur dabei gedacht?«

»Wie bitte?« fragte Demora.

»Du hast dich freiwillig für diese Mission gemeldet?« sagte Maggie, während Demora langsamer ging, damit ihre Freundin aufholen konnte. »Großer Gott, warum?«

»Darf ich dich daran erinnern, daß es dein Vorschlag war?« erwiderte Demora. »Du hast mir gesagt, daß der Notruf in chinesischer Sprache ein interessanter Zufall sei. Du hast gesagt, ich sollte mich diesbezüglich an den Captain wenden.«

»Nein! Ich habe nur gesagt, daß du es tun solltest, wenn dich die Sache interessiert! Ich habe nie damit gerechnet, daß du dich wirklich melden würdest. Mein Gott, Demora, mußtest du dir unbedingt diesen Ort aussuchen, an den du dich dein ganzes Leben lang als Schauplatz deiner allerersten Landung erinnern wirst?«

»Ich finde es aufregend«, sagte Demora mit aufrichtiger Begeisterung. Der Weg wurde steiler, und sie sammelte sich kurz, bevor sie sich an den Aufstieg machte. Maggie folgte ihr schnell.

»Gott bewahre uns vor Neulingen!« sagte Maggie Thompson, doch es gelang ihr nicht, ein leichtes Grinsen zu verbergen. »Ich werde dir etwas sagen. Deine Begeisterung ist wirklich das Angenehmste an dieser widerlichen … *Aaaah!*«

Der Grund für ihren Aufschrei bestand darin, daß

plötzlich der Boden unter Thompsons Füßen nachgegeben hatte. Demora hatte sich gerade noch rechtzeitig umgeblickt, um zu sehen, wie Thompson auf den Bauch fiel und den kleinen, aber steilen Hügel hinunterrutschte. Sie hinterließ eine tiefe Furche in der lehmartigen Oberfläche.

»Lieutenant!« rief Demora. »Alles in Ordnung?«

Mühsam kam Thompson wieder auf die Beine. Ihre Uniform war mit Lehm verdreckt. Ihr Gesicht war ebenfalls damit beschmiert, und sie spuckte einen großen Klumpen aus, der ihr während des Aufschreis in den Mund geraten war.

»Ja … bestens«, sagte Thompson, ohne ihren Ärger zu verbergen. Sie wischte den Dreck ab, so gut es ging, doch ihre Bemühungen waren letztlich völlig sinnlos. »Siehst du, Demora? Siehst du, was du verpaßt hättest, wenn du nicht mitgekommen wärst?«

Demora wartete geduldig, während sich Thompson einen anderen, etwas leichteren Weg nach oben suchte.

Hinter sich hörte sie Harrimans Stimme. »Lieutenant! Wie weit sind wir noch vom Ursprung des Notsignals entfernt?«

Harriman bildete zusammen mit dem Sicherheitswächter Kris Hernandez und dem Medo-Offizier Adrian Tobler die Nachhut. Er ging mit scheinbar mühelosen Schritten und schien nicht im geringsten durch das Terrain behindert zu werden. Thompson und Sulu verspürten einen gewissen Neid. Der Captain wirkte auf beinahe abstoßende Weise trittsicher.

»Wir sind gleich da, Captain. Hinter dieser Erhebung, soweit ich feststellen kann«, sagte sie, während sie ihren Tricorder konsultierte.

Harriman betrachtete sie von oben bis unten. »Sind Sie auf die Nase gefallen, Lieutenant?«

»Es ist nichts passiert, Captain.«

Er nickte und steuerte genau auf die Stelle zu, an der Thompson in Schwierigkeiten geraten war. Demora wollte etwas sagen, um ihn zu warnen, doch Thompson legte ihr eine Hand auf den Unterarm. Ihre Botschaft war unmißverständlich: *Halt die Klappe!*

Dann wurde Harriman plötzlich schneller. Er machte mehrere lange, weit ausholende Schritte und sprang den Abhang hinauf, als wäre die Schwerkraft für ihn nur eine bedeutungslose Nebensache. Als er oben ankam, ging er sofort neben seinen jüngeren Offizieren in die Hocke.

»Hier hat man ausgezeichnete Gelegenheiten, sich wieder einmal etwas zu bewegen, meinen Sie nicht auch?«

»Es scheint so, Captain«, stimmte Thompson ihm widerstrebend zu.

»Irgendwelche Anzeichen für Lebensformen?«

Sie hatten keine festgestellt, als sie hier eingetroffen waren. Aber es war schwierig gewesen, eindeutige Meßwerte zu erhalten, weil die Atmosphäre stark genug aufgeladen war, um mit den Sensoren des Schiffes zu interferieren. Jetzt, hier am Boden, überprüfte Thompson noch einmal ihren Tricorder. »Bis jetzt nichts, Captain. Es besteht immer noch eine gewisse Chance, aber …«

»Aber die Wahrscheinlichkeit ist nicht sehr hoch.« Er nickte. »Das hatte ich befürchtet. Trotzdem haben wir die Pflicht, uns genau zu vergewissern. Gehen wir!«

Demora gefiel es nicht, wie es hier roch. Ihre Begeisterung wurde nicht gemindert, während sie sich über die Planetenoberfläche ihren Weg suchten. Aber die Luft wirkte irgendwie abgestanden, so daß man nach einer Weile ein Brennen in den Lungen spürte. Sie bemühte sich, langsam, gleichmäßig und kontrolliert zu atmen. Trotzdem fiel es ihr schwer.

Und dann mußte sie urplötzlich an ihren Vater denken.

Er hatte ihr so viele Male erzählt, wie er auf fremden Planeten gestanden hatte. In seinen Erzählungen hatte es immer irgendwie romantisch geklungen, aber er schien viele Dinge des Lebens in einem romantisch verklärten Licht zu sehen. Er hatte sie mit unglaublichen Geschichten über ferne Sphären unterhalten. Über Welten mit einem Zeitportal, die von Supercomputern beherrscht wurden oder von weißen Kaninchen und Samurai bevölkert waren (obwohl diese Geschichte selbst für die leichtgläubige Demora recht weit hergeholt geklungen hatte).

Seine Erzählungen ließen das Universum wie einen unmöglichen Ort erscheinen.

Damit stellte sich die Frage, warum ...

Demora brach diesen Gedankengang sofort wieder ab. Es hatte keinen Sinn. Es gab keine Möglichkeit, diese Frage zu beantworten, und man sollte sie am besten auf sich beruhen lassen. Vor allem wollte sie jetzt nicht darüber nachdenken.

»Sulu!«

Es war Harrimans Stimme, die von weiter oben zu ihr drang, als sie erwartet hätte. »Sie haben es heute nicht sehr eilig, wie?« rief er ihr zu.

»Entschuldigung, Captain«, sagte sie und erteilte sich selbst eine Rüge. Sie mußte sich konzentrieren und durfte sich nicht von unlösbaren Problemen im Zusammenhang mit ihrem Vater ablenken lassen. Die Folgen vernachlässigter Aufmerksamkeit konnten katastrophal sein.

Sie mußte sich zusammenreißen.

Dann spürte sie, wie etwas an ihrem Fußknöchel zerrte. Sie blickte überrascht nach unten und keuchte auf.

Ihr letzter bewußter Gedanke war ein Echo von Maggies Worten: *Siehst du, was du verpaßt hättest …?*

Thompson hatte keine Ahnung, wie lange der Notsender schon hier stand oder wer ihn hier aufgestellt hatte.

Harriman war ein paar Schritte von ihr entfernt, als Thompson das Gerät aus der Nähe untersuchte. Es war etwa einen Meter hoch und stand auf einem Dreifuß. Es hatte in Wind und Wetter ein wenig Rost angesetzt, aber es sendete immer noch unablässig ein Signal aus, daß von einer oder mehreren unbekannten Personen aufgezeichnet worden war.

»Können Sie schon irgend etwas über die Herkunft sagen?« fragte Harriman.

»Nun, genau das ist das Merkwürdige daran, Captain«, sagte sie langsam. »Es sieht auf den ersten Blick nach dem späten zweiundzwanzigsten Jahrhundert der Erde aus … aber diese Schriftzeichen hier habe ich noch nie gesehen.« Sie tippte auf die metallische Hülle. »Und nicht nur das. Wenn man genauer hinsieht, erkennt man Unterschiede.«

Harriman studierte die Zeichen. »Sie haben recht«, sagte er. »Es sind verschiedene Schriften, als hätte man in einer Art internationalem Projekt verschiedene Sprachen berücksichtigen wollen. Ist irgend etwas davon Chinesisch? Sulu, können Sie …?«

Er hielt inne und blickte sich um.

Es war nichts von ihr zu sehen.

»Sulu!« rief er noch einmal.

Wieder keine Antwort.

Hernandez und Tobler sahen sich suchend um. Lieutenant Thompson richtete sich jetzt ebenfalls auf. »Sulu!« rief sie. Doch die einzige Antwort, die sie erhielt, war ein schwaches Echo ihrer eigenen Stimme.

Sie wollte nach ihrem Kommunikator greifen, doch Harriman hatte sein Gerät bereits aufgeklappt. »Harriman an Sulu, bitte melden!« Er wartete einen Moment und wiederholte dann seine Aufforderung. Doch der Kommunikator konnte keine Verbindung herstellen.

Falls Harriman sich Sorgen machte, konnte er es sehr gut verbergen. »Tobler ... Hernandez«, sagte er sachlich, »würden Sie bitte den Weg zurückgehen? Schauen Sie nach, ob sich unsere Pilotin verirrt hat.«

»Ja, Captain«, riefen sie fast gleichzeitig und machten sich auf den Weg.

»Bitte um Erlaubnis, an der Suche teilzunehmen«, sagte Thompson.

»Ich habe bereits zwei Leute losgeschickt, Lieutenant«, erwiderte Harriman schroff. »Das dürfte genügen. Jetzt wollen wir sehen, ob wir diese Zeichen übersetzen können. Sie verraten uns vielleicht ...«

Er sprach den Satz nicht zu Ende, weil er plötzlich etwas entdeckt hatte. Die normalerweise dichte Wolkendecke hatte sich geteilt und den Blick auf eine Stadt freigegeben.

Oder zumindest die Überreste einer Stadt. Hohe Türme ragten am Horizont empor, doch viele waren beschädigt oder eingestürzt. Die scharfen Bruchkanten waren deutlich zu erkennen. Aus dieser Entfernung ließ sich unmöglich sagen, woraus sie bestehen mochten – aus Stein oder Stahl oder einem ganz anderen Material.

Doch selbst aus dieser Entfernung konnte Harriman feststellen, daß die Stadt tot war. Nirgendwo brannten Lichter. Ein Schleier aus Tod und Verfall lag wie ein riesiges Leichentuch über der Stadt, wie Harriman unwillkürlich dachte.

»Schaut meine Werke, ihr Mächtigen, und verzweifelt«, sagte er leise.

Thompson blickte mit leichter Verwirrung vom Notsender auf. »Wie bitte?«

»Ein altes Gedicht, Lieutenant«, sagte Harriman, ohne den Blick von den fernen Ruinen abwenden zu können. »Über einen Mann, der durch die Wüste zieht und die Trümmer einer Statue findet. Dann sieht er eine Inschrift, die besagt: ›Ich bin Ozymandias, König der Könige. Schaut meine Werke, ihr Mächtigen, und verzweifelt.‹ Das Thema dieses Gedichts ist die Vergänglichkeit aller menschlichen Errungenschaften. Da war dieser große und mächtige ›König der Könige‹, der offensichtlich über ein großes Reich geherrscht hatte … und nun ist von ihm nicht mehr übrig als eine zerbrochene Statue. Alles andere ist zu Staub zerfallen.«

»Wir alle werden eines Tages zu Staub zerfallen«, sagte Thompson nüchtern. Sie hatte ihren Kommunikator aufgeklappt. »Z'on? Haben Sie es?«

»Ich habe es«, antwortete Z'ons Stimme. »Ich beginne mit der Analyse.«

Thompson drehte sich zu Harriman um. »Ich habe die Markierungen mit dem Tricorder aufgezeichnet und an Lieutenant Z'on überspielt.«

»Gute Arbeit, Lieutenant.« Harriman schaute jetzt in die Richtung, in die Hernandez und Tobler gegangen waren. Er runzelte kurz die Stirn und sprach dann noch einmal in seinen Kommunikator. »Harriman an Hernandez.« Für einen Moment war er irritiert, weil er nicht die geringste Ahnung hatte, was er tun sollte, falls sich Hernandez nicht melden sollte. Das würde bedeuten, daß er ein viel größeres Problem hatte, als es ein verschwundenes Besatzungsmitglied darstellte. Dann hätte er ein wirklich großes Problem. Warum konnten die Dinge nicht immer routinemäßig ablaufen?

Doch zum Glück wurde es ihm erspart, sich derartige Sorgen machen zu müssen. »Hernandez hier«, meldete sich unverzüglich die gewohnte, lakonische Stimme des Mannes.

»Irgendeine Spur von Fähnrich Sulu?«

»Wir haben ihre Fußabdrücke gefunden, Captain, und folgen ihnen jetzt. Aber sie scheinen im Kreis zu verlaufen. Nun suchen wir nach einer möglichen weiteren Spur.«

»Halten Sie mich auf dem laufenden«, sagte Harriman und schloß den Kommunikator. Thompson wandte schnell den Blick ab, um ihre eigene Besorgnis zu verbergen und eine möglichst professionelle Haltung zu wahren.

Dann meldete sich ihr Kommunikator, und sie aktivierte das Gerät. »Thompson«, sagte sie knapp.

»Ich habe hier eine Übersetzung für Sie«, antwortete Z'ons Stimme ohne weitere Einleitung. »Es gibt damit zwei Probleme. Erstens: Sie ist recht vage. Und zweitens: Sie ist reichlich nutzlos.«

»Wie lautet sie?«

»Sie lautet: ›Wenn gefunden, bitte zurückgeben!‹«

Thompson und Harriman blickten sich verblüfft an. »Das ist alles?« sagte sie fassungslos.

»Ja, Lieutenant«, sagte Z'on. »Keins der Zeichen hat auch nur die geringste Ähnlichkeit mit terranischen Schriften. Ich konnte sie jedoch mit ähnlichen und bereits entzifferten Symbolen korrelieren, die bei den Ausgrabungen auf Minox Neun und Alpha Prime Zwölf gefunden wurden. Sie gehören zur bekannten Schriftsprache einer uralten, offensichtlich vor langer Zeit ausgestorbenen Spezies namens ...«

Er machte eine Pause. Thompson runzelte die Stirn. »Wie lautet ihr Name?«

»Ihr Name ist Blumbergs.«

Harriman kam einen Schritt näher. »Würden Sie das

bitte wiederholen?« Er konnte nicht glauben, daß er richtig gehört hatte.

»Die Blumbergs, Captain«, sagte Z'on mit leichter Verzweiflung in der Stimme.

»Die *Blumbergs*?« Trotz der tristen Atmosphäre und der Sorge um den vermißten Fähnrich Sulu mußte Harriman sich Mühe geben, um nicht laut loszulachen. »Das ist ein recht ungewöhnlicher Name für eine außerirdische Spezies, nicht wahr?«

»Dieser Name, Captain, geht auf den Mann zurück, der als erster die Spuren ihrer Existenz entdeckt und alle wichtigen Artikel und Studien über sie verfaßt hat. Dieser Mann, wie man sich leicht denken kann, ist Dr. Matthew ...«

»... Blumberg«, sagten Thompson und Harriman gleichzeitig.

»Korrekt.«

»Gut. Vielen Dank, Lieutenant. Thompson Ende.« Sie klappte den Kommunikator zu und blickte Harriman an, der die Arme ausbreitete und die Schultern hob. »Nun«, sagte Thompson nach gründlichem Nachdenken, »es ist zumindest einmal ein anderer Name für eine Spezies, wenn Sie mich fragen.«

»Völlig richtig, Lieutenant. Die Klingonen, die Romulaner, die Blumbergs. Namen, deren Klang Schrekken im Herzen von Milliarden Intelligenzwesen auslösen.« Er seufzte und blickte sich erneut um. »Wir verschwenden unsere Zeit«, sagte er schließlich. »Wie es aussieht, ist dieser Planet seit sehr langer Zeit nicht mehr bewohnt und hat auch seit langem keinen Besucher gesehen. Keine Spur von einem havarierten Raumschiff, kein Anzeichen auf einheimische Bewohner, kein Hinweis, daß sich irgend jemand um diesen Notsender kümmert. Wer immer ihn hinterlassen hat, ist schon lange nicht mehr hier. Wir wollen Fähnrich

Sulu suchen und dann schnellstmöglich von hier verschw …«

Hinter ihnen wurde plötzlich ein lautes Knurren hörbar.

Noch bevor Harriman sich umgedreht hatte, wußte er, daß die Bioscans dieses Planeten falsche Resultate erbracht hatten. Es gab offenbar doch mindestens eine einheimische Lebensform auf Askalon V. Und wie es sich anhörte, war es eine große Lebensform … wahrscheinlich mit dichtem Pelz bedeckt … mit Zähnen so lang wie Küchenmesser, eine sehr hungrige Lebensform, die schon viel zu lange auf ihr Abendessen hatte warten müssen.

Sowohl Thompson als auch Harriman trugen ihre Phaser, wie es Vorschrift für jede Landegruppe war. Das Knurren schien aus einer Entfernung von kaum mehr als fünf Metern zu kommen. Für ein angriffsbereites Raubtier war das bedenklich nahe. Es konnte die Entfernung mit einem Sprung überwinden, und Harrimans spontaner Entschluß sah vor, sich umzudrehen und so schnell wie möglich zu schießen. Doch wenn er sich schnell bewegte, spornte er das Geschöpf möglicherweise dazu an, sofort zu springen – worauf er oder Thompson (oder beide) von seinen Krallen gepackt werden mochten, bevor sie Zeit für irgendeine weitere Reaktion hatten.

Das Wesen knurrte wieder. Inzwischen hatten Harriman und Thompson die Hände an die Waffen gelegt, die an ihren Gürteln befestigt waren. Sie blickten sich gegenseitig an, während Harriman lautlos das Wort *Langsam* mit den Lippen formulierte. Sie nickte so leicht, daß sich ihr Kopf kaum bewegte, doch für Harriman war die Geste unmißverständlich.

Langsam, unendlich langsam drehten sie sich zum Geschöpf um, das ihr Leben bedrohte.

Gleichzeit rissen sie erstaunt die Augen auf.

Es war Demora. Doch sie hatte kaum noch Ähnlichkeit mit sich selbst, und um genau zu sein, hatte sie kaum noch etwas mit einem Menschen gemeinsam.

Sie hockte in erhöhter Position auf einem Felsblock. Ihre Uniform war verschwunden. Sie war splitternackt und ihr Haar war so zerrauft, daß ihre Augen kaum noch darunter zu erkennen waren. Doch als die Strähnen zur Seite geweht wurden, war deutlich zu sehen, daß in ihren Augen ein wildes, animalisches Glitzern stand.

Sie hatte die Lippen zurückgezogen und die Zähne gefletscht. Speichelfäden rannen von ihren Mundwinkeln. Ihre Finger waren krampfartig zu einer Klaue gespreizt. Ihr ganzer Körper zitterte, wie eine Rakete, die sich verzweifelt von ihrer Startrampe loszureißen versuchte.

Einen Moment waren die drei wie erstarrt, wie ein bizarres Tableau aus einem alternativen Universum, in dem Menschen nicht von Tieren, sondern von tierhaften Menschen gejagt wurden. Die einzigen Geräusche waren das Pfeifen des Windes und das ferne Grollen des aufgewühlten Himmels.

Thompson war kaum in der Lage, auch nur ein einziges Wort herauszubringen. »De… Demora?« stammelte sie.

Das Wort brach die Starre, und Demora sprang.

Obwohl es allen Naturgesetzen zu widersprechen schien, überwand Demora die Entfernung mit einem Satz, als hätte sie sich in einen Puma verwandelt. Sie stieß mit Thompson zusammen und warf sie zurück, so daß sie mit dem Kopf gegen den Notsender schlug. Thompson ging zu Boden, während das Gerät über ihr zusammenbrach. Mit dem Geheul eines wilden Tieres warf sich Demora auf Maggie, und in diesem Moment machte sie den Eindruck, als könnte sie Thompson mühelos mit ihren Zähnen zerfleischen.

Harriman hob seinen Phaser und feuerte.

Der Schuß traf Demora genau in den Rücken und riß sie von Thompson weg. Thompson stand nicht auf, und Harriman sah, daß ihr Kopf blutig war.

Er setzte sich in Bewegung, um der Frau zu helfen, weil er davon ausging, daß Demora erledigt war. Die erste und einzige Warnung, die ihn auf seinen Irrtum hinwies, war das wilde Gebrüll, das aus Demoras Kehle drang, dann hatte sie ihn auch schon gerammt und riß ihn zu Boden.

Er wollte es nicht glauben. Aus dieser Entfernung hätte die Intensität des Phaserschusses ausreichen müssen, um sie bewußtlos zusammenbrechen zu lassen. Das einzige Anzeichen, daß der Schuß überhaupt eine Wirkung gehabt hatte, war Demoras gesteigerte Wut.

Ihre Fingernägel gruben sich in Harrimans Stirn. Er schrie auf, als das Blut hervorschoß, doch Demoras Triumphgeheul war ohrenbetäubend. Wenn er ein solches Geräusch als Aufzeichnung gehört hätte, hätte er niemals geglaubt, daß ein Mensch es hervorgebracht haben könnte – und schon gar nicht ein zivilisierter, netter und intelligenter Mensch wie Demora Sulu.

Während ihm dieser Gedanke durch den Kopf ging und während er sah, daß Demoras schäumender Mund genau über seiner Kehle hing, erkannte er, daß er mit der rechten Hand immer noch den Phaser umklammert hielt. Er drehte die Waffe herum, drückte die Mündung direkt auf ihre nackte Haut und feuerte.

Der Schuß riß sie von ihm fort. Harriman nutzte die vorübergehende Freiheit, um wieder auf die Beine zu kommen. Er keuchte vor Schmerzen auf, als er spürte, daß sein Bein verrenkt war, und sah dann, daß sie schon wieder aufstand. Nicht mehr so schnell wie zuvor, aber nicht weniger wütend und nicht weniger gefährlich.

Blut floß ihm von der Stirn in die Augen, und er hörte sie erneut brüllen, spürte ihren nächsten Angriff mehr, als daß er ihn sah. Von seinem eigenen Blut geblendet, versuchte er verzweifelt, die Energieleistung seines Phaser höher einzustellen, riß ihn hoch und feuerte in die Richtung, aus der er das Brüllen hörte.

Das Summen des Phasers vermischte sich mit dem Kreischen des getroffenen Geschöpfes. Harriman konnte nicht sehen, welche Auswirkung sein Schuß hatte. Er stolperte zurück, um zumindest ein wenig mehr Abstand zwischen sich und seine wahnsinnig gewordene Pilotin zu bringen. Er wischte sich schnell mit dem Unterarm über die Augen, um sie vom Blut zu befreien, dann hob er seinen Phaser und hielt den Griff mit beiden Händen umklammert, um besser zielen zu können.

Erst dann sah er Demora.

Sie lag reglos auf dem Rücken. Ihr Kopf bewegte sich nicht, und ihre Augen starrten blicklos. Ihr Rumpf wies dunkle Verbrennungen auf, wo sie von den zwei Phaserschüssen aus kürzester Distanz getroffen worden war. Ihre Beine waren verrenkt.

Harrimans Atem stockte. Er wollte es nicht glauben. Er konnte es einfach nicht begreifen. Was war geschehen? *Was zum Teufel war hier soeben vor sich gegangen?*

Als er Geräusche vom Hügel hörte, wirbelte er herum und hätte beinahe blind um sich geschossen, bevor er erkannte, daß es Tobler und Hernandez waren.

Sie bremsten ihren Lauf ab und starrten entsetzt auf die Szene, die sich ihnen darbot. Der Captain mit blutverschmiertem Gesicht, als befände er sich mitten im Krieg. Thompson am Boden und bewußtlos. Und Demora … großer Gott, was war nur mit Demora geschehen?

Trotz des Schocks hielt Tobler bereits seinen Kommunikator in der Hand. »Tobler an *Enterprise*! Ein medizinischer Notfall! Beamen Sie uns alle direkt in die Krankenstation!«

Harriman nickte, um den Befehl abzusegnen. Er sagte kein Wort, als sie von der Oberfläche des Planeten Askalon V verschwanden.

3

In Dr. Metcalfes Karriere gab es viele Premieren, über die er sich aufrichtig freuen konnte. Seine erste Operation... das erste gerettete Leben... das erste zur Welt gebrachte Kind...

Doch jetzt mußte er den ersten Todesfall an Bord der *Enterprise* bekanntgeben.

Nun war der Name des Schiffes durchaus mit vielen katastrophalen Zwischenfällen mit Todesfolge verknüpft, doch Metcalfe hatte bisher nichts davon miterlebt. Er war genauso wie das übrige medizinische Team erst nach dem Debakel des Jungfernfluges an Bord gekommen. Faktisch waren an Bord schon viele Menschen gestorben, doch es war nicht während Metcalfes Dienstzeit geschehen. Er verspürte sogar eine gewisse Schuld (keine große, dazu war er ein zu alter Hase, aber eine gewisse), daß er zum Zeitpunkt dieses ersten Zwischenfalls nicht an Bord gewesen war. Vielleicht wäre es ihm irgendwie gelungen, einige Leben zu retten.

Doch es hatte wenig Sinn, über die Vergangenheit nachzugrübeln. Im Augenblick war für ihn nur die Zukunft von Interesse. Bedauerlicherweise war es eine Zukunft, an der die junge Frau nicht mehr teilhaben würde, die vor ihm auf dem Behandlungstisch lag.

Metcalfe war ein älterer Herr mit graumeliertem Bart und glänzendem Kahlkopf. Er studierte die Anzeigen, die seine Instrumente ihm lieferten, und sprach leise für das medizinische Logbuch, das alle

Vorgänge aufzeichnete. In der Nähe stand Captain Harriman mit steinerner Miene und hatte die Arme resolut über der Brust verschränkt. Seine Stirn war behandelt worden, und nun bedeckte eine dünne Schicht Synthohaut seine Verletzungen.

»Die Todesursache war eine schwere zelluläre Disruption, die durch eine Reihe von Phaserschüssen mit zunehmender Intensität hervorgerufen wurde«, sagte Metcalfe tonlos. »Ein Treffer im unteren Rückenbereich… ein Schuß von hinten.« Er blickte zu Harriman auf und hatte in offensichtlichem Tadel die Augenbrauen erhoben. Als Harriman dem Blick standhielt und nichts sagte, machte Metcalfe weiter. »Ein zweiter Treffer am seitlichen Brustkorb, genau zwischen der dritten und vierten Rippe… und der dritte, energiereichste Schuß ging genau in den Solarplexus. Der Blutkreislauf wurde…«

Harriman hielt es nicht mehr aus. Er konnte nicht mehr zuhören. Er drehte sich um und verließ den Laborbereich der Krankenstation. Im Hauptbehandlungsraum lag Thompson, die immer noch bewußtlos war, aber gleichmäßig atmete. Ihre Verletzungen waren behandelt und ihr Zustand stabilisiert worden. Tobler musterte die Anzeigen und bemerkte, daß Harriman ihm zusah.

»Sie wird es überstehen, Captain«, sagte Tobler mit einem leichten Zögern.

Harriman nickte knapp und machte sich dann auf den Weg zur Tür. Er blieb stehen und drehte sich um, als Tobler ihm nachrief: »Captain?«

»Ja?« Er hatte immer noch die Arme über der Brust verschränkt. Ein deutliches nonverbales Signal, daß sich jeder möglichst auf Abstand zu ihm halten sollte.

Trotzdem bemühte sich Tobler um einen lockeren Tonfall. »Captain, ich weiß nicht, ob es der richtige

Zeitpunkt ist, aber … ich wollte Ihnen nur sagen, daß Sie Lieutenant Thompson das Leben gerettet haben.«

Harriman sagte eine Weile gar nichts. Dann fragte er tonlos: »Wäre das alles, Tobler?«

»Ja, Captain. Das wäre alles, denke ich.«

Dann schloß sich die Tür der Krankenstation hinter Harriman, als er den Raum verlassen hatte.

Als Commander Dane Harrimans Quartier betrat, registrierte sie sofort die Tatsache, daß es recht düster war. Sie konnte den Mann kaum erkennen. »Captain?« sagte sie mit einer leichten Spur von Unsicherheit.

»Ja«, kam Harrimans Stimme aus der Dunkelheit.

Dane richtete sich auf und erteilte sich selbst einen mentalen Verweis, daß sie ihre Haltung vernachlässigt hatte. »Wir befinden uns immer noch im Orbit um Askalon Fünf. Wir warten auf Ihre weiteren Befehle.« Als er nichts sagte, sprach Dane weiter. »Ich habe ein neues Landeteam zusammengestellt, falls Sie wünschen, daß die Planetenoberfläche weiter erkundet wird.«

»Das war sicherlich kein Problem«, sagte Harriman nach einer Weile. »Ein Besatzungsmitglied stirbt durch die Hände des Captains. Also holt man ein neues Besatzungsmitglied, um die entstandene Lücke auszufüllen. Ganz einfach, denn im Grunde sind sie nicht mehr als Lückenfüller. Das Leben geht weiter, ist es nicht so, Dane?«

»Ja, Captain. So ist es.«

»Außer für Demora Sulu. Für sie geht das Leben nicht weiter.«

Dane zögerte kurz. »Ich vermute, Ihre Bemerkung war rhetorisch gemeint, Captain.«

Harriman lachte leise, aber es war kein angenehmer Laut. »Mein Gott, Sie sind wirklich eiskalt, Dane! Wissen Sie, daß man mir einen Vulkanier als Ersten Offizier angeboten hat? Ich mußte mich zwischen ihm und

Ihnen entscheiden. Ich habe Sie genommen. Vulkanier sind ... intelligente Leute. Ich habe sehr hohen Respekt vor ihnen. Aber irgendwie fühlte ich mich mit einem Menschen an meiner Seite wohler. Aber wissen Sie was? Manchmal gruselt mir vor Ihnen, Dane.«

Sie senkte den Blick.

»Es tut mir leid«, sagte er leise. »Ich habe die vergangene Stunde damit verbracht, mich selbst zu zerreißen. Jetzt versuche ich es mit Ihnen. Das ist weder gerechtfertigt noch angemessen.«

»Aber es ist verständlich, Captain. Es ist immer schwer, ein Besatzungsmitglied zu verlieren, ganz gleich, unter welchen Umständen.«

»Ich habe sie nicht verloren, Dane. Das klingt, als könnte ich sie wiederfinden, wenn ich nur gründlich genug suchen würde. Nein, ich habe sie getötet.«

»Sie hatten keine andere Wahl.«

»Das macht es nicht unbedingt einfacher.«

»Nein, Captain.«

Als er wieder eine Weile schwieg, versuchte Dane es noch einmal. »Der Planet, Captain. Askalon Fünf. Was machen wir jetzt?«

»Sie wollen wissen, ob ich gerne das Risiko eingehen würde, weitere Besatzungsmitglieder bei der Erkundung einer Welt zu verlieren, die bereits einen von meinen Leuten in ein mörderisches Raubtier verwandelt hat ... und das alles nur, weil wir hofften, die nichtvorhandenen Opfer eines Notfalls retten zu können?«

»Ich hätte es nicht auf diese Weise ausgedrückt, aber im Prinzip ist es so, Captain. Das ist die Frage, vor der wir im Augenblick stehen.«

»Nein, ich bin nicht dazu bereit. Verhängen Sie eine Quarantäne über Askalon Fünf und informieren Sie alle anderen Schiffe, sich fernzuhalten. Und damit ist die Sache erledigt.«

»Bei allem Respekt, Captain, die Ruinen auf dem Planeten sollten auf keinen Fall für Forschungsmissionen gesperrt ...«

»Was ist wichtiger für Sie, Dane? Eine zerstörte Stadt oder die drohende Zerstörung von Menschenleben?«

Sie öffnete den Mund zu einer spontanen Antwort, doch dann überlegte sie es sich anders und sagte statt dessen: »Ja, Captain. Ich werde Kurs auf Starbase Neun setzen lassen. Dort können wir ... Fähnrich Sulu ... übergeben und dann zum Donatti-System weiterfliegen.«

»Bringen Sie uns nach Hause!«

Sie blinzelte verblüfft. »Wie bitte?«

»Dieser Befehl war meiner Ansicht nach recht eindeutig formuliert, Commander. Setzen Sie Kurs auf die Erde.«

»Captain ... man erwartet uns im Donatti-System. Sie haben dort einen Termin für einen Empfang mit ...«

»Setzen Sie Kurs auf die Erde!«

»Wie Sie wünschen, Captain. Ich fühle mich jedoch dazu verpflichtet, Sie darauf hinzuweisen, daß die Starfleet-Befehle bezüglich Ihres Eintreffens im ...«

Harriman hatte sich aus seinem Sessel erhoben, und sein Körper zitterte vor kaum unterdrücktem Zorn. Mit vorgerecktem Kinn und knurrender Stimme sagte er: »Es interessiert mich einen feuchten Kehricht, wie die Starfleet-Befehle lauten! Auch wenn sie über Subraum in metergroßen flammenden Buchstaben auf dem Hauptsichtschirm erscheinen! Demora Sulu war die Tochter von Hikaru Sulu, und ich habe sie getötet. Also werde ich ihr die Ehre erweisen, die ihrer familiären Herkunft und den Umständen ihres Todes gerecht werden! Wir werden Kurs auf die Erde setzen, und wenn ich Sie dazu ins All stoßen muß, damit Sie das Schiff schieben! In diesem Fall lautet meine einzige Frage, die ich an Sie habe, wie lange Sie den Atem anhalten können!«

»Um genau zu sein, Captain, spielt es im Vakuum überhaupt keine Rolle, wie lange jemand die Luft anhalten …« Dann bemerkte sie seinen Gesichtsausdruck und räusperte sich. »Ich werde die entsprechenden Befehle geben, Captain.«

»Tun Sie das.«

Sie ging hinaus und ließ Harriman mit seinem Kummer allein.

Im Verlauf der Kommando-Ausbildung an der Starfleet-Akademie hatte man versucht, die Kadetten mental auf den Tag vorzubereiten, an dem Besatzungsmitglieder zu Boden gingen und nicht wieder aufstanden. Dabei ging es um Entscheidungen, die manchmal den Tod eines Menschen, für den man verantwortlich war, zur Folge hatten.

Aber es gab immer wieder Fälle, auf die man in der Ausbildung nicht vorbereitet wurde. Zum Beispiel wie man damit umging, wenn einem das größte Kommando der bisherigen Laufbahn übertragen wurde und dabei eine lebende Legende starb.

Und wie man dem ältesten und treuesten Freund derselben lebenden Legende beibrachte, daß man gerade seine Tochter getötet hatte.

4

Captain Hikaru Sulu wachte schweißgebadet und zitternd auf.

»Demora ...«, keuchte er.

Er saß eine Weile in seinem dunklen Quartier, bis er rief: »Licht!« Sofort wurde es heller.

Er empfand eine geradezu absurde Erleichterung. Natürlich befand er sich immer noch an Bord der *Excelsior*. Es gab keinen Grund, warum er nicht hier sein sollte, schließlich hatte er sich am Ende seiner Schicht genau hier schlafen gelegt.

Doch einen Augenblick lang war alles so real gewesen.

Demora war gestorben.

Der Traum hatte nicht klarer und schrecklicher sein können. Sie hatte reglos auf der Oberfläche einer düsteren und furchteinflößenden Welt gelegen. Ihr zerschundener Körper war von Phaserschüssen verbrannt. Und Sulu war dabei gewesen. Er hatte ihren Namen gerufen, doch niemand hätte ihn im stetigen Heulen des Windes gehört. Der Wind hatte seine Stimme verschluckt, kaum daß sie seine Kehle verlassen hatte.

Er hatte versucht, zu ihr zu gelangen, um ihr irgendwie helfen zu können. Aber er hatte sich nicht von der Stelle rühren können. Er war auf irgendeine Weise nicht körperlich vorhanden, hatte keine Möglichkeit der Einflußnahme auf diese Welt gehabt. Also hatte er nur dagestanden, ein ohnmächtiger und verzweifelter Geist. Er hatte Fäuste geschüttelt, die niemand sehen konnte, und mit einer Stimme gerufen, die niemand hören konnte. Er war ihr so nahe gewesen, und doch hatte er ihr nicht helfen können.

»Demora«, sagte er noch einmal. Er blickte auf das Chronometer und stellte fest, daß er eine Stunde zu früh aufgewacht war. Er versuchte, sich wieder hinzulegen, aber es hatte keinen Zweck. Er lag einfach nur da und starrte an die Decke, bis er es nicht mehr aushielt und sich aus dem Bett wälzte.

Während er duschte und sich anzog, dachte er an Demora. Und er dachte über den Traum nach. Er hatte von vielen Fällen gelesen, in denen ein Verwandter – eine Mutter, ein Vater, ein Bruder oder eine Schwester – eine Art Vision zu einem Zeitpunkt erlebt hatte, in dem sich die geliebte Person in einer schweren Krise befand. Es spielte keine Rolle, wie weit die Betreffenden räumlich voneinander entfernt waren. Irgendwie gab es eine Verbindung, deren Natur bislang niemand verstanden hatte. Es geschah ohne erkennbaren Grund. Viele Menschen, die von solchen Fällen berichteten, behaupteten, über keinerlei übernatürliche Fähigkeiten zu verfügen. Sie hatten nie zuvor etwas Ähnliches erlebt, und verbrachten den Rest ihres Lebens, ohne daß es zu einer Wiederholung kam.

Manche Wissenschaftler neigten dazu, solche Vorfälle ohne weitere Diskussion abzutun. Es gab jedoch einige, die sich ausführlicher damit beschäftigten. Ihre Meinung lautete, daß der menschliche Geist zu mehr Dingen imstande sei, als im allgemeinen angenommen wurde.

Demora, dachte er wieder, und ihm gefiel das beträchtliche Unbehagen überhaupt nicht, das er jedesmal empfand, wenn ihm der Name seiner Tochter durch den Kopf ging.

Er hatte kaum Kontakt mit ihr gehabt, seit sie auf

die *Enterprise* versetzt worden war. Irgend etwas war zwischen ihnen beiden vorgefallen, und er war sich nicht einmal sicher, was wirklich geschehen war. Seit ihrem Eintritt in die Starfleet-Akademie hatte sie sich verändert. Sie verhielt sich ihm gegenüber genauso freundlich und höflich wie früher. Soviel stand fest. Doch ihr Verhalten war irgendwie… förmlicher geworden. Es herrschte nicht mehr dieselbe Wärme wie früher zwischen ihnen. Oder zumindest hatte er diesen Eindruck gehabt.

»Willkommen im Leben!« hatte Chekov zu ihm gesagt. Sie hatten darüber gesprochen, kurz nach dem Zeitpunkt, als Sulu das Kommando über die *Excelsior* angenommen hatte.

»Was willst du damit sagen?« hatte Sulu gefragt.

»Ist das nicht offensichtlich? Jedes Kind weist irgendwann den Vater zurück. Diesen Prozeß nennt man Erwachsenwerden, Mister Sulu.«

Sulu hatte amüsiert gelächelt. »Der unverheiratete und kinderlose Pavel Chekov ist also der größte Experte des Universum, wenn es um Kinder geht, wie?«

»Natürlich bin ich ein Experte«, hatte Chekov mit einem weisen Lächeln erwidert. »Nur ein Experte wäre intelligent genug, keine eigenen Kinder zu haben.«

»Dieses Argument dürfte sich nur schwer widerlegen lassen, vermute ich. Obwohl es eine besorgniserregende Ansicht für den Patenonkel meiner Tochter ist.«

Chekov hatte die Schultern gezuckt und in einer ausholenden Geste die Arme ausgebreitet. »Was soll ich dazu sagen?«

Sulu hatte sich schwer getan, Chekovs leichtherzige Erwiderung zu akzeptieren. Sulu hatte niemals seine Eltern ›zurückgewiesen‹, und er war trotzdem erwachsen geworden…

Demora…

Seine Gedanken waren abgeschweift, doch nun wurde er wieder mit seiner Empfindung des Unbehagens konfrontiert. Wenn er versuchte, sie an Bord der *Enterprise* zu erreichen, was sollte er sagen? »Hallo, meine Kleine, ich habe gerade geträumt, du wärst tot. Wie geht es dir?« Das wäre keine besonders gelungene Begrüßung.

Außerdem waren sie vermutlich viel zu weit von der *Enterprise* entfernt, um eine simultane Verbindung aufbauen zu können. Wahrscheinlich müßte er sich mit einer Nachricht zufriedengeben. Ja. Das war eine Möglichkeit. Ein Brief.

Er setzte sich an sein Terminal und sagte: »Ich möchte eine persönliche Nachricht aufzeichnen lassen.«

»Sie können beginnen«, teilte der Computer ihm mit.

»An Demora Sulu. Fähnrich und Pilotin…« Die nächsten Worte waren im Grunde überflüssig, aber er setzte sie nicht ohne Stolz hinzu. »…an Bord der U.S.S. *Enterprise*. Demora…«

Er hielt inne, da er nicht wußte, was er sagen sollte, bis er überrascht erkannte, daß er noch nie einen Brief an sie formuliert hatte, der ausschließlich dem Zweck der Plauderei diente.

Er hatte ihr natürlich schon häufiger Nachrichten geschickt. Sogar schon viele. Aber es hatte immer einen bestimmten Grund gegeben, eine Information, die er ihr zukommen lassen wollte – Beförderungen, verlängerte Aufenthalte, unerwartete Ereignisse, die auch für sie Folgen hatten. Angesichts seiner vielen Hobbys und Interessen wäre für ihn ein simples ›Hallo, wie geht's?‹ über Subraum einfach unangemessen.

Und aus diesem Grund suchte er jetzt verzweifelt nach Worten. Die ›Information‹, die er ihr übermitteln wollte, war, daß er einen bösen Traum über sie gehabt hatte. Aber er konnte sie nicht anrufen und es ihr sagen, weil er sich damit entweder lächerlich machen oder sie unnötig beunruhigen würde. Unnötig, weil er nicht glaubte, daß ihr wirklich etwas zugestoßen war. Er wollte nur seine zugegebenermaßen irrationalen Sorgen loswerden.

Wenn er die Sache auf sich beruhen ließ, würde Demora vielleicht selbst die Zeit finden, mit ihm in Verbindung zu treten. Andererseits hatte sie Sulus Neigung übernommen, nicht mehr als nur die nötigsten Botschaften zu schicken. Solange kein wichtiges Ereignis eintrat, mochte es eine halbe Ewigkeit dauern, bis sie sich wieder bei ihm meldete. Die einzige Möglichkeit, den Prozeß zu beschleunigen, bestand darin, ihr selbst einen Brief zu schicken.

Und vielleicht war es sogar an der Zeit, daß er es wieder einmal tat.

»Ich warte«, drängelte der Computer. Schließlich könnte Sulu möglicherweise vergessen haben, daß die Aufzeichnung immer noch lief.

Sulu blickte auf den Bildschirm und gab sich Mühe, entspannt zu wirken, da es sich um eine Videonachricht handelte und demzufolge auch sein Gesicht aufgezeichnet wurde. »Meine Kleine ... ich wollte dir nur mal Hallo sagen«, begann er. »Ich hatte gerade an dich gedacht ... an all die Dinge, die du erlebst und ...«

Er konnte genausogut völlig offen sprechen.

»... ich würde gerne wieder etwas von dir hören. Mich interessieren auch Dinge, die dir vielleicht trivial vorkommen. Auch wenn du mich jetzt für sentimental hältst ... aber ich würde gerne die ersten Tage an Bord der *Enterprise* durch deine Augen sehen, damit ich noch einmal meine eigene Karriere Revue passieren lassen kann. Ich hoffe, du kannst mir diese Anwandlungen verzeihen. Natürlich könnte ich dir einfach den Befehl geben, mir zu verzeihen, da ich einen höheren Rang habe.« Er lächelte kurz und hoffte, daß dieser kleine Scherz wenigstens ansatzweise witzig klang. Und wenn es ihm nicht gelungen war ... nun, um Leonard McCoy zu zitieren, er war schließlich ein Captain und kein Komiker.

»Ich hoffe, daß es dir gut geht und daß ich bald von dir höre. Mit herzlichen Grüßen ... dein Vater.« Dieses Schlußwort wirkte etwas aufgesetzt, wenn man bedachte, daß sie blind und taub hätte sein müssen, um nicht zu erkennen, von wem diese Nachricht stammte. Aber so entsprach es der Tradition des Briefeschreibens, und außerdem hatte es etwas, wie ihm die Worte ›Dein Vater‹ über die Lippen kamen.

»Computer, Aufzeichnung beenden und abschicken.«

»Nachricht wird abgeschickt.«

Sulu nickte zufrieden. Die Nachricht war unterwegs. Jetzt war es nur noch eine Frage der Zeit, bis er eine Antwort von Demora erhielt. Es würde einer ihrer üblichen angenehmen und aufrichtigen Briefe sein, in denen vielleicht ein wenig Überraschung mitschwang, daß ihr Vater den Kontakt angeregt hatte. Aber warum auch nicht? Schließlich war er ihr Vater. Sie waren keine Fremden. Gut, sie verhielt sich ihm gegenüber manchmal etwas distanziert, aber immerhin hatte sie viel zu tun. Sulu wußte nur allzugut, daß die Starfleet-Akademie große Veränderungen im Verhalten einer Person bewirken konnte. Warum sollte Demora in dieser Beziehung eine Ausnahme darstellen?

Sie würde antworten, und die Normalität ihrer Antwort würde ihm helfen, sich wieder zu fangen. Dann wäre alles wieder in Ordnung.

Er stand auf und trat durch die Tür, um sein Quartier zu verlassen. Dort stieß er auf seinen Kommunikationsoffizier Lieutenant Commander Janice Rand, die gerade auf die Meldetaste der Tür drücken wollte.

»Janice«, sagte er mit einiger Verblüffung. »Gibt es ein Problem?« Es war eine völlig natürliche Frage. Doch selbst in Anbetracht der langen Zeit, die sie sich bereits kannten, war es ungewöhnlich, daß Rand persönlich bei ihm vorbeischaute, insbesondere zu einer so frühen Stunde.

Sie senkte den Blick. »Captain ...«

»Captain?« Er gab sich keine Mühe, seine Belustigung zu verbergen. »Warum diese Förmlichkeit, Janice? Ich ...«

Er konnte nicht weitersprechen, weil er plötzlich Bescheid wußte. Er wußte alles.

Er wich zurück, da seine Knie auf einmal weich geworden waren, und als er gegen einen Stuhl stieß, kostete es überhaupt keine Anstrengung, die Muskeln zu entspannen, so daß er wie ein nasser Sack auf die Sitzfläche fiel.

»Demora«, sagte er.

Rand blinzelte überrascht. Aber diese Reaktion währte nur kurz, weil die Ernsthaftigkeit der Situation zu schwerwiegend war. »Ja«, stieß sie mit einiger Mühe hervor.

Es folgte ein längeres Schweigen. »Wie?« fragte er schließlich – mit einer Stimme, die etwa tausend Jahre älter klang.

Sie ließ sich Zeit mit einer Antwort.

»Wie?« fragte er noch einmal. »Im Kampf? Durch einen Unfall? Aus dem Hinterhalt? Sagen Sie es mir!« Es war erstaunlich – ja, er war wirklich erstaunt –, wie ruhig und gleichmäßig seine Stimme klang. Er mußte sich überhaupt nicht anstrengen. Er fühlte sich nur wie betäubt.

Sie blickte wieder auf den Boden und konnte kaum

die nächsten Worte herausbringen. »Einer von uns hat auf sie geschossen.«

Sein Gesicht verlor jede Farbe. »Was?« sagte er keuchend. »Jemand aus ihrer eigenen Besatzung?«

»Captain ... vielleicht sollten Sie lieber den Bericht lesen ...«

Er blickte sie verwundert an. »Dieser Bericht ... müßte eigentlich als ›persönlich‹ klassifiziert sein. Sie haben etwas gelesen, das an mich adressiert war und vertraulich behandelt werden sollte.«

Sie senkte schuldbewußt den Blick. »Ja, Captain. Der Bericht kam von der *Enterprise* ... aber vom Ersten Medo-Offizier. Ich ... habe lediglich eins und eins zusammengezählt. Ich bin mir bewußt, daß meine Handlungsweise mit einer schweren Strafe geahndet werden kann ... Sie könnten mich sogar vor Gericht bringen, wenn Sie Anklage erheben wollen ...«

»Ach, seien Sie still, Janice!« sagte er, aber in seiner Stimme war keine Spur von Verärgerung. In diesem Moment klang er sogar wie der alte Sulu, wie der Pilot, dem sie als Adjutantin gelegentlich ein Sandwich gebracht hatte, während er sich gerade mit seinem neuesten Hobby abrackerte. Damals, als sie beide noch jung gewesen waren und als die Galaxis noch ein Ort unbegrenzter Möglichkeiten gewesen war.

Und mit dieser Erinnerung verflüchtigten sich plötzlich alle Rangunterschiede. Sie stampfte wütend mit dem Fuß auf. »Verdammt, Sulu, was erwarten Sie denn von mir? Ich meine, als diese Botschaft hereinkam, konnte ich mir ungefähr denken, worum es ging. Sollte ich etwa den Dienstweg einhalten und sie Ihnen ohne irgendeinen Kommentar überreichen?«

Er stand auf, trat zu ihr und legte ihr eine Hand auf die Schulter. »Wenn Sie gewollt hätten, daß ich den Bericht lese, hätten Sie ihn mir einfach schicken können. Offenbar wollten Sie ... diesen Schlag lindern.«

Jetzt wurde es immer schwerer, mit ruhiger Stimme zu sprechen, nachdem die anfängliche Benommenheit von ihm abgefallen war. »Ich werde schon damit fertig. Erzählen Sie mir alles!«

»Ich... kann nicht behaupten, daß ich alles verstanden habe, Captain. Es scheint...« Sie sammelte sich, und dann brach es in einem Schwall aus ihr hervor. »Im Bericht heißt es, daß sie während eines Einsatzes auf einem Planeten plötzlich die anderen Besatzungsmitglieder angriff. Sie verletzte den wissenschaftlichen Offizier und hätte beinahe den Captain getötet. Er hatte keine andere Wahl, er mußte auf sie schießen, um sie zu tö... um ihren Angriff zu stoppen.«

Er starrte sie an, als wäre sie plötzlich übergeschnappt. »Der... der Captain hat sie erschossen? Sind Sie absolut sicher?«

»Ja. Der Bericht ist sehr detailliert.«

Sulu wirkte, als hätte man ihm ohne Vorwarnung eine Ohrfeige verpaßt. »Und... wodurch wurde es verursacht? Was war der Grund, daß sie ihre Kollegen angegriffen hat?«

»Man weiß es nicht. Man konnte nicht feststellen, wie...«

»Es muß eine Antwort geben«, sagte Sulu, während er kaum noch seine Verzweiflung zügeln konnte. »Das ist verrückt. Demora würde niemals einfach so... Irgend etwas muß sie dazu getrieben haben. Ein Virus, ein Tier, das sie gebissen hat... irgend etwas. Welche Art von Untersuchungen hat Harriman anschließend durchführen lassen?«

»Wenn man zwischen den Zeilen liest: gar keine. Der Bordarzt erwähnte, daß der Planet unter Quarantäne gestellt wurde. Nichts und niemand darf ihn betreten oder verlassen.«

»Das ist eine vernünftige Vorsichtsmaßnahme«, mußte er widerstrebend zugeben. »Aber meine Tochter ist dort ums Leben gekommen. Ich wüßte keinen Grund, warum jede weitere Untersuchung eingestellt werden sollte. Sind wir der *Enterprise* nahe genug, um eine direkte Subraumverbindung herstellen zu können?«

»Nein, Captain.«

Er nickte. »Das ist… vielleicht besser so. Ich glaube nicht, daß ich jetzt die Kraft hätte, mit Harriman zu sprechen. Ich brauche etwas Zeit, um… mit allem fertigzuwerden, damit ich auf angemessene Weise handeln kann.«

»Sie meinen, angemessener für einen Starfleet-Captain als für einen trauernden Vater.« Rand trat einen Schritt auf ihn zu und sagte leise: »Ich weiß, wie Sie sich fühlen.«

»Danke. Niemand weiß besser als Sie, wie eng Demora und ich…«

»Es ist nicht nur das. Ich meine, natürlich gehört es dazu. Aber…« Sie senkte wieder den Blick. »Es gibt da etwas, von dem ich Ihnen noch nie erzählt habe.«

Er schaute sie abwartend an. Im Augenblick hatte er nicht die Kraft, etwas zu sagen.

Mit einem schweren Seufzer voller Erschöpfung sprach Rand weiter. »Es ist schon viele Jahre her. Eine halbe Ewigkeit. Haben Sie sich nie gefragt, warum ich für eine Zeitlang aus dem Starfleet-Dienst ausgeschieden bin?«

»In Ihrer Akte ist von privaten Gründen die Rede. Ich bin immer davon ausgegangen, daß es mich nichts angeht. Deshalb habe ich nie gefragt.«

»Nun… dieser private Grund hieß Annie. Sie erreichte ein Alter von zwei Jahren, dann wurde sie krank und starb. Obwohl unsere Medizin so weit fortgeschritten ist, kommt es immer wieder vor, daß Menschen – sogar junge oder sehr junge Menschen – an Krankheiten sterben. Und nachdem ich sie verloren hatte, war ich für einige Zeit ohne Orientierung, bis ich mich dazu überwinden konnte, zu Starfleet zurückzukehren. Und mein Leben als Mutter zu beenden.«

Er berührte ihre Hand. »Janice ... das tut mir leid ...«

»Jetzt ist nicht die Zeit, daß Sie mich trösten. Ich wollte nur ... daß Sie wissen, wie gut ich ihre Gefühle nachempfinden kann.«

»Denken Sie immer noch an sie?«

Rand lächelte matt. »Nur in Monaten mit weniger als zweiunddreißig Tagen.«

Sulu starrte ins Leere. Rand legte ihm behutsam eine Hand auf den Rücken. Sie spürte, daß jeder Muskel seines Körpers angespannt war. Es war, als würde sie einen Felsen berühren. Da es anscheinend nichts mehr zu sagen gab, wandte sie sich der Tür zu.

»Rand ...«

Sie blieb stehen, drehte sich um und blickte ihn fragend an.

»Der Vater«, sagte Sulu. »Darf ich fragen ... wer es war?«

Sie seufzte. »Das spielt jetzt keine Rolle mehr«, sagte sie. »Er ist inzwischen ebenfalls gestorben.«

»Haben Sie es ihm jemals gesagt?«

»Ich wollte seine Karriere nicht gefährden. Ich dachte ... daß er sich auf dem Weg zu einer großen Bestimmung befand, und ich wollte ihn nicht von seinem Ziel abbringen.«

»Und hat er seine Bestimmung erfüllt, Janice?«

Sie warf ihm einen traurigen Blick zu. »Das tun wir alle, Sulu.« Damit verließ sie sein Quartier.

Sulu saß sehr lange schweigend da. Er wartete darauf, daß die Tränen kamen ... aber sie kamen nicht. Er spürte ein leichtes Brennen in den Augen, aber insgesamt war es eher das Gefühl, als wollte sich ein Niesen ankündigen, ohne daß es wirklich soweit kam.

Er fühlte sich immer noch wie betäubt. Das war alles. Er stand immer noch unter dem Einfluß des Schocks.

Demora war tot. Sein kleines Mädchen, das er erst seit so kurzer Zeit kannte, war nicht mehr da. Nie wieder würde sie mit ihm oder über ihn lachen. Nie wieder würde sie mit ihrem melodischen Lachen oder einer treffsicheren Erwiderung auf seine Prahlereien reagieren.

Nie wieder würde er in Demoras Gesicht oder in ihre Augen blicken. Nie wieder würde er *sie* in ihren Augen sehen.

Sie ... Demoras Mutter.

Die Verrückte. Die Wahnsinnige. Die exotische Psychopathin, die einer jener alten Abenteuergeschichten entsprungen schien, die Sulu in seiner Jugendzeit so gerne gelesen hatte, vor so langer Zeit ...

Du kennst das alte russische Sprichwort: Sei vorsich ...

Sulu verdrängte diesen Gedanken. Er wollte jetzt nicht über diese Zeit nachdenken. Er wollte sich nicht in wehmütigen Erinnerungen an diese Phase seines Lebens ergehen. An die verrückte Zeit mit *ihr*, an die mysteriösen Feinde und gefährlichen Städte, wo in jedem Schatten eine Bedrohung lauerte, an den Horrortrip, der in seinem erfahrungsreichen Leben den Höhepunkt aller irrwitzigen, unlogischen Bizarrheiten darstellte ...

Und es kamen immer noch keine Tränen.

Er wollte sich erleichtern. Er wollte, daß Wut, Zorn und Schmerz aus ihm hervorbrachen, um sie loszuwerden, aber es geschah nicht. Was zum Teufel war mit ihm los? War er schon so verschlossen, schon so sehr von seinen Emotionen distanziert, daß er nicht einmal auf anständige Weise um seine Tochter trauern konnte?

Oder war er durch diesen Verlust, der so kurz nach

dem Tod von James Kirk kam, schlicht überfordert? Hatte er bereits die Fähigkeit verloren, noch einmal Trauer empfinden zu können?

Er dachte an Demora und an Ling… aber er kam überhaupt nicht mit diesen Gedanken zurecht.

Er teilte der Brücke mit, daß er für einige Zeit indisponiert sei und erst später wieder zu erreichen wäre. Dann legte er sich wieder ins Bett, und obwohl er soeben aus einem Alptraum erwacht war, schloß er die Augen.

Die Worte kehrten wie ein Echo zurück… *Du kennst das alte russische Sprichwort… Sei vorsichtig mit dem, was du dir wünscht…*

…und dann umfing ihn gnädige Finsternis, bevor die Erinnerungen zurückkehren konnten.

Die Neuigkeit verbreitete sich unausbleiblich wie ein Lauffeuer durch die *Excelsior*. Rand fand niemals heraus, woher die Information stammte; sie wußte nur, daß niemand es von ihr gehört haben konnte. Nichtsdestotrotz schien nur wenige Stunden nach Rands Gespräch mit Sulu jedes Besatzungsmitglied vom jüngsten Fähnrich bis zum ältesten Hasen von Sulus Verlust erfahren zu haben. Und auch Sulu wußte natürlich, daß jeder Bescheid wußte. Er spürte es am respektvollen Verhalten, das weit über das hinausging, was ihm unter normalen Umständen als Captain der *Excelsior* entgegengebracht wurde. Die Leute grüßten ihn leise und pietätvoll, und viele wichen unbehaglich einem Blickkontakt aus. Es ging nicht nur um den Tod von Demora, obwohl dieser Punkt sicherlich schwerwiegend genug war. Es ging um die seltsamen Begleitumstände ihres Todes.

Sulu trat auf die Brücke. Hier herrschte selbst im alltäglichen Betrieb niemals ein entspanntes Geplauder. Aber jetzt war es ungewöhnlich still…

Totenstill, dachte Sulu.

Sulus Erster Offizier – eine Maternianerin namens Anik – war erst vor kurzem auf die *Excelsior* versetzt worden. Anik war groß und dünn, ein fast ätherisches Wesen, mit so dünner Haut, daß man sehen konnte, wie das Blut unter der Oberfläche floß. Normalerweise hätte Anik im Kommandosessel gesessen, wenn Sulu nicht auf der Brücke war. Aber heute schien sie eine gewisse Hemmung zu verspüren. Als wäre es auf irgendeine Weise respektlos, auch wenn sie gar nicht hätte sagen können, aus welchem Grund.

Er verließ den Turbolift und spürte sofort, wie sich die Atmosphäre veränderte. Alle Anwesenden blickten ihn an und versuchten gleichzeitig, ihn nicht anzusehen.

Anik entschied sich, die Initiative zu ergreifen, und trat vor. »Captain«, sagte sie mit ihrem typischen Akzent, »die Besatzung möchte Ihnen ihr aufrichtiges Beileid über den Tod Ihrer Tochter aussprechen.«

Er stand eine Weile schweigend da, während er die Hände hinter dem Rücken verschränkt hatte. Als er sprach, klang seine Stimme ungewohnt belegt. »Ich danke Ihnen allen. Ich weiß Ihre Anteilnahme zu schätzen. Es gibt eine Neuigkeit, die Sie alle interessieren dürfte: Wir fliegen nach Hause. Unser gegenwärtiger Kurs führt uns bereits in die Nähe der Erde, so daß die Abweichung vom regulären Flugplan minimal sein wird. Alle Besatzungsmitglieder, die Freunde oder Familien auf der Erde haben, erhalten die Gelegenheit, ihnen einen Besuch abzustatten.«

»In diesem Fall, Captain«, sagte Anik, »rechne ich damit, daß ein erheblicher Teil der Besatzung sich erkundigen wird, ob es angemessen oder erwünscht ist, an der Trauerfeier teilzunehmen.«

Sulu dachte eine Weile mit gerunzelter Stirn darüber

nach, bis er den Kopf schüttelte. »Falls jemand von ihnen Demora persönlich kannte, dann ist es natürlich sein gutes Recht, daran teilzunehmen. Aber wer sich nur aus Respekt vor mir dazu verpflichtet fühlt... sollte es auf keinen Fall tun. Sie sollten die Zeit lieber mit den Menschen verbringen, die ihnen etwas bedeuten. Ich bin überzeugt, daß es ganz im Sinne von Demora wäre.«

»Ja, Captain«, sagte Anik, und alle Anwesenden reagierten mit einem verständnisvollen Nicken.

Sulu hatte hinter dem Kommandosessel gestanden und sich an der Rückenlehne festgehalten. Nun trat er vor und ließ sich auf dem Sitz nieder.

Bestimmt war es nur Einbildung, aber auf einmal spürte er das Alter... Er hätte schwören können, daß seine Knie hörbar knackten, und er bemerkte ein Ziehen im Oberschenkel. Seine Körpermasse schien sich verdreifacht zu haben, so daß er sich anstrengen mußte, um seinen Kopf aufrecht zu halten.

»Captain?«

Plötzlich wurde ihm bewußt, daß Anik genau vor ihm stand. Was machte sie dort? Warum stand sie nicht an ihrem gewohnten Platz neben seinem Sessel?

»Ja, Commander?«

Anik neigte auf ihre charakteristische Weise den Kopf. »Wir... warten auf Ihre Befehle, Captain.«

»Ja. Natürlich.« Er entließ einen zitternden Seufzer. »Setzen Sie Kurs auf die Erde.«

»Kurs liegt an, Captain.«

»Dann bringen Sie uns nach Hause.«

Er starrte auf den Schirm, ohne zu registrieren, wie sich die Sternbilder verschoben, als das große Schiff das Wendemanöver einleitete. Statt dessen sah er voller Erstaunen, wie der Sichtschirm zunächst flakkerte und dann schwarz wurde. Kurz darauf schälte sich ein ganz anderes Bild aus der Dunkelheit.

Es war eine Stadt. Eine Stadt, die Sulu schon seit vielen Jahren nicht mehr gesehen hatte.

Nach allen gültigen Standards war es eine primitive Stadt – doch genau das machte ihren Reiz aus.

Es war das letzte, woran Sulu zu diesem Zeitpunkt denken wollte. Er glaubte, daß er vorübergehend den Verstand verloren hatte, denn es war im Grunde unmöglich, daß er diese Stadt auf dem Hauptsichtschirm der Brücke sah.

An diesem Punkt erkannte er, wie schlecht er geschlafen hatte, als hätte er sich in Vorahnung der kommenden Ereignisse unruhig hin und her geworfen. Er sollte von der Brücke verschwinden und sich in irgendein Loch verkriechen.

Aber er wollte nicht in sein Quartier flüchten. Er wollte nicht wie ein enttäuschtes Kind die Bettdecke über den Kopf ziehen. Er war der Captain der *Excelsior*, und er würde es schaffen, mit dieser Situation fertig zu werden.

Er hatte keine Angst vor seinen Erinnerungen. Er hatte keine Angst, über all das nachzudenken, was er getan hatte. Es war viele Jahre her, seit er sich das letzte Mal mit dieser wilden, verrückten und aberwitzig gefährlichen Woche beschäftigt hatte... und trotzdem war all dies nie allzuweit von seinen bewußten Gedanken entfernt gewesen.

Es gab nichts, was er bereuen müßte. Nichts von dem, was vor etwas mehr als zwanzig Jahren geschehen war. (Vor zwanzig Jahren! Konnte es wirklich schon so lange her sein? Zumindest kam es ihm vor, als wäre es erst gestern gewesen.)

Er bereute nichts. Überhaupt nichts.

Nun...

... vielleicht mit Ausnahme seiner Entscheidung, auf Chekov hören zu wollen...

ZWEITER TEIL

BEGEGNUNG

5

Du kennst das alte russische Sprichwort... Sei vorsichtig mit dem, was du dir wünscht... denn es könnte in Erfüllung gehen«, sagte Chekov.

Ringsum herrschte ein reges Treiben auf den Straßen von Demora. In der Luft hingen die Gerüche nach kochendem Fleisch, und aus allen Richtungen war zu hören, wie die Händler auf dem Basar lautstark ihre Waren anpriesen.

Als Chekov und Sulu die Hauptstraße entlanggingen, wurden sie von frechen Bettlern mit Augenklappen oder langen Bärten bedrängt, ihnen Geld zu geben, sie für irgendwelche Arbeiten anzuheuern oder ihnen ihre Kinder abzukaufen... Die angebotenen Dienstleistungen wurden mit jedem Versuch absurder.

»Ich werde auf ewig Euer Sklave sein, Herr! Ich werde Euch die Stiefel lecken, bis es Euch beliebt, mir einen Tritt in die Zähne zu geben!« sagte ein besonders aufdringlicher Bursche.

»Das klingt nach einem sehr günstigen Angebot«, bemerkte Chekov, ohne mit der Wimper zu zucken, und bat Sulu mit einem Seitenblick um Bestätigung.

Sulu seufzte und schüttelte den Kopf.

»Wir werden darüber nachdenken und uns wieder bei Ihnen melden«, sagte Chekov ernst.

»Vielen Dank, Herr. Meinen ergebensten Dank!« Er verbeugte sich und zog sich schlurfend zurück.

Sulu blicke Chekov fassungslos an. »*Wir werden darüber nachdenken und uns wieder bei Ihnen melden*?«

Chekov zuckte die Schultern. »Er schien es aufrichtig zu meinen.«

Sulu schüttelte erneut den Kopf und beschleunigte seine Schritte, um sich auf seine typische elegante Weise zwischen den Massen hindurchzuschlängeln. Chekov, der sich nicht so geschickt bewegen konnte, mußte seine Ellbogen einsetzen, um vorwärts zu kommen, während er sich fragte, wie Sulu es schaffte, es so einfach aussehen zu lassen.

»Langsam, Sulu!« rief Chekov, als er es endlich geschafft hatte, den Offizier einzuholen. »So kannst du das Ambiente überhaupt nicht genießen!«

»Das Ambiente?« wiederholte Sulu kopfschüttelnd. »Pavel ... wie kann man hier irgend etwas genießen? Was findest du nur daran? Es ist doch einfach nur ... widersinnig!«

»Das ganze Leben ist widersinnig. Wer etwas anderes glaubt, macht nur sich selbst zum Narren. Dort! Hier entlang!« fügte er hinzu, hielt Sulu am Arm fest und zeigte auf ein kleines Café.

Mit einem Seufzer folgte Sulu ihm, und kurz darauf saßen sie an einem winzigen Tisch, wo sie beobachten konnten, wie die Scharen von Touristen vorbeiströmten.

»Es ist lächerlich«, sagte Sulu vermutlich zum hundertsten Mal, seit sie am gestrigen Tag hier eingetroffen waren.

»Aber du hast dir genau dies gewünscht, wie ich bereits erwähnte«, rief Chekov ihm in Erinnerung. »Du hast gesagt, du wolltest etwas Exotisches. Etwas Abenteuerliches. Nun ...?« Mit einer Handbewegung umfing er die gesamte Stadt.

»Pavel!« sagte Sulu und beugte sich vor, während er seine Kaffeetasse zur Seite schob. »Siehst du es denn nicht? Es ist alles ... künstlich!«

Natürlich hatte er recht.

Es war nicht über Nacht geschehen. Die Verwandlung Demoras von einer öden Wüste in eine Touristenattraktion hatte einige Jahre beansprucht. Doch es war die logische Folge der vorhandenen technischen Möglichkeiten gewesen. Schließlich wurde die Terraforming-Technologie dazu benutzt, um eine erdähnliche Umwelt auf fernen Welten zu erschaffen. Also war es nur logisch, daß dieselbe Technologie auch dazu eingesetzt wurde, um bestimmte Regionen der Erde zu verändern – während gleichzeitig ein Teil des ursprünglichen Ambientes erhalten blieb.

Eine Gruppe privater Investoren hatte einen Teil der Sahara gekauft und die Landschaft in eine bewohnbare Umgebung verwandelt. Stationäre Satelliten hingen mehrere tausend Meter über Demora, hoch genug, um bestenfalls als kleine Punkte am Himmel erkennbar zu sein, aber trotzdem schirmten sie effektiv die Intensität der Sonneneinstrahlung ab. Im Boden gab es Luftbefeuchter, die die Luft atembarer machten, ohne vollständig den Flair der Wüste zu vertreiben – gerade genug, damit die Gäste sich hier nicht allzu unwohl fühlten. Schließlich bestand der Sinn der Aktion darin, den Leuten ein besonderes Freizeitvergnügen zu bieten. Sie sollten sich an geheimnisvolle, romantische und abenteuerliche Städte wie das berühmte Casablanca erinnert fühlen.

Im Gegensatz zu einem simplen Vergnügungspark war Demora eine richtige Stadt mit richtigen Bewohnern.

Dazu gehörten natürlich auch etliche Angestellte der Eigentümer. Sie erhielten freie Kost und Logis und verbrachten ihre Freizeit in luxuriösen unterirdischen Wohnkomplexen. In gewisser Weise handelte es sich um Schauspieler. Sie waren eingestellt worden, um den Touristen Farbe und Aufregung zu bieten, wenn sie ihre Rollen als zwielichtige, aber letztlich unterhaltsame Bewohner der Unterwelt von Demora spielten.

Aber hier gab es auch echte Geschäftsleute. Die meisten betrieben Läden oder Stände in Demora. Die Geschäftsleitung schöpfte zehn Prozent von allen Einnahmen ab und stellte außerdem Unterkünfte in unterschiedlichen Preisklassen zur Verfügung. Es war ein inspirierender Ort für Künstler, Handwerker oder gar künftige Unternehmensgründer. Es war beinahe wie eine Zeitreise in die Vergangenheit, in der man sich häuslich niederlassen oder ein Geschäft eröffnen konnte. Die Ladenpächter hatten sogar ihre eigene Interessengemeinschaft gegründet, in der über alle lokalen Angelegenheiten abgestimmt wurde. Selbst eine Schule war vorhanden, die von den wenigen Kindern besucht wurde, die ebenfalls hier lebten.

Es gab gewisse Bedenken wegen der Kinder, die in der Stadt geboren waren und hier aufwuchsen. Es war noch kein akutes Problem, aber bereits jetzt wurde über die ethischen Erwägungen diskutiert. Man mußte sich nur vorstellen, daß jemand in der isolierten und einzigartigen Umgebung von Demora groß wurde und später – aus welchen Gründen auch immer – mit der ›wahren‹ Welt konfrontiert wurde. Der Kulturschock konnte verheerend sein, doch mehrere erhitzte Debatten in der Stadtversammlung hatten bisher nicht zu einer Lösung des Problems beitragen können.

Dann waren da natürlich die Touristen. Die meisten hatten eine Pauschalreise gebucht, in der die Unterbringung in einem der prächtig ausgestatteten Luxushotels von Demora eingeschlossen war. Doch Begegnungen mit der Stadtbevölkerung waren selbstverständlich.

Einige Touristen gingen sogar so weit, daß sie sich Kostüme besorgten und als Bettler, Musiker oder

Zauberkünstler durch die Straßen zogen. Einmal verbrachte ein junges Ehepaar dort seine Flitterwochen, hatte jedoch nur sehr wenig Geld zur Verfügung. Die beiden suchten sich eine Straßenecke, wo die junge Frau – in einem knappen und hauchdünnen Gewand – Bauchtänze vorführte, während ihr Ehemann sie auf der Trommel begleitete. Am Ende jeder Vorstellung reichten sie einen Hut herum, um Geld zu sammeln. Als sie wieder abreisten, war ihre finanzielle Situation besser als zum Zeitpunkt ihrer Ankunft.

Es gab sogar Angestellte in Demora, die als völlig durchschnittliche Touristen verkleidet waren. Auf den ersten Blick wirkten sie ganz normal, doch wenn man einige Zeit mit diesen Leuten verbrachte, bemerkte man, daß sie irgendein dunkles Geheimnis mit sich herumtrugen. Während eines Gesprächs kam es vor, daß sie plötzlich die Stimme senkten, sich mißtrauisch umblickten und etwas murmelten wie: »Jetzt ist keine gute Zeit zum Reden. Wir werden uns später wiedertreffen. Passen Sie gut auf, was hinter Ihrem Rücken vor sich geht!« Dann verschwanden sie in den ständig lauernden Schatten von Demora und wurden normalerweise nie wieder gesehen.

Die Stadt war von einer Mauer umgeben, angeblich um sie vor Räubern aus der Wüste zu schützen. (Der Angriff der Räuber erfolgte jeden Sonnabend um Punkt 19.00 Uhr. Man konnte Sitzplätze an strategisch günstigen Stellen der Stadtmauer buchen oder das Geschehen über einen Bildschirm verfolgen, wenn man keine so große Abenteuerlust verspürte oder knapp bei Kasse war.) Der einzige Zugang zur Stadt war das Haupttor, an der ein symbolisches Eintrittsgeld erhoben wurde. Es war natürlich nur gering, weil die Eigentümer von Demora (denen – was kaum überraschen dürfte – ein gewisser Herr Demor vorstand) niemanden vom Besuch abschrecken wollten. Es war besser, die Leute zu beruhigen, damit sie größere Summen im Innern der Stadt ausgeben konnten. Wenn die Besucher bereits die Hälfte ihres Budgets am Stadttor hätten abgeben müssen, wären sie um so sorgfältiger mit dem Rest umgegangen. Wenn das Eintrittsgeld jedoch nur einen kleinen Bruchteil von dem darstellte, was ein durchschnittlicher Besucher zur Verfügung hatte, würden sie viel entspannter durch das Stadttor treten. Und damit war es fast unvermeidlich, daß sie den gesamten Rest ihrer Barschaft mit vollen Händen ausgaben.

Die Menschheit hatte sich im Lauf der Jahrhunderte in vielerlei Hinsicht geändert. Das Grundprinzip jedoch, wie man Kunden um ihr Geld erleichterte, war identisch geblieben.

Im Augenblick kam sich Sulu wie ein Kunde vor, dem man gerade das letzte Geld aus der Tasche gezogen hatte.

»Du hast gesagt, du wolltest etwas Aufregendes«, sagte Chekov. »Das verstehe ich nicht.«

»Nein«, erwiderte Sulu seufzend. »Ich glaube, das kannst du nicht verstehen.« Er erhob sich vom Tisch. »Wir sehen uns im Hotel, Pavel«, sagte er.

»Im Hotel. Aber wieso? Der Tag ist noch jung!«

Doch Sulu antwortete ihm nicht mehr, sondern ging einfach fort, ohne sich noch ein einziges Mal umzublicken.

Sulu saß auf der Veranda und beobachtete, wie die Sonne sich dem Horizont näherte. Es war wie immer ein wolkenloser Abend. Zu dieser Zeit wurde es in der Wüste richtiggehend kühl. Die Ärmel seiner leichten Kleidung flatterten in der Brise. Auf dem Tisch neben ihm stand ein Drink, den er jedoch kaum angerührt hatte. Inzwischen war das Eis ohnehin längst geschmolzen und hatte das Getränk verwässert.

Er hörte, wie sich die Tür zu seinem Zimmer knarrend öffnete. Es hatte eine Weile gedauert, bis er sich an Türen gewöhnt hatte, die mit einem Griff bedient wurden. Unmittelbar nach ihrer Ankunft war Sulu direkt gegen die Tür gerannt, weil er fest davon ausgegangen war, daß sie bei seiner Annäherung selbsttätig zur Seite gleiten würde. Diese Gedankenlosigkeit hatte ihm eine schmerzende Nase und lautes Gelächter von Chekov eingebracht.

»Hallo«, sagte Sulu, ohne sich umzudrehen.

Er hörte, wie die Tür wieder geschlossen wurde, und vernahm dann ein leises Brummen, gefolgt vom Rascheln einiger Pakete, die unsanft auf einem Tisch abgestellt wurden. Dann trat Chekov neben ihn.

»Hübsch«, sagte Chekov, als er auf den Sonnenuntergang blickte. Die Sonne bildete die strahlende Spitze eines Obelisken, der in den Himmel ragte. »Also…« sagte er dann, »willst du mir jetzt sagen, was du auf dem Herzen hast?«

»Eigentlich nicht«, erwiderte Sulu. Er stand auf und ging zum Tisch, um sich Chekovs Einkäufe anzusehen. Ein oder zwei Hemden, eine knallbunte Statue, ein kleiner Gebetsteppich und weiterer Krimskrams. »Du warst sehr fleißig.«

»Sulu«, fragte Chekov geduldig, »was bedrückt dich? Ich dachte, es würde dir hier gefallen.«

»Gefallen?« Sulu warf ihm einen skeptischen Blick zu. »Chekov, diese Stadt ist ein einziger Witz! Warum konnten wir nicht irgend etwas Normales machen?«

»Weil du genau das nicht wolltest, wie du dich vielleicht erinnerst? Ich selbst hatte es vorgeschlagen.« Chekov ging mit langen Schritten im Zimmer auf und ab und unterstrich seine Worte mit großartigen Gesten. »Und du hast gesagt: ›Wo bleibt das Abenteuer, Pavel? Die Aufregung? Was ist ein Ausflug in die Berge, eine Besichtigung der Naturwunder der Erde gegen das, was wir bereits gesehen haben?‹ Erinnerst du dich an deine Worte?«

»Ich erinnere mich, daß ich es ohne deinen charmanten russischen Akzent gesagt habe«, erwiderte Sulu, worauf Chekov mit einem verächtlichen Schnaufen reagierte. Er ließ sich auf eins der zwei Betten fallen. Es war erstaunlich bequem – viel bequemer, als sein Bett an Bord der *Enterprise* gewesen war. Er blickte sich im Zimmer um, auf die Rattanmöbel, die gekachelten Wände und den riesigen Ventilator, der sich langsam an der Decke drehte. »Aber ich habe an etwas anderes als das hier gedacht.«

»Und woran hast du gedacht? Wir beide haben unsere Familien besucht. Wir haben uns ein wenig Spaß verdient, solange die *Enterprise* überholt wird. Die Erde ist unsere Heimat, Mister Sulu. Wir sollten das hier genießen, solange wir die Gelegenheit dazu haben.«

»Das kann ich nicht.«

Chekov starrte Sulu verständnislos an. »Wie bitte?«

»Verstehst du denn nicht, Pavel? Genau das ist ein Teil des Problems. Ich fühle mich hier irgendwie... fremd. Leute wie du und die anderen Offiziere – ihr kehrt auf die Erde zurück, und ihr habt das Gefühl, heimgekommen zu sein. Aber wenn ich die Erde betrete, kann ich nur noch daran denken, wie ich möglichst schnell wieder fortkomme.«

»Ich verstehe«, sagte er leise.

»Wirklich?« fragte Sulu. »Es ist nicht einfach, Pavel. Wenn man feststellen muß, daß man sich in einem Raumschiff wohler fühlt als auf dem Planeten, auf dem man geboren wurde.«

»Aber warum geht es dir so?«

»Weil die Erde langweilig ist, Pavel! All die Dinge, die ich gesehen und getan habe... und was mache ich, wenn ich zurückkehre? Ich sitze herum und plaudere mit meiner Familie. Ich versuchte ihnen begreiflich zu machen, was ich erlebt habe, aber sie verstehen es kaum. Wie kann man ihnen Wesen wie Trelane oder Charlie Evans erklären? Wie soll ich ihnen erklären, daß die Welt, die sie kennen, verschwand und durch eine andere Zeitlinie ersetzt wurde, in der Hitler den Zweiten Weltkrieg gewann? Meine Mutter fragte mich, wie ein typischer Tag für mich aussieht. Nun, ich will versuchen, es zu erklären, Mutter. Da gab es einen sehr typischen Tag, an dem eine Wahnsinnige ihren Geist mit unserem Captain austauschte. Oder den typischen Tag, an dem wir einem Planeten-Killer gegenüberstanden. ›Du meine Güte, Hikaru, das klingt ja furchtbar! Bekommt ihr denn niemals Landeurlaub?‹ Ja, sicher, Mutter. Und es kann sogar sehr entspannend sein, wenn nicht gerade ein Samurai aus dem Nichts hervorspringt und versucht, mich mit seinem Schwert zu zerstückeln.«

»Worauf willst du hinaus?« fragte Chekov recht nüchtern.

»Worauf ich hinaus will? Chekov, es geht darum, daß ich all diese neuen Lebensformen und fremden Zivilisationen gesehen habe, und wenn ich auf meinen Geburtsplaneten zurückkehre, muß ich feststellen, daß die Menschen, die ich am meisten liebe, mir völlig fremd geworden sind. Meine Erlebnisse fanden in Gesellschaft anderer Menschen statt, und diese Erfahrungen haben mich verändert. Wenn man ›heimkehrt‹, gibt es diese Erwartung, daß man plötzlich wieder so wird, wie man früher einmal war. Aber das kann ich nicht. Ich habe zuviel durchgemacht. Wir sind soeben von unserer Fünfjahresmission zurückgekehrt, und ich kann nur daran denken, so schnell wie möglich von der Erde zu flüchten, wenn die *Enterprise* wieder einsatzbereit ist. Als ich mich damals für eine Starfleet-Karriere entschied, war es eine schwere Entscheidung, weil ich wußte, daß ich meine Familie mehrere Jahre lang nicht sehen würde – falls ich sie überhaupt jemals wiedersehen würde. Das war schwerer, als ich mit Worten ausdrücken kann. Früher gründete sich mein ganzer Stolz auf meine Familie und meine Herkunft. Doch wenn ich jetzt mit ihnen zusammensitze... langweile ich mich nur. Es gibt kein besseres Wort dafür. Ich langweile mich furchtbar.«

»Und warum bist du gelangweilt?«

»Weil ich etwas Aufregenderes erleben möchte. Ich will an meine eigenen Grenzen stoßen.« Sulu schwang sich vom Bett und ging wieder auf die Veranda hinaus. Die Sonne stand jetzt sehr tief und tauchte den Sand in ein warmes Rot. Und die Sterne... sie wurden bereits vereinzelt sichtbar. Er starrte sehnsüchtig zu ihnen hinauf, studierte die Sternbilder, ihre relativen Positionen und stellte sogar einige Kopfrechnungen an, wie lange es dauern würde, von einem Stern bis zum anderen zu reisen. Und er tat es nur aus dem Grund, weil es ihm Spaß machte, es zu tun.

»Wenn ich an der Pilotenkonsole der *Enterprise* sitze... kann jede Sekunde, wirklich *jede Sekunde* etwas passieren. Wenn ich Dienst habe, bin ich jede einzelne Sekunde jeder einzelnen Minuten voll da. Ich warte ab, was als nächstes geschehen wird, denn ich weiß genau, daß wir früher oder später mit irgend etwas Ungewöhnlichem konfrontiert werden. So ist es immer wieder. Wie soll ich das meiner Familie erklären?«

»Du hast es gerade mir erklärt.«

»Ja, aber du verstehst, was ich meine.«

»Kannst du dir sicher sein?« sagte Chekov und runzelte die Stirn. »Wenn du es so sehr vermißt... warum bist du dann noch hier? Es wird noch mindestens sechs Monate dauern, bis die Überholung abgeschlossen ist, selbst wenn sie von Mr. Scott geleitet wird. Du hättest einen Posten auf einem anderen Schiff übernehmen können, statt an der Akademie zu unterrichten, wie ich es getan habe. Ich persönlich habe überhaupt nichts gegen die Aussicht, eine gewisse Zeit auf der Erde zu bleiben. Aber du …?«

»Weil es um die *Enterprise* geht«, sagte Sulu seufzend. »Und es ist die Arbeit unter Captain Kirk. Alles das. Ein Posten auf einem anderen Schiff würde mir wie ein Schritt zurück vorkommen.«

»Selbst wenn man dir ein eigenes Kommando anbietet?«

Sulu zuckte die Schultern. »Nun, ich kann mir nur schwer vorstellen, daß ich ein solches Angebot ablehnen würde. Trotzdem«, fügte er nachdenklich hinzu, »käme es auf die Umstände an. Der Pilot eines Föderationsraumschiffs der Constitution-Klasse oder der Captain eines Forschungsschiffs mit zehnköpfiger Besatzung? Vielleicht würde ich ein solches Kommando nicht ohne Zögern übernehmen.«

»Mal sehen, ob ich es richtig verstanden habe«, sagte Chekov langsam. »Du findest, daß die Erde keine Herausforderung für dich darstellt.«

»Das ist im wesentlichen völlig korrekt.«

»Du fühlst dich hier als Außenseiter … als Fremder. Du hast keinerlei Beziehung zu deiner Heimatwelt mehr.«

»Mehr oder weniger.«

»Du möchtest wieder in den Weltraum zurückkehren, auf die *Enterprise*, und bis es soweit ist, vertrödelst du nur deine Zeit.«

»Im Prinzip, ja.«

»Gut«, sagte Chekov, »dann habe ich verstanden.« Er seufzte schwer und schüttelte den Kopf. »Du weißt, daß du jetzt in ernsthafte Schwierigkeiten geraten wirst.«

Sulu blickte ihn verwundert an. »Wieso?«

»Erinnerst du dich noch an das alte russische Sprichwort, das ich vor einiger Zeit erwähnt habe?«

Sulu mußte lächeln. Chekov gab solche Bemerkungen immer mit völlig unbewegter Miene von sich, so daß man niemals wußte, ob er es ernst meinte oder nicht. »Ich war immer davon ausgegangen, daß es aus einer Fabel von Äsop stammt, aber wenn du meinst«, sagte Sulu. »Wir werden es in die altehrwürdige Tradition der ›russischen Märchen‹ einreihen.«

»Gut. Denn es gibt noch ein anderes berühmtes Sprichwort – oder eher einen Fluch –, den du jetzt heraufbeschworen hast.«

»Laß mich raten«, sagte Sulu, während der letzte Rest des Sonnenlichts verschwand und es plötzlich dunkel in der Wüste wurde. »Mögest du in interessanten Zeiten leben.«

Chekov klatschte anerkennend in die Hände. »Du hast meine Gedanken gelesen!«

»Dir ist natürlich bewußt, daß es kein russisches Sprichwort ist.«

Zu Sulus Überraschung erwiderte Chekov entrüstet: »Natürlich weiß ich das! Hältst du mich für einen Trottel? Ich weiß sehr wohl, daß es kein russisches Sprichwort ist.«

»Dann ist es ja gut«, sagte Sulu.

»Sondern ein polnisches.«

Sulu verdrehte die Augen und wandte seine Aufmerksamkeit wieder dem Himmel zu. Die Sonne war jetzt untergegangen, und die Sterne strahlten hell ihre Botschaft aus.

Sulus Herz antwortete stumm ihrem Ruf.

6

Sulu hatte darauf gedrängt, ihren Aufenthalt abzukürzen, aber er hatte sich auch nicht besonders heftig gewehrt, als Chekov es ihm auszureden versucht hatte. In gewisser Weise war er neidisch. Er hoffte, daß die Begeisterung des jüngeren Mannes ansteckend war. Bedauerlicherweise schaffte er es einfach nicht, den gleichen Enthusiasmus wie Chekov zu entwickeln.

Heute hatten sie sich getrennt und wollten sich zum Mittagessen in einem Restaurant an der Ecke Humphrey und Rick's wiedertreffen. Sulu beobachtete kopfschüttelnd und mit verschränkten Armen, wie ein ›Polizeibeamter‹ einige Touristen über einen unangenehmen Zwischenfall in einem Café befragte. Mit völlig ernster Miene hatte er sich an Sulu gewandt und ihn gefragt, ob er irgend etwas bemerkt hatte. Sulu verneinte höflich.

Dann ging er weiter und rätselte wieder, was in aller Welt Chekov so aufregend an dieser Stadt fand. Alles war so künstlich, so aufgesetzt. Im Vergleich zu den natürlichen Wundern, die der Weltraum zu bieten hatte, war Demora ein schlechter Witz. Es war ein nettes Ausflugsziel für Leute, die ansonsten ein geordnetes Leben führten. Aber nicht für jemanden, der den Schein von tausend verschiedenen Sonnen gesehen hatte, der ferne Welten betreten hatte, die nicht einmal einen Namen besaßen.

Es war erst zehn Uhr morgens, aber Sulu langweilte

sich bereits. Er bewegte sich durch die Straßen und kam sich dabei völlig deplaziert vor. Ein altertümlicher Motorenwagen brummte vorbei. Der Fahrer gestikulierte herrisch, daß die Leute ihm Platz machen sollten. Sulu trat zur Seite, schüttelte den Kopf und fragte sich, wie die anderen Leute sich so mühelos in diesem Unsinn verlieren konnten...

Er bemerkte sie erst, als es bereits geschehen war.

Sie stieß heftig gegen ihn und brachte ihn beinahe aus dem Gleichgewicht. Trotzdem war er sofort in Sorge um ihr Wohlergehen. »Hoppla!« rief er. »Haben Sie sich etwas getan?«

Zuerst schien sie ihn gar nicht richtig wahrzunehmen. Sie war unübersehbar chinesischer Abstammung, hatte langes schwarzes Haar und einen leicht verwirrten Blick. Ihr dreieckiges Gesicht wies sehr feine Züge auf.

Und ihre Augen ... ihre Augen waren grün. Das war ungewöhnlich, um es vorsichtig auszudrücken. Grün wie Smaragd, mit einem Funkeln wie von Diamanten darin.

Sie blickte sich über die Schulter um. Die Schulter war bloß, da das weite weiße Hemd, das sie trug, ein wenig verrutscht war. Und Sulu entdeckte ein kleines, karoförmiges Muttermal auf ihrer Schulter. Als sie bemerkte, wohin er sah, rückte sie hastig ihr Hemd zurecht und machte sich wieder auf den Weg.

»Ist alles in Ordnung?« sagte er. Sie schien ihn immer noch nicht richtig wahrzunehmen. Er versuchte, mit ihr Schritt zu halten. »Ist irgend etwas pass...«

»Entschuldigen Sie, bitte«, sagte sie schnell. Dann legte sie ihm eine Hand auf den Rücken und schob sich an ihm vorbei.

Sulu blickte ihr nach, als sie um eine Ecke verschwand. »Seltsam!« murmelte er und zuckte mit den Schultern.

Doch dann bemerkte er etwas noch Seltsameres. Drei Männer eilten um dieselbe Ecke, hinter der die Frau vor wenigen Augenblicken verschwunden war. Es sah fast so aus, als würden sie sie verfolgen.

Sulu blickte sich um, doch anscheinend war keinem der anderen Passanten etwas aufgefallen. Also folgte er den Männern, beschleunigte seine Schritte und bog gerade noch rechtzeitig um die Ecke, um zu sehen, wie die drei Männer einige Meter entfernt dastanden und sich enttäuscht umschauten.

Die dreiköpfige Gruppe setzte sich aus sehr unterschiedlichen Typen zusammen. Einer war ein Asiate, dessen Haar knapp über der Schädeldecke geschoren war. Der zweite war ein Weißer von großem Wuchs und kräftigem Körperbau, mit schulterlangem blonden Haar, das ihm einen nordischen Anstrich verlieh. Der dritte war ein Schwarzer, ein hagerer und sehniger Typ, kahlköpfig, aber mit einem dichten, lockigen Bart.

Von der Frau war nichts zu sehen.

Dann entdeckten die drei Männer ihn und warfen sich schnell einen Blick zu. Offensichtlich hatten sie ihn als den Mann erkannt, mit dem die geheimnisvolle Frau vor wenigen Momenten gesprochen hatte.

Gleichzeitig marschierten sie los, direkt auf Sulu zu. In ihren Augen stand der gleiche feindselige Ausdruck…

Und dann wurde ihm alles klar.

Er mußte lachen.

Er war tatsächlich darauf hereingefallen. Er war ihnen sprichwörtlich auf den Leim gegangen.

Alles war nur inszeniert. Ein typischer Demora-Schwindel.

Nein, mehr als das. Die Sache trug die deutliche

Handschrift von Chekov. Schließlich hatte der Russe genügend Andeutungen gemacht – über das Leben in interessanten Zeiten und daß Sulu achtgeben sollte, was er sich wünschte.

Jetzt war plötzlich alles sonnenklar. Chekov hatte die Vorstellung arrangiert. Er hatte sich mit den entsprechenden Stellen in Demora in Verbindung gesetzt und irgendein blödes ›Abenteuer‹ ausgeheckt.

Glaubte er wirklich, daß Sulu so leicht hereinzulegen war? Ging er tatsächlich davon aus, daß Sulu so dumm war?

Das war unwahrscheinlich. Vermutlich hatte Chekov damit gerechnet, daß er es durchschaute, aber gehofft, daß Sulu bereit wäre, das Spiel mitzumachen.

Sulu hätte sofort einen Schlußstrich ziehen können, er hätte es sogar tun sollen. Aber seine lange Freundschaft mit Chekov hielt ihn davon ab. Immerhin hatte sein Freund sich große Mühe gegeben, diese ... Show zu inszenieren. Sollte Sulu sie jetzt einfach platzen lassen, indem er den Schauspielern sagte, sie könnten nach Hause gehen? Würde sich so ein Freund verhalten?

Es war genauso, als hätte jemand eine Überraschungsparty vorbereitet und das ›Opfer‹ schon vorher alles durchschaut. In solch einer Situation wurde erwartet, daß man trotzdem Überraschung zeigte.

Also beschloß Sulu, das Spiel nicht zu verderben, vor allem in Anbetracht der Mühen, die Chekov sich seinetwegen gemacht hatte.

Der Asiate war ihm am nächsten. Vielleicht war er der Anführer der drei, aber das war schwer zu sagen. »Entschuldigen Sie bitte«, begann er mit rollender Stimme. »Diese junge Frau ...«

»Ja?«

»Sind Sie ... zufällig mit ihr bekannt?«

Sulu hielt kurz inne, während er seine Möglichkeiten abwog. Aber im Grunde war es gleichgültig. Er konnte das Spiel genausogut auf die Spitze treiben.

Er trat einen Schritt näher an den Mann heran und sagte mit tiefer Stimme, um so gefährlich wie möglich zu wirken: »Also sind Sie die Leute, von denen sie sprach!«

Jetzt bewegten sich auch die anderen zwei in seine Richtung. Dann sagte der Schwarze mit samtiger Stimme: »Gibt es ein Problem, Taine?«

Der Mann, den er als Taine angesprochen hatte, blickte sich nicht zu seinem Kollegen um. Statt dessen konzentrierte er sich voll und ganz auf Sulu. Sulu hatte das Gefühl, als wäre die Luft plötzlich mit einer bösen Energie aufgeladen.

»Kann schon sein«, sagte Taine ruhig. »Ich bin mir nicht sicher, ob wir es hier mit einem Witzbold oder einfach nur einem Dummkopf zu tun haben.«

Der Schwarze deutete mit einem Kopfnicken auf Sulu. »Er kennt sie?«

»Ich weiß es nicht genau. Vielleicht will er nur den Helden spielen. Sagen Sie mir, Sie Held… wie heißt sie?«

»Ihr Kodename ist ›Jadeauge‹. Mehr müssen Sie nicht wissen.«

Darauf lachten alle drei Männer. Dann begannen sie sich kopfschüttelnd zu entfernen.

»Sie werden die Erfindung niemals bekommen!« rief Sulu ihnen hinterher.

Für ihn war es eine völlig sinnvolle Erwiderung. In Abenteuern wie diesen ging es immer um eine Erfindung. Oder um eine kostbare Statue. Natürlich spielte es in diesem Fall überhaupt keine Rolle. Die Angelegenheit war von Chekov inszeniert worden, und die Leute würden zweifellos jeden neuen Aspekt aufgreifen, den er ins Spiel brachte.

Seine Worte wirkten wie ein Zauberspruch. Das Trio

blieb wie angewurzelt stehen. Der Mann namens Taine drehte sich zu ihm um, und diesmal stand deutliches Mißtrauen in seinen Augen. Die Passanten in der Umgebung achteten überhaupt nicht auf das, was sich zwischen ihnen abspielte.

»Die Erfindung«, sagte Taine langsam, doch dann fügte er in höhnischem Tonfall hinzu: »Also hat ›Jadeauge‹ Ihnen davon erzählt?«

»Jadeauge ist ihr Kodename. Ich ziehe es vor, sie ›Karo Dame‹ zu nennen ... nach ihrem Muttermal.«

Bei diesen Worten wurde Taines Gesicht vorübergehend leichenblaß. Mit unheilvoller Stimme sagte er: »Also gut. Dann werden wir ... reden.«

Er nickte knapp dem nordischen Typen zu. »Thor«, sagte er, »würdest du den Herrn bitte an einen ruhigeren Ort begleiten?«

Thor. Damit war Chekov eindeutig zu weit gegangen. Wie sinnreich, den Mann nach dem germanischen Gott zu benennen! Thor! Das war buchstäblich ein Hammer.

Thor trat vor und umschloß mit seiner Hand Sulus Unterarm.

Sulu reagierte sofort und riß sich mit einer schnellen Armbewegung los. Thor stand einen Moment lang verwirrt da.

»Legen Sie sich nicht mit uns an«, sagte Sulu. »Wir haben eine Organisation im Rücken, deren Macht und Einfluß Sie sich nicht einmal vorstellen können.«

Thors Miene verdüsterte sich, und dann schlug er mit der Faust zu. Sulu konnte sich rechtzeitig ducken, um ihr auszuweichen. Doch der zweite Hieb kam zu schnell, so daß er einen betäubenden Schlag gegen den Kopf erhielt.

Sulu ging zu Boden, als sich in seinem Kopf für eine Weile alles drehte. Diese Kerle meinten es offensichtlich ernst. Sie spielten ihre Rolle sehr gut. Aber schließlich war es genau das, was von ihnen erwartet wurde. Darauf hätte Chekov in jedem Fall bestanden. Vielleicht war Chekov sogar davon ausgegangen, daß Sulu nur darauf hereinfiel, wenn alles echt genug wirkte.

Also gut. Wenn es so war, dann wußte Sulu keinen Grund, warum er mit diesen Kerlen sanfter umgehen sollte als sie mit ihm. Was immer Chekov ihnen bezahlte, Sulu würde dafür sorgen, daß sie sich ihr Geld hart verdienen mußten.

Als Thor sich über ihn beugte, erkannte Sulu sofort seine Gelegenheit. Er holte mit der Faust aus und erwischte Thor genau in der rechten Kniekehle. Die Beine des Mannes klappten unter ihm zusammen. Sulu schlug noch einmal zu, diesmal in die Magengrube seines Gegners, worauf Thor auf den Rücken stürzte.

»Rogers!« rief Taine den Schwarzen zu Hilfe. Dann rückten beide gleichzeitig vor. Thor hatte währenddessen einige Mühe, wieder auf die Beine zu kommen.

Immer mehr Leute versammelten sich, um die Rauferei zu beobachten. In ihren Gesichtern stand der gleiche Ausdruck der Verwirrung.

Sulu sprang zwischen die beiden näher kommenden Gegner. Als Rogers sich herumdrehen wollte, schlug Sulu mit dem Bein nach hinten aus. Sein Fuß traf Rogers' Kopf, worauf der Mann zu Boden ging.

Jetzt lachten und applaudierten die Zuschauer. Für sie bestand nun kein Zweifel mehr, daß sie Zeugen eines Straßentheaters geworden waren, wie es so typisch für Demora war.

Sulu wirbelte herum, um Taine entgegenzutreten. Der Mann hatte sich in eine Verteidigungsstellung gebracht und die Zähne zu einem verächtlichen Grinsen gefletscht.

Sie umkreisten sich eine Weile und versuchten, mit

Scheinangriffen die Schwächen des anderen festzustellen. Für Sulus Geschmack bewegte sich Taine mit viel zuviel Selbstsicherheit.

Sulu trat mit einem Fuß nach Taine, doch der Mann konnte ihn mühelos packen und festhalten. Er wirbelte Sulu herum und warf ihn zu Boden. Dann sprang er und zielte mit beiden Füßen genau auf den Kopf von Sulu, der sich gerade noch rechtzeitig zur Seite rollen konnte. Trotzdem schaffte es Taine, Sulu einen heftigen Tritt in die Seite zu verpassen, der sich anfühlte, als hätte jemand seinen Brustkorb mit einem Kaminhaken durchbohrt.

Einige Meter entfernt hatte ein Teppichhändler seinen Stand aufgebaut. Sulu kam wieder auf die Beine, und während Taine ihm nachsetzte, stieß er hervor: »Ich weiß nicht, wer Sie sind … aber es wird Ihnen leid tun, daß Sie sich in diese Auseinandersetzung …«

Dann griff Sulu sich einen Teppich und schleuderte ihn herum. Er segelte durch die Luft und wickelte sich um Taines Kopf. Für einen kurzen Moment konnte der Mann nichts mehr sehen. Sulu sprang und rammte seine Faust genau gegen die Stelle, unter der sich der Kopf seines Gegners befinden mußte. Taine taumelte und schnappte nach Luft. Sulu konnte mühelos seinen ausgestreckten Armen ausweichen und schlug noch einmal zu. Diesmal ging Taine zusammen mit dem Teppich zu Boden.

»Hah!« rief Sulu und erkannte im letzten Moment aus dem Augenwinkel die Faust, die auf sein Gesicht zuschoß. Dann sah er gar nichts mehr, weil plötzlich alles um ihn herum schwarz wurde.

Chekov saß an einem Tisch des Cafés und trommelte verärgert mit den Fingern auf die Platte. Ein Kellner kam vorbei und fragte höflich: »Können Sie schon absehen, wann Ihr Bekannter sich zu Ihnen gesellen wird?«

»Er hätte schon längst hier sein müssen«, sagte Chekov mit leichter Ungeduld. »Wissen Sie zufällig, wie spät es ist?«

»Zwölf Uhr dreißig«, sagte der Kellner. »Kann ich Ihnen irgend etwas bringen?«

»Das wäre sehr nett. Haben Sie Vodka?«

Der Kellner sah ihn mit verwundertem Blick an. »Entschuldigung... sagten Sie gerade *Wotka*?«

»Nein, nicht Wotka. *Vodka*!«

Dem Kellner war es sichtlich peinlich, während er nervös von einem Fuß auf den anderen trat. »Nun... ich bin mir nicht sicher, ob wir etwas Derartiges führen.«

»Sie haben keinen Vodka?« fragte Chekov fassungslos nach.

»Nein, mein Herr, ich... fürchte, ich habe noch nie davon gehört.«

»Sie haben noch nie von Vodka gehört?«

»Nein. Auch wenn es in der Tat recht exotisch klingt. Vielleicht könnte ich Ihnen statt dessen etwas zu trinken anbieten.«

Chekov starrte den Mann an, als hätte dieser den Verstand verloren. »Etwas zu trinken? Statt...« Er beschloß, das Ganze auf sich bewenden zu lassen, und sagte sehr langsam: »Aber Sie haben doch sicher Mixgetränke im Angebot, ja?«

»Gewiß. Die besten von ganz Demora.«

»Gut.« Chekov überlegte, welcher traditioneller Drink am besten zu diesem altertümlichen Ambiente paßte. »Bringen Sie mir einen Screwdriver«, sagte er schließlich. »Falls Sie so etwas führen.«

»Gewiß, mein Herr.«

Doch bevor der Mann gehen konnte, hob Chekov einen Finger, um noch einen Sonderwunsch anbringen zu können. »Wenn es Ihnen nichts ausmacht ... bitte ohne Orangensaft.«

»Wie bitte? Ohne Orangensaft?«

»Genau das sagte ich, ja.«

»Aber wenn ich Ihnen einen Screwdriver ohne Orangensaft serviere«, erwiderte der Kellner geduldig, »dann bleibt ja nur noch ...«

Plötzlich mußte er grinsen. »Wotka!« sagte er, als er endlich verstand.

»Nein-nein«, sagte Chekov und wackelte tadelnd mit dem Finger. »Nicht Wotka, sondern *Vodka*. Sie müssen darauf achten, wie Sie es aussprechen. Wenn Sie es mit diesem starken Akzent sagen, ist es schwer für die Leute, Sie zu verstehen.«

»Ich werde mir in Zukunft größere Mühe geben.«

»Tun Sie das«, erwiderte Chekov völlig ernst.

Als der Kellner ging, um das Getränk zu holen, schüttelte er amüsiert den Kopf. Chekov mußte natürlich ebenfalls über diesen Wortwechsel grinsen, bis er erkannte, wieviel Zeit darüber vergangen war und daß immer noch nichts von Sulu zu sehen war.

Wo zum Teufel trieb sich der Pilot nur herum?

»Vielleicht«, sagte Chekov zu sich selbst, »ist er einer charmanten jungen Dame begegnet, die seine Zeit beansprucht. Das wäre doch nett. Sehr nett sogar.«

Das erste, woran Sulu dachte, als er wieder zu sich kam, war, daß Chekov eindeutig zu weit gegangen war, auch wenn es ein aufregendes Abenteuer sein sollte.

Er spürte Schmerzen im Gesicht und wollte sich über die Stirn reiben. Doch es ging nicht.

Er saß auf einem Stuhl, die Hände hinter dem Rükken und die Füße an die Stuhlbeine gefesselt. Direkt gegenüber hockte Rogers rittlings auf einem zweiten

Stuhl. Er kniff leicht die Augen zusammen, als Sulu sich rührte.

Der Raum, in dem er sich befand, war nichts Besonderes. Er war dunkel, vermutlich weil die Fensterläden verriegelt waren. Ein Ventilator hing an der niedrigen Decke, drehte sich aber nicht. Es gab noch ein Dachfenster, das jedoch mit einer dicken Dreckschicht bedeckt war, so daß nur sehr wenig Sonnenlicht hindurchdrang.

Aus dem Augenwinkel bemerkte Sulu eine kurze Bewegung in einer Ecke des Raumes. Irgendwelches Ungeziefer, wahrscheinlich eine Maus. Sie verschwand hinter einem schmalen schwarzen Koffer, der an der Wand stand.

»Schau mal einer an, wer da aufgewacht ist!« säuselte Rogers in singendem Tonfall. »Unser großer Held!«

Sulu sagte nichts, sondern starrte den Mann mit stechendem Blick an. Zumindest hoffte er, daß es ein stechender Blick war.

»Sie werden kein Wort aus mir herausbekommen!« sagte Sulu schließlich.

Rogers lächelte herablassend und zog dann ein scharfes Messer aus dem Ärmel seiner Jacke. Er legte die stumpfe Seite vorsichtig an Sulus Kehle und schnurrte: »Oh, ich denke schon. Es wäre doch wirklich zu schade, wenn ein so hübsches Hemd häßliche rote Blutflecken bekommen würde.«

Am anderen Ende des Raumes öffnete sich eine Tür, und Taine trat herein, gefolgt von Thor. Thor schloß die Tür und blieb dort stehen, die kräftigen Arme über der Brust verschränkt. »Ich dachte mir, daß Sie allmählich wieder zu Bewußtsein gekommen sind«, sagte Taine. »Sie haben Glück gehabt, daß Thor so behutsam mit Ihnen umgegangen ist. Ich habe schon erlebt, daß er so hart zugeschlagen hat, daß die bedauernswerten Opfer buchstäblich den Kopf verloren.«

»Sie sollten ihm bei Gelegenheit erklären, daß man seinen Kopf auch für eine intelligente Konversation einsetzen kann.«

Niemand ging auf diese Bemerkung ein. »Ihnen dürfte inzwischen klargeworden sein, in welchen Schwierigkeiten Sie stecken«, sagte Taine. »Wir haben Erkundigungen über Sie eingezogen. Es sieht so aus, meine lieben Freunde, daß wir Lieutenant Commander Sulu von Starfleet zu Gast haben.« Er beugte sich vor und blickte Sulu mit gerunzelter Stirn an. »Und jetzt sagen Sie mir bitte, Lieutenant Commander… Welches Interesse hat Starfleet an Ling Sui? Oh, Entschuldigung, ich meine natürlich Jadeauge. Warum interessiert sich Starfleet für Jadeauge?«

»Das geht Sie überhaupt nichts an«, sagte Sulu, während er sich den Namen einprägte, den Taine gerade erwähnt hatte. *Ling Sui.* Ein Name mit einer angenehmen Melodie. Und ein exotischer Name, der zu einer exotischen Frau paßte. Natürlich mußte es etwas in dieser Art sein. Die Heldin eines solchen Abenteuers konnte unmöglich eine Hausfrau aus einer amerikanischen Kleinstadt sein.

»Da bin ich aber ganz anderer Meinung, mein lieber Mister Sulu. Es geht mich sehr wohl etwas an.« Er beugte sich noch näher zu Sulu herab. »Sind Sie als Undercoveragent im Auftrag von Starfleet hier?«

»Glauben Sie wirklich, daß ich es Ihnen verraten würde? Meinen Sie, ich würde Ihnen alles erzählen, was mir so durch den Kopf geht?« Sulu lachte verächtlich. »Sie scheinen mich wirklich zu unterschätzen.«

Taine betrachtete ihn eine Weile schweigend und kratzte sich nachdenklich am Kinn. »Lieutenant Commander«, sagte er schließlich, »Sie sind entweder ein unglaublich mutiger Held oder ein unglaublich dummer Schwachkopf. Wenn ersteres der Fall ist, habe ich kein allzu großes Problem. Ich werde Sie einfach so lange foltern, bis Sie nachgeben. Und Sie werden irgendwann nachgeben. Es ist nur eine Frage des Aufwandes, wann der Wille eines Menschen gebrochen wird. Wir müssen nur herausfinden, an welchem Punkt Sie bereit sind, Ihren Widerstand aufzugeben. Vielleicht sind Sie stärker, als Sie glauben, oder schwächer, als Sie glauben. Es dürfte letztlich nur von Ihrer Selbsteinschätzung abhängen.

Wenn Sie jedoch ein unglaublicher Dummkopf sind, dann besteht das Problem darin, daß Sie mir überhaupt nichts verraten können. Natürlich würde ich Ihnen das nicht glauben. Davon werde ich erst überzeugt sein, wenn Sie tot sind. Aber wenn es dazu kommt, wird es natürlich zu spät sein. Das wäre ein sehr bedauerliches Resultat für alle Beteiligten, aber ... es ließe sich einfach nicht vermeiden. Man muß immer mit dem arbeiten, was einem zur Verfügung steht, ist es nicht so?«

Sulu starrte den Mann voller Verachtung an. Die Selbstsicherheit in Sulus Gesicht war keineswegs gespielt. Er war fest davon überzeugt, daß er die Situation völlig unter Kontrolle hatte.

Taine schüttelte traurig den Kopf. »Also gut. Dann fangen Sie an, Rogers!« sagte er und schnippte auffordernd mit den Fingern.

Rogers nickte knapp, stand auf und verließ den Raum.

»Was kommt jetzt?« fragte Sulu trotzig. »Elektroschocks? Wahrheitsdrogen? Gedankensondierer?«

»Ich bitte Sie, Lieutenant Commander. Haben Sie denn überhaupt keinen Respekt vor der Umgebung? Keinen Sinn für das Ambiente? Nein«, sagte Taine,

»wir sollten den hiesigen Traditionen unbedingt Respekt erweisen.«

Sulu spürte die Wärmequelle, bevor er sie sah. Rogers kam mit schnellen Schritten herein und trug ein glühendes Kohlenbecken in den Handschuhen. Er blieb stehen und neigte die Schale so weit zur Seite, daß Sulu die rote Glut sehen konnte.

»Wenn ich gewußt hätte, daß wir grillen werden, hätte ich ein Steak mitgebracht«, sagte Sulu trocken.

»Es freut mich, daß Sie sogar unter diesen Umständen Ihre Schlagfertigkeit bewahrt haben, Lieutenant Commander Sulu«, erwiderte Taine. Er hielt eine Hand über die Kohlen und nickte zufrieden. »Ich denke, wir warten noch ein paar Minuten, bis sich die ganze Hitze entfaltet hat. Haben Sie die Werkzeuge dabei, Rogers?«

Rogers nickte und ging zum Koffer, den Sulu bereits vor einer Weile bemerkt hatte. Er ließ die Verschlüsse aufschnappen, öffnete ihn und holte verschiedene Stangen heraus. Sie waren mit Spitzen unterschiedlicher Dicke versehen, und Rogers betrachtete sie eingehend, als wollte er sich den geeigneten Golfschläger für einen besonders schwierigen Schlag aussuchen.

»Rogers ist ein Experte in diesen Angelegenheiten«, sagte Taine.

Sulu mußte ein Lachen unterdrücken. Er wollte wirklich so gut wie möglich mitspielen, aber allmählich ging es etwas zu weit. *Hiesige Traditionen?* Diese Leute wollten primitivste Foltermethoden einsetzen, weil es besser zum Ambiente paßte? Wie weit konnte man das Spiel auf die Spitze treiben?

»Verraten Sie mir jetzt, was Sie planen?« fragte Sulu.

Taine warf ihm einen schiefen Blick zu. »Habe ich richtig gehört? Sind Sie etwa der Ansicht, daß *wir* gekommen sind, um *Ihre* Fragen zu beantworten?«

»Ach, ich dachte nur daran, daß es normalerweise

so abläuft«, sagte Sulu zuversichtlich. »Ich bin schließlich der gefesselte und hilflose Held. Und Sie sind die fiesen und dummen Schurken, die überzeugt sind, daß ich keine Chance mehr habe. Also können Sie mir problemlos alles über Ihren hinterlistigen Plan verraten.«

Die drei Männer blickten sich gegenseitig an, bevor sie sich wieder Sulu zuwandten. Rogers lachte lauf auf, und Thor zog eine finstere Miene. Taine dagegen starrte Sulu einfach nur mit unverhohlenem Mitleid an.

»Sie haben anscheinend zu viele alte Filme gesehen«, sagte Taine im Tonfall des Bedauerns. »Sie sind wirklich ein Dummkopf. Auch gut. Das ist nicht mein Problem.«

Sulu dachte eine Weile nach. »Ach, jetzt verstehe ich! Sie werden hinausgehen, weil Sie sich darauf verlassen, daß Rogers alles aus mir herausquetschen wird. Aber dann, wenn meine Chancen etwas gerechter stehen, werde ich es schaffen, mich von meinen Fesseln zu befreien und ihn zu überwältigen.«

»Nein«, sagte Taine und lehnte sich gegen eine Wand, während er die Arme verschränkte. »Wir werden nirgendwo hingehen. Unsere Leute beobachten alle Ein- und Ausgänge dieser Stadt. Ling Sui kann uns nicht entkommen. Genausowenig wie Sie, Lieutenant Commander, obwohl Ihre Lage im Augenblick etwas prekärer ist.«

»In diesem Fall«, sagte Sulu, »gibt es nur noch einen Ausweg, nämlich die überraschende Rettung in letzter Sekunde.«

Thor schien immer ungeduldiger zu werden. Rogers war damit beschäftigt, seine Werkzeuge in der Kohlenglut zu erhitzen. Und Taine wirkte einigermaßen verwirrt.

»Lieutenant Commander Sulu«, sagte er, »anscheinend gehen Sie davon aus, daß es sich hier um eine Art Spiel handelt. Daß wir irgendeine Show für Sie abziehen. Glauben Sie das wirklich?«

»Er will nur erreichen, daß wir ihn für einen Dummkopf halten«, bemerkte Rogers abschätzig.

»Wenn das so ist, macht er es wirklich überzeugend. Mister Sulu... Sie sind in ernsthafte Schwierigkeiten geraten. Es wird keine Rettung in letzter Sekunde geben. Wir werden nicht die Dummheit begehen und Ihnen all die Informationen zukommen lassen, die Sie haben möchten. Wir werden Ihnen körperliche Schmerzen zufügen, bis Sie uns sagen, was wir wissen wollen. Wenn es nicht anders geht, werden wir Sie töten. Alle anderen Möglichkeiten entspringen einzig und allein Ihrer Phantasie.«

Sulu lächelte grimmig. Die Leute machten ihre Sache wirklich gut, das mußte er ihnen lassen. Vor allem Taine, der Asiate. Er gab sich alle Mühe, seine Drohungen aufrichtig wirken zu lassen. Wenn Sulu nicht so sehr von der Wahrheit hinter dem Ganzen überzeugt gewesen wäre, hätte er sich jetzt womöglich Sorgen gemacht.

»Sie versuchen sich zu beruhigen«, stellte Taine fest. »Wollen Sie es mit stoischer Gelassenheit probieren? Den Geheimnisvollen spielen? Damit werden wir schon fertig. Rogers?«

»Ich bin bereit«, sagte Rogers und holte mit seinen dicken Handschuhen eine Stange aus dem Kohlenbecken. Sulu bemerkte interessiert, daß die Spitze rot glühte. Rauch stieg davon auf.

»Er gehört Ihnen, Rogers«, sagte Taine und deutete auf den gefesselten Starfleet-Offizier.

Rogers kam langsam näher, um jeden Augenblick auszukosten. Sulu beobachtete ihn zuversichtlich und wartete auf die Rettung in letzter Sekunde. Er wußte, daß er jetzt jeden Moment damit rechnen konnte.

Gleich würde er das Singen von Phaserschüssen hören oder sehen, wie jemand durch das Deckenfenster brach.

(Rogers kam näher.)

Irgend etwas, wodurch das Unheil abgewendet wurde, denn in derartigen Situation geriet der Held niemals in echte Gefahr. Er mußte nie grausame und schreckliche Torturen ...

(Die glühende Spitze kam immer näher.)

... über sich ergehen lassen. Niemals durfte glühendes Metall seine Haut berühren, sie versengen, sie verkohlen, so daß sich der Held vor Schmerzen wand und winselnd um Gnade flehte ...

(Er konnte jetzt die Hitze spüren und sah, daß in Rogers' Augen nicht eine Spur von Mitleid stand.)

Und für einen kurzen Augenblick verlor Sulu tatsächlich seine Zuversicht.

Er bewegte sich und zerrte an seinen Fesseln, aber sie gaben nicht nach. Er schaffte es nur, die Blutzirkulation in seinen Händen zu unterbinden.

Seine plötzliche Reaktion ließ Rogers für einen kurzen Moment stocken, bevor er leise kicherte und wieder näherrückte.

»Werden Sie allmählich nervös?« fragte Taine hämisch. »Ist Ihnen aufgefallen, daß die Rettung schon längst hätte eintreffen müssen?«

Es war genau dies, was Sulu plötzlich klargeworden war. Er zerrte heftiger an seinen Fesseln, aber sie zogen sich dadurch immer enger zusammen, während die Spitze immer näher kam.

»Jetzt können Sie uns sagen, was Sie wissen«, forderte Taine ihn auf.

Genau vor Sulus Augen flimmerte die Luft vor Hitze.

Taine wiederholte genüßlich seine Worte. »Sagen Sie uns ... was ... Sie wissen!«

Sulu befeuchtete nervös die Lippen und sagte: »Der *Kursvektor* ist ein mathematischer Ausdruck, mit dem eine Richtung in bezug auf das galaktische Zentrum beschrieben wird. Dieser Ausdruck besteht aus zwei Gradangaben, dem Azimut und der Höhe. Eine Kursangabe mit den Werten null null null Komma null bezeichnet einen Kursvektor, der genau auf den geometrischen Mittelpunkt der Galaxis gerichtet ist.«

Rogers und Taine blickten sich verwirrt an.

Sulu sprach unbeirrt weiter. »Das gleiche Prinzip wird bei der Navigation auf einer Planetenoberfläche angewandt, wo die Werte sich auf den Nordpol des Planeten beziehen. Ein Kursvektor von fünf Grad beispielsweise ...«

»Was soll das?«

»... würde auf einen Punkt ein wenig rechts vom Nordpol zielen. Ein Kursvektor unterscheidet sich dahingehend von einem Positionsvektor, daß der Wert eines Kursvektors unabhängig von der räumlichen Ausrichtung des Raumschiffes ist.«

Es gab eine kurze Pause, und Taine und Rogers schienen davon auszugehen, daß Sulu jetzt fertig war.

Aber er hatte nur Luft geholt.

»Im Gegensatz dazu beschreibt ein *Positionsvektor* eine Richtung, die auf die räumliche Orientierung eines Raumfahrzeugs bezogen ist. Der Positionsvektor gibt die Winkeldifferenz zur aktuellen Ausrichtung des Raumschiffes ...«

»Ruhe!« brüllte Thor plötzlich. Es war seine erste verbale Äußerung, seit Sulu das zweifelhafte Vergnügen seiner Bekanntschaft gemacht hatte. Sulu hatte bereits den Verdacht gehabt, er wäre möglicherweise stumm.

»Was bezwecken Sie damit, Lieutenant Commander?« fragte Taine ratlos.

»Sie haben mich aufgefordert, Ihnen zu sagen, was

ich weiß«, sagte Sulu. »Soll ich Ihnen lieber einen Vortrag über das Degenfechten halten? Oder über verblüffende Erkenntnisse der Botanik? Antike Feuerwaffen von der Erde?«

Taine blickte ihn eine Weile schweigend an.

»Zum Teufel mit diesem Kerl!« sagte er schließlich und wandte sich an Rogers. »Töten Sie ihn. Langsam oder schnell – ganz gleich, es ist mir egal. Aber töten Sie ihn!«

7

Rogers nickte zufrieden über diesen Befehl. Er wandte sich Sulu zu, holte mit dem glühenden Spieß aus und schwang ihn wie einen Baseballschläger herum.

Sulu gelang es, sich vom Boden abzustoßen und den Stuhl zurückzuwerfen, worauf er krachend auf dem Rücken landete, während das Schlagwerkzeug nur wenige Zentimeter über seinem Kopf vorbeizischte.

»Keine Spielchen mehr!« sagte Taine verärgert.

Rogers verzog wütend das Gesicht, als er vortrat. Sulu konnte nichts unternehmen, da er immer noch an den Stuhl gefesselt war, während Rogers die Stange mit beiden Händen packte und mit der Spitze genau auf Sulus Brustkorb zielte.

Genau in diesem Moment zersplitterte das Dachfenster.

Sulus Peiniger blickten nach oben und sahen verblüfft, wie etwas Kleines, Kugelförmiges von oben in den Raum fiel. Als es auf den Boden traf, explodierte es, und in diesem Augenblick wurde alles schwarz.

Sulu hatte keine Ahnung, was vor sich ging. Doch das war nicht die ganze Wahrheit. Sein Selbstvertrauen war zurückgekehrt. Die Rettung war in der Tat in allerletzter Sekunde gekommen. Man hatte ihn recht lange zappeln lassen, aber jetzt gab es für ihn keinen Zweifel mehr, daß dieses Abenteuer von Chekov inszeniert worden war.

Nur hatte er keine Ahnung, wer sein Retter sein sollte oder wie die Rettung bewerkstelligt wurde.

Er hörte die drei Männer schreien, aber sie waren genauso blind wie er. Dann folgten die Geräusche einer Rauferei, dumpfe Schläge und schmerzhaftes Stöhnen.

Endlich zerrte jemand an seinen Fesseln. Es gab einen heftigen Ruck, dann waren seine Hände frei. »Wer ist da?« flüsterte er.

»Schweigen Sie, und Sie werden überleben!« zischte ein weibliche Stimme zurück. Er erkannte sie sofort. Es war Ling Sui.

Dann wurden auch seine Beine befreit. Im nächsten Moment zerrte sie an seinem Arm und sagte: »Kommen Sie schon!«

»Sie ist hier!« war eine wütende Stimme zu hören – die von Taine. »Packt sie!«

»Hier entlang!« flüsterte sie Sulu hektisch zu und drückte ihm etwas vors Gesicht. Plötzlich leuchtete der Raum in einem düsteren roten Licht, und er konnte wieder etwas erkennen.

Offensichtlich hatte sie eine Schwarzbombe eingesetzt, die sämtliche Lichtwellen in der Umgebung verschluckte und es stockfinster werden ließ. Doch mit einer solchen Spezialbrille konnte man sich einigermaßen orientieren.

Er sah, wie die drei Männer in der Finsternis umhertaumelten. Rogers schwenkte eine glühende Stange, mit der er Thors rechten Arm traf. Thor wirbelte wütend herum und schlug wild um sich. Ein Schlag erwischte Rogers' Kopf. Der Mann stürzte, und die Stange fiel scheppernd zu Boden.

»Wir müssen von hier verschwinden«, brummte Ling. Sie umklammerte seinen Unterarm mit festem Griff. Es war, als hätte man ihn in eine Schraubzwinge geklemmt. Dann wurde Sulu plötzlich nach oben gerissen. Er spürte einen Energiestrom, der von ihren Füßen auszugehen schien. Als nächstes nahm er wahr, wie sie durch das Dachfenster schossen.

Sie landeten auf dem Dach, und Sulu blickte sich hastig um. Obwohl Chekov und er schon seit mehreren Tagen in der Stadt waren, hatten sie längst noch nicht alle Straßen kennengelernt. Schließlich erstreckte sich die Anlage über eine Fläche von sechzig Quadratkilometern. Neben ihnen waren weitere Dächer, die ein riesiges Feld aus Teer bildeten, da die Gebäude dicht zusammenstanden.

Ling Sui war natürlich vollständig in Schwarz gekleidet. Nein, nicht vollständig. Sie trug einen kleinen grünen Halsreif mit einem Medaillon. Ihre Stirn war mit einem leichten Schweißfilm bedeckt, doch davon abgesehen wirkte sie weder aufgeregt noch gehetzt. Sie vermittelte den Eindruck, daß sie die Situation völlig unter Kontrolle hatte. Sie riß ihre Brille vom Kopf und forderte Sulu mit ausgestreckter Hand auf, ihr seine zu geben. Er nahm sie ab, worauf sie das Gerät in einen kleinen Beutel an ihrem Gürtel steckte.

»Wo sind wir?« fragte er.

»Im Viertel der Diebe«, antwortete sie.

»Ach ja, natürlich.« Er blickte auf ihre Füße. »Nette Antigravstiefel.«

»Die Energiezellen sind fast leer. Kommen Sie!«

Obwohl die Stiefel recht klobig waren, wenn das Antigravfeld deaktiviert war, schien sie sich dadurch nicht im geringsten behindert zu fühlen, als sie über das Flachdach lief.

Sulu eilte ihr nach – er selbst war schließlich auch nicht gerade schlecht zu Fuß. Sie warf ihm einen kurzen, anerkennenden Blick zu, dann sprangen sie gemeinsam über eine Gasse auf das nächste Dach.

Sulu hielt inne, um Luft zu schnappen, aber Ling

wollte ihr Tempo nicht drosseln. »Kommen Sie!« drängte sie erneut. Er folgte ihr …

… und ein Disruptorstrahl schoß genau über seinem Kopf durch die Luft.

Der Geruch nach erhitzten Ionen hing in der Luft, als er und Ling sich auf den Bauch warfen. Aus der Straße drang wütendes Geschrei herauf, und Sulu wußte sofort, daß die Stimmen zu ihren Verfolgern gehörten.

»Bleiben Sie in Deckung!« sagte die Frau und rannte los. Sulu folgte ihr und dachte: *Soviel zum Thema Traditionen.*

Wieder knisterte die Luft, diesmal nur wenige Zentimeter rechts von Sulu. Die Leute schienen sie recht gut im Visier zu haben. Sulu und Ling traten an die Ecke eines Dachs und konnten sich gerade noch rechtzeitig ducken, als ein Disruptorschuß von der Straße nach ihnen suchte. Sulu hatte nicht einmal Zeit, um zu sehen, wer die Waffe ausgelöst hatte. Er mußte sich ganz darauf konzentrieren, nicht getroffen zu werden.

Ling drehte sich zu ihm um. »Sie müssen mir blind vertrauen«, sagte sie gepreßt.

»Das meinen Sie nicht ernst.«

»Todernst.«

»So kann man es auch ausdrücken«, sagte er und versuchte, möglichst gelassen zu klingen.

Sie zog ihn an sich heran. »Halten Sie sich gut fest!« forderte sie ihn auf.

Er tat es. Ihr Körper war klein und schlank, aber bemerkenswert muskulös. Er bemühte sich, ein Grinsen zu unterdrücken, als er sie packte. »Wann kommt der tödliche Teil des Ernstes?« fragte er.

Hinter ihnen sprang plötzlich eine Dachtür auf. Taine erschien, riß seinen Disruptor aus dem Gürtel und schrie in wütendem Zorn.

»Jetzt«, sagte sie und schaltete die Antigravstiefel

ein. Sie erwachten heulend zum Leben und ließen sie wie zwei Raketen in hohem Bogen über die Dächer fliegen. Von der Straße wurde wieder auf sie geschossen, doch Sulu und Ling bewegten sich viel zu schnell.

Die Dächer rauschten in atemberaubender Geschwindigkeit an ihnen vorbei. Für Sulu war es eine ungewöhnliche Erfahrung. Im Vergleich zur Warpgeschwindigkeit war das hier ein Schneckentempo. Trotzdem hatte er das Gefühl, sich in seinem ganzen Leben noch nie so schnell fortbewegt zu haben. Bald ließen sie das wütende Geschrei ihrer Verfolger weit hinter sich.

Dann erzitterte etwas unter ihnen. Sulu brauchte nur einen kurzen Moment, bis er erkannte, daß die Antigravstiefel dabei waren, ihren Geist aufzugeben.

»Ich habe Sie gewarnt«, sagte Ling nur, während der Schwung sie noch ein Stück weiter trug, bevor sich ihre Flugbahn immer mehr nach unten neigte. Die Straßen kamen mit besorgniserregender Geschwindigkeit näher.

Das wird schmerzhaft, dachte Sulu, als er sah, daß sie genau auf ein Gebäude zusteuerten.

Als seine Piloteninstinkte die Kontrolle übernahmen, warf er sein Gewicht zur Seite und zog Ling mit sich. Sie scherten nach links aus und verfehlten das Gebäude um Haaresbreite. Dann stürzten sie in eine Gasse und wären fast gegen das Gebäude auf der anderen Seite geprallt. Sulu streckte die Beine aus und stieß sich mit den Füßen von der Wand ab, worauf sie in die andere Richtung zurückgeworfen wurden.

Dann ging es nur noch nach unten.

Sie wurden von einer beladenen Wäscheleine aufgefangen, die zwischen den beiden Gebäuden hing. Der Wind bewegte die großen Bettdecken und Überzüge. *Wie praktisch,* dachte Sulu noch, bevor er vom Stoff umschlungen wurde. Sie konnten vorübergehend nichts mehr sehen, aber gleichzeitig wurden sie vor ernsthaften Verletzungen bewahrt, als sie den Boden berührten und durch die Straße schlitterten. Etwa einen halben Meter vor dem Ende der Sackgasse kamen sie zum Stillstand.

Eine Weile sagte keiner von beiden etwas, während sie einfach nur dalagen und nach Luft schnappten.

»Nur der Ordnung halber«, brachte er schließlich hervor. »Mein Name ist Hikaru Sulu.«

Von irgendwo zwischen den Decken hörte er ihre Antwort. »Angenehm. Ich bin Ling Sui.«

Er zog die Decken von ihren Köpfen und blickte in das Gesicht der Frau. Er stellte überrascht fest – obwohl es ihn im Grunde gar nicht so sehr überraschte –, daß ihre Augen amüsiert funkelten.

»Ihnen ist klar«, sagte er, »daß wir unter diesen Umständen einfach heiraten *müssen.*«

Sie neigte den Kopf ein wenig zur Seite und betrachtete ihn belustigt. »Wie kommen Sie darauf?«

»Weil wir eine tolle Geschichte erzählen könnten, wenn unsere Kinder uns fragen, wie wir uns kennengelernt haben.«

Sie lachte verblüfft. »Sie sind ein Unikum«, sagte sie und deutete auf ihre Umgebung. »Anscheinend lassen Sie sich durch diese ganze Exotik hier nicht im geringsten aus der Fassung bringen.«

Das wäre mir nicht so leichtgefallen, wenn ich dieses Spiel nicht durchschaut hätte, dachte er. »Bei meinem Job«, sagte er jedoch, »muß man einiges einstecken können.«

»Offensichtlich. Wir sollten unser Gespräch irgendwo fortsetzen … wo man nicht auf uns schießt.«

Sie kamen auf die Beine und klopften sich den Staub von der Kleidung, doch sie ließen sich nicht eine Sekunde aus den Augen. Die Frau starrte Sulu immer noch an, als könnte sie nicht recht glauben, daß er existierte.

Sulu hingegen war maßlos erstaunt. Anscheinend war dies keine Sache, die Chekov in aller Eile bestellt hatte. Diese Frau und die drei Männer... waren eindeutig Profis. Sie verstanden ihr Handwerk. Beinahe hätte er sich von diesen unwirklichen Vorgängen einwickeln lassen.

Doch zum Glück war er dazu viel zu intelligent.

8

Chekov machte sich allmählich Sorgen. Es wurde bereits Abend, und Sulu war immer noch nicht aufgetaucht. Vielleicht war ihm etwas dazwischengekommen. Oder sie hatten sich mißverstanden, so daß Sulu jetzt in einem ganz anderen Restaurant wartete. Chekov bedauerte es, daß sie ihre Kommunikatoren von der *Enterprise* nicht dabeihatten. Dann hätte er Sulu einfach anrufen und fragen können, wo er sich herumtrieb.

Aber sie hatten keine Kommunikatoren, also stand ihnen diese Möglichkeit nicht zur Verfügung.

Er trat auf die Veranda und trommelte nervös mit den Fingern auf dem Geländer. Er sah die Touristen und Stadtbewohner, die ihren verschiedenen Beschäftigungen nachgingen. Zum ersten Mal wurde ihm die Künstlichkeit dieser Umgebung bewußt. Hier war nichts real. Das einzig Reale war die Tatsache, daß sein Freund verschwunden war und daß er keine Ahnung hatte, warum.

Irgendwann war es genug. Es wurde Zeit, sich mit den Behörden in Verbindung zu setzen. Chekov hatte bislang gezögert, es zu tun, weil er befürchtete, er könnte wie ein Idiot dastehen, wenn er Alarm schlug und sich herausstellte, daß Sulu einfach nur Spaß gehabt und die Zeit vergessen hatte. Aber jetzt sah er keinen anderen Ausweg mehr.

In diesem Moment summte der Kommunikationsbildschirm in der Wand – eins der wenigen Zugeständnisse an moderne Bequemlichkeiten, die es in diesem Zimmer gab. Chekov ging schnell hinüber und drückte auf den Einschaltknopf.

Sulus lächelndes Gesicht erschien auf dem Bildschirm.

»Ich habe mir schon Sorgen gemacht«, sagte Chekov verärgert.

»Klar ... das kann ich mir vorstellen!« erwiderte Sulu mit einem verschmitzten Grinsen.

Es war eine merkwürdige Reaktion für einen Mann, der den größten Teil des Tages nichts von sich hatte hören lassen.

»Ich bin dir auf die Schliche gekommen, Chekov«, sagte Sulu. »Du kannst alles zugeben.«

Chekov blinzelte. Was sollte er zugeben? Daß er sich so sehr um Sulus Abwesenheit gesorgt hatte, daß er bereits die Behörden hatte einschalten wollen? Nun, das konnte er eigentlich problemlos zugeben. »Ja, ich bekenne mich schuldig«, sagte Chekov und versuchte, nicht so verwirrt auszusehen, wie er sich fühlte.

»Ich wußte es!« erwiderte Sulu triumphierend. Er beugte sich vor und sprach in verschwörerischem Tonfall. »Und ich bekenne ehrlich, daß ich beeindruckt bin. Ich wußte, daß du mir die Stadt schmackhaft machen wolltest ... aber ich hätte niemals gedacht, daß du dir so große Mühe machen würdest.«

»Kein Problem«, sagte Chekov gelassen.

»Und *sie* ist die größte Überraschung.«

Chekov blinzelte erneut. »*Sie*?«

»Du mußt gar nicht so unschuldig tun«, sagte Sulu. »Ich hätte wissen müssen, daß ich auf dein Urteilsvermögen vertrauen kann.«

»Das freut mich zu hören«, sagte Chekov nickend, der sich immer noch vorkam, als wäre er im falschen Film. Eins stand jedenfalls fest: Sulu hatte die Bekanntschaft einer Frau gemacht. Natürlich hatten sie beide bereits vor der Ankunft über diese Möglichkeit gesprochen und gemeinschaftlich beschlossen, dem anderen soviel Freiheit zu lassen, wie der Situation gerecht wurde. »Äh, Sulu … wo steckst du jetzt?«

»Bei ihr«, sagte Sulu. Dann sprach er noch leiser. »Sie hat sich hier unter einem Decknamen angemeldet. Eigentlich hätte ich es mir denken können.«

Chekov nickte wieder, als wäre ihm alles sonnenklar. »Wirst du noch eine Weile bei ihr bleiben?«

Sulu machte einen schuldbewußten Eindruck. »Es … wäre wirklich nett. Wenn du nichts dagegen hast.«

»Ach wo!« winkte Chekov lässig ab. »Tu, was dir Spaß macht. Und du bist sicher … daß alles in Ordnung ist?«

»Nun, ein paarmal wurde es ganz schön brenzlig. Aber genau das ist es ja, was die Sache so interessant macht. Wie sagte gelegentlich unser Captain? ›Das Risiko ist unser Geschäft.‹ Ich werde mich wieder melden. Ach ja … und vielen Dank, Chekov!«

»Keine Ursache«, erwiderte er großzügig. »Du mußt dich nicht bei mir bedanken.«

Chekov grinste den verblassenden Bildschirm an. Sulu mußte sich wirklich nicht bei ihm bedanken. Dieser Glückspilz hatte eine bezaubernde Gefährtin gefunden. Warum sollte er auf Chekovs Segen oder seine Erlaubnis angewiesen sein, wenn er diese Bekanntschaft vertiefen wollte?

Chekov hätte auch gerne solches Glück gehabt.

Ling Sui saß in einem Rattansessel und beobachtete Sulu erstaunt, der sich im Zimmer umsah. Es war ein kleiner und dunkler Raum, weil Ling die Vorhänge zugezogen hatte.

»Hier sind wir in Sicherheit«, sagte sie, ohne ihn aus den Augen zu lassen. Dann winkte sie ihm, er solle näher kommen, was er auch tat. Sie hatte lässig eins ihrer langen Beine über das andere geschlagen und zeigte auf den Boden. »Knie dich hin!« sagte sie.

Er blickte sie völlig ruhig an.

»Steh auf!« erwiderte er.

Sie lächelte amüsiert. »Also gut«, sagte sie und erhob sich. »Dann dreh dich wenigstens um.« Aus einer Tasche ihrer Kleidung hatte sie ein kleines Gerät hervorgeholt, das entfernt an eine elektronische Stimmgabel erinnerte.

Er drehte sich um und fragte sich, was sie vorhaben mochte. Er spürte, wie sie mit dem Gerät über seinen Rücken strich. Es gab ein summendes Geräusch von sich. Als sie eine Stelle genau unter seinem rechten Schulterblatt erreicht hatte, wurde das Summen ein wenig intensiver. Offenbar hatte das Gerät gefunden, wonach es suchen sollte. »Bitte beweg dich nicht«, sagte sie. »Gut. Ich habe es.«

»Was hast du?« fragte er, als er sich wieder zu ihr umdrehte. »Die Geheimformel? Wichtige Pläne?«

»Etwas in der Art.«

»Auf einem Mikrochip!«

»Gut geraten.«

»Dürfte ich vielleicht fragen, wie es auf meinen Rücken gekommen ist?«

Sie schien kurz darüber nachzudenken, ob sie ihn einfach anlügen sollte, schien dann jedoch diese Idee zu verwerfen. »Ich habe es dort angebracht«, sagte sie völlig selbstverständlich, »als wir auf der Straße zusammenstießen. Ich wußte, daß sie hinter mir her waren, und falls sie mich tatsächlich erwischen sollten, wollte ich es nicht mehr bei mir haben. Eigentlich hättest du überhaupt nicht in Gefahr geraten dürfen. Und ich wußte, daß ich dich jederzeit hiermit« – sie hob noch einmal das kleine Gerät – »aufspüren und es mir zurückholen konnte. Ich hatte nicht damit gerechnet, daß du versuchen würdest, mir zu Hilfe zu kommen.«

»Ich habe gesehen, wie die Schurken dich verfolgten«, erwiderte Sulu galant. »Ich bin kein Mann, der tatenlos zusehen kann, wie eine Frau in Not gerät.«

»Das ist mir inzwischen klargeworden«, teilte sie ihm mit und warf den Kopf zurück, um sich das lange Haar aus dem Gesicht zu schütteln. Sie hatte es schon ein- oder zweimal getan, seit sie diesen Raum betreten hatten. Offenbar war es eine nervöse Angewohnheit, obwohl er keine Ahnung hatte, weswegen sie nervös sein sollte. Sie war eine ausgezeichnete Schauspielerin mit einer geradezu blendenden Ausstrahlung. Die Rolle der mutigen, geheimnisvollen Heldin war mit ihr hervorragend besetzt. Sie war aufregend und dynamisch – sie hatte alles, was man von einer solchen Frau erwarten konnte. Sulu wußte, daß er bereits dabei war, sich in sie zu verlieben – nur daß er sich vermutlich nicht in sie verliebte, sondern in das, was sie darstellte. Abenteuer und Intrigen. An der Seite einer solchen Frau konnte jede Sekunde ein neues Abenteuer über sie hereinbrechen. Es war ähnlich wie mit seiner anderen großen Liebe zu einer Dame ... die den Namen *Enterprise* trug.

»Ich wußte, daß ich dich kenne«, sagte sie nach einer Weile. »Und den Namen habe ich schon einmal gehört. Hikaru Sulu. Du arbeitest für Starfleet, nicht wahr?«

Natürlich war er nicht überrascht. Chekov hatte ihr bestimmt alle Informationen zukommen lassen, die sie benötigte. Trotzdem interessierte es ihn, wie sie diesen Punkt rechtfertigen würde. »Das ist richtig. Dürfte ich fragen, wie ...?«

»Ach, es gibt mehrere Leute, deren Karrieren ich recht genau verfolgt habe. Es ist so eine Art Hobby von mir. Vermutlich liegt es daran, daß ich meine eigene Starfleet-Karriere vorzeitig abbrechen mußte.«

»Tatsächlich?« sagte er verwundert. »Was ist geschehen?«

»Es ... war nicht meine Sache. Ich bin nicht besonders gut darin, Befehle zu befolgen. Ich denke zu selbständig.« Sie hielt inne und fügte dann hinzu: »Das war natürlich nicht als persönliche Kritik gemeint.«

»Kein Problem.« Er erlaubte sich eine Spur von Stolz. »Wenn du irgendwelche Fragen über Starfleet hast ... oder über die *Enterprise* ... werde ich sie dir gerne ...«

»Ja, ich hätte da wirklich eine Frage.«

Er verschränkte die Arme und wartete ab.

In ihrem Gesicht stand unverhohlene Neugier, als sie sich vorbeugte und fragte: »Wie ist Captain Kirk wirklich?«

Sulu fühlte sich wie ein aufgeblasener Ballon. *Du hast ihr gesagt, daß sie diese Frage stellen soll, nicht wahr, Chekov? Das werde ich dir nicht vergessen, mein Freund!*

»Ja, also«, begann er und räusperte sich. »Er ist ... nun ja, was soll man schon über jemanden sagen, dem man buchstäblich sein Leben verdankt? Kann man einem Menschen ein größeres Kompliment machen? Falls ich jemals das Kommando über ein Raumschiff erhalte und als Captain nur halb so gut wie James Kirk bin ... dann bin ich schon zufrieden.«

Sie musterte ihn aufmerksam. »Das glaube ich nicht«, sagte und schüttelte entschieden den Kopf. »Das klingt, als hättest du dich mit deiner Situation abgefunden. Ich glaube nicht, daß du der Typ bist, der sich ohne weiteres mit irgend etwas zufriedengibt.«

»Und du? Was für ein Typ Frau bist du?«

»Willst du es wirklich wissen?« fragte sie herausfordernd.

Er dachte kurz darüber nach und schüttelte dann den Kopf. »Nein. Wenn ich zuviel über dich weiß, wärst du nicht mehr die geheimnisvolle Frau. Mich interessiert nur, wie es jetzt weitergeht und was du mir schuldig bist.«

Ihr Blick war schneidend wie Stahl. »Du hast dein Leben aufs Spiel gesetzt, und das war sehr dumm von dir. Und ich mußte mein Leben riskieren, um dir aus der Patsche zu helfen. Wenn du nicht beschlossen hättest, den Helden zu spielen, wäre keiner von uns in diese Schwierigkeiten geraten. Was bin ich dir deiner Meinung nach also schuldig?«

Er trat näher und drang damit gewissermaßen in ihre Privatsphäre ein. Doch sie wich keinen Millimeter zurück. Ihre grünen Augen funkelten und erinnerten Sulu mehr als je zuvor an eine Katze.

»Fünfzig Prozent«, sagte er. »Wir sind jetzt Partner.«

Für ihn war es schwer zu erkennen, was ihr durch den Kopf gehen mochte. Wut? Erstaunen? Belustigung? Da war eine Spannung … aber wodurch wurde sie verursacht?

»Was hast du gesagt?« fragte sie in langsamem, gemessenem Tonfall.

Langsam brachte er seine Lippen näher an ihr rechtes Ohr und flüsterte: »Ich sagte … wir sind jetzt Partner.«

Sie entzog sich ihm mit einer anmutigen, tänzerischen Drehung. »Und wie stellst du dir diese Partnerschaft vor«, fragte sie, ohne ihr Erstaunen zu verbergen.

»Ganz einfach. Bis zu diesem Punkt konntest du die ganze Operation nur durchziehen, weil ich es so gewollt habe. Ich könnte alles mit einem einzigen Anruf platzen lassen. Aber das werde ich nicht tun … wenn wir jetzt Partner sind.«

»Wofür hältst du dich, Sulu? Du bist ein Starfleet-Offizier und kein Polizeibeamter.«

»Das ist richtig«, erwiderte Sulu. »Aber ich habe

Grund zur Annahme, daß die Angelegenheit, mit der du befaßt bis, interplanetare, wenn nicht sogar galaktische Konsequenzen hat. Damit kommt Starfleet ins Spiel.«

»Und welchen Grund hast du für diese Annahme?«

»Ich bin von Natur aus mißtrauisch. Das genügt mir als Grund.«

Ihr Mund war nur noch ein hauchdünner Strich. Trotzdem schien das Funkeln ihrer Augen nicht auf Wut, sondern eher auf Faszination zurückzuführen sein.

»Fünfzig Prozent, Ling Sui«, sagte er. »Das ist ein gutes Angebot. Eine Partnerschaft mit einem Starfleet-Offizier wäre für dich gewiß äußerst nützlich... für die Geschäfte, mit denen du gegenwärtig zu tun hast.«

»Richtig«, gab sie zu. Sie überlegte noch eine Weile, um ihre ›Rolle‹ glaubhaft zu spielen. »Zwanzig Prozent«, sagte sie schließlich.

»Jetzt willst du mich offenbar beleidigen. Fünfzig Prozent.«

»Dreißig.«

»Sechzig.«

Sie blinzelte überrascht. »So funktioniert das nicht, Sulu. Wenn ich höher gehe, mußt du mir entgegenkommen, damit wir uns irgendwo dazwischen treffen können. Wenn ich dir beispielsweise vierzig anbiete...«

»Gehe ich auf siebzig«, erwiderte er völlig ernst.

Sie entließ einen schweren Seufzer. »Also gut, fünfzig.«

Er kratzte sich nachdenklich am Kinn. »Ja, meinetwegen«, sagte er schließlich. »Wenn du darauf bestehst, bin ich mit fünfzig einverstanden.«

»Genau das war dein ursprüngliches Angebot.«

»Tatsächlich?« fragte er und blickte sie mit Unschuldsmiene an.

Sie schüttelte den Kopf. »Natürlich habe ich immer noch mit einem großen Problem zu kämpfen. Ich wüßte nämlich keinen Grund, warum ich dir vertrauen kann.«

»Ich habe mein Leben riskiert, um einer Frau zu helfen, die ich gar nicht kenne. Stell dir nur einmal vor, wozu ich in der Lage wäre, wenn unsere Beziehung freundschaftlicher geworden ist.«

Sie musterte ihn nachdenklich. »Aha. Und wie ›freundschaftlich‹ sollte unsere Geschäftsbeziehung deiner Meinung nach werden?«

»Verehrteste!« sagte er und richtete sich auf. »Ich bin in jeder Beziehung ein Gentleman!«

»Tatsächlich?« fragte sie und strich lässig mit ihrem Finger an seinem Unterkiefer entlang. Er hatte das Gefühl, als hätte diese Berührung einen elektrischen Kontakt hergestellt. »Schade. Aber ich wußte, daß du irgendein Manko haben mußt.«

9

Im südwestlichsten Winkel des Viertels der Diebe wurden die Schatten immer länger. Auf den Straßen waren nicht allzu viele Leute unterwegs, abgesehen von denen, die zu ihren Verabredungen zum Abendessen eilten. Außerdem war dieses Stadtviertel selbst in den betriebsamsten Zeiten nicht sehr überlaufen. Schließlich wagten sich nur die abenteuerlustigsten Touristen hierher. Im Viertel der Diebe konnte alles Mögliche geschehen, und auch wenn es nur Show war, war es eindeutig nicht für ängstliche Naturen geeignet.

Sulu und Ling Sui hielten sich nach Möglichkeit in den Schatten, was nicht allzu schwierig war, da es jede Menge dunkler Winkel gab. Ling Sui reckte den Hals, lugte um eine Ecke und zog sich sofort wieder zurück.

»Hat sich unser Kontaktmann schon blicken lassen?« fragte Sulu.

»Noch nicht.«

»Ist er zuverlässig?«

»Ich habe schon einige Male mit ihm gearbeitet. Er heißt Kelles. Sein Vorteil ist, daß er wirklich gut ist. Sein Nachteil ist, daß er weiß, daß er gut ist.«

»Und er ist dein Käufer?«

»Natürlich nicht. Er vertritt die Käufer.«

»Vertraust du ihm?«

Sie blickte sich zu ihm um. »Dir gehen wohl nie die Fragen aus, wie? Werde ich mit ihm zusammenarbeiten? Ja. Der Austausch wird genau hier stattfinden. Ich gebe ihm die Informationen, und er wird unmittelbar danach den Kredittransfer in die Wege leiten. Aber kann ich ihm vertrauen? Natürlich nicht. Ich vertraue niemandem.«

»Nicht einmal mir?« fragte Sulu mit beleidigter Miene.

Aber Ling Sui lächelte nicht. »Dir vertrauen?« erwiderte sie nüchtern. »Einem Starfleet-Offizier, der sich auf dubiose Geschäfte einläßt? Der sich mit einer Unbekannten abgibt, die enge Kontakte zur Unterwelt pflegt? Sulu, wir sollten uns gegenseitig nichts vormachen! Ich neige dazu, Menschen nach Gefühl zu beurteilen. Und mein Gefühl sagt mir, du bist mutig ... und vielleicht sogar jemand, der sich selbst als Frauenheld sieht ... mit einem charmanten Sinn für Ritterlichkeit und einem überentwickelten Heldenmut. Wenn die Zeiten nicht so unruhig wären, würde es mir vielleicht sogar gefallen, eine engere Beziehung zu dir einzugehen. Und wenn du zufällig in meinem Bett landen würdest, würde ich dich bestimmt nicht hinauswerfen.«

»Das ist ... sehr ehrlich«, sagte Sulu und stellte überrascht fest, daß seine Stimme etwas heiser klang.

»Aber ob ich dir vertraue?« sprach sie weiter. »Nein, vertrauen kann ich dir nicht. Ich wäre verrückt, wenn ich es tun würde. Ich werde dir niemals den Rücken zukehren und dich niemals aus den Augen lassen. Und ich rechne damit, daß du mich auf die gleiche Weise behandelst. Denn wenn du es nicht tust, bist du ein Dummkopf.«

»Ich verstehe«, sagte er. »Soll ich ebenfalls aufrichtig zu dir sein?«

»Gib dir keine Mühe«, erwiderte sie. »Da ich dir nicht vertraue, spielt es überhaupt keine Rolle, was du sagst, da ich ohnehin davon ausgehe, daß du mir nie die ganze Wahrheit sagen wirst. Also wäre es völlig überflüssig. Außerdem«, fügte sie hinzu und deutete mit einem Kopfnicken in die Straße, »scheint Kelles zu kommen, wenn ich mich nicht täusche.«

Es war ganz anders, als Sulu erwartet hatte. Die Fahrzeuge, die er bisher in der Stadt gesehen hatte, waren hauptsächlich historische Modelle gewesen. Doch dieses hier war ein beeindruckender Antigravgleiter, ein dreisitziges Shuttle für den innerstädtischen Verkehr, das sich nur wenige Meter über den Boden erhob. Denn nicht jeder besaß eine Lizenz, die höher fliegenden Shuttles zu lenken. Das Resultat wäre Anarchie im Luftraum gewesen – und genauso war es in vergangenen Jahren gewesen, als die Technologie vorübergehend die Fähigkeit der Menschen, damit umzugehen, überholt hatte. Der legendäre Unfall von San Diego, in den zweitausend Fahrzeuge verwickelt waren, wurde immer noch als Beweis für diese Gefahren herangezogen.

Die auf Hochglanz polierte Außenhülle des schlanken Shuttles erinnerte an den Kopf und Schnabel eines Raubvogels. Sulu erkannte dieses spezielle Modell sofort wieder. Es war ein *Wanderfalke* – ein etwas unpassender Name, da es sich nur in Bodennähe bewegte. Die dicken Frontscheiben waren verdunkelt, um neugierige Blicke ins Fahrzeuginnere abzuwehren.

Der *Wanderfalke* hielt wenige Meter von Sulu und Ling Sui entfernt an. Er hing einen Moment lang in der Luft und setzte dann auf den Boden auf. Die Seitentür öffnete sich mit einem seufzenden Geräusch, und ein großer, kräftig gebauter Schwarzer stieg aus. Er trug einen ramponierten braunen Hut, den er sich tief ins Gesicht gezogen hatte, ein weißes Hemd mit brauner Weste und lässige Hosen. Seine schwarzen Stiefel waren schmutzig, als wären sie seit Monaten nicht mehr geputzt worden.

»Kelles!« zischte Ling Sui.

Der Mann blickte gelassen in ihre Richtung. »Sie sind früh dran«, sagte er. Seine Stimme war sehr leise, aber mühelos zu verstehen.

»Was hat es mit diesem Shuttle auf sich?« wollte sie wissen. »Sie haben immer wieder zu mir gesagt, daß man unauffällig bleiben soll. Im Alter scheinen Sie allmählich schludrig zu werden.«

»Schludrig?« wiederholte Kelles beleidigt. »Es handelt sich um angewandte Psychologie, meine Kleine. Wenn ich ein auffälliges Gefährt benutze, werden meine Feinde mich übersehen, weil sie denken, daß ich niemals so dumm wäre.«

Ling machte nicht den Eindruck, als hätte dieses Argument sie überzeugt.

Kelles hatte inzwischen Sulu von oben bis unten gemustert. »Wer ist das?« fragte er. Seine Aufmerksamkeit galt Sulu, seine Worte waren jedoch an Ling gerichtet.

»Das spielt keine Rolle.«

»Für mich schon«, sagte Kelles mit einem gefährlichen Unterton in der Stimme.

Sulu fragte sich, welche Rolle diese neue Figur im großen Plan spielte. Anscheinend gab es nur eine logische Antwort. Dieser Kerl namens Kelles würde diese ganze Farce zu Ende bringen. Ling würde ihm geben, was immer sie angeblich gestohlen haben mochte. Er würde sie bezahlen. Vielleicht gab es kurz vor Schluß sogar noch ein oder zwei gefährliche Situationen. Aber dann wäre alles vorbei. Ling würde etwas sagen, das angemessen geheimnisvoll klang, und in den dunklen Gassen des Viertels der Diebe verschwinden. Ende des Abenteuers.

Für Sulu war es nur schwer zu glauben, daß all dies an nur einem einzigen Tag geschah. Er mußte zugeben, daß Chekov wirklich alle Register gezogen hatte.

»Das ist mein neuer Partner. Wir können später darüber reden«, sagte Ling ungeduldig. »Soweit wir wissen, ist man Ihnen gefolgt, Kelles.«

Kelles starrte sie fassungslos an. »Niemand folgt mir, Ling. Das kann ich Ihnen versprechen. Wo ist es?«

Sie griff nach dem Beutel, der an ihrem Gürtel hing.

Sulu wußte selbst nicht, warum ihm in diesem Moment seine eigenen Worte wieder durch den Kopf gingen. Die Worte, mit denen er beschrieb, wie es war, an der Pilotenkontrolle der *Enterprise* zu sitzen, das Gefühl ständiger Aufmerksamkeit …

Jede Sekunde kann etwas passieren …

Dann explodierte Kelles' Kopf.

Natürlich hatte Sulu überhaupt nicht damit gerechnet. Schließlich schien bis zu diesem Punkt alles völlig normal abgelaufen zu sein. Erst kurz darauf wurde das Summen des Disruptors hörbar, mit dem auf Kelles geschossen worden war. Es war ein unangenehmes Geräusch, als sammelte sich ein Schwarm Hornissen zum Angriff.

Für einen kurzen Moment hatte Sulu das Gefühl, als könnte er alles gleichzeitig wahrnehmen. Er sah seine Jacke, auf die das Blut von Kelles spritzte. Er sah, wie Kelles' Körper langsam zu Boden stürzte. Er sah Ling Suis entsetzten Gesichtsausdruck, wie sie erbleichte. Er sah sogar den Schützen auf einem Dach, wie er mit dem Disruptor anlegte. Und er sah, daß die Tür zum *Wanderfalken* immer noch offenstand.

Er hatte seinen Kurs gesetzt. Jetzt mußte er nur noch für Bewegung sorgen.

Bevor Kelles' Leiche auf dem Boden auftraf, hatte Sulu ihr Handgelenk gepackt und zerrte Ling zum Gleiter. Ein zweiter Disruptorstrahl schoß über ihre Köpfe hinweg. Ziemlich knapp, aber trotzdem daneben. *Nicht darauf achten! Auf Kurs bleiben!*

Er stieß die Frau geradezu in das Fahrzeug, bevor er hinterhersprang. Das Shuttle schwankte unter seinen

Füßen. Er hatte die Kontrollen mit einem Blick erfaßt. Er hatte noch nie in seinem Leben ein solches Modell geflogen, aber das spielte keine Rolle. Ein Blick genügte, um zu erkennen, wie dieses Fahrzeug bedient wurde.

Er sprang in den Pilotensitz und ließ die Finger über die Konsole huschen. »Anschnallen!« rief er, als die Maschinen dröhnend zum Leben erwachten. Das Gefährt machte einen Satz nach vorn…

…und jemand warf sich durch die immer noch geöffnete Tür herein.

Sulus Kopf fuhr alarmiert herum. Es war ein Mann, den Sulu noch nie zuvor gesehen hatte und der ungefähr die Ausmaße eines Berges besaß. Aufgrund der Bewegung des Shuttles war er aus dem Gleichgewicht geraten.

Ling Sui hielt sich an den zwei weiteren Sitzen fest und machte sich bereit. Sie hob die Beine und stieß sie dem Eindringling gegen die Brust. Er taumelte und ruderte mit den Armen. Dann ließ Ling los. Sie sprang durch die Luft und drehte sich im Flug, wobei sie einen Schlag gegen den Kopf des Mannes landen konnte. Er knurrte kurz – es war der einzige Laut, den er während des ganzen Zwischenfalls von sich gab – und fiel dann rückwärts aus dem Shuttle.

Die ganze Aktion hatte nur wenige Sekunden gedauert. Sulu, der sofort die Steuerung des *Wanderfalken* unter Kontrolle gehabt hatte, benötigte einen Moment, um etwas so Einfaches wie den Mechanismus zum Schließen der Türen zu finden. Doch schließlich entdeckte er die Taste und drückte darauf, worauf die Tür zischend verriegelt wurde.

Der Gleiter erzitterte, als er von etwas getroffen wurde. Sulu wußte sofort, daß es ein Disruptorschuß war, der genau auf das Fahrzeug gezielt worden war. Zum Glück hatten Handdisruptoren zwar eine verheerende Wirkung auf menschliche Körper, aber kaum auf massive unbelebte Objekte wie ein Shuttle.

Die Fußgänger sprangen zur Seite, als der *Wanderfalke* über die Hauptstraße brauste. Sulu konsultierte hastig die Außenmonitore, um sich einen Überblick über die Umgebung zu verschaffen. Dann erlaubte er sich einen kurzen Blick auf Ling Sui. Sie starrte geradeaus, während sie ihre Sicherheitsgurte schloß. Ihr Gesicht war leicht gerötet, aber ansonsten hatte sie sich sehr schnell wieder gefangen.

Für Sulu war die Sache nicht ganz so einfach.

In dem Augenblick, als Kelles' Kopf explodiert war, war er zu einer Erkenntnis gelangt, deren Konsequenzen ihm erst jetzt allmählich bewußt wurden, als er Ling Sui betrachtete.

»Dieser Mann ist tot. Richtig tot.«

»Ich weiß«, sagte Ling Sui gepreßt. »Verdammter Kerl, ich habe ihn gewarnt! Ich habe ihn immer wieder gewarnt!« Wütend schlug sie auf die Armaturen. »Er ist zu selbstsicher geworden. Trotzdem hätte er etwas Besseres verdient.«

»Er ist wirklich tot!«

Sie blickte ihn mit leichter Verwirrung an. »Ich will nicht gefühllos klingen, aber du hast bestimmt schon einige Leichen gesehen.«

»Aber ich dachte, das alles hier wäre nur ...«

Er brach ab, als er etwas auf den Monitoren bemerkte. »O nein!« sagte er.

»Was ist?« Sie beugte sich vor, um zu sehen, was seinen besorgten Ausruf veranlaßt hatte.

Sie wurden verfolgt. Es waren vier Männer, die sich entschlossen an Stratokapseln klammerten. Es waren kleine, einsitzige Hochgeschwindigkeitsgefährte von länglicher Form. Sulu hatte ein solches Fahrzeug in seiner Jugend besessen. Er hatte recht gut damit umgehen können und wußte, wie wendig sie waren. Viel wendiger als ein innerstädtisches Shuttle vom Typ *Wanderfalke*.

Einen Moment lang fragte er sich, ob es sich um Polizei handelte. In diesem Fall würde Sulu sofort den Gleiter stoppen, aussteigen und alles erklären…

Allerdings konnte dieses Vorhaben problematisch werden. Wie genau sollte er erklären, was geschehen war? Daß seine weibliche Gefährtin in irgendwelche zwielichtigen Geschäfte verwickelt war? Und daß er ebenfalls mit der Sache zu tun hatte, nur daß er glaubte, es handele sich dabei um ein inszeniertes Spiel?

Die Frage erübrigte sich sehr bald, weil Sulu plötzlich in einem der Verfolger den Schützen auf dem Dach wiedererkannte, der vor wenigen Augenblick Sulus Jacke ein neues Muster verpaßt hatte.

Überall bemühten sich die Passanten, aus dem Weg zu springen. Einige, die nicht schnell genug waren, wurden von den Stratokapseln zur Seite geschleudert. Die Piloten dieser kleinen Fahrzeuge schienen keine Rücksicht auf mögliche Schäden zu nehmen. Wenn die Jagd genauso weiterging wie bisher, würden zwangsläufig Unbeteiligte verletzt oder sogar getötet werden. Also durfte es nicht so weitergehen.

Im Weltraum hatte Sulu Instrumente zur Verfügung, die ihm genau sagten, wo er sich befand und auf welchem Kurs er sich bewegte. Doch sie dienten letztlich nur der Bestätigung seiner Fähigkeit, sich instinktiv orientieren zu können. Mit einem schnellen Blick auf die Sterne konnte Sulu mühelos die Position der *Enterprise* im Verhältnis zu den vielen Systemen bestimmen, die er im Kopf gespeichert hatte.

Also war es für ihn vergleichsweise ein Kinderspiel, als er bestimmte, wo er sich zur Zeit in Relation zur übrigen Stadt befand.

Er sah den Stadtplan vor seinem inneren Auge und

erkannte sofort, an welcher Stelle er sich aufhielt. Gleichzeitig stellte er fest, welche Möglichkeiten ihnen noch blieben.

»*Festhalten!*« rief Sulu.

Ling Sui tat es und klammerte sich an ihren Sitz, obwohl sie bereits angeschnallt war.

Sulu bog scharf nach rechts ab. Der *Wanderfalke* schleuderte herum und stieß mit dem Heck gegen eine Hauswand, bevor er seinen Weg fortsetzte. Die Stratokapseln machten das Manöver sofort mit, aber sie konnten den Abstand nicht verringern.

»Wohin fliegen wir?« wollte Ling Sui wissen.

Sulu antwortete mit einem Kopfnicken. Ling Sui blickte geradeaus und schnappte überrascht nach Luft.

Die großen Eingangstore zur Stadt ragten direkt vor ihnen auf. Sie waren mehrere Stockwerke hoch und bestanden aus synthetischem Holz. Sie waren durchaus geeignet, einem Angriff von Reitern aus der Wüste standzuhalten.

Doch ob sie dem Zusammenstoß mit einem schnell fliegenden Shuttle standhalten würden, war eine ganz andere Frage. Ling Sui war entsetzt über die Vorstellung, daß sie es in wenigen Augenblicken herausfinden würden.

»Bist du verrückt?« schrie sie.

»Wir haben keine andere Wahl«, rief er zurück. »Ich will keine unschuldigen Passanten in Gefahr bringen.«

»Und was ist mit uns?«

»Wir sind ohnehin in Gefahr! Mach dich bereit!«

Eben noch schien das Tor ein gutes Stück entfernt zu sein, und im nächsten Augenblick waren sie direkt davor. Sulu erkannte aus dem Augenwinkel, wie Leute auf der Straße warnend mit den Armen fuchtelten, bevor sie hastig zur Seite sprangen.

Sulu widerstand dem Reflex, die Geschwindigkeit zu drosseln, und beschleunigte statt dessen noch weiter. Der *Wanderfalke* krachte durch das Tor. Kunstholz zersplitterte mit ohrenbetäubendem Lärm unter dem Zusammenstoß. Das Shuttle schoß in die Wüste hinaus.

Die Stratokapseln blieben ihnen auf den Fersen, ohne die Geschwindigkeit zu verringern.

10

Sulu flog den *Wanderfalken* jetzt mit Höchstgeschwindigkeit und hoffte, daß sie damit ihren Verfolgern entkommen konnten. Ling Sui war sehr still geworden. Doch sie klammerte sich so fest an die Armlehnen, daß ihre Fingerknöchel weiß hervortraten. Sie starrte resolut durch die verschmutzte Vorderscheibe und beobachtete, wie der Boden mit schwindelerregendem Tempo vorbeizog.

»Keine Sorge«, sagte Sulu zuversichtlich. »Diese Kiste ist wesentlich kleiner und langsamer als ein Raumschiff. Wenn ich damit zurechtkomme, habe ich dieses Ding problemlos im Griff.«

»Ich glaube, ich sollte dir mitteilen«, sagte sie langsam, »daß es mir Angstzustände bereitet, wenn ich mich mit hoher Geschwindigkeit bewege.«

»Es gibt keinen Grund, sich deswegen Sorgen zu machen«, erwiderte er.

»Richtig, ich weiß. Erst wenn die Geschwindigkeit abrupt verringert wird, besteht Anlaß zur Sorge.«

»Genau.«

Es war verblüffend. Angesichts der verrückten Ereignisse der vergangenen Stunden (er konnte es immer noch nicht fassen, daß alles innerhalb so kurzer Zeit geschehen war) hatte er eine bemerkenswerte Zuversicht bewahrt. Doch diese Zuversicht gründete sich auf eine nicht zutreffende Überzeugung – die Überzeugung, daß er sich keine ernsthaften Sorgen machen mußte, weil alle Gefahren nur inszeniert waren.

Doch nachdem er jetzt ohne jeden Zweifel wußte, daß die Gefahr real war, daß sein Leben und das seiner Gefährtin in echter Gefahr waren, verspürte er keine geringere Zuversicht. Denn er hatte buchstäblich das Ruder übernommen. Seine sichere Hand bestimmte ihr weiteres Schicksal, und er war fest davon überzeugt, daß er Herr seines eigenen Schicksals war.

Er saß an den Kontrollen, und in diesem Fall wußte er, daß er das Schiff in den sicheren Hafen zurückbringen konnte.

Ein heftiger Schlag traf das Shuttle von der Seite, und das Gefährt wurde leicht durchgeschüttelt. Sulu warf einen Blick auf seine Bildschirme und stellte fest, daß die Stratokapseln wieder näher kamen. Er sah die vier Piloten, die geduckt an ihre Maschinen gepreßt waren und den Kurs mit einer Hand kontrollierten, während sie in der anderen einen Disruptor hielten.

Sie hatten Demora bereits weit hinter sich gelassen. Vor ihnen erstreckte sich die endlose Fläche der unberührten Wüste. Der *Wanderfalke* folgte den Unebenheiten des Landes und machte jedesmal einen leichten Satz nach oben, wenn sie über eine Sanddüne flogen. Die Stabilisatoren sorgten für einen verhältnismäßig geraden Kurs, aber die schnelle Vorwärtsbewegung war deutlich zu spüren – in Lings Fall offenbar auf eher unangenehme Weise. Trotz der Gefahrensituation fand Sulu es amüsant, daß diese fähige, einfallsreiche und intelligente Frau eine kleine Schwäche hatte. Irgendwie wirkte sie dadurch greifbarer.

Die Stratokapseln näherten sich, und die Piloten schossen immer wieder auf sie. Allmählich zeigte der Beschuß erste Wirkungen. Unter den letzten paar Treffern bäumte sich der *Wanderfalke* spürbar auf, und Sulu erkannte allmählich, daß es nicht genügte, einfach nur geradeaus weiterzufliegen. Er mußte sich irgendwie verteidigen.

Der Gedanke, daß er damit Leben vernichten könnte, machte ihm große Sorgen. Natürlich hatte er schon viele Photonentorpedos abgefeuert und mit Phasern geschossen, so daß er grundsätzlich dazu bereit war, einen Gegner zu töten, wenn es sein mußte. Es handelte sich um ein notwendiges Übel, aber wenn es darum ging, welche von beiden Seiten überleben sollte, dann war es keine Frage mehr, was Sulu betraf.

Das Problem war nur, daß der *Wanderfalke* über keinerlei Bewaffnung verfügte. Und Sulu hatte auch keine Waffe dabei. Und Ling…

Er blickte die Frau an. »Hast du zufällig eine Waffe dabei?«

»Schön wär's.«

Soviel zu diesem Thema.

Sie betrachtete einen Monitor. »Sie kommen.«

Sie kamen in doppelter Zweierformation und bewegten sich schneller, als Sulu es für möglich gehalten hätte. Seine erste instinktive Reaktion bestand darin, die Schutzschilde zu aktivieren, die zweite, das Feuer zu eröffnen. Er mußte sich noch einmal bewußt machen, daß er über keine dieser Möglichkeiten verfügte.

»Also gut«, sagte er. »Dann werden wir uns etwas Neues einfallen lassen müssen.«

In seiner Stimme war etwas, das sie veranlaßte, ihn anzustarren. Sie erkannte, wohin er seine Hand gelegt hatte. »Entschuldige bitte… aber das sind die Kontrollen für die Tür«, sagte sie, während sie sich bemühte, nicht zu oberlehrerhaft zu klingen.

»Ich weiß«, erwiderte er. Ein Gutes hatte es, durch die Wüste zu fliegen, denn hier gab es noch weniger Hindernisse als beim Manövrieren im freien Weltraum. Er beobachtete aufmerksam den Monitor und versuchte, die Annäherungsgeschwindigkeit der Verfolger einzuschätzen. Sie kamen näher und näher, und immer noch hing seine Hand völlig ruhig über der

Türtaste. Man hätte ein volles Glas Wein auf seinem Handrücken abstellen können, und es wäre nicht ein Tropfen über den Rand geschwappt.

Sie steuerten seitlich am Shuttle vorbei. Mit etwas Glück würde sich dieses Manöver als großer taktischer Irrtum erweisen.

»Schön den Kurs halten!« sagte er leise zu ihren Verfolgern, die ihn natürlich nicht hören konnten. »Drei... zwei... eins...«

Dann löste er den Türöffnungsmechanismus aus.

Gehorsam schwang die Tür nach oben und schlug gegen die Stratokapsel, die genau in diesem Moment zum *Wanderfalken* aufgeschlossen hatte. Sie warf das Fahrzeug zur Seite, und der Pilot verlor die Kontrolle, nachdem seine Stabilisatoren durch den Aufprall zertrümmert worden waren. Auf dem Monitor erkannte Sulu kurz das Gesicht des Mannes, wie es sich zu einem unhörbaren Schrei verzerrte. Und er erkannte, daß es der Mann auf dem Dach gewesen war. Die Stratokapsel geriet ins Taumeln und schlug dann auf dem Boden auf, wo sie sich in einen Trümmerhaufen verwandelte. Sulu konzentrierte sich nun auf die drei anderen Verfolger.

Er hatte die Tür wieder geschlossen, da er sich ausrechnen konnte, diese Strategie nicht ein zweites Mal erfolgreich einsetzen zu können.

Sie hingen jetzt seitlich am Shuttle – obwohl derjenige auf der rechten Seite einen respektvollen Abstand zur Tür hielt, wie Sulu erwartet hatte.

»Halt dich fest«, sagte Sulu wieder zu Ling. Diesmal verzichtete sie auf jeden Protest oder sonstigen Kommentar. Statt dessen nickte sie einfach nur und erlaubte sich ein leichtes Lächeln. Sie schien allmählich ein gewisses Vertrauen zu ihm zu entwickeln.

Auf einmal schlingerte der *Wanderfalke* hin und her, während Sulu versuchte, die Verfolger zu rammen. Er berührte eine Stratokapsel, aber der Pilot besaß offenbar mehr Geschick als der erste, den Sulu bereits ausgeschaltet hatte, da er sein Gefährt wieder unter Kontrolle bringen konnte.

Sulu wünschte sich verzweifelt, daß er mit dem Shuttle mehr Höhe erreichen konnte, aber es war einfach nicht für solche Flugmanöver konstruiert. Der *Wanderfalke* mußte wenige Meter über dem Boden bleiben, damit die Antigravs funktionierten.

Wieder kreischten die Waffen auf, und diesmal erhielt die Wand direkt neben Sulus Kopf eine Delle. Er riß instinktiv den Kopf zurück und blickte besorgt auf die Wand.

»Also gut«, sagte er. »Jetzt wird es heikel. Ich hoffe, dir wird nicht allzuleicht schwindlig.«

»Was willst du damit andeu ...?«

Ihr blieb keine Zeit mehr, die Frage zu vervollständigen, zumal sie nun überflüssig geworden war. Sulu demonstrierte unverzüglich, was er damit hatte andeuten wollen.

Er versetzte den *Wanderfalken* in Rotation. Das Shuttle drehte sich wie ein Bumerang um die eigene Achse. Es stieß mit einer Stratokapsel zusammen und zertrümmerte das kleine Fluggefährt, das aus der Bahn geworfen wurde und gegen einen zweiten Verfolger krachte. Der Pilot heulte frustriert auf, als er ins Trudeln geriet, bis er mit dem Heck des rotierenden Shuttles zusammenstieß. Flammen schossen aus der Stratokapsel, dann schlug sie auf den Boden und riß eine zehn Meter lange Furche in den Sand.

Sulu spürte den Ruck und überprüfte die Kontrollen. Beim letzten Zusammenprall hatten die Maschinen sichtlich an Leistung eingebüßt. Er bemühte sich darum, das Shuttle wieder in eine stabile Flugbahn zu bringen. Ling Sui hielt sich unentwegt an den Armlehnen ihres Sitzes fest. Sie hatte die Zähne zusammengebissen, was ihrem Gesicht einen entschlossenen Ausdruck verlieh, obwohl Sulu vermutete, daß der größte Teil ihrer Entschlossenheit dem Willen galt, sich nicht zu übergeben.

Der letzte Verfolger hatte offensichtlich beschlossen, sich auf einen sicheren Abstand zurückzuziehen. Er flog mehrere Meter hinter dem Shuttle, das immer noch unkontrolliert rotierte.

Sulu kämpfte mit der Steuerung und versuchte, das Shuttle wieder in seine Gewalt zu bringen. Um Haaresbreite wäre es abgestürzt, als es dem Boden gefährlich nahe kam und eine beträchtliche Staubwolke aufwirbelte. Sulu schaffte es schließlich, das bockende Gefährt wieder auf Kurs zu bringen. Mit einem letzten Schlingern schoß es weiter.

Wieder wurde es von zwei Disruptorschüssen erschüttert. Sulu hatte erneut Mühe, den *Wanderfalken* auf Kurs zu halten. Er warf einen Blick auf die Leistungsanzeigen der Triebwerke, aber es gefiel ihm ganz und gar nicht, was er dort sah. Dann blickte er auf den Monitor, der ihren letzten Verfolger zeigte, und auch dieser Anblick verursachte ihm Unbehagen.

Jetzt konnte er deutlich sehen, was er bislang nicht hatte erkennen können. Der Mann hinter ihnen war Taine, der sein Gesicht zu einer wütenden Fratze verzerrt hatte. Er hob seinen Disruptor und feuerte einen Schuß ab.

Dann schüttelte sich der *Wanderfalke* ungewöhnlich heftig unter dem Beschuß, und im nächsten Moment fielen die Monitore aus. Taine war auf die Idee gekommen, die Außenkameras außer Funktion zu setzen. Jetzt konnten sie nur noch sehen, was sich im Bereich der Frontscheibe befand.

Sulu überlegte, welche Möglichkeiten ihnen noch blieben, und stellte fest, daß es nicht sehr viele waren. Die Maschinen des *Wanderfalken* gaben ein protestierendes Geheul von sich. Das Fahrzeug war zur Personenbeförderung und nicht für den Kampf gedacht, und Sulu hatte es bereits bis an die Grenze der strukturellen Kapazität beansprucht. Vielleicht sogar darüber hinaus.

Er öffnete den Mund, um etwas zu sagen, doch Ling kam ihm zuvor. »Laß mich raten! Festhalten?«

»Genau«, antwortete er. Er sah, wie Ling Sui sich auf das nächste Manöver gefaßt machte. Sie erwiderte seinen Blick mit einem Gesichtsausdruck, in dem absolutes Vertrauen lag. Sulu war froh darüber, denn seine eigene Zuversicht war nicht mehr ganz so groß wie zuvor.

»Es geht los«, brummte er und drosselte die Geschwindigkeit des Shuttles um die Hälfte.

Als die Stratokapsel an ihnen vorbeischoß, riß Taine den Kopf herum, da er feststellen mußte, daß er sich nicht mehr hinter dem Ziel seiner Verfolgung befand. Sulu hatte die Reaktion des anderen vorauskalkuliert und rechnete damit, daß er automatisch verlangsamen würde.

Und genau das tat er auch.

Im nächsten Moment beschleunigte Sulu wieder. Der *Wanderfalke* machte einen Satz und schoß an der Stratokapsel vorbei.

Das nächste Manöver war das brisanteste. Sulu, der seinem Gegner einen Schritt voraus war, dachte sich, daß Taine sofort versuchen würde, wieder an Geschwindigkeit zu gewinnen, wenn er feststellte, daß er ins Hintertreffen geraten war. Also brachte Sulu das Shuttle daraufhin vollständig zum Halt… aber im Winkel von neunzig Grad relativ zur bisherigen Ausrichtung. Im Prinzip hatte er mit dem *Wanderfalken* soeben die Straße blockiert.

All dies geschah so schnell, daß Ling Sui nicht einmal die Gelegenheit erhielt, sich zu erkundigen, was vor sich ging. Das Ergebnis von Sulus Manöver war genauso, wie er es vorhergesehen hatte: Es gab einen lauten Knall und einen heftigen Ruck, als die beschleunigte Stratokapsel längsseits mit dem Shuttle kollidierte. Sulu und Ling konnten sehen, wie die Trümmer des Gefährts zu Boden fielen.

Einen Moment lang herrschte tödliches Schweigen... und sie dachten darüber nach, wie gut es war, daß die Monitore ausgefallen waren, damit sie nicht ansehen mußten, wie die Überreste des ehemaligen Stratokapselpiloten an der Außenwand des Shuttles klebten.

»Du... du hast es geschafft«, brachte Ling Sui schließlich heraus.

Dann zersplitterte die Frontscheibe, während gleichzeitig das inzwischen vertraute Summen eines Disruptors zu hören war.

Es war die einzige Warnung. Sulu hoffte, daß es genügte, wenn er das Shuttle einfach wieder beschleunigte.

»Er ist auf dem Dach! Der Mistkerl ist auf dem Dach!« schrie Ling Sui.

Sie hatte recht. Sulu hörte von oben ein Poltern, das Geräusch eines stürzenden Körpers. Aber das bedeutete nicht zwangsläufig, daß er heruntergefallen war.

Und dann geschah es. Ein paar weitere Schüsse und eine tiefer werdende Delle im Dach, die schließlich aufriß. Sulu versuchte, das Shuttle heftig hin und her zu werfen, um ihren hartnäckigen Verfolger abzuschütteln, aber er schien anhänglicher als eine Klette zu sein.

Man konnte nicht mehr sehen als Taines Hand mit dem Disruptor, die in die Kabine des *Wanderfalken* geschoben wurde. Er feuerte blind, während Sulu gerade noch rechtzeitig von den Kontrollen zurücksprang. Der Schuß ging in die Armaturen und ließ Funken aufsprühen, als die Geräte zerschmolzen und sich verformten.

»Übernimm die Steuerung!« rief Sulu, als er auf den Arm des Eindringlings zusprang.

Ling starrte hilflos auf die zerstörten Kontrollen. Die Geschwindigkeit des Shuttles hatte nicht nachgelassen, sondern schien eher noch größer zu werden. »*Was* soll ich übernehmen?« schrie sie verzweifelt.

Sulu war im Augenblick nicht in der Lage, ihr eine befriedigende Antwort zu geben. Er war mit knapper Not einem weiteren Schuß ausgewichen, und jetzt hatte er die Hand ihres Gegners gepackt, um zu versuchen, die Waffe aus seinem Griff zu entwinden.

Das Loch im Kabinendach gab nach, und Taine stürzte ins Innere des Fahrzeugs. Er hielt immer noch mit hartnäckiger Entschlossenheit den Disruptor umklammert.

Taines Reaktionsvermögen schien durch den harten Kampf nicht im geringsten beeinträchtigt worden zu sein. Er warf Sulu gegen die Wand und hätte ihn dabei fast von den Beinen gerissen.

Ling versuchte hektisch, die Konsolenfunktionen umzuleiten, aber es war im Grunde unmöglich. Das Shuttle war völlig außer Kontrolle und geriet immer stärker ins Schlingern. Rauch stieg aus den verbrannten Geräten auf und raubte ihr die Sicht. Dann hörte sie Sulu in Panik rufen: *»Runter!«* Sofort duckte sie sich, und im nächsten Moment schoß ein Disruptorstrahl über ihren Kopf hinweg und fegte die Reste der bereits zersplitterten Frontscheibe weg. Der Fahrtwind schlug in die Kabine und verteilte den Rauch.

Sulu kämpfte immer noch mit bloßen Händen gegen Taine.

»Sie Idiot!« knurrte Taine. »Auch wenn Sie das alles für ein Spiel halten ... werden Sie trotzdem verlieren!«

Sulu verzichtete auf eine Antwort. Was hätte er

auch dazu sagen sollen? Er hatte es wirklich für ein Spiel gehalten. Er verdrängte die Erkenntnis aus seinem Geist, daß er bisher unglaubliches Glück gehabt hatte. Anfänglich hatte er die Drohungen von Taine und seinen Schlägern überhaupt nicht ernst genommen. Er hätte tot sein können, bevor er erkannt hätte, daß er sich wirklich in Gefahr befand.

Er suchte nach einer Chance, fand sie und rammte Taine ein Knie in die Eingeweide. Taine stöhnte auf, aber er ging nicht zu Boden, sondern schnappte nur nach Luft. Und er lockerte nicht einmal für einen kurzen Moment den Griff, mit dem er seinen Disruptor hielt.

Ling Sui versuchte näher zu kommen, um zu helfen, aber sie bewegte sich äußerst vorsichtig, da sie ständig die Mündung der Waffe im Auge behalten mußte. Wieder löste sich ein Schuß, der sie nur knapp verfehlte.

Dann streifte der Bauch des Shuttles eine Düne und warf das Gefährt aus der Bahn. Sulu und Taine verloren das Gleichgewicht und stürzten gemeinsam auf Ling, worauf sich ihre Arme und Beine ineinander verhedderten.

Einen Moment lang rührten sich die drei nicht von der Stelle, und Taine und Ling Sui starrten sich wütend ins Gesicht. Dann verpaßte Ling Sui dem Mann einen Kopfstoß. Er rollte zurück und hielt sich das Gesicht, während Sulu sie hochriß.

Der Disruptor war jetzt in Ling Suis Hand. Sie hob die Waffe und zielte damit auf Taine.

»Nein!« schrie Sulu und riß ihre Hand weg, so daß der Schuß in die Wand schlug.

Sie starrte ihn schockiert an. Sulu wollte jetzt keine Diskussion mit ihr beginnen, weil der *Wanderfalke* heftig schlingerte und nicht der rechte Augenblick für einen Vortrag in Moralphilosophie war.

Taine warf sich auf die beiden. Sulu wich ihm aus, packte den Disruptor und schlug kräftig mit dem Griff gegen Taines Kopf. Die Stirn platzte auf, und das Blut lief ihm in die Augen. Sulu stieß den Mann weg, drehte sich herum und feuerte mehrere kurze, gut gezielte Schüsse auf die Tür ab. Die Tür öffnete sich einen Spalt und war nur noch durch dünne Metallstreifen mit dem Rahmen verbunden. Sulu sah, wie der Boden unter ihnen vorbeisauste.

Er griff nach Lings Handgelenk und bewegte sich zur Tür. Offenbar hatte er die Absicht, sich in den Tod zu stürzen. Ling zögerte für einen kurzen Moment, während sie in Sulus Augen blickte.

Und zum ersten Mal seit dem Beginn dieses wahnsinnigen Abenteuers schien ein Funke zwischen ihnen überzuspringen. Als würden sie sich in diesem Moment zum ersten Mal gegenseitig richtig wahrnehmen.

Sie nickte knapp und folgte ihm. Sulu stürmte los und warf sich gegen die Tür, wodurch sie aus den Halterungen gerissen wurde. Gleichzeitig zog er Ling Sui an sich, so daß sie sich an seinen Rücken klammern konnte. Dann löste sich die Tür endgültig vom Shuttle, während Sulu flach auf dem Bauch lag und Ling Sui sich verzweifelt festhielt.

Die Tür prallte auf den Wüstensand und bewegte sich mit der gleichen Geschwindigkeit wie das Shuttle weiter. Es war wie eine rasante Schlittenfahrt, und Sulu hätte sich bestimmt an seine Kindheit erinnert gefühlt, wenn er nicht in San Francisco aufgewachsen wäre. Doch Sulu konnte sich schnell an neue Situationen anpassen.

Er hielt sich an den Rändern der Tür fest, während der Sand schmerzhaft über seine Finger rieb, mit denen er sich an die Unterseite klammerte. Er biß die Zähne zusammen und kämpfte gegen den Impuls an, laut aufzuschreien. Ling Suis Körper wirkte angesichts der Umstände außergewöhnlich entspannt. Vielleicht hatte sie inzwischen unendliches Vertrauen zu ihm entwickelt. Oder sie hatte jeden Gedanken an die immer noch drohende Möglichkeit ihres kurz bevorstehenden Todes aus ihrem Geist verdrängt.

Die Tür drehte sich, wurde langsamer und kippte dann plötzlich vornüber. Jetzt schrie Sulu doch – ein Schrei der Panik –, als er den Halt verlor. Sie stürzten zusammen in den Sand, doch zum Glück waren sie inzwischen so langsam geworden, daß sie nach nur wenigen Prellungen und Abschürfungen zur Ruhe kamen.

»Alles in Ordnung?« rief Sulu.

»Ja. Und bei dir?«

»Alles klar!« rief er zurück.

»Gut!« schrie sie. »Warum schreist du so?«

Weil in seinem Kopf immer noch der Lärm nachhallte und sein Gehör offenbar in Mitleidenschaft gezogen war. Aber es bestand kein Grund, sich mit solchen Einzelheiten aufzuhalten. Statt dessen erhob sich Sulu mit schmerzenden Gelenken, die mit der Zeit sicherlich noch schlimmer schmerzen würden, und schaute dem Shuttle nach.

Es bewegte sich so schnell, daß es bereits kaum mehr als ein Punkt am abendlichen Horizont war, der soeben hinter einigen Dünen verschwand. Dann gab es plötzlich einen Lichtblitz, auf den wenige Augenblicke später der Donner einer Explosion folgte.

Sulu und Ling Sui sahen eine Weile schweigend zu, wie die Flammen über die meilenweit entfernten Dünen tanzten und dicker Rauch aufstieg.

»Was meinst du, ist er tot?« fragte Ling Sui schließlich.

»Wir sind es jedenfalls nicht«, erwiderte Sulu.

»Wir sind ja auch die Guten.«

»Sind wir das?« Sulu stützte sich auf und blickte sich um. Die Sonne würde in Kürze untergehen, was noch der positivste Aspekt ihrer Situation war. Denn abgesehen davon befanden sie sich mitten in der Sahara, und sie hatten weder Proviant noch irgendeine Möglichkeit, mit der Stadt in Verbindung zu treten oder die Entfernung dorthin zurückzulegen – außer zu Fuß.

»Wie meinst du das?«

»Das werden wir später ausdiskutieren.«

»Sulu ...«

»Später«, sagte er entschieden. »Komm jetzt!«

»Wohin?« fragte sie und blickte sich um. »Ich kann Demora von hier aus nicht sehen. Und wir sind so schnell und so weit geflogen, daß ich nicht den leisesten Schimmer habe, wo wir gelandet sind. In welche Richtung willst du gehen?«

Er antwortete zunächst nicht, sondern blickte zum Himmel hinauf. Die langen roten Finger der Sonne zogen sich immer mehr zurück und erlaubten den Sternen, sich in der zunehmenden Dunkelheit zu zeigen.

»Warte«, sagte er.

»Worauf?«

Er hob einen Finger und wiederholte geduldig: »Warte!«

Sie öffnete den Mund und schloß ihn wieder, weil sie entschieden hatte, abzuwarten und zu sehen, was dieser außergewöhnliche Mann im Sinn haben mochte.

Die Sonne verschwand, und die nächtliche Kühle der Wüste setzte ein. Sulu starrte immer noch in den Himmel, als würde er stumm zu den Sternen beten. Ling beobachtete ihn fasziniert und gebannt.

Als er schließlich sprach, kam es in der Stille der Wüste so überraschend, daß sie leicht erschrak.

»Dort entlang«, sagte er und zeigte in eine Richtung.

Ihr Blick folgte seinem ausgestreckten Arm, und sie versuchte angestrengt, das zu erkennen, worauf er zeigen mochte. Doch von Demora war nichts zu sehen. »Woher willst du das wissen?«

Er lächelte zuversichtlich und hob seine Hand. »Du könntest mich genausogut fragen, woher ich weiß, daß das hier meine Hand ist. Ich blicke auf die Sterne, und sie zeigen mir den Weg. Menschen können lügen. Sie können dir etwas sagen und etwas ganz anderes tun. Aber die Sterne lügen nie.«

Sie sagte nichts, sondern zuckte nur die Schultern.

Ohne ein weiteres Wort marschierte Sulu los, und Ling Sui folgte ihm kurz darauf.

11

In der ersten Stunde legten sie ein gutes Tempo vor. Zwischen ihnen bestand das unausgesprochene Verständnis, daß es wichtig war, einen möglichst großen Teil der Strecke zurückzulegen. Während des Tages, wenn die Sonne auf sie niederbrannte, würde es kein sehr angenehmes Erlebnis sein, durch die Wüste zu marschieren. Daher war es besser, in der Nacht durch den Sand zu stapfen.

Sulu blickte sich immer wieder zu Ling um und überzeugte sich, daß sie Schritt hielt. Doch sie schien damit keine Probleme zu haben. Irgendwann hielt sie an, zog sich die Stiefel aus und lief weiter. Sulu mußte feststellen, daß sie barfuß viel besser vorankam. Nun lief sie sogar so schnell, daß sie ihn überholte und ihn nach kurzer Zeit weit hinter sich gelassen hätte, wenn sie sich nicht umgeblickt und ihre Schritte verlangsamt hätte, damit Sulu nicht zurückfiel. Sie betrachtete ihn, als sie nebeneinander hergingen, und in ihrem Gesicht stand ein verschmitzter Ausdruck, während sie die Sanddünen hinauf und wieder hinunter wanderten.

»Du bist sehr flink«, sagte er schließlich. Es waren die ersten Worte, die sie seit mehr als einer Stunde gewechselt hatten.

Sie blieb stehen und inspizierte ihre Fußsohlen. Sie wirkten fest und zäh wie Schuhleder. »Ich bin viel zu Fuß unterwegs.«

»Ich laufe auch sehr oft. Jeden Morgen. Allerdings nicht barfuß und auch nicht unter solchen Bedingungen.«

»Ich habe in meinem Leben schon ein oder zwei Wüsten durchquert«, sagte sie.

»Und was hast du sonst noch so gemacht?«

Sie hatten eine Düne bestiegen, und Sulu geriet beim Abstieg ins Rutschen, aber er konnte sich abfangen, bevor er das Gleichgewicht verlor. »Nun?« hakte er nach.

Sie schaute ihn neugierig an. »Nun was?«

»Ich habe dich gefragt, was du außerdem in deinem Leben getan hast. Womit hast du deine Zeit verbracht?«

»Mit diesem und jenem.«

»Und das Geschäft, das du mit Kelles abschließen wolltest... fällt es in die Kategorie ›dieses‹ oder ›jenes‹?«

Sie blieb wieder stehen und blickte ihn trotzig an. »Red nicht um den heißen Brei herum, Sulu. Das paßt nicht zu dir. Wenn du mir eine Frage stellen willst, dann stelle sie!«

»Also gut. Was hast du zu verkaufen versucht, und wem hast du es gestohlen?«

Sie blickte ihn eine Weile schweigend an, bis sie brüsk erwiderte: »Das geht dich nichts an.«

Er warf verzweifelt die Arme hoch. »Das war keine sehr erschöpfende Antwort.«

»Die Tatsache, daß du diese Frage stellen mußt, bedeutet, daß du keine einfache Antwort erwarten kannst.«

»Und wie lautet die Antwort?«

»Du würdest mir ohnehin nicht glauben.«

»Erzähl mir nicht, was ich glauben oder nicht glauben werde.« Er blieb stehen und wartete. »Nun?«

Sie ging weiter. »Ich werde es dir nicht sagen.«

»Ich bewege mich nicht von der Stelle, bevor du mir geantwortet hast.«

»Gut. Dann bleib hier stehen, bis du schwarz wirst.« Sie ging weiter.

Sulu rührte sich nicht von der Stelle und mußte verärgert feststellen, wie sehr er die wiegende Bewegung ihrer Hüften und das Spiel ihrer Schulterblätter unter dem engen schwarzen Hemd bewunderte. Ihr Haar schwang wie ein Pendel hin und her, während sie sich von ihm entfernte.

Sie ging etwa dreißig Meter weit, bis sie anhielt und hörbar seufzte. Dann machte sie kehrt und ging zu Sulu zurück, um sich mit verschränkten Armen und widerstrebender Belustigung in den Augen vor ihm aufzubauen.

»Ich weiß nicht, wohin ich gehen soll.«

»Meinst du das kurzfristig oder langfristig?«

Sie hob eine Augenbraue, was Sulu auf geradezu unheimliche Weise an einen bestimmten Vulkanier erinnerte. »Letzeres hängt zu einem gewissen Grad von ersterem ab.«

»Da ist etwas dran.«

Sie seufzte wieder. »Also gut. Gehen wir!«

Er zögerte kurz, weil er nicht sicher war, ob er ihre Absicht richtig verstanden hatte, doch dann folgte er ihr. Als sie wieder nebeneinander hergingen, fuhr sich Ling Sui kurz mit der Zunge über die Lippen – das einzige Anzeichen, das verriet, daß sie durstig war. »Ich arbeite freiberuflich.«

»Als was?«

»Was immer gerade gefragt ist. Als freiberufliche Erfinderin, Pilotin, Forscherin, Entdeckerin … Als Abenteurerin, um einen halbwegs angemessenen Oberbegriff zu nehmen. Die Technik, die ich an den Mann bringen sollte, wurde von meinem gegenwärtigen Klienten erfunden.«

»Und dein gegenwärtiger Klient ist...?«

»Mein gegenwärtiger Klient geht dich einen feuchten Dreck an«, sagte sie, obwohl diese Worte gar nicht besonders wütend klangen.

»Okay. Das ist dein gutes Recht.« Sie bestiegen eine neue Sanddüne. »Weiter.«

»Mein Klient hatte einen Assistenten namens Taine. Ich bin überzeugt, daß du dich an ihn erinnerst. Er hat vor kurzem versucht, dich umzubringen.«

»Ja, meine Erinnerung an ihn ist immer noch recht frisch.«

»Taine hat sämtliches Material gestohlen, das mit der Erfindung meines Klienten zu tun hat. Die Forschungsergebnisse, die Entwicklungsunterlagen... alles. Das ist nicht besonders schwierig für jemanden, der sich wie Taine in einer Vertrauensposition befindet... obwohl das jetzt natürlich nicht mehr der Fall ist, wie du dir denken kannst. Diese Begebenheiten machten meinem Klienten bewußt, wie ungewiß, um nicht zu sagen vergänglich die Exklusivität jeder Entdeckung ist. Also beauftragte er mich damit, diese Dinge wiederzubeschaffen, die Berechnungen und Testresultate, in denen jahrelange Arbeit steckte... Dinge, die mein Klient unmöglich aus dem Gedächtnis reproduzieren konnte. Ich sollte all dies wiederbeschaffen... und einen solventen Käufer dafür finden.«

»Wenn die Unterlagen gestohlen wurden, warum hat er sich nicht einfach an die zuständigen Behörden gewandt?«

Sie warf ihm einen amüsierten Blick zu. »Man sollte den Umgang mit den Behörden auf ein Mindestmaß beschränken, wenn die betreffende Angelegenheit mit Fragen verbunden ist, auf die man lieber nicht antworten möchte. Nicht jedes Forschungsgebiet hat den Segen der offiziellen Stellen, Sulu.«

»Ist seine Entdeckung gefährlicher Natur?«

»Falls du mit ›gefährlich‹ meinst, daß Lebewesen krank werden oder sterben könnten – nein, überhaupt nicht. Manchmal sind bestimmte Erkenntnisse jedoch aus anderen Gründen verboten. Es gab einmal eine Zeit, in der es als Ketzerei galt, sich vorzustellen, daß die Erde um die Sonne kreist. Aber nur weil etwas verboten ist, heißt das nicht, daß man die Sache nicht trotzdem untersuchen sollte. Manchmal tut man einfach, was man tun muß, auch wenn viele andere mit einem tadelnden Stirnrunzeln darauf reagieren. Meinst du nicht auch?«

Sulu dachte kurz an die vielen Gelegenheiten, bei denen James T. Kirk die Erste Direktive fast bis zur Unkenntlichkeit zu seinen Gunsten ausgelegt hatte. Trotzdem hatten sich die Dinge immer zum Besten aller Beteiligten entwickelt, wenn Kirks Instinkt sie sicher an den gefährlichen Klippen der Starfleet-Vorschriften vorbeigeschifft hatte. Und Kirk war keineswegs der einzige – sogar Mr. Spock hatte den Tod riskiert, um der Direktive Nummer sieben zu trotzen. Und wer konnte der Logik von Gesetzen größeren Respekt entgegenbringen als ein Vulkanier?

Sulu selbst hatte sich jedoch nie in einer solchen Lage befunden. Er fragte sich, was er tun würde, wenn er eines Tages ein eigenes Kommando hatte und sich zwischen dem Diktat der Vorschriften und seinem eigenen Sinn für Recht und Unrecht entscheiden mußte. Im Grunde war es nur eine Frage der Zeit, bis er mit diesem Problem konfrontiert würde. Er hoffte, daß er in der Lage sein würde, das Rechte zu tun ... oder wenigstens erkennen würde, was das Rechte war.

Ja, er wußte, daß er sich richtig entscheiden würde. Denn letztlich ging es nur um die Ehre seines eigenen Gewissens. Recht und Unrecht, Regeln und Vorschriften – diese Dinge ließen sich bis zum Ende aller Tage diskutieren und analysieren. Aber die Ehre war unwandelbar. Das Gewissen kannte keine Kompromisse. Eine Frage der Ehre ließ sich genauso eindeutig beantworten wie die Frage nach der Position des Nordsterns.

»Ja ... ich stimme dir zu«, sagte er.

Sie wirkte überrascht. »Hmm. Ein Starfleet-Offizier, der sich dieser Philosophie anschließt? Du verblüffst mich immer wieder, Sulu. Nun ... auf jeden Fall ist das der Grund, warum ich zur Lösung dieses Problems herangezogen wurde. Weil ich mich nicht zur Richterin erheben würde, weil ich keine Vorschriften herunterbeten oder mich auf politische Diskussionen einlassen würde. Ich mache meine Arbeit, und dann ist die Sache für mich erledigt.« Sie hielt inne, bevor sie weitersprach. »Nur daß ich diesmal meine Arbeit nicht ordentlich gemacht habe. Ich konnte die Technologie Taine wieder abnehmen und ein Treffen für den Abschluß des Verkaufs vereinbaren. Doch dann lief plötzlich alles schief. Es war nicht deine Schuld. Nur ich bin dafür verantwortlich.«

»Auch ich trage zumindest eine gewisse Mitschuld. Schließlich habe ich ...«

Er sprach nicht weiter, als sie stehenblieb und sich zu ihm umdrehte. »Was ist eigentlich mit dir los?« fragte sie in ihrem melodischen Tonfall. »Hier geht doch etwas vor sich, von dem du mir noch nichts gesagt hast. Was ist los? Ich war dir gegenüber so aufrichtig, wie es mir möglich ist ...«

»Du würdest dich kaputtlachen.«

»Vielleicht«, sagte sie. »Wenn es dumm genug ist.«

Er hielt an, setzte sich auf eine Düne und zog seine Stiefel aus. Er kippte sie um und sah zu, wie der Sand herausrieselte, während er die Umgebung betrachtete. »Ist es überall in der Sahara so wie hier?« fragte er.

»Nein, keineswegs.« Sie deutete mit einer Geste auf die nähere Umgebung. »Diese Ergs beispielsweise ...«

»Ergs?«

»Sanddünen. Wie hoch sind sie? Zehn Meter? Es gibt Ergs, die eine Höhe von zweihundert Metern erreichen.« Als sie seinen Gesichtsausdruck bemerkte, fügte sie hinzu: »Natürlich besteht nicht die ganze Sahara aus Ergs. Schließlich ist das gesamte Ding neun Millionen Quadratkilometer groß ... etwa genauso groß wie die Vereinigten Staaten. Und es besteht nicht nur aus Sand.«

»Nein?«

»Nein«, bestätigte sie gutgelaunt. »Stellenweise besteht sie aus Schotter und Steinen.«

»Tja ... das ist allerdings etwas anderes«, mußte Sulu anerkennen.

»Also ... worüber werde ich mich kaputtlachen?«

»Ach so.« Er hatte schon gehofft, daß sie diesen Punkt vergessen hatte. »Äh ... für dich ist es wahrscheinlich nur schwer zu glauben ... aber all die Geschehnisse in der Stadt ... Ich dachte, alles wäre nur inszeniert.«

»Inszeniert?« Sie schüttelte verständnislos den Kopf.

»Ich dachte ...« Er seufzte. »Ich bin zusammen mit einem Freund nach Demora gekommen ... und ich hatte mich beschwert, daß es während unseres Urlaubs auf der Erde keine Abenteuer zu erwarten gab. Daß es hier überhaupt nicht mit dem zu vergleichen ist, was wir im Rahmen unserer Erkundung des Weltraums erlebt haben. Und da der Zeitpunkt paßte ... und alles so haarsträubend und geheimnisvoll war ..., war ich überzeugt, daß er es für mich inszeniert hat. Demora ist voller Leute, ob Angestellte oder Freiberufler, die gegen Bezahlung bereit sind, genau diese Art von Abenteuerstücken aufzuführen. Die anderen waren die bösen Schurken, du warst die geheimnisvolle Frau mit der zwielichtigen und exotischen Herkunft. Das steckte meiner Ansicht nach hinter dem Ganzen. Bis zu dem Zeitpunkt ...« Er verstummte und blickte wieder auf die Flecken im Stoff seiner Jacke, die von Kelles herrührten. »Nun ... inzwischen bin ich eines Besseren belehrt worden.«

»Als du ganz zu Anfang Taine und den anderen gefolgt bist, hast du also gedacht, es seien Schauspieler?«

Er versuchte sich genau zu erinnern. »Nicht ganz zu Anfang. Zuerst dachte ich, die Leute wollten dir folgen und dir etwas antun. Erst später, als die Situation eskalierte, kam ich zum Schluß, daß es eine Show sein mußte.«

»Also hast du mir anfänglich geholfen, weil ich offensichtlich in Schwierigkeiten war ... und später, als du deinen Irrtum erkanntest, bist du ins Shuttle gesprungen, um vor der Gefahr zu flüchten. Du hast dich mit Höchstgeschwindigkeit durch die Wüste hetzen lassen, hast mit bloßen Händen gegen einen Mann gekämpft, der dich töten wollte, und hast uns todesmutig mit einem provisorischen Rettungsschlitten in Sicherheit gebracht ... Wie kommst du auf die Idee, daß ich dich deswegen auslachen könnte?«

Sulu starrte sie entgeistert an. »Nun ... ich hätte es vielleicht mit anderen Worten beschrieben ... aber im Prinzip hast du recht.«

Und zu seiner maßlosen Verblüffung beugte sie sich vor und küßte ihn auf die Lippen. Es war kurz, köstlich und erfrischend, wie ein Sommerregen, der plötzlich aus dem Nichts kam, der genauso überraschend vorbei war, wie er gekommen war, nach dem man sich belebt und gestärkt fühlte.

Als sie ihn ansah, hätte er schwören können, daß sich die funkelnden Sterne am Himmel in ihren Augen spiegelten.

»Du bist so niedlich!« sagte sie zu ihm. Dann tätschelte sie sein Knie. »Komm. Wir wollen weitergehen.«

»Gewiß doch«, sagte er und zog sich wieder die Stiefel an.

Sie nahm seine Hand, als sie die nächste Sanddüne hinaufmarschierten. Nachdem sie den Gipfel erreicht hatten, ließen sie sich auf der anderen Seite hinunterrutschen und gingen dann wieder zu Fuß weiter. Er verschränkte seine Finger mit ihren, während sie liefen, in langsamem, aber stetigem Tempo.

Keiner von ihnen beklagte sich, beide ertrugen mit stoischer Gelassenheit ihre Lage. Doch während Stunde um Stunde verging, wurde ihnen klar, daß sie keineswegs so schnell vorwärtskamen, wie es ihnen lieb gewesen wäre. Außerdem forderte allmählich der Wassermangel seinen Tribut. Und es war eine unausgesprochene Tatsache, daß die Zeit nicht zu ihren Gunsten spielte. Denn früher oder später würde die Sonne aufgehen. Niemand war sich dieser Tatsache bewußter als Sulu. Und wenn die Sonne aufging, würde die Temperatur wieder steigen – auf über 40 Grad Celsius. Es war unerläßlich, daß sie während der Nacht einen möglichst weiten Weg zurücklegten, aber schließlich hatten sie zuvor nicht gerade einen geruhsamen Tag verbracht.

Während sie eine Düne nach der anderen überwanden, kam es zu keiner weiteren Diskussion. Doch auf den ebenen Flächen unterhielten sie sich. Sulu erzählte von seiner Jugend in San Francisco und seiner Karriere bei Starfleet, die er als Physiker begonnen und als Navigator und Pilot fortgesetzt hatte. Von seiner Familie und seinen Freunden.

Ling hörte ihm zu. Sie offenbarte kaum etwas aus ihrer Vergangenheit, und als er sie dazu drängte, schüttelte sie nur lächelnd den Kopf. »Laß das, Sulu.

Weißt du denn nicht mehr? Ich bin die geheimnisvolle Frau. Ich würde nur das faszinierende Geheimnis zerstören, wenn ich dir zuviel über mich erzähle.«

»Aber wie ich inzwischen erkannt habe, sieht die Wirklichkeit ganz anders aus.«

»Nein, ich bin wirklich die geheimnisvolle Frau. Zumindest im Augenblick. Und diese Rolle gefällt mir sogar, wie ich zugeben muß.« Sie lächelte. »Bitte glaub mir, daß ich mich selbst gar nicht so sehe. Ich mache nur meine Arbeit, und es würde ziemlich banal klingen, wenn ich dir meine Geschichte erzählen würde. Aber die Geheimnisvolle zu sein, ist mir eine große Ehre. Und eine große Verantwortung.«

»Wie kann es eine...« Er blieb plötzlich stehen. »Was ist das?«

Ihr Blick folgte seinem ausgestreckten Arm, während sie sicher war, daß sie sich unmöglich in Sichtweite der Stadt befinden konnten. Dazu hatten sie sich viel zu weit mit dem Shuttle entfernt. Es konnte einfach nicht sein, daß sie zu Fuß schon so weit gekommen waren...

Dann sah sie es ebenfalls.

»Eine Oase«, sagte sie.

»Zuerst dachte ich, es wäre eine Fata Morgana.«

»Nicht bei Nacht. Komm!«

In der Sahara gab es etwa neunzig größere Oasen und zahlreiche kleinere. Dies war eindeutig eine der kleineren, zu klein für eine größere Ansiedlung. Die Vegetation war zwar nicht üppig, aber sie konnte sich am Leben erhalten. Das Wasser stammte aus einer unterirdischen Quelle. Sie tranken gierig, denn obwohl sie längst nicht so ausgetrocknet wie nach einem Tagesmarsch durch die Wüste waren, litten ihre Körper bereits unter dem Flüssigkeitsmangel.

Sulu ließ das Wasser über seine aufgeplatzten Lippen

laufen, spritzte es sich ins Gesicht und schloß die Augen. Als ihm schwindlig wurde, erkannte er, daß es keine sehr gute Idee war, die Augen zu schließen. Plötzlich spürte er seine Erschöpfung. Er zwang sich dazu, die Augen wieder zu öffnen, und sah Ling Sui an.

Sie hatte ihr Hemd ausgezogen und darunter ein schwarzes Bustier enthüllt. Ihre Arme waren muskulöser, als Sulu vermutet hatte. Er konnte die Rundungen ihrer kleinen und festen Brüste unter dem Bustier erkennen. Sie ließ sich nicht anmerken, ob ihr bewußt war, daß seine Blicke über ihren Körper wanderten. Sie machte das Hemd in der kleinen Quelle naß und legte es sich dann wieder über die Schultern.

»Du hast mich nicht gebraucht«, sagte er nach einer Weile.

Sie blickte verwundert zu ihm auf. »Wie bitte?«

»Du scheinst hervorragend mit der Sahara vertraut zu sein. Deinen Fußsohlen sieht man an, daß du ständig zu Fuß unterwegs bist. Ich wette, du hättest anhand der Sterne mühelos deinen Weg durch die Nacht gefunden.«

Sie lächelte und senkte den Blick. »Dein Gewinn wäre dir sicher, wenn du gewettet hättest.«

»Aber warum ...?«

»Warum?« wiederholte sie mit gespielter Überraschung. »Hast du es schon wieder vergessen? Ich bin doch die geheimnisvolle Frau!«

Er lachte leise.

»Jetzt machst du dich über mich lustig«, sagte sie. »Offenbar hast du nicht die geringste Ahnung von diesen Dingen.«

»Nein?«

»Nein.« Sie zog die Beine an den Körper und schlang ihre Arme um die Knie. Sie klang sehr aufrichtig, als sie es ihm zu erklären versuchte. »Jeder

Mann – und insbesondere jeder Abenteurer – sollte in seinem Leben einer geheimnisvollen Frau begegnen, Sulu. Eine Frau, die wie ein Komet in sein Leben eindringt. Die ihn in eine völlig andere Wirklichkeit versetzt, in der er gänzlich aufgeht. Die ihn packt, seine Sinne entflammt, sein Lebensgefühl verstärkt, so daß er jeden Morgen nach dem Aufwachen das Gefühl hat, daß die Welt ein wenig anders geworden ist, weil er weiß, daß sie immer noch irgendwo dort draußen ist.

Eine Frau, über die er nachdenkt und rätselt … und sich fragt, ob sie eines Tages noch einmal genauso unverhofft in sein Leben treten wird, wie es beim ersten Mal geschehen ist. Die ihn in ein neues Abenteuer zerrt, wenn neue Schurken ihr den Garaus machen wollen. Natürlich kommt es niemals dazu, denn solche Dinge geschehen in Wirklichkeit immer nur ein einziges Mal. Man kann nicht unablässig geheimnisvollen Frauen begegnen, weil es all den armen Kerlen gegenüber ungerecht wäre, für die es niemals eine solche Frau gibt. Und wenn er viele Jahre später ihren Namen im Schlaf murmelt und seine Frau ihn danach fragt, wird er lediglich mit den Schultern zucken und sagen: ›Es war nur ein Traum, Schatz. Es hat überhaupt nichts zu bedeuten.‹«

»Also hast du bereits mein gesamtes Leben geplant, wie? Du kommst und gehst wieder, und ich heirate eine andere Frau und werde in flüchtigen Momenten immer wieder an dich denken?«

Sie blickte ihn traurig an. »Ich hoffe nicht.«

Sie schwiegen eine Weile. Dann sah Ling Sui sich um und sagte: »Meinst du, wir sollten uns wieder auf den Weg machen?« Aber sie selbst schien von dieser Aussicht nicht sehr begeistert zu sein.

Für Sulu galt das gleiche. Er schüttelte den Kopf. »Ich weiß nicht, wie es dir geht, aber ich habe einen recht anstrengenden Tag hinter mir«, sagte er. »Ich glaube, es ist nicht mehr allzu lange bis zum Sonnenaufgang. Und ich bezweifle, daß wir auf eine weitere Oase stoßen werden, bevor die Sonne aufgeht. Wenn wir jedoch hierbleiben ...«

»Dann werden wir uns ausruhen, unsere Kräfte sammeln und morgen abend weitergehen«, sagte sie mit einem Nicken. »Du hast recht, das ist vermutlich das Vernünftigste.«

Er nickte ebenfalls und zog dann seine Jacke aus, um sie zu einem provisorischen Kopfkissen zusammenzurollen, das er sich unter den Kopf schob. Ling Sui schien etwas Derartiges nicht nötig zu haben, denn sie legte sich einfach auf den Boden und verschränkte die Arme hinter dem Kopf.

»Bist du verheiratet, geheimnisvolle Frau?« fragte er. »Oder verlobt oder sonstwie an irgend jemanden gebunden?«

»Komm schon, Sulu!« tadelte sie ihn. »Denkst du wirklich, daß ich eine Frau für solche Sachen bin?«

»Ich weiß nicht, was für eine Frau du bist. Schließlich bist du für mich ein Geheimnis.«

»Richtig. Entschuldige bitte, aber ich bin noch nicht allzugut mit dieser exklusiven Rolle vertraut.« Dann antwortete sie völlig ruhig und ohne jeden Spott: »Nein, unverheiratet, unverlobt, ungebunden. Und du?«

»Dito«, sagte er.

»Fühlst du dich manchmal einsam?«

»Ich habe meine Freunde. Und ich habe die Sterne. Wir leben in einer Galaxis, in der es vor Leben nur so wimmelt ... dann blicke ich zu den Sternen auf und weiß, daß es dort Planeten mit fremden Lebensformen gibt, die genauso wie ich zum Himmel aufblicken. Wie kann man sich angesichts dessen jemals einsam fühlen?«

»Ach, mir geht es genauso. Ich bin auch schon einige Mal zwischen den Sternen hin und her gedüst. Natürlich kann ich es nicht mit dir aufnehmen, aber ich bin ein wenig herumgekommen. Ich habe viele Dinge gesehen. Und war schon bis zum Hals in einigen Dingen gesteckt. Offen gesagt, habe ich gar keine Zeit, mich einsam zu fühlen.«

»Dito.«

»Du sagst es.«

Sie schwieg eine Weile. »Fühlst du dich manchmal einsam?« fragte sie erneut.

»Ja, sehr. Und du?«

»Genauso.«

»Ich verstehe.«

»Bereust du es manchmal?«

Er dachte eine Weile über diese Frage nach. »Möchtest du all die schwachen Rechtfertigungsversuche hören, oder soll ich es einfach mit der Wahrheit versuchen?«

»Versuchen wir es einfach mit der Wahrheit.«

»Ja, manchmal bereue ich es.«

»Mir geht es genauso. Allerdings … es ist noch nicht zu spät, weißt du? Du bist noch verhältnismäßig jung. Genauso wie ich. Jeder von uns könnte sich immer noch entscheiden, daß es mehr im Leben gibt, als von Abenteuer zu Abenteuer zu hetzen.«

»Es ist noch nicht zu spät?«

»Nein.«

Er überlegte, bis er seufzte. »Nein, du irrst dich. Es ist zu spät.«

»Das hatte ich befürchtet«, sagte sie.

Wieder schwiegen sie für einige Zeit. Es war so still um sie herum, daß Sulu deutlich ihren Atem hörte … und er glaubte sogar, den stetigen Rhythmus seines eigenen Herzschlags zu hören …

»Warum hast du gewechselt?« fragte sie.

»Wie bitte?«

Sie rollte sich herum und stützte ihr Kinn auf die Hände. »Warum hast du gewechselt?« wiederholte sie. »Von der Physik zur Navigation? Bist du letztlich nicht mehr als ein ... ein größenwahnsinniger Chauffeur?«

Er mußte leise über diese Metapher kichern. »Nun, ich habe auch die Verantwortung für die taktischen Kontrollen ... außerdem ist die Lenkung eines Raumschiffs etwas komplizierter, als einen Gleiter zu fliegen.«

»Aber das ist nicht der eigentliche Grund.«

»Nein, das ist er nicht.« Er hatte nicht aufgehört, die Sterne anzusehen. »Der Grund ist, daß ich eines Tages im Labor zu der Erkenntnis kam, daß ich bei dieser Laufbahn auch den Rest meines Lebens im Labor verbringen würde. Ein Labor auf einem wissenschaftlichen Schiff oder einem großen Erkundungsschiff ... das spielte keine Rolle. Ich würde ständig irgendwo in den Eingeweiden des Schiffes stecken, Berichte zusammenstellen, Untersuchungen durchführen und auf die Fragen des Captains antworten, der oben auf der Brücke stehen und alles tun würde, was für das Überleben des Schiffes und der Besatzung nötig ist.

Als ich eines Tages mit meiner Mutter sprach, erzählte ich ihr von den Dingen, die ich an der Akademie lernte. Offenbar hat sie irgendwie gespürt, daß ich nicht ganz glücklich damit war. Ein wesentlicher Aspekt, der mich an der Physik gereizt hatte, war die Tatsache, daß mein Vater Physiker war. Also folgte ich nur meiner Neigung, in seine Fußstapfen zu treten. Und meine Mutter sagte zu mir – vermutlich in der Hoffnung, mich dazu zu bewegen, auf der Erde zu bleiben: ›Ich verstehe nicht, warum du durch den Weltraum reisen mußt, wenn du als Physiker arbeiten willst.‹ Ich versuchte, irgend etwas darauf zu erwidern ... ich glaube, ich habe etwas Kluges gemurmelt wie: ›Das würdest du nicht verstehen.‹ Aber ich hatte erkannt, daß sie recht hatte. Es gab keinen Grund. Jedenfalls keinen hinreichenden. Sicher, viele Experimente lassen sich nur im Weltraum durchführen, aber ... war das wirklich ein Grund, um die Erde zu verlassen? Da erkannte ich, daß es mir um etwas ganz anderes ging.

Die Vorstellung, als Pilot zu arbeiten ... das Schiff zu lenken ... geradeaus zu blicken und die Sterne zu sehen ... das war es, was mich wirklich reizte, Ling. Ich wollte zu den Sternen. Ich wollte mich zwischen ihnen verlieren.«

»Ein Pilot, der sich verlieren will? Klingt nicht sehr vielversprechend.«

Er gähnte. »Es ist überhaupt kein Problem«, sagte er, »sich zu verlieren – solange man immer wieder den Rückweg findet.«

»Damit könntest du recht haben«, sagte sie. »Ich vermute ...«

Aber er nahm kaum noch wahr, was sie sagte, weil er plötzlich eingeschlafen war, bevor er wußte, wie ihm geschah.

Er befand sich in jenem undefinierbaren Bereich zwischen Wachen und Schlafen ... Er flog zwischen den Sternen, und er war sich nicht sicher, ob er an den Kontrollen der Enterprise *saß oder in den Nachthimmel über der Sahara starrte. Es war ein seltsames Gefühl, da man normalerweise nicht wußte, daß man träumte. Trotzdem war es so, als er spürte, wie die Sterne an ihm vorbeisausten, während er zu einem unbekannten Ziel unterwegs war.*

Sternhaufen wirbelten, in Finsternis eingebettet, und dann schienen sie sich neu zu formieren und die Umrisse eines Gesichts zu bilden ...

Ihr Gesicht ...

»Deine geheimnisvolle Frau«, sagte sie zu ihm und führte ihre Lippen an seine. Sie schmeckte so köstlich... sie schmeckte nach wilder Hingabe, nach Jugend und Abenteuern, nach verbotenen Früchten, denen er hier im Garten nicht widerstehen konnte, und er sagte all dies zu ihr, worauf sie lachte. »Du hast natürlich schon von all diesen Dingen gekostet, um Vergleiche anstellen zu können«, sagte sie spöttisch... Und ihre Hände waren überall, sie war überall in seinem Traum. Und in der Wirklichkeit. Und überall waren die Sterne, und er wußte nicht, ob er schlief oder wachte oder beides...

»Laß uns zumindest für einen kurzen Moment unsere Einsamkeit überwinden«, flüsterte sie, während er ihren warmen Atem an seinem Ohr spürte. Es war ihm gleichgültig, ob er schlief oder wachte, weil es sich so gut anfühlte, was sie mit ihm machte, viel zu gut, wie sich ihr muskulöser Körper an seinem bewegte. Und die Hitze, die Hitze war so...

Die Hitze war unerträglich.

Er setzte sich auf und blinzelte in die Sonne, als ihm plötzlich bewußt wurde, daß er sich in einem Glutofen befand.

Die Sonne stand so hoch über ihm, daß er dachte, es müsse gegen Mittag sein. Die Vegetation der Umgebung hatte ihn eine Weile geschützt, doch jetzt stand die Sonne in einer Position, von der aus sie genau auf ihn schien.

Er rollte sich mit steifen Gelenken herum und spritzte sich Wasser aus der Quelle ins Gesicht.

»Ling Sui«, sagte er und blickte auf.

Sie war nicht da.

Zuerst wurde ihm gar nicht richtig bewußt, daß sie verschwunden war. Er dachte, er hätte nur in die falsche Richtung geschaut, aber als er sich umdrehte, sah er, daß er tatsächlich allein war.

Er stand mit wackligen Beinen auf. »*Ling Sui!*« rief er wieder. Seine Stimme hatte einen heiseren Klang.

Er hörte nichts – außer dem Echo seiner eigenen Stimme.

Nichts außer der Leere der Wüste … und einem Mann, der immer wieder den Namen einer Frau rief.

12

Der Mann, der in der Stadt Demora als Friedensrichter Mr. Molo bekannt war (und der den Erbauern der Stadt Demora als Bauleiter Arnold Brinkmann bekannt war), ließ lässig den Rauch von seiner (falschen) Zigarette aufsteigen, die er vorsichtig zwischen den langen Fingern hielt. Sein Anzug war weiß, sein Fez war rot, und sein Deckenventilator war kaputt.

Er starrte über die tadellos saubere Fläche seines Schreibtisches auf den ramponierten asiatischen Herrn, der ihm genau gegenüber saß. Sein Begleiter war etwas jünger als er und nicht im mindesten ramponiert.

In Übereinstimmung mit dem Ambiente von Demora machte Mr. Molo sich Notizen mit einem kratzenden Schreibstift auf einem Notizblock aus Papier. »Schauen wir mal, ob ich alles richtig verstanden habe«, sagte er leise, während er überflog, was er geschrieben hatte. »Sie haben mit einer jungen Dame geplaudert, Lieutenant Commander Sulu… dann begannen die Leute plötzlich zu schießen… Sie gerieten in Panik, sprangen in ein in der Nähe stehendes Fluggefährt und flüchteten damit, bis das Gefährt schließlich in der Wüste abstürzte. Sie gingen ein Stück gemeinsam mit der jungen Dame, fanden eine Oase… und dann verschwand die betreffende Dame während der Nacht…« Er wandte Chekov seine Aufmerksamkeit zu. »Und dann haben Sie ihn gefunden?«

»Ich hatte mir Sorgen gemacht«, sagte Chekov. »Er war die ganze Nacht fort.« Er blickte Sulu mit völlig ernster Miene an. »Du weißt, wie leicht ich mir Sorgen mache.«

In Sulus Gesicht war keine Regung zu erkennen. Ohne Kommentar sprach Mr. Molo weiter. »Sie mieteten ein Shuttle, durchkämmten systematisch die Wüste und sind schließlich über ihn gestolpert? Dann nenne ich Glück.«

»Glück?« erwiderte Chekov entrüstet. »Mister Molo, Sie sollten wissen, daß ich schon mit Shuttles durch Ionenstürme geflogen bin, um auf Planeten voller aktiver Vulkane nach vermißten Landetrupps zu suchen. Mister Sulu zu entdecken war ein Kinderspiel.«

Mr. Molo nahm einen langen Zug von seiner Zigarette und drehte dann seinen Drehstuhl herum, um seinen massiven Körper in eine günstigere Ausgangsposition zum Aufstehen zu bringen. Vorübergehend wandte er den Starfleet-Offizieren den Rücken zu, und Sulu nutzte die Gelegenheit, sich zu Chekov umzudrehen und stumm in Lippensprache zu fragen: *Aktive Vulkane?*

Chekov zuckte die Schultern. Immerhin hatte es beeindruckend geklungen.

»Aber mit der Suche nach der jungen Dame waren Sie nicht so erfolgreich.«

»Wir haben die Suche auf einen immer größeren Radius ausgedehnt. Wir haben mehrere Stunden lang gesucht. Wir haben keine Spur von ihr gefunden.«

»Wohin ist sie Ihrer Meinung nach gegangen?«

Chekov bedachte ihn mit einem herablassenden Blick. »Wenn ich wüßte, wohin sie gegangen ist, wären wir auch dorthin geflogen und hätten sie geholt. Verstehen Sie?«

Molo schien sich nicht von diesem Argument beeindrucken zu lassen, sondern wandte seine Aufmerksamkeit wieder Sulu zu. »Was haben Sie im Viertel der Diebe gemacht?«

»Mich beschießen lassen. Das habe ich Ihnen doch schon gesagt.«

»Hat man wirklich auf Sie geschossen? Oder auf die junge Dame?«

»Ich hatte leider keine Gelegenheit, die Leute danach zu befragen. Außerdem machten sie auf mich den Eindruck, daß sie nicht sehr großzügig mit der Preisgabe von Informationen gewesen wären.«

»Und Sie haben die Dame niemals zuvor gesehen?«

»Niemals.«

»Hat die junge Dame Ihnen verraten, wie sie hieß?«

Sulu schien einen Moment zu zögern, bis er antwortete. »Ja.«

Mr. Molo hielt den Schreibstift bereit. »Und wie lautet ihr Name?« fragte er.

»Mu.«

Mr. Molo blinzelte. »Wäre das der Vor- oder der Nachname?«

»Der Vorname, denke ich.«

»Sehr ungewöhnlich.«

»Ich glaube, sie sagte, sie sei auf einer Farm aufgewachsen.«

»Also gut«, sagte Mr. Molo und notierte sich sorgfältig den Namen *Mu* auf dem Notizblock. »Und der Nachname?«

»Quak Mä.«

Chekov räusperte sich hörbar, womit er sich den Vorwand verschaffte, eine Hand vor den Mund zu halten, um sein Grinsen zu verbergen. Sulu blieb völlig ausdruckslos.

Mr. Molo hielt den Schreibstift noch eine Weile über dem Notizblock, bevor er ihn sorgsam zur Seite legte. Er verschränkte die Finger. »Halten Sie das etwa für komisch, Lieutenant Commander? Glauben Sie, eine

Beschwerde an Starfleet über ihr fragwürdiges Verhalten in unserer Stadt wäre genauso witzig wie Sie?«

Sulu beugte sich langsam vor, ohne sein Gegenüber aus den Augen zu lassen. »Ich glaube nur, Mr. Molo, daß mir heiß ist. Daß ich müde und ausgetrocknet bin. Und ich glaube« – bei diesen Worten wurde seine Stimme so heiser und scharf, daß man einen Diamanten damit hätte schneiden können – »ich glaube, daß Sie ein Schweinehund sind. In dieser Stadt gehen Dinge vor, die illegal und unmoralisch sind, und ein Teil der Gelder aus diesen Geschäften fließt in Ihre Tasche. Ich glaube, daß diese hübsche kleine Phantasiestadt ihre eigene zwielichtige Unterwelt entwickelt hat, genauso wie die Städte, die sie imitieren soll. Ich glaube, daß Sie jedem Informationen zur Verfügung stellen, der einen angemessenen Preis dafür bietet, und daß Sie nur daran interessiert sind, wie Sie Ihre Taschen füllen können. Vielleicht reichen diese Machenschaften sogar bis in die Organisation Ihrer Arbeitgeber hinauf. Und wenn Sie möchten, daß Starfleet diese Angelegenheit untersucht, sollten Sie sich darauf gefaßt machen, daß man auch Ihnen einige unangenehme Fragen stellen könnte. Wenn Sie mir an den Kragen gehen, gehe ich auch Ihnen an den Kragen. Wir werden ja sehen, wer letztendlich den kürzeren zieht.«

Es folgte ein längeres, eisiges Schweigen.

Dann öffnete Mr. Molo sehr langsam eine Schublade seines Schreibtisches und legte seinen Notizblock hinein. Den Stift deponierte er in einem kleinen Etui.

»Ich möchte mich für die Unannehmlichkeiten entschuldigen, in die Sie geraten sind, Lieutenant Commander«, sagte er. »Ich habe Ihrem Hotel bereits mitgeteilt, daß sämtliche Kosten Ihres Aufenthalts von der Geschäftsführung übernommen werden.«

Sulu rührte sich nicht. Weder ein Nicken noch ein Blinzeln. Er war starr wie eine Marmorstatue.

Chekov erhob sich von seinem Stuhl und sagte nüchtern: »Wir wissen Ihre Großzügigkeit zu schätzen.«

Sie näherten sich bereits der Tür, als Mr. Molo ihnen nachrief: »Ach, meine Herren …«

Sie drehten sich um und warteten ab, was er ihnen zu sagen hatte.

»… es war so angenehm, Geschäfte mit Ihnen zu machen, daß es geradezu kriminell von uns wäre, wenn wir Ihre einzigen Geschäftspartner wären. Ich denke, in Zukunft sollten Sie Ihre Geschäfte an möglichst vielen anderen Orten tätigen. Auch andere sollen an diesem Vergnügen teilhaben.«

»Andere außer Ihnen«, sagte Chekov.

»Genau daran hatte ich gedacht.«

Sulu nickte langsam. »Ich auch«, sagte er, bevor sie gingen.

Ihre Koffer lagen gepackt auf dem Bett und warteten nur darauf, vom Pagen abgeholt zu werden. Sulu stand auf der Veranda und beobachtete die Sonne, die den Vormittagshimmel zur Hälfte erklommen hatte.

Sie waren noch eine zusätzliche Nacht geblieben, um noch einmal die Wüste zu durchkämmen. Aber sie hatten keine Spur von ihr gefunden. Sie hatten sich sogar im Viertel der Diebe umgesehen und diesmal Phaser mitgenommen, die Chekov auf Wegen beschafft hatte, über die er nichts verraten und über die Sulu gar nichts wissen wollte. Immer noch keine Spur. Wenn sie ihren Namen erwähnten, erhielten sie nur ein ratloses Schulterzucken zur Antwort.

Sulu hatte ihre Wohnung wiedergefunden. Sie war leer. Er hatte das Lagerhaus wiedergefunden, in dem man ihn gefangengehalten hatte. Auch leer.

»Ich schwöre dir, ich habe es nicht inszeniert«, hatte Chekov zu ihm gesagt. Er mußte sich keine besondere

Mühe geben, um Sulu davon zu überzeugen. Sulus anfänglicher Verdacht war bereits zur Gänze ausgeräumt.

Sulu entließ einen schweren Seufzer, während er auf der Veranda stand. Chekov überprüfte noch einmal gewohnheitsmäßig alle Schränke und Schubladen, um sicherzugehen, daß sie nichts vergessen hatten. Dann hielt er inne und blickte sich zu seinem Freund um. »Wenn du möchtest, können wir noch länger bleiben. Und sehen, ob wir ...«

Sulu schüttelte den Kopf. »Nein. Sie ist verschwunden, weil sie verschwinden wollte. Im Sand waren keine Fußspuren zu erkennen. Sie hat keine Spur hinterlassen. Einfach verschwunden.«

»Als würde alles keine Rolle spielen.«

»O doch«, sagte Sulu. »Zumindest für mich spielte es eine große Rolle. Was jetzt mit ihr geschieht ... liegt außerhalb meiner Kontrolle. Das ist eine schwierige Situation für einen Piloten – wenn er zugeben muß, daß er das Schiff nicht mehr lenken kann.«

»Sonst ist es nicht deine Art, einfach die Segel zu streichen.«

»Die Segel streichen?« Sulu warf ihm einen überraschten Blick zu. »Damit hat es nichts zu tun, Pavel. Es ist einfach nur vorbei.«

»Vorbei?«

»Sicher. Jemand hat einmal gesagt ... ich weiß nicht mehr, wer es war ... daß es bei einer guten Geschichte darauf ankommt, die richtige Stelle zu finden, um sie zu beenden. Zu sagen, ›und sie lebten glücklich und zufrieden bis an ihr Lebensende‹, funktioniert nur deshalb, weil damit die Geschichte am Höhepunkt beendet wird. Wenn man über diesen Punkt hinausgeht, werden der Held und die Heldin schließlich alt und sterben. Im Grunde hat also jede Geschichte ein trauriges Ende. Es ist nur eine Frage des richtigen Zeitpunkts. Ling Sui wußte genau, wann der richtige Zeitpunkt war, um sich auf geheimnisvolle Weise aus der Geschichte zu verabschieden. Was hätte sie sonst tun sollen? Bei mir bleiben, mich heiraten, mit mir alt werden und sterben? Nein, Pavel... damit hätte sie alles zerstört. Diese Geschichte endet genau dort, wo sie enden mußte – mit einem offenen Rätsel. Alles andere wäre... unangemessen.«

Es klopfte an der Tür. Der Page trat ein, nahm ihre Koffer und machte sich auf den Weg zur Lobby. Chekov ging zu Sulu, stand eine Weile neben ihm, blickte zur Sonne hinauf und sagte schließlich: »Was du da gerade gesagt hast...«

»Ja?«

»Dir ist natürlich klar, daß ich nicht den leisesten Schimmer habe, was du damit eigentlich sagen wolltest.«

»Natürlich.«

»Ich meine, es ergibt für mich überhaupt keinen Sinn.«

Sulu klopfte ihm auf die Schulter. »Es war nur ein Traum, Schatz«, sagte er. »Es hat überhaupt nichts zu bedeuten.« Damit ging er hinaus.

»*Schatz?*« murmelte Chekov. Dann zuckte er die Schultern. »Wenn er meint«, sagte er und folgte Sulu.

DRITTER TEIL

TRAUER

13

Zur Trauerfeier waren so viele Leute erschienen, daß Sulu vorübergehend glaubte, er würde gar nicht mehr hineinkommen.

Er erkannte zahlreiche Mitglieder seiner eigenen Besatzung wieder, und wie es schien, hatte sich auch die gesamte Besatzung der *Enterprise* 1701-B eingefunden. Er hatte keine Ahnung, wie viele Menschen in der Bestattungskapelle von Starfleet Platz fanden, er wußte nur, daß mit der Zahl der heute Anwesenden die Kapazitätsgrenze erreicht worden war.

Er stand eine Weile draußen vor dem Gebäude und blickte nach rechts, wo die Golden Gate Bridge in der Morgensonne strahlte. Er erinnerte sich, daß er damals, als er gerade Starfleet beigetreten war, den Anblick der Brücke als Symbol betrachtet hatte. Die Akademie war die Brücke zu den Sternen. Irgendwie paßte das zum Motto der Akademie »Ex astris, scientia« – »Weisheit von den Sternen.«

Weisheit.

Er hatte in letzter Zeit recht häufig die Sterne angestarrt. Nicht von der Pilotenkonsole, sondern von der exklusiven Position seines Kommandosessels aus. Er hatte nach Antworten gesucht. Nach Weisheit.

Die Sterne, die ihm in der Vergangenheit soviel gegeben hatten, sprachen nicht mehr zu ihm. Wenn sie in ihrer Weisheit etwas über das Schicksal seiner Tochter wußten, so ließen sie ihn nicht daran teilhaben.

Natürlich funkelten die Sterne im Weltraum nicht.

Sie leuchteten einfach nur auf samtschwarzem Hintergrund. Sie starrten ihn an, ohne zu blinzeln. Sie machten sich über ihn lustig. Sie behielten ihre Geheimnisse für sich.

Er hatte zu den Sternen aufgeblickt, als James Kirk gestorben war. Er hatte nach Weisheit und Erkenntnis gesucht. Er wollte verstehen, welche Gerechtigkeit hinter Kirks unverhofftem und sinnlosem Tod gestanden hatte.

Auch da hatten die Sterne nur mit Schweigen geantwortet. Aber er hatte ihrer Reaktion eine Antwort entnehmen können. Die Vorstellung, daß Kirk nicht dazu bestimmt war, im hohen Alter sanft in irgendeinem Bett zu entschlafen. Trotz seiner offiziellen Rollen als Diplomat und Forscher war er in erster Linie ein Krieger gewesen. Er hatte sich selbst bei mehreren Gelegenheiten als Soldat bezeichnet. Ja, ein Krieger, der gegen die Ignoranz kämpfte. Gegen die Furcht und den Tod. Er hatte diese Welt auf die einzige Weise verlassen, die für ihn erstrebenswert und möglich gewesen war.

Aber Demora ...?

Sie hatte gerade erst begonnen, ihren Weg zu gehen. Sie hatte weder die Erfahrungen gemacht oder die Möglichkeiten ausgeschöpft, die Kirk geboten worden waren. Sie hatte nur ihre Träume und Hoffnungen gehabt. Sie hatte an der Pilotenkonsole der *Enterprise* Platz genommen – oder zumindest des Schiffes, das den Namen *Enterprise* trug – und war bereit gewesen, in die Fußstapfen ihres Vaters zu treten.

Nur daß der Weg, den ihr Vater genommen hatte, ihn zu großen und ruhmreichen Abenteuern geführt hatte, zum Kommando über ein eigenes Raumschiff und ... und wer wußte, wohin noch?

Ihr Weg hatte sie lediglich in einen sinnlosen und mysteriösen Tod geführt.

Er hatte zu den Sternen aufgeschaut, aber keine Antwort erhalten. Und als die Sterne ihn diesmal schweigend angestarrt hatten, hatte sich kein tieferer Sinn in ihrer Reaktion verborgen. Er hatte ihnen nichts entnehmen können. Er war nur wütend geworden, als wüßten die Sterne etwas, das sie ihm nicht verraten wollten.

Er zuckte leicht zusammen, als jemand eine Hand auf seine Schulter legte. Er drehte sich um und sah in das Gesicht von Uhura. Hinter ihr stand Chekov. Sie trugen ihre Galauniformen.

Uhuras Augen waren gerötet. »Es tut mir so leid«, flüsterte sie und umarmte ihn.

»Danke.«

»Wenn ich irgend etwas tun kann ...« Es war genau das, was man in einer solchen Situation sagte, obwohl es im Grunde keine Hilfe gab. Chekov nickte mit verbissener Miene, um sich Uhuras Worten anzuschließen.

»Ich weiß, daß ich mich auf euch verlassen kann«, sagte Sulu und meinte es auch so. Er wußte aus persönlicher Erfahrung, daß diese Menschen ohne Zögern für ihn durch das Feuer der Hölle gehen würden, wenn er ihnen sagte, daß sie damit Demora zurückholen konnten.

»Es ist ungerecht«, preßte Chekov zwischen den Zähnen hervor. Seine Wut war beinahe körperlich spürbar.

»Ja, das ist es«, pflichtete Sulu ihm bei.

»Wir ... es war uns nicht möglich, Scotty rechtzeitig zu informieren«, sagte Uhura bedauernd. »Wir haben eine Nachricht an die *Jenolen* abgeschickt, die ihn zur Norpin-Kolonie bringt, wo er seinen Ruhestand verbringen will. Bisher haben wir noch nichts von ihm gehört.«

»Kein Problem«, sagte Sulu. »Wenn sich irgend jemand einen geruhsamen Lebensabend verdient hat, dann auf jeden Fall Scotty.«

»Mister Spock befindet sich auf irgendeiner diplomatischen Mission«, sagte Chekov. »Wir haben auch mit Dr. McCoy Verbindung aufgenommen, aber er ist zur Zeit krank.«

Sulu blickte besorgt auf. »Ist es etwas Schlimmes?«

»Er sagte, es sei nichts, was sich nicht durch ein Transplantat kurieren ließe. Zum Glück hat er mehrere geklonte Organe in der Gewebebank. Er wird wieder auf die Beine kommen.«

»Das ist gut zu wissen.«

Uhura blickte ihm in die Augen; sie machte sich große Sorgen um Sulu.

»Ist alles mit Ihnen in Ordnung?« fragte sie zögernd.

»Ja, keine Sorge.«

Sulu wandte sich ab und machte sich auf den Weg in die Kapelle. Als er näher kam, wurde er sofort von allen erkannt. Obwohl die Menge dicht gedrängt stand, öffnete sich für ihn sofort ein Weg.

Uhura folgte ihm nicht sofort, und Chekov warf ihr einen fragenden Blick zu. »Was ist los?«

Sie zögerte. »Sie wissen doch … wenn wir die Sterne betrachten, sehen wir gar nicht wirklich das, was da ist.«

»Sicher.« Er zuckte die Schultern. »Wegen der Zeit, die vergeht, während das Licht unterwegs ist. Ein Stern kann schon längst tot sein, aber wir sehen immer noch sein Licht.« Er starrte sie verständnislos an. »Und?«

»Und genauso hat Sulu gerade auf mich gewirkt. Da war etwas in seinen Augen … ein schwacher Lebensfunke … aber es sah so aus, als wäre der Ausgangspunkt bereits erloschen. Als wenn ein Teil von ihm … einfach gestorben wäre.«

»Ich kann ihm keinen Vorwurf machen«, sagte Chekov und fügte düster hinzu: »Aber ich weiß, wem ich einen Vorwurf mache.«

Captain John Harriman trat auf das Podium an der Vorderseite der Kapelle und blickte auf das versammelte Starfleet-Personal.

Hinter ihm befanden sich in einer Urne die sterblichen Überreste von Demora Sulu. Harriman konnte sich nicht dazu überwinden, sich umzudrehen und sie anzusehen.

Als er zu sprechen begann, stellte er zu seinem Entsetzen fest, daß seine Kehle wie zugeschnürt war. Er brachte nicht mehr als ein leises ersticktes Geräusch heraus. Er hoffte, daß es niemand bemerkt hatte, daß die unzähligen Gesichter, die zu ihm aufblickten, nicht ahnten, wie sehr er innerlich zitterte.

Weil er sie getötet hatte. Er hatte auf sie geschossen, so lange, bis sie sich nicht mehr gerührt hatte.

Seit diesem Moment hatte er keinen Schlaf mehr gefunden. Höchstens einige Minuten hier und dort hatte er in der Grauzone zwischen Müdigkeit und Traum verbracht.

Er hatte die Szene immer und immer wieder in Gedanken durchgespielt, die gesamte Reihenfolge der Ereignisse bis zu dem Moment, als der nackte Körper von Demora Sulu reglos auf der Planetenoberfläche gelegen hatte. Er hatte sich den Kopf zermartert, welche andere Möglichkeiten er gehabt hätte. Was er hätte tun können, um sie am Leben zu lassen, damit er sich jetzt nicht als Mörder fühlen mußte.

Wenn er nur schneller gewesen wäre …

… oder kräftiger …

… oder klüger …

… oder besser …

Das war der Punkt. Besser. Sein Drang, der Beste zu

sein. Das, was ihn zum Captain eines Starfleet-Raumschiffs gemacht hatte.

War er wirklich ein völliger Versager?

Dann sah er Hikaru Sulu.

Zuerst hatte er ihn überhaupt nicht bemerkt. Es schmerzte ihn, es vor sich selbst zuzugeben, aber er hatte Erleichterung darüber empfunden. Hikaru Sulu in die Augen sehen zu müssen, war der schwierigste Teil dieser Veranstaltung.

Schon die Gesichter seiner Besatzungsmitglieder waren schwer zu ertragen gewesen. Die verstohlenen und nachdenklichen Blicke, die Gespräche, die seltsamerweise immer genau dann verstummten, wenn Harriman in Hörweite kam.

Aber Sulu …

Es war schon beim Jungfernflug der *Enterprise* schwer genug gewesen, als er die Blicke dreier lebender Legenden wie Laserstrahlen in seinem Nacken gespürt hatte. Aber daß jetzt Hikaru Sulu genau in seine Augen starrte … Dies war nicht das Reich der Legenden, sondern die Hölle.

Zwischen den beiden Männern schien sich eine unsichtbare Verbindung aufzubauen, und es war, als könnte Harriman ihm einen Gedanken senden. Die Botschaft lautete: *Vielleicht sollten Sie hierherkommen und diese Aufgabe übernehmen …*

Und Sulu hatte diese Botschaft unmißverständlich empfangen, weil er sofort ganz leicht den Kopf schüttelte. Er wollte nicht vor dieses Publikum treten. Er würde dort unten in der achten Reihe sitzen, ohne sich zu rühren, ohne zu sprechen, und Harriman würde diese Sache ganz allein durchstehen müssen. Und Harriman hatte das Gefühl, daß er es genau so verdient hatte.

Dies alles – Harrimans Zögern, sein unterdrücktes Husten, seine Überlegungen und die stumme Kommunikation mit Sulu – all dies hatte nur ein oder zwei Sekunden beansprucht.

Er reckte die Schultern und setzte erneut an. Und diesmal war seine Stimme – zu seiner großen Erleichterung – klar und sicher. Ganz im Gegensatz zum inneren Aufruhr, der ihn erschütterte.

»Wenn wir in den Dienst der Erkundung treten... wissen wir von den Gefahren, die damit verbunden sind. Wir wissen, wie zerbrechlich unsere Existenz ist, wenn wir vom lebensfeindlichen Vakuum umgeben sind, wenn wir überall auf unbekannte Dinge stoßen können. Aber wir gehen dieses Risiko ein, weil wir es wollen. Wir müssen es tun.

Trotzdem sind es zwei verschiedene Dinge, die Unvermeidlichkeit des Todes anzuerkennen und mit der Tatsache desselben konfrontiert zu werden. Vor allem, wenn die Umstände so... bedauernswert und tragisch wie im Fall von Demora Sulu sind.

An Bord der *Enterprise* wurde Demora Sulu von allen geliebt und bewundert. Sie war eine gute Freundin. Sie war ein guter Offizier. Sie hätte ein besseres Schicksal verdient. Und die Tatsache, daß wir niemals gänzlich verstehen werden, was geschehen ist, macht es um so schlimmer. Wir wollen Antworten. Und die grausame Wahrheit des Universums, in dem wir leben, lautet, daß es nicht immer eine Antwort gibt.

Demora Sulu war fleißig und lernwillig. An ihrem Mut bestand kein Zweifel. Und sie war immer ein fröhlicher Mensch. Sie hatte immer ein Lächeln auf dem Gesicht und schien jeden Tag mit uneingeschränkter Freude zu begrüßen.

Sie liebte Schokolade. Sie sagte, diese Liebe ging tiefer, als ihr selbst lieb war. Sie war eine begabte Sportlerin, eine gute Turnerin. Sie war...« An dieser Stelle mußte er unwillkürlich lächeln, obwohl es ihm unangemessen vorkam. »Sie war eine hervorragende Pokerspielerin, was ihre Beliebtheit zusätzlich steigerte. Sie sang gerne, wobei ihre Begeisterung die vorhandene musikalische Begabung überstieg. Und auch das machte einen Teil ihres Charmes aus. Wir alle bereuen es zutiefst, nicht mehr Zeit mit ihr verbracht zu haben. Wir hatten kaum die Gelegenheit, sie besser kennenzulernen.

Wie üblich hat sie Anweisungen hinterlassen, was mit ihren sterblichen Überresten geschehen soll, wenn…« Und zum ersten Mal zwang er sich dazu, die Urne anzusehen. »…wenn *dies* eintritt. Sie hat sich gewünscht, daß ihre Asche in der Sonne der Erde bestattet wird, damit sie… gemäß ihrem letzten Willen… weiterhin ein Auge auf das haben kann, was hier vor sich geht.«

Diese Bemerkung rief bei einigen Anwesenden tatsächlich ein Lächeln hervor. Reaktionen von Menschen, die sich an Demoras zuweilen recht ungewöhnliche Gedankengänge erinnerten.

»Wir werden ihren Wunsch respektieren. Und in dieser Zeremonie wollen wir ihr Angedenken ehren. Ich lade jeden ein, der Erinnerungen an sie mit uns allen teilen möchte, heraufzukommen und etwas über sie zu sagen.«

Es gab eine unangenehme Pause, in der niemand recht wußte, was nun geschehen sollte. Die Leute schauten sich gegenseitig an und versuchten sich stumm zu verständigen, wer den Anfang machen sollte.

Mehr als nur ein Augenpaar richtete sich auf Hikaru Sulu.

Doch er rührte sich nicht von der Stelle.

Im Gegensatz zu Chekov. Er stand im gleichen Moment wie Maggie Thompson auf. Doch Thompson setzte sich sofort wieder, als sie sah, wer aufgestanden war.

Chekovs Schritte schienen ungewöhnlich laut durch die ansonsten stille Kapelle zu hallen. Er erreichte das Podium, drehte sich zu den versammelten Trauergästen um und begann zu sprechen.

Er sprach über Demoras Leben. Über die Ehre, daß er ihr Patenonkel werden durfte. Über Anekdoten, die das Publikum abwechselnd zum Lachen und zum Weinen brachten.

Mit einem Wort, er war in Höchstform. Er hatte noch nie eine bessere Rede gehalten. Er machte es hervorragend.

Hikaru Sulu hörte nicht ein einziges Wort von allem.

Statt dessen starrte er unentwegt auf Harriman. Immer wieder blickte sich Harriman zu Sulu um, offenbar nur, um festzustellen, ob Sulu ihn immer noch beobachtete.

Er beobachtete ihn immer noch.

Es war, als wollte er mit seinem Blick ein Loch in Harrimans Geist bohren. Um zu sehen, was darin war, um aus erster Hand zu erfahren, wie er sich fühlte. Um festzustellen, ob er verzweifelt war, ob er bereute oder ob er sich einfach mit der Vorstellung tröstete, daß Demora schließlich um die Risiken gewußt hatte. Daß man einfach damit leben mußte.

Harriman spürte, wie seine Seele sich unter der intensiven Musterung krampfhaft zusammenzog. Dann ordneten sich allmählich seine Gefühle der Erschöpfung, der Verzweiflung und der Gewissensbisse. Verdammt, er fühlte sich doch bereits schuldig! Warum sollte er sich noch schuldiger fühlen? Auch wenn es sich um Demoras Vater handelte, auch wenn er eine Legende war, die direkt neben Kirk stand … Was bezweckte Sulu damit, ihn so unerbittlich anzustarren?

Er hatte sie nicht töten wollen. Es war ein Unfall gewesen. Das Ganze war ein grotesker, außergewöhnlicher Unfall, und wenn Hikaru Sulu an seiner Stelle gewesen wäre, hätte er genau das gleiche getan. *Also verschwinden Sie aus meinem Kopf!* dachte Harriman.

Nachdem Chekov geschlossen hatte, traten weitere Besatzungsmitglieder vor, um über Demora zu sprechen. Aber Harriman ließ sich vom Autopiloten durch den Rest der Trauerfeier manövrieren. Innerlich war er damit beschäftigt, einen lautlosen Krieg zu führen. Es war ein Krieg gegen einen Mann, dem der Kampf bestimmt nicht unvertraut war, aber Harriman verfügte über Kraftreserven, die er bisher noch gar nicht angezapft hatte.

Wenn Demora Sulu ein besseres Schicksal verdient hatte, dann galt für ihn das gleiche.

Die Gäste versammelten sich draußen im Hof vor der Kapelle. Da Demora bereits eingeäschert worden war, gab es keine anschließende Beisetzung. Die Zeremonie, mit der ihre Asche an die Sonne übergeben wurde, sollte an Bord der *Enterprise* stattfinden, kurz nachdem das Schiff den Erdorbit verlassen hatte.

Chekov, Sulu und Uhura standen in einer kleinen Gruppe zusammen und unterhielten sich. Immer wieder kamen Offiziere oder Freunde Demoras vorbei, um ihr Beileid auszusprechen. Sulu nickte ernst, schüttelte Hände und dankte für die tröstenden Worte.

Harriman beobachtete die Szene, während die Erschöpfung und sein Gewissen (obwohl er es wahrscheinlich gar nicht als sein eigenes anerkannt hätte) ihm zusetzten. Er atmete einmal durch und ging dann zu den früheren *Enterprise*-Offizieren hinüber. Sie blickten auf, als er sich näherte, und er sah, daß Uhura einen Schritt näher an Sulu herantrat, fast als wollte sie sich schützend vor ihn stellen. Chekov rührte sich nicht von der Stelle. Sulu bewegte sich überhaupt nicht – eine Schaufensterpuppe hätte in diesem Moment lebendiger gewirkt.

»Captain Sulu ... ich möchte, daß Sie wissen ... wie sehr ich Ihre Trauer teile«, sagte Harriman. Dann machte er sich gefaßt – auf die höchstwahrscheinlich über ihn hereinbrechenden Beschimpfungen, auf die Trauer und die Wut eines Vaters, dessen einziges Kind erschossen worden war, der nun dem Mann, der den Auslöser betätigt hatte, gegenüberstand.

Sulus Augen blitzten nur für einen kurzen Moment auf. Uhura schien darauf zu reagieren, als hätte sie gerade etwas bemerkt, das ihr bisher entgangen war. Doch dann riß Sulu sich zusammen und verdrängte den Zorn und die Verzweiflung, die ihn zu überwältigen drohten.

»Es ist ... nie einfach, ein Besatzungsmitglied zu verlieren«, sagte Sulu. »Unter den gegebenen Umständen ...« Seine Stimme schien zu versagen, doch dann räusperte er sich und sprach weiter. »... haben Sie das einzig Richtige getan.«

Harriman atmete innerlich auf. Niemand hätte es Sulu übelgenommen, wenn er völlig anders reagiert hätte. Er hätte ihm sogar die kalte Schulter zeigen und sich einfach abwenden können. Harriman fühlte sich erleichtert.

»Ich danke Ihnen für Ihr Verständnis, Captain«, sagte er. »Ich trage allein die Verantwortung. Ich weiß, daß Sie sich in meine Situation versetzen können. Verdammt ... selbst Captain Kirk hat immer wieder Besatzungsmitglieder verloren. Ich bezweifle, daß er es irgendwann besser verkraften konnte.«

Sulu nickte. Sein Gesichtsausdruck war leidenschaftslos.

Dann murmelte Chekov etwas.

Harriman hatte es nicht richtig verstanden. Er wandte sich Chekov zu und blickte ihn fragend an.

Und während Sulu sich völlig unter Kontrolle zu haben schien, beinahe abwesend wirkte... funkelte Chekov ihn mit all der Wut an, die Harriman von Sulu erwartet hätte.

Harriman wurde zornig.

»Wollten Sie mir etwas sagen, Commander?«

»Nein, gar nichts«, erwiderte Chekov.

Vorübergehend schien sich eine elektrische Spannung zwischen ihnen aufzubauen. Als Harriman sich wieder abwenden wollte, war Chekov plötzlich genau vor ihm, so daß er sehen konnte, wie die Wut in seinem Gesicht aufloderte.

»Captain Kirk hätte eine andere Möglichkeit gefunden.«

»Hätte er das?« gab Harriman eisig zurück.

»Ein unbewaffnetes Mädchen... und Sie konnten sie nicht anders aufhalten, als sie einfach wie einen Hund abzuknallen!« Chekovs Stimme überschlug sich fast vor Zorn. Sulu legte eine Hand auf Chekovs Schulter, um ihn zu beruhigen, doch Chekov schüttelte sie einfach ab.

»Sie waren nicht dabei.«

»Das ist richtig. Denn wenn ich dabeigewesen wäre... wenn er dabeigewesen wäre...« Er zeigte auf Sulu und anschließend auf Uhura. »...oder wenn sie dabeigewesen wäre... wenn irgend jemand anderer dabeigewesen wäre, dann wäre Demora jetzt noch am Leben. Aber nein! Sie waren dabei! Wir dienten unter Captain Kirk, und wir haben eine Fünfjahresmission überlebt!«

»Pavel!« versuchte nun Uhura, ihn zu beschwichtigen, aber es hatte keinen Zweck. Er sprach immer lauter, so daß sich alle zu ihnen umdrehten. Offiziere, Diplomaten, alle Anwesenden sahen in fassungslosem Erstaunen zu.

»Aber nicht Demora Sulu! Nein, sie hat keine fünf

Jahre überlebt. Nicht einmal fünf Monate hat sie auf Ihrer *Enterprise* überlebt! Und Captain Kirk? Er überlebte nicht einmal *fünf Minuten*! Und Sie bezeichnen sich selbst als Captain?«

Harriman zitterte innerlich, als er mit kaum unterdrückter Wut erwiderte: »Ich glaube, Sie sind nicht unbedingt in einer Position, um mir solche Vorwürfe zu machen, *Commander*. Mit allem gebotenen Respekt... ich wurde von Starfleet zum Captain eines Raumschiffs ernannt. Und ich möchte hinzufügen, daß man Sie niemals dazu ernannt hat und es auch in Zukunft niemals tun wird.«

Harriman war etwa einen Kopf größer und fünfzehn Jahre jünger als Chekov. Doch das spielte in diesem Moment überhaupt keine Rolle, als Chekovs Linke ihn mit voller Wucht am Kinn traf.

Es war Harrimans Glück, daß er nicht zu Boden ging, sondern taumelnd sein Gleichgewicht wiederfand.

Es war jedoch Harrimans Pech, daß Chekov von Natur aus Rechtshänder war. Einen Sekundenbruchteil, nachdem Chekov mit der Linken zugeschlagen hatte, holte er mit der Rechten aus.

Jetzt ging Harriman zu Boden. Seine Lippen waren aufgeplatzt, und ihm war schwindlig.

Jetzt schrien alle durcheinander und versuchten, Chekov zurückzuhalten. Er stieß einen Schwall russischer Beschimpfungen aus.

»Pavel, beruhige dich!« rief Sulu. »Damit erreichst du nichts!«

Doch Harriman war bereits wieder auf den Beinen, während die Welt um ihn herum in rötliches Licht getaucht schien. Er hatte das Gefühl, wieder die schwammige Oberfläche von Askalon V unter den Füßen zu haben, als er losstürmte und gegen Chekov stieß. Chekov fing seinen Angriff ab, worauf sie miteinander rangen und die Umstehenden versuchten, sie voneinander zu lösen. Sie zerrten an ihren Jacken und hatten jeden Anstand und die Ernsthaftigkeit des Augenblicks vergessen. Das einzige, was jetzt noch zählte, war die Wut, die sie beide empfanden. Die Wut Chekovs, die gegen Harriman gerichtet war, und die Wut Harrimans, die … gegen ihn selbst gerichtet war.

»Aufhören!« brüllte Sulu und drängte sich zwischen die Kämpfenden, um sie voneinander zu trennen. »Glauben Sie etwa, daß Demora das gewollt hätte?«

Chekov und Harriman starrten sich an. Sie atmeten schwer, sagten aber kein Wort. Was hätten sie auch sagen sollen?

Sie drehten sich um, gingen in unterschiedliche Richtungen davon und ließen die Trauergäste schweigend zurück.

14

Harriman saß in seinem Quartier an Bord der *Enterprise* und betrachtete sein Gesicht im Spiegel. Die Schwellung hatte bereits etwas nachgelassen.

Der Türmelder summte. Harriman war eigentlich nicht in der Stimmung, einen Besucher zu empfangen, aber er wollte sich auch nicht vorwerfen lassen, daß er sich in seinem Zimmer verkrochen hatte. »Herein!« rief er.

Als die Tür aufglitt und Harriman sah, wer eintrat, war er einen Moment lang wie betäubt.

Es war ein Starfleet-Admiral mit breiten Schultern und Tonnenbrust, das weiße Haar kurz geschnitten. Er war einen halben Kopf größer als Harriman, und seine Gegenwart schien den gesamten Raum zu beherrschen.

»Admiral!« Harriman war sofort aufgesprungen. »Ich habe nicht mit Ihnen gerechnet! Ansonsten hätte ich Vorbereitungen für einen angemessenen Empfang…«

Der Admiral winkte ab. »Kein Grund zur Besorgnis, mein Junge. Manche Leute in meinem Alter mögen Zeremonien, und andere gehen ihnen gerne aus dem Weg. Was mich betrifft… so gehe ich ihnen lieber aus dem Weg.« Er streckte seine Hand aus, die Harriman sofort annahm und schüttelte. »Wie fühlst du dich, mein Junge?«

Harriman seufzte. »Ich will nicht lügen. Es ist schwierig, Vater.«

Admiral Blackjack Harriman nickte mitfühlend. Eigentlich hieß er ebenfalls John Harriman, womit er Harriman senior war und sein Sohn Harriman junior. Aber man nannte ihn schon Jack, solange er sich zurückerinnern konnte, und Blackjack seit seiner Akademiezeit, als seine Fähigkeiten beim Kartenspiel Legende wurden.

»Ich bin froh, daß du mich nicht anlügst, mein Sohn«, sagte der Admiral. »Außerdem könntest du mich niemals anlügen. Niemals.«

»Setz dich, bitte!«

Blackjack hob das Kinn seines Sohns an und betrachtete es von links und rechts. »Chekov hat dir ganz schön zugesetzt, wie es aussieht«, sagte der Admiral. »Ganz Starfleet redet von nichts anderem. Er hat sich selbst keinen großen Gefallen mit dieser Demonstration erwiesen.«

»Ich kann nicht behaupten, daß ich mich dabei mit Ruhm bekleckert habe«, gab Harriman zu.

Blackjack seufzte und legte seine großen Hände in den Schoß. »Nun, wir wollen jetzt den Kleinkram beiseite räumen. Der Hauptgrund, weshalb ich gekommen bin, ist der, daß ich an einem Empfang auf Donatti Zwei teilnehmen werde. Eine wissenschaftlich hochentwickelte Gesellschaft, strategisch günstig gelegen ... und zufällig ist ihr unumschränkter Imperator ganz verrückt nach Kartenspielen von der Erde.« Er blinzelte. »Ich werde versuchen, ihn nicht zu sehr zu schröpfen, um die interstellaren Beziehungen nicht zu belasten. Auf jeden Fall hatte ich bereits ein Raumschiff bestellt ... aber da du mit der *Enterprise* einen unplanmäßigen Abstecher hierher gemacht hast, hat Starfleet entschieden, daß ich im großen Stil in Erscheinung treten soll. Es erschien mir eine günstige Gelegenheit, meinen einzigen Sohn um eine Mitfluggelegenheit zu bitten.«

»Es ist mir eine Ehre, Sie an Bord haben zu dürfen, Admiral.«

Der Admiral beugte sich mit besorgt gerunzelter Stirn vor. »Du hast es in letzter Zeit wirklich nicht einfach gehabt, mein Sohn.«

»Das kannst du laut sagen. Ich …« Er seufzte. »Ich fürchte, daß man mich bald als Pechvogel der Flotte bezeichnen wird.«

»Hör zu, mein Junge. Ich möchte dir etwas sagen, aber es soll niemals außerhalb dieser vier Wände bekannt werden. Verstanden?«

Harriman nickte.

»Es geht um folgendes«, begann Blackjack. »Ich weiß, daß Kirk viele Freunde hatte. Schließlich muß jeder eingestehen, daß er Beträchtliches geleistet hat. Aber ich muß dir sagen, John, daß er keinesfalls ein guter Offizier war.«

»Aber … sprichst du wirklich von Kirk?«

»Ja, sicher«, sagte Blackjack. »Was mit dem Mädchen geschehen ist, ist zweifelsohne tragisch, aber Tragödien ereignen sich jeden Tag. Ja, du hast sie getötet. Weißt du was, mein Junge? Jedesmal, wenn ein Befehlshaber Truppen in den Kampf schickt und weiß, daß die meisten von ihnen nicht mehr heil zurückkommen werden, dann hat dieser Offizier seine Leute getötet. Sie alle hatten Verwandte und Freunde, und sie alle kamen nicht wieder. So ist es nun einmal.

Nun zu Kirk. Ich möchte dir sagen – und ich kann es dir als Admiral sagen und nicht nur als Vater –, daß du als Offizier zehnmal besser bist, als Kirk es jemals war. Kirk war ein Cowboy, ein Unruhestifter. Er dachte, ihm gehöre die ganze Galaxis. Er dachte, er hätte auf alles eine Antwort. Er hat ständig die Vorschriften strapaziert, er hat getan, was er wollte, und es immer wieder geschafft, anschließend mit weißer Weste dazustehen, weil seine Bewunderer an den richtigen Stellen saßen. Und er hatte Leute, die bereit waren, seine Aktivitäten zu tolerieren, solange es keinen Ärger gab. Man hat ihn an der langen Leine gehalten, und vielleicht ist er einige Male darüber gestolpert, aber sie hat ihn nie zu Fall gebracht.

Und meine größte Sorge als Starfleet-Offizier ist, daß einige junge Offiziere ihn als Vorbild für ihr Verhalten betrachten könnten. So etwas können wir überhaupt nicht gebrauchen, Johnny. Wir brauchen Offiziere mit Verstand … und Respekt … und dem Bewußtsein, daß Starfleet eine Einheit darstellt und nur mit einem gewissen Respekt vor der Ordnung der Dinge funktionieren kann. Das dürftest du verstanden haben. Kirk hat es niemals verstanden. Und seine Offiziere auch nicht. Deshalb hat Commander Chekov seinen Gefühlen freien Lauf gelassen. Es tut mir nur leid, daß du zur Zielscheibe seines Zorns wurdest.«

»Das tut auch mir leid.«

Blackjack stand auf und klopfte Harriman auf die Schulter. »Ich wollte etwas essen. Kommst du mit?«

Harriman zuckte eine Schulter und nickte dann. »Ganz wie du meinst. Schließlich bist du der ranghöhere Offizier.«

»So gefällst du mir, mein Junge!« sagte der Admiral lachend. Dann machten sie sich auf den Weg in die Offiziersmesse.

Chekov ging in Sulus Zimmer auf und ab, während er sich einen Eisbeutel ans Auge hielt. Uhura hatte sich gesetzt und blickte ihn anklagend an. Sulu schenkte in aller Ruhe Tee ein.

»Ist dir eigentlich klar, daß du dich wie ein Idiot benommen hast?« fragte Uhura.

»Ich würde es jederzeit wieder tun«, gab Chekov zurück.

»Ah, ich verstehe. Dann bist du also kein Idiot. Sondern ein verdammter Volltrottel.«

»Danke für diesen Vertrauensbeweis.«

»Dann bedanke dich auch für meinen folgenden Hinweis«, sagte Uhura. »Ob es dir gefällt oder nicht, Pavel, Starfleet hat die Tatsachen im Zusammenhang mit Demoras Tod untersucht, die Aussagen anderer Besatzungsmitglieder berücksichtigt und ist zum Schluß gekommen, daß Captain Harriman völlig korrekt gehandelt hat.«

»Ja, er hat korrekt gehandelt. Er ist ein Ausbund der Tugend!« Er schüttelte den Kopf, nahm den Eisbeutel ab und musterte sein Gesicht in einem Spiegel. »Er hat sogar den Mut, sich hinzustellen und zu sagen, daß er die Verantwortung für alles trägt. Aber wie genau will er das tun? Als Captain Kirk die Verantwortung für seine Taten übernahm, hat er uns alle von Vulkan zurückgebracht und sich vor den Föderationsrat gestellt. Er hat alle Schuld auf sich genommen und wurde degradiert. Wenn Harriman die Verantwortung übernimmt, bleibt alles wie gehabt.« Er schüttelte wieder den Kopf. »Es ist ein Witz. Ein saublöder Witz.« Dann wandte er sich an Sulu. »Und was ist mit dir?«

»Mit mir?« Sulu blickte ruhig zu ihm auf. »Was soll mit mir sein?«

»Ich habe es auch für dich getan.«

Wie immer blieb Sulus Gesicht völlig leidenschaftslos. »Ich kann mich nicht erinnern, dich gebeten zu haben, Harriman einen Kinnhaken ...«

»Zwei Kinnhaken«, stellte Uhura richtig.

»Zwei Kinnhaken zu verpassen.«

»Du mußtest mich gar nicht bitten. Ich habe es auch so gewußt.«

»Du hast also gewußt, daß ich es gut finden würde, wenn du dich auf der Trauerfeier meiner Tochter mit ihrem Captain prügelst?«

Chekov ging auf ihn zu und beugte sich über den Tisch. »Ich wußte, daß du wütend warst. Daß du vor Wut gekocht hast. Dieser Mann, dieser ... *Captain* ... hat Captain Kirk auf dem Gewissen. Und jetzt hat er auch noch Demora auf dem Gewissen. Er hat sie mit eigenen Händen getötet! Und du hast keine Miene verzogen, sondern ihm sogar Absolution erteilt! Genau das hat er gewollt, und du hast es ihm gegeben! Als wäre es völlig in Ordnung, was er getan hat! Aber das war es nicht! Nicht für mich! Und für dich auch nicht.«

Darauf schlug Sulu so heftig mit der flachen Hand auf den Tisch, daß das Teegeschirr klirrte. Eine Tasse kippte um und ergoß ihren Inhalt über die Tischplatte.

»Sie war meine Tochter, Pavel. Dein Patenkind, aber mein eigenes Kind. Ich werde ihr Angedenken auf meine Weise ehren. Und ich will dir sagen – ganz gleich, ob wir ihren Captain mögen, ob wir seine Taten gutheißen oder nicht –, daß ich nicht damit einverstanden bin, es auf die Weise zu tun, die du uns allen demonstriert hast. Hast du mich verstanden?«

»Und wie willst du statt dessen ihr Angedenken ehren?«

»Das geht dich nichts an.«

Chekov und Uhura tauschten einen Blick aus. Dann trat Uhura langsam vor. »Sulu ...« sagte sie. »Ich glaube genausowenig wie du, daß das, was Pavel getan hat, in irgendeiner Weise richtig war. Aber nach allem, was wir gemeinsam durchgemacht haben ... kannst du nicht einfach sagen, daß es uns nichts angeht. Sulu, ich dachte, unsere Freundschaft geht tiefer.«

»So tief, daß ich kein Recht auf eine Privatsphäre mehr habe? Daß ich nicht mehr auf meine Weise trauern darf?« Sulu schüttelte den Kopf. »Ich glaube nicht, daß unsere Freundschaft jemals so tief werden wird.«

Er stand auf und trat ans Fenster, wo er sich gegen das Plexglas lehnte. »Ich werde in Kürze zur *Excelsior* zurückkehren. Auch ihr beide habt eure Verpflichtungen. Ich empfehle euch, ihnen nachzukommen.«

Uhura und Chekov blickten sich an. »Wirst du… wirst du nicht an der Zeremonie teilnehmen?« fragte Uhura.

»Du meinst, wenn ihre Asche in die Sonne geworfen wird?« fragte Sulu.

»Natürlich.«

Sulu zuckte die Schultern. »Es wäre sinnlos. Sie weiß nichts mehr davon. Sie legt keinen Wert mehr darauf. Sie ist tot, Uhura. Die Asche in der Urne ist nicht mehr Demora, genausowenig wie die Urne. Wir behaupten, wir würden damit ihren Wünschen folgen, aber es ist… es ist einfach sinnlos. Sie hätte sich gewünscht weiterzuleben. Das ist es, was zählt. Das Leben. Und da wir ihr diesen Wunsch nicht erfüllen können, spielt alles andere überhaupt keine Rolle mehr. Derartige Zeremonien sind für die Lebenden da, nicht für die Toten. Damit die Überlebenden eine Möglichkeit erhalten… die Toten loszulassen. Ich werde es auf meine Weise tun. Ich habe nichts davon, an einer rührseligen Versammlung teilzunehmen, während die Asche eines Verstorbenen…«

Uhura gab ihm eine Ohrfeige.

Sie tat es, bevor ihr völlig bewußt geworden war, daß sie die Hand gehoben hatte. Sie schnappte erschrocken nach Luft, als wäre sie selbst geschlagen worden.

Sulu stand reglos da, während sich seine Wange rötete. Mit einer Spur von Belustigung sagte er: »Und du wolltest Chekov rügen?«

Uhura verschränkte die Hände und senkte den Blick. »Es tut mir leid«, sagte sie leise. »Es tut mir leid, weil ich weiß, daß du nicht… du selbst bist. Ich kenne dich viel zu gut, um zu glauben, daß du so ... gefühllos sein kannst. Du bist einfach nur ... ich weiß nicht ... du willst noch nicht akzeptieren, was geschehen ist. Oder du kannst es nicht. Wie auch immer, du willst dich einfach nicht damit auseinandersetzen. Du verschließt dich. Du blockierst jedes Gefühl, als wärest du Mister Spock.«

»Ja, ich habe in letzter Zeit oft an ihn gedacht«, gestand Sulu ein. »Und auch an Captain Kirk.«

»Wieso verstehst du es dann nicht?« Sie faßte seine Arme, als könnte sie die Gefühle aus ihm herausschütteln. »Wieso erkennst du nicht, was geschieht? Wir haben ein Alter erreicht, Sulu, in dem es scheint, daß wir alle nur noch den Tod als einzige Erfahrung vor uns haben. Wir werden keine neuen Freunde mehr finden, keine Liebesbeziehungen mehr knüpfen. Statt dessen werden wir nur zusehen, wie alte Freunde und Liebhaber sterben, einer nach dem anderen. Aber wir können uns dieser Tatsache nicht einfach verschließen, nicht den Kontakt zur Welt abbrechen, wie du es tust. Du würdest ansonsten innerlich absterben, immer mehr Menschlichkeit verlieren ...«

Sulu erwiderte ihren Blick, und für einen kurzen Moment glaubte sie zu sehen, wie sich in seinen Augen etwas regte. Doch dann schien er sich ihr wieder zu entziehen und erwiderte: »Ich weiß deine Besorgnis zu schätzen, Uhura. Wirklich. Und ich kann dir versichern, daß ich mit allem zurechtkomme.«

Sein Computerterminal meldete sich mit einem durchdringenden Piepen. »Das ist wahrscheinlich der Anruf, auf den ich gewartet habe«, sagte Sulu. »Wenn es euch beiden nichts ausmacht, würde ich ... jetzt gerne allein sein. Ich muß meine Gedanken sammeln. Ihr versteht schon.«

Chekov und Uhura nickten verständnisvoll. Sulu brachte sie zur Tür, nahm noch einmal ihre gemurmelten Beileidsbekundungen an und dankte ihnen mit einem Nicken für ihre Unterstützung. Beide würden immer für ihn dasein, daran ließen sie keinen Zweifel, und er drückte ihnen erneut seine Dankbarkeit für ihr Mitgefühl aus.

Sie waren kaum durch die Tür, als Sulu herumwirbelte und zum Computer eilte. Wenn Chekov oder Uhura ihn hätten sehen können, wäre ihnen eine subtile, aber deutliche Veränderung an Sulus Verhalten aufgefallen. Er war bewußter und entschlußfreudiger, als wäre die erstickende Lethargie wie ein Schleier von ihm abgefallen.

Der Bildschirm wurde hell und zeigte das Gesicht von Admiral LaVelle. Die Frau hatte ein rundes Gesicht und dunkles lockiges Haar, das mit grauen Strähnen durchsetzt war. »Captain«, sagte sie ohne weitere Vorrede. Ihre Stimme hatte einen leichten Südstaaten-Akzent. »Zunächst möchte ich Ihnen noch einmal, auch im Namen von Starfleet, mein Beileid aussprechen.«

»Ich danke Ihnen, Admiral.«

»Was Ihre Anfrage bezüglich des Status von Askalon Fünf, wo Ihre Tochter ums Leben kam, betrifft ...« LaVelle blickte offensichtlich zur Seite auf einen anderen Bildschirm. »Captain Harriman hat den Planeten unter Quarantäne gestellt. Sie kennen die Vorschriften, die für eine verhängte Quarantäne gelten.«

»Ja, Admiral. Die Quarantäne darf erst wieder aufgehoben werden, wenn ein Quarantäneteam nach der Ursache der Infektion gesucht hat, sie beseitigt hat und anschließend den Planeten einen Monat lang beobachtet hat, um sicherzustellen, daß die Ursache für die Quarantäne nicht mehr vorhanden ist.«

»Es ist Ihnen also bekannt.«

»Ja, Admiral.«

»Trotzdem haben Sie um die Erlaubnis gebeten, mit

der *Excelsior* nach Askalon Fünf zu fliegen. Sie hatten Ihren Antrag bereits bei Admiral Paul von der Quarantäneabteilung gestellt, und als sie ihn ablehnte, haben sie den Antrag an mich weiterleiten lassen.«

»Das ist richtig, Admiral.«

LaVelle lächelte verständnisvoll. »Captain ... ich kann Ihre Besorgnis nachempfinden ... aber die Vorschriften wurden insbesondere für Situationen wie diese erlassen. Eine Situation, in der unsere emotionalen Impulse uns zu Handlungen veranlassen könnten, die möglicherweise schwerwiegende Konsequenzen haben. Der Augenblick, in dem unser Drang am stärksten ist, Vorschriften zu umgehen oder zu verletzen, ist genau der Augenblick, in dem wir uns am entschiedensten dazu zwingen müssen, die Vorschriften zu respektieren. Das verstehen Sie doch sicher, oder?«

»Sicher, Admiral.« Er nickte respektvoll. »Ich bin lediglich dem Dienstweg gefolgt, um einen Antrag vorzubringen.«

»Das ist in jeder Hinsicht akzeptabel. Aber auch ich kann diesem Antrag nicht zustimmen. Verstehen Sie das, Captain Sulu?«

»Ja, Admiral. Trotzdem hätte ich eine Frage. Wann wird ein Quarantäneteam damit beauftragt, erste Untersuchungen durchzuführen?«

»Ich habe mit dieser Frage gerechnet. Im Augenblick sind unsere Möglichkeiten etwas eingeschränkt. Der Zusammenbruch des Klingonischen Imperiums bindet große Kapazitäten der Föderation. Wir stehen vor Problemen von weitaus größerer Tragweite als Askalon Fünf. Wir können beispielsweise keine Leute von Cygnus Drei abziehen, wo ein Virus das Überleben einer ganzen Kolonie bedroht, um einen Planeten zu untersuchen, der unbewohnt ist. Wir sollen verhindern, daß Menschen sterben, Captain, und wenn wir ein Team nach Askalon Fünf schicken, um dort nach dem Rechten zu sehen, werden wir Ihre Tochter nicht zurückholen können. Der Versuch könnte uns sogar Menschenleben kosten, die anderswo sinnvoller einzusetzen wären.«

»Ich verstehe die Problematik und weiß Ihre Bedenken zu schätzen, Admiral«, sagte Sulu völlig ruhig. »Ich möchte nur den vorgesehenen Termin wissen.«

LaVelle seufzte und konsultierte wieder einen Monitor, den Sulu nicht sehen konnte. »Vielleicht in acht oder neun Monaten«, sagte sie. »Möglicherweise auch etwas früher. Oder wesentlich später. Wir tun unser Bestes, Captain.«

»Ja, Admiral. Das tun wir alle.«

»Gut. Wurden Sie über die Lage auf Centrelis informiert?«

»Ja, Admiral. Der Planet ist erst vor kurzem der Föderation beigetreten und liegt direkt an der Grenze zum Sektor der Tholianer.«

»Richtig. Und die tholianische Regierung macht geltend, daß die Umlaufbahn des Planeten ihn während eines Drittels des centrelischen Jahres durch tholianisches Territorium führt. Daher verlangen sie, daß die Centrelier dreißig Prozent der Ressourcen ihres Planeten an sie abgeben. Wir versuchen, das Problem auf diplomatischem Wege zu lösen, aber die Diplomaten haben ein Raumschiff als Rückendeckung angefordert.«

»Damit die Tholianer ihr Säbelgerassel einstellen.«

»Richtig. Sie haben die meiste Erfahrung mit den Tholianern, Captain. Also hat man Sie ausgewählt, sich darum zu kümmern.«

»*Ausgewählt* – das klingt beinahe wie eine demokratische Entscheidung, Admiral.«

»Wir treffen keine demokratischen Entscheidungen. Sie werden mit aller gebotenen Eile nach Centrelis aufbrechen und sich dort bereithalten, bis die Meinungsverschiedenheiten geklärt sind. Ich wünsche Ihnen viel Glück für diese Mission, Captain. Und ich möchte Ihnen … noch einmal mein Beileid aussprechen.«

»Danke, Admiral«, sagte Sulu.

Der Bildschirm wurde dunkel.

Sulu starrte lange Zeit auf den Computer. Dann beugte er sich vor und sagte: »Computer … eine Nachricht aufzeichnen.«

»Bereit«, sagte der Computer.

Er verschränkte die Finger ineinander und begann dann zu sprechen.

»Wenn ihr diese Nachricht erhaltet«, sagte er, »bin ich vielleicht schon kein Captain mehr. Vielleicht bin ich sogar schon tot.«

Und während er weitersprach, konzentrierte sich sein Blick auf ein kleines Holobild, das rechts neben dem Computermonitor auf dem Schreibtisch stand.

Es handelte sich um ein sogenanntes Lebensbild. Es faßte Aufnahmen einer Person aus verschiedenen Lebensaltern zusammen und verschmolz sie zu einer Serie. Das Routineprogramm des Lebensbild-Computers fügte eine geschmackvolle Garderobe hinzu. Den Rest erledigte das Morphing-Programm.

Das Resultat war eine zeitlich veränderte Ansicht des Porträtierten in frei wählbarer Geschwindigkeit.

Sulu betrachtete das Lebensbild, das mit Demoras lächelndem Gesicht im Alter von sechs Jahren begann und mit einer Aufnahme endete, die mit etwa zwanzig von ihr gemacht worden war. Sulu hatte die Aufnahmen regelmäßig selbst angefertigt, bis er das Kommando über die *Excelsior* übernommen hatte. Er hatte sie darum gebeten, damit weiterzumachen, aber sie hatte sich geziert und gewunden, bis sie ihm schließlich gesagt hatte, daß sie es nicht mehr wollte. Er hatte nicht versucht, sie umzustimmen, denn ein Streitgespräch mit Demora bewegte sich meist nur im Kreis.

Wenn sie einmal eine Entscheidung getroffen hatte, blieb es meistens auch dabei.

Der Durchlauf des Lebensbildes dauerte etwa eine Minute. Sulu saß reglos da und beobachtete, wie sie von einem Kind zu einem hübschen Mädchen und schließlich zu einer jungen Frau heranwuchs ... Das Bild war nur zwanzig Zentimeter hoch, aber das änderte nichts an den Erinnerungen oder Gefühlen.

Er war überrascht, wie sicher seine Stimme während der Aufzeichnung klang. Eigentlich hätte es ihn nicht überraschen dürfen, denn er dachte kaum über das nach, was er sagte. Seine Gedanken, seine Gefühle – seine Seele, wie ihm klarwurde – waren Millionen Kilometer entfernt. Oder um etwas genauer zu sein, dreizehn Jahre in der Vergangenheit ...

VIERTER TEIL

VATERSCHAFT

15

Es war hilfreich, Freunde in der Medizinischen Abteilung von Starfleet zu haben, und Leonard McCoy hatte sie im Überfluß. Als es nun zu einem speziellen Problem kam, war es McCoy, den man als Berater hinzuzog, weil er auf eine langjährige Bekanntschaft mit der ›betreffenden Person‹ zurückblicken konnte, wie man sich vorsichtig ausdrückte.

Er wünschte sich, Jim hätte ihm dabei helfen können, aber der befand sich gerade auf einem seiner idiotischen Tauchausflüge. Kirk hatte ihm von seinen Tiefseeabenteuern erzählt, die er mit antiken Atemgeräten und im Badeanzug durchführte, statt im ordentlich isolierten Tauchanzug mit zuverlässiger eingebauter Sauerstoffversorgung. »Das ist kein richtiges Tauchen«, hatte er verächtlich angemerkt. »Dabei wird man gar nicht eins mit dem Meer.«

»Du wirst auf ewig eins mit dem Meer werden, wenn du nicht aufpaßt«, hatte McCoy zurückgebrummt. Aber er hatte beschlossen, die Sache damit auf sich beruhen zu lassen. Das Problem mit Kirk war, daß er sich andernfalls wahrscheinlich ein noch viel gefährlicheres Hobby suchen würde. So war er nun einmal – er verschwendete kaum einen Gedanken an seine eigene Sicherheit. Er vermittelte den Eindruck, daß Trivialitäten wie die Sterblichkeit nur für niedere Lebensformen eine Rolle spielten.

Das würde sich hoffentlich ändern, wenn Kirk den

Lehrauftrag an der Starfleet-Akademie übernahm. Doch selbst darüber machte McCoy sich Sorgen. Denn es gab nur einen Platz, wo Kirk wirklich glücklich sein konnte, und das war der Kommandosessel eines Raumschiffs. Aber Starfleet hatte sich in dieser Hinsicht mächtig ins Zeug gelegt. Man hatte auf den großen Erfahrungsschatz hingewiesen, den er nicht für sich behalten durfte, und ihn überzeugt, daß er als Lehrer an der Akademie wirklich etwas zur Verbesserung von Starfleet beitragen konnte.

Und er hatte alles geschluckt. Doch McCoy wußte genau, daß Kirk langfristig darunter leiden würde. Auch wenn sein Körper sich auf der Erde befand, so war seine Seele doch bei den Sternen. Er würde immer schneller laufen und nach etwas suchen, von dem er nicht einmal wußte, daß er es vermißte. Und wenn er schließlich erkannte, daß das, wonach er suchte, für ihn unerreichbar war – viele Lichtjahre von der Erde entfernt –, dann würde er eingehen wie eine Primel. Er würde es nicht überleben. McCoy sah es in aller Klarheit, doch Kirk, als gefeierter Held von seiner letzten Fünfjahresmission heimgekehrt, war auf diesem Auge blind. Er sah nur den Erfolg und die Auszeichnungen. Und die Legenden, in deren strahlendem Glanz er sich badete. Für McCoy gab es keinen Zweifel, daß Kirk früher oder später seinen schweren Fehler bemerken würde. Wenn er erkannte, in was er hineingeraten war, weil er sich Honig um den Bart hatte schmieren lassen.

»Sein verdammtes Ego«, brummte er.

»Wer hat ein verdammtes Ego, Doc?«

McCoy blickte auf und sah Mr. Sulu, der mit verschränkten Armen dastand.

»Niemand«, erwiderte McCoy.

Sulu lächelte. »Kommen Sie schon, Doc. Sie fordern mich auf, mich hier im Gebäude der Medizinischen

Abteilung mit Ihnen zu treffen, Sie machen ein großes Geheimnis daraus, und jetzt wollen Sie mir nicht einmal sagen, woran Sie gerade gedacht haben!«

»Nun, also gut, wir werden... darüber sprechen«, sagte McCoy. »Äh... setzen Sie sich doch, Sulu! Wie ist es Ihnen in der letzten Zeit ergangen?«

Sulu beobachtete McCoy aufmerksam. Es bestand kein Zweifel, daß der Doktor etwas auf dem Herzen hatte. Wen wunderte es? Schließlich hatte McCoy ihn mit einiger Dringlichkeit aus der Starfleet-Zentrale herbeordert, und offensichtlich gab es dafür einen guten Grund. Aber er wußte auch, daß es nichts nützte, wenn man McCoy zu etwas drängen wollte. Er würde von selbst darauf zu sprechen kommen, wenn für ihn der richtige Zeitpunkt gekommen war. Also war es das Beste, sich einfach an McCoys Tempo anzupassen.

»Ich kann mich nicht beklagen, Doc«, sagte Sulu, als er sich in den Sessel gegenüber von McCoy sinken ließ. Es war nicht McCoys Büro, sondern lediglich eins, das er sich vorübergehend geborgt hatte. »Haben Sie schon davon gehört?«

»Wovon?«

»Man hat mir den Posten des Ersten Offiziers auf der *Bozeman* angeboten. Ich habe mich bereits über Subraum mit Captain Bateson unterhalten. Er ist...« An dieser Stelle mußte Sulu grinsen. »... etwas anders als Captain Kirk. Er ist eher ein... intellektueller Typ.«

»Komisch. Aus irgendeinem Grund habe ich Schwierigkeiten, Sie mir auf einem anderen Posten als an der Pilotenkonsole der *Enterprise* vorzustellen.«

»Mir geht es genauso. Aber wir müssen für neue Herausforderungen bereit sein, Doc. Die gegenwärtige Überholung der *Enterprise* wird mindestens sechs bis acht Monate in Anspruch nehmen. Vielleicht sogar ein ganzes Jahr, wie ich gehört habe. Außerdem gibt es

Gerüchte über die neue *Excelsior*-Klasse, die die *Enterprise* überflüssig machen würde. Meine Treue und Verbundenheit zur *Enterprise* steht außer Frage, Doc... aber die Zeichen lassen sich nicht übersehen. Noch zwei, höchstens drei Jahre, dann wird man Sie in Pension schicken. Was werde ich dann sein? Drei Jahre älter und immer noch Pilot?« Er schüttelte den Kopf. »Ich muß zugeben, daß mich Admiral Kirks Entscheidung, in Zukunft zu unterrichten, einigermaßen schockiert hat. Zuerst wollte ich es einfach nicht glauben. Aber dann dachte ich: Mit einer solchen Karriere hinter sich hat er es sich verdient. Es ist sein gutes Recht, nicht wahr?«

McCoy sagte nichts.

Sulu sprach weiter. »Irgendwie war ich vollauf mit dem Status quo zufrieden, solange James Kirk im Kommandosessel saß. Aber wenn ich jetzt auf mich allein gestellt bin, Doc, wird es langsam Zeit, daß ich an meiner eigenen Karriere arbeite. Schwimmen oder untergehen, wie man so sagt.«

»Wie man so sagt.« McCoy dachte nach. »Sulu, haben Sie sich jemals gewünscht, es gäbe da... noch etwas mehr? Etwas anderes als nur die Karriere?«

»Ich weiß nicht.« Er zuckte die Schultern. »Ich habe... natürlich von Zeit zu Zeit daran gedacht. Aber ich bin der, der ich nun einmal bin. Ich bin das, was ich tue. Es hat keinen Sinn, sich jetzt noch darüber zu beklagen.«

McCoy rutschte unruhig auf seinem Sitz hin und her, und Sulu warf ihm einen schrägen Blick zu. »Doktor...?« Er ließ die Anrede eine Weile in der Luft hängen. »Doktor... wir beide kennen uns viel zu lange, um wie die Katze um den heißen Brei herumschleichen zu müssen. Wenn Sie etwas auf dem Herzen haben...«

»Wissen Sie«, sagte McCoy, »ganz gleich, wie oft ich

solche Nachrichten überbringen muß, es wird niemals einfacher. Sulu … Susan Ling ist tot.«

Sulu starrte ihn eine Weile an und sagte dann leise: »Es tut mir leid … das zu hören.«

McCoy wirkte überrascht. »Verstehen Sie mich nicht falsch, aber … ich hätte gedacht, daß Sie zumindest etwas stärker reagieren als Mister Spock.«

»Ich verstehe nicht …«

»Sulu! Ich habe Ihnen gerade mitgeteilt, daß sie tot ist, und Sie sitzen völlig ruhig da und sagen mir einfach nur, daß es Ihnen leid tut!«

Sulu wollte etwas erwidern, doch dann überlegte er es sich anders und setzte noch einmal an. »Doc … vielleicht ist mir die Tragweite dieser Nachricht nicht bewußt. Sie haben natürlich mein volles Mitgefühl, wenn Ihre Bekannte …«

»*Meine* Bekannte? Ich habe nie …« Er seufzte und drehte sich dann um. »Computer!« sagte er. »Die Daten über Susan Ling aufrufen!«

McCoy drehte den Monitor herum, damit Sulu die angezeigten Bilddaten sehen konnte.

Sulu warf einen Blick darauf … und wurde aschfahl.

Als McCoy die abrupte Veränderung in Sulus Verhalten bemerkte, erkannte er sofort die Tragweite seines Irrtums. »O mein Gott!« sagte er. »Sie wußten gar nicht, wie sie mit richtigem Namen heißt, stimmt's?«

Sulu schüttelte den Kopf.

»Es tut mir leid, Sulu.«

Er starrte das Bild auf dem Monitor an. Ling Sui, die er nur unter diesem Namen gekannt hatte, starrte mit jener Spur von Unbehagen zurück, die wohl jeder empfand, von dem eine offizielle Aufnahme gemacht wurde. Neben dem Foto wanderte Text über den Bildschirm, und er versuchte ihn zu lesen, aber die Buchstaben verschwammen und ergaben für ihn keinerlei Sinn. Er rieb sich über die Augenbrauen und lehnte sich zurück, um die Fassung zu wahren. »Wie?« brachte er mit Mühe heraus.

»Die Sakuro-Krankheit. Offenbar zeigten sich die ersten Symptome, als sie sich auf Marris Drei aufhielt, und die dortigen medizinischen Einrichtungen entsprechen nicht gerade dem Standard der Föderation. Sie schaffte es, eine Starbase zu erreichen, aber da war es bereits zu spät.«

Sulu blickte auf seinen Schoß. »Ich habe sie… seit Jahren nicht mehr gesehen. Es ist bestimmt sechs oder sogar sieben Jahre her.«

»Und Sie haben in dieser Zeit kaum an sie gedacht?«

Er schüttelte den Kopf. Dann spielte ein wehmütiges Lächeln um seine Lippen. »Natürlich habe ich mich… von Zeit zu Zeit an sie erinnert. Ich werde Ihnen bei Gelegenheit davon erzählen, Doc… Allerdings sollten wir zuvor einige Drinks intus haben, sonst glauben Sie mir kein Wort. Ich wünschte…«

McCoy hob eine Augenbraue. »Was?«

»Ich habe nur daran gedacht, daß… Susan… eine bemerkenswerte Frau war. Mit ihr zusammenzusein, war so, als würde man versuchen, Lichtstrahlen einzufangen. Und ich wünsche mir manchmal, daß ich mehr von ihr hätte als nur eine flüchtige Erinnerung.«

»Nun… man sollte immer vorsichtig mit seinen Wünschen sein, denn sie könnten in Erfüllung gehen.«

Diese Worte rissen Sulu abrupt aus seiner Nachdenklichkeit, bis er sich erinnerte und traurig den Kopf schüttelte. »Das ist komisch.«

»Was soll daran komisch sein?«

»Chekov sagte genau dasselbe, kurz bevor ich Susan begegnete.«

Dann klickte in Sulus Geist mit einiger Verzögerung ein Relais. Er blickte McCoy neugierig an und sagte: »Doc… woher wußten Sie, daß ich sie kenne?«

McCoy seufzte. »Ich wußte, daß Sie irgendwann diese Frage stellen würden. Sie hat zwar kein offizielles Testament hinterlassen, aber immerhin ein Dokument, in dem Ihr Name auftaucht.«

»Wie ... sie hat mir etwas vermacht?«

»So könnte man es vielleicht ausdrücken ...«

Es klopfte an der Tür, und von der anderen Seite war eine leise Stimme zu hören. Sie war weiblich, sehr jung und hatte einen melodischen Tonfall. »Doktor? Ich fühle mich hier so einsam. Kann ich hereinkommen? Ist er schon da?«

Sulu und McCoy tauschten einen kurzen Blick aus.

Sulu wußte Bescheid.

Sofort.

Seine Stimme war ein heiseres Flüstern. »Das kann nicht Ihr Ernst sein!«

McCoy nickte nur.

»Aber ...« Sulu kam sich vor, als hätte er den Kontakt zu seinem Körper verloren. »Aber wir haben doch nur ... nur das eine Mal, damals in der Wüste ...«

»Die Menschen haben sich in den letzten Jahrtausenden in vielen Dingen verändert, aber nicht in dem Punkt, daß es dazu häufig nur einen Versuch braucht«, erwiderte McCoy mit leichter Ironie. »Würden Sie sie gerne sehen?«

Doch bevor Sulu noch etwas sagen konnte, glitt die Tür auf.

Sie trug ein gepflegtes blaues Kleid. Die Hände hatte sie vor dem Körper verschränkt, die Fingernägel waren rot bemalt. Ihr langes schwarzes Haar war zu einem Pferdeschwanz zusammengebunden. Ihr Gesicht ...

Ihr Gesicht sah aus, als hätte jemand Ling Suis Kopf genommen, ihn auf die Größe eines Kindes geschrumpft und dann auf den Körper eines jungen Mädchens gesetzt.

Sie musterte Sulu aufmerksam.

»Bist du mein Vater?« fragte sie. Sie sprach die Worte sorgfältig und mit einem leichten Akzent aus. Sulu erkannte sofort, daß sie mehrsprachig aufgewachsen war.

Sulu blickte sich zu McCoy um. McCoy nickte langsam. »Das erste, was wir getan haben«, sagte er leise. »Wir haben die genetischen Daten verglichen. Es gibt keinen Zweifel.«

Er drehte sich wieder zu ihr um und starrte sie an. »Es ... scheint so«, beantwortete er ihre Frage. Er suchte nach den angemessenen Worten, nach einer denkwürdigen Erwiderung, an die er sich noch Jahre später erinnern konnte, an der sich seine Brillanz und Schlagfertigkeit zeigte.

»Und du bist ...?« fragte er nach einer Weile.

Das war weder brillant noch schlagfertig. Es war nicht einmal dazu geeignet, das Gespräch in Gang zu bringen, denn sie starrte ihn einfach nur an.

McCoy wollte den beiden über diese Hürde hinweghelfen und sagte: »Hikaru Sulu ... das ist Demora Ling. Oder ... Demora Sulu, wenn Sie ...«

»Heiraten?« fragte Demora.

McCoy mußte trotz der heiklen Situation grinsen. »Ich wollte sagen, wenn Sie eine Adoption vereinbaren. Aber das müssen Sie selbst entscheiden. Sie beide.«

Sulu wurde schwindlig. Es waren ziemlich viele Tatsachen, die er auf einmal zu verkraften hatte, und Demora stand einfach nur da und schaute ihn mit Ling Suis Augen an.

»Du ... wirst also bald mit einem anderen Schiff aufbrechen, richtig? Mit der *Bozeman*.«

Sulu nickte.

»Das klingt aufregend. Ich wünsche dir viel Erfolg.«

Sulu ging langsam in die Knie, bis er mit ihr

auf Augenhöhe war. »Kleine«, sagte er vorsichtig, »ich... also, ich möchte, daß du wie ein großes Mädchen...«

»Du mußt nicht so herablassend mit mir reden«, teilte sie ihm gelassen mit.

»Ich... es tut mir leid. Das war keine Absicht. Demora... könntest du vielleicht draußen warten? Ich weiß, daß du schon eine Weile gewartet hast«, sagte er, als er sah, wie sich ihr Gesicht widerwillig verzog. »Nur noch einen Augenblick. Dann werden wir...« Es gelang ihm nicht, ein angemesseneres Wort zu finden. »... nach Hause gehen.«

Ihr Blick schien ungehindert durch seinen Kopf hindurchzugehen. Dann nickte sie und ging wieder in den Nebenraum. Zischend schloß sich die Tür hinter ihr.

Er blieb zunächst in der Hocke, ohne sich zu McCoy umzudrehen. »Ich habe... einiges zu verdauen. Das verstehen Sie doch sicher, oder?«

»Ich wünschte mir, ich hätte es Ihnen schonender beibringen können«, sagte McCoy. »Was werden Sie jetzt tun?«

»Ich weiß es nicht. Noch nicht. Ich... muß erst einmal nachdenken.« Langsam richtete er sich wieder auf.

»Es mag in dieser Situation vielleicht etwas seltsam klingen, Sulu, aber...« McCoy streckte ihm seine Hand hin. »Ich möchte Ihnen gratulieren. Sie sind soeben Vater geworden.«

»Vielen Dank, Doktor.« Sulu nahm die Hand an. Dann machte er sich auf den Weg zur Tür. Doch er blieb noch einmal stehen und drehte sich wieder zu McCoy um. »Es war wirklich nur das einzige Mal«, sagte er mit hörbarer Fassungslosigkeit.

»Ich hoffe, es war wenigstens schön«, sagte McCoy.

»Um genau zu sein... ich erinnere mich kaum

daran. Ich war halb im Schlaf«, sagte Sulu, während er durch die Tür nach draußen ging.

McCoy schüttelte den Kopf. »Nun«, brummte er, »jedenfalls steht fest, welche Hälfte nicht geschlafen hat.«

16

Als sich die Tür zu Sulus Apartment öffnete, stand Chekov einem jungen asiatischen Mädchen in einem blauen Kleid gegenüber. Instinktiv überprüfte er die Nummer des Apartments, weil er davon ausging, daß er sich in der Adresse geirrt hatte. Doch er mußte feststellen, daß er sich offenbar nicht getäuscht hatte.

»Ist Mister Sulu da?« fragte er.

Sie nickte, trat aber nicht zur Seite. »Wer sind Sie?«

»Pavel Chekov. Und wer bist du?«

»Demora.«

»Demora, wie die Stadt?«

»Genauso.«

»Wie ungewöhnlich! Ich bin ein Freund von Sulu. Du auch?«

Sie schien darüber nachzudenken. »Das muß das Gericht noch entscheiden, um genau zu sein.«

Ihre offensichtliche Bildung überraschte ihn. Aber schließlich hatte Chekov keine große Erfahrung mit Kindern, so daß er sich nicht sicher war, was er erwarten durfte.

»Darf ich hereinkommen?«

Sie trat zur Seite, um den Weg freizumachen.

Er hatte Sulus Apartment schon immer gemocht – nicht daß Sulu sich hier lange Zeit aufhalten konnte, wenn er jahrelang unterwegs war. Die Wohnung war in dunklen Brauntönen eingerichtet, mit Möbeln aus echtem Holz (aber Sulu hatte ihm niemals verraten wollen, wo er sie erworben hatte). Seine antike Waffensammlung, die von Schwertern bis Feuerwaffen reichte, war sicher hinter Plexglasvitrinen verschlossen. Porträts seiner diversen Vorfahren hingen an den Wänden. Sulu war immer sehr stolz auf seine Familie gewesen und konnte seinen Stammbaum über mehrere Jahrhunderte zurückverfolgen.

»Weißt du, wo Sulu ist?«

Sie reckte einen Finger. »In der Küche. Er macht das Abendessen.«

»Dann werde ich einfach zu ihm gehen.«

»Gut«, sagte Demora mit einem Schulterzucken. Sie ging zu einer Couch hinüber und ließ sich in die Kissen fallen.

Chekov fand Sulu in der Küche. »Na? Welches geheimnisvolle und exotische Gericht bereitest du heute zu?«

Sulu war damit beschäftigt, etwas aus einem Topf zu schöpfen und über Brötchen zu gießen. »Chili«, sagte er. »Demora hat es sich gewünscht.«

»Soso, Demora. Deine Torwächterin. Interessantes kleines Mädchen. Wie alt ist sie? Elf? Zwölf?«

»Sie ist gerade sieben geworden.«

»Sie wirkt wesentlich älter.«

»Dann paßt es ja. Ich fühle mich auch viel älter.«

»Und wer ist sie? Deine Nichte?«

»Tochter.«

»Wessen Tochter?«

Sulu blickte ihn an. »Meine.«

Es war nicht zu übersehen, daß Chekov Schwierigkeiten hatte, diese Information zu verdauen. »Entschuldige bitte, aber ... was hast du gerade gesagt?«

»Sie ist meine Tochter.«

Chekov drehte sich zum Wohnzimmer um, in dem Demora saß, und wandte sich dann wieder Sulu zu. Er blinzelte verwirrt. »Deine ... Tochter?«

»Ja.«

»*Deine* Tochter. Deine *Tochter*?«

Sulu stellte die Teller ab und machte keinen Hehl aus seiner Ungeduld. Er sprach leise, damit Demora ihr Gespräch nicht verfolgen konnte. »Werden wir heute noch einmal über diesen Satz hinauskommen?«

»Du hast eine Tochter?« flüsterte Chekov. »Und du hast mir nie etwas davon gesagt?«

»Ich wußte es selbst nicht! Ich habe es erst vor ein paar Stunden erfahren.«

»Weißt du, wer die Mutter ist?«

»Natürlich weiß ich, wer die Mutter ist!«

»Ach, jetzt sagst du ›natürlich‹. Wenn du gar nicht wußtest, daß dieses Kind existiert, ist die Vorstellung gar nicht so abwegig, daß du ihre Mutter ebenfalls nicht kennst.«

»Es ist Ling Sui. Du erinnerst dich bestimmt an sie.«

»Natürlich erinnere ich mich an sie. Die Frau aus…« Plötzlich schlug er sich mit der flachen Hand gegen die Stirn. »Natürlich! Aus Demora. Ich hätte sofort erkennen müssen, daß es kein Zufall ist.« Er zögerte. »Und was machst du jetzt?«

»Ich weiß es nicht«, sagte Sulu verzweifelt. »Außer mir hat sie keine anderen Verwandten. Sie hat vor kurzem ihre Mutter verloren. Sie scheint nicht sehr an mir interessiert zu sein. Und ich soll demnächst mit der *Bozeman* zu einer Mission aufbrechen.«

»Weiß sie das?«

»Ja, sie weiß es.«

»Nun, dann will sie sich vielleicht nicht zu emotional an jemanden binden, der sowieso bald wieder aus ihrem Leben verschwindet.«

Sulu plazierte die Teller auf einem Tablett. »Seit wann bist du ein Experte in Kinderpsychologie?«

»Seit wann bist du Vater?«

Sulu seufzte. »*Touché*.«

Als er sich auf den Weg ins Wohnzimmer machen wollte, hielt Chekov ihn zurück. »Ähm ... du hast nie erwähnt, daß du und Ling Sui ...«

»Nur ein einziges Mal.«

»Mehr braucht es dazu nicht.«

»Das habe ich heute schon einmal gehört«, sagte Sulu.

Die Mahlzeit verlief nicht unbedingt wie geplant.

Erstens war Chekov nicht davon ausgegangen, daß er so gut mit Demora zurechtkommen würde. Er hatte Kinder bislang eher als seltsame, fremdartige Wesen und weniger als kleine Menschen betrachtet. Wesen mit eigenen Verhaltensregeln und eigener Kommunikationsweise, die kein Erwachsener jemals verstehen würde.

Demora stellte das genaue Gegenteil dar. Sie war, wie er vermutete, ganz die Mutter. Sie sprach intelligent und gebildet über eine verblüffende Anzahl von Themen, die von der Archäologie bis zur gegenwärtigen Politik der Föderation reichten. Chekov stellte fest, daß er im Verlauf dieses Besuchs immer mehr von ihr angetan war, und vermutete, daß Demora ähnlich empfand.

Sulu jedoch blieb während der Gespräche eher verschlossen. Sein Blick wanderte von Demora zu Chekov und wieder zurück. Chekov kam so gut mit ihr zurecht, daß es Sulu schmerzte. Einerseits befriedigte es ihn natürlich, daß sie so schnell Freundschaft geschlossen hatten, andererseits jedoch ... war er ein wenig eifersüchtig.

Aber er erkannte auch, warum Chekov so locker mit ihr umgehen konnte. Weil er nämlich jederzeit gehen konnte. Und genau das war Sulus Problem. Chekov war nur zu Besuch da. Er konnte Demora kennenlernen, mit ihr plaudern, mit ihr lachen ...

während Sulu sich überlegen mußte, was er als nächstes tun sollte.

Chekov blieb bis spät in die Nacht und unterhielt Demora mit Geschichten über seine und Sulus gemeinsame Dienstzeit. Einige Male versuchte Sulu, ihn zurückzuhalten, aber Chekov war nicht zu bremsen. Jede Anekdote erinnerte ihn an eine andere, und seine Begeisterung wurde jedesmal größer, wenn er wieder sagte: »Und dann gab es da noch die Geschichte, wie…«

Es wurde immer später, bis Sulu sich dazu aufraffte, den Abend zu beenden. »Demora«, sagte er, »ich glaube, es ist jetzt Zeit, zu Bett zu gehen. Ich habe dir das Gästeschlafzimmer gezeigt…«

»Schlafe ich dort, weil ich ein Gast bin?«

Er blickte von Demora zu Chekov und wieder zurück, bis er sich räusperte. »Es heißt nur so, weil ich mir angewöhnt habe, es so zu nennen.«

»Für mich ist es immer noch recht früh.«

»Aber ich denke, es wird Zeit, daß du schlafen gehst.«

Sie reckte sich trotzig und erwiderte: »Aber Mutter läßt mich immer…«

Dann wurde ihr offenbar bewußt, daß sie von ihrer Mutter im Präsens gesprochen hatte. Mit ihr ging eine deutliche Veränderung vor sich, als sie den Blick senkte. Es war das erste Mal, seit sie sich begegnet waren, daß sie in irgendeiner Weise ihren schweren Verlust angedeutet hatte. Doch sie riß sich sehr schnell wieder zusammen und sagte: »Okay. Dann gute Nacht.« Sie stand auf und ging hastig in den hinteren Bereich des Apartments. Sulu hatte das deutliche Gefühl, daß sie sich nur deshalb so plötzlich zurückzog, weil sie nicht wollte, daß er ihre Tränen sah.

Chekov beugte sich zu Sulu herüber und sagte leise: »Sie ist ein großartiges Kind, meinst du nicht auch?«

»Ja… phantastisch«, sagte Sulu. »Was schlägst du also vor, wie ich mit dieser Sache umgehen soll?«

»Nun…« Chekov dachte eine Weile darüber nach. »Du könntest versuchen, Starfleet zu überreden, sie mitnehmen zu dürfen.«

»Du meinst, ich soll sie mit an Bord der *Bozeman* nehmen? Das erlauben die Vorschriften nicht. Das hat es noch nie gegeben.« Er senkte den Blick und trommelte mit den Fingern auf der Tischplatte. »Ich… werde etwas arrangieren müssen.«

»Was? Willst du sie deiner Familie anvertrauen?«

»Es gibt Schulen. Ich habe mich erkundigt. Internate, die sich das ganze Jahr um die Kinder kümmern. Wo sie ausgebildet und versorgt werden. Das wäre das Beste, glaube ich.«

»Während du unterwegs bist, um die Galaxis zu erkunden«, sagte Chekov.

»Aus deinem Mund klingt das sehr banal.«

»Das war nicht meine Absicht«, sagte Chekov. »Und du weißt genau, wie ich dazu stehe. Ich wollte damit sagen…«

»Was? Was wolltest du sagen?«

Chekov blickte auf und betrachtete seinen langjährigen Freund. »Ich will sagen, daß dieses Kind gerade seine Mutter verloren hat und seinen Vater niemals richtig kennenlernen wird. Es ist nicht sehr schön, so aufzuwachsen.«

»Ach wirklich? Und woher weißt du das so genau?«

»Weil ich so aufgewachsen bin.«

Sulu sagte eine Weile nichts, trommelte nur mit den Fingern auf dem Kaffeetisch. »Du hast dich ganz gut entwickelt«, sagte er schließlich.

»Vielleicht. Aber vielleicht hätte auch mehr aus mir werden können. Ich werde es niemals erfahren.«

»Und wenn ich sie allein lasse, wird sie es niemals erfahren. Ist es das, was du mir sagen willst?« Sulu stand auf und blickte auf Chekov herab. »Was willst du mir sagen, Pavel? Sollte ich den Dienst quittieren? Soll ich den Posten eines Ersten Offiziers ablehnen? Soll ich der Aufgabe den Rücken zukehren, mit der ich mich am besten auskenne, um mich als Vater einer Ersatzfamilie zu versuchen, womit ich mich überhaupt nicht auskenne? Pavel ... das ist verrückt. Es würde weder ihr noch mir irgend etwas bringen.«

»Bist du sicher?«

»Ja, ich bin mir sicher!«

»Dann gibt es dazu wohl nichts mehr zu sagen.«

»Offenbar nicht.«

Sulu lehnte sich zurück. Es war ihm noch nie so still in seinem Apartment vorgekommen. Es war, als wäre die Abwesenheit von Geräuschen zu einer eigenen Entität geworden.

»Trotzdem besitzt es eine gewisse Ironie«, sagte Chekov nach einer Weile.

»Inwiefern?«

»Nun ... vor Jahren hast du zu mir gesagt, daß das Leben auf der Erde nicht aufregend sein kann. Daß es hier keine Abenteuer gibt. Dann wurdest du in die Sache mit Ling Sui hineingezogen, und du dachtest, du hättest das Abenteuer gefunden. Aber es dauerte nur ein paar Tage an. Es gibt kein größeres Abenteuer, als ein Kind aufzuziehen.«

»Ich vermute, du sprichst aus Erfahrung«, erwiderte Sulu sarkastisch.

»Schön wär's. Das sagt mir mein Instinkt. Derselbe Instinkt, der mir sagt, daß es nicht richtig wäre, sie jetzt allein zu lassen.«

»Vielleicht würdest du anders empfinden, wenn unsere Situation umgekehrt wäre.«

»Vielleicht«, gestand Chekov ein. »Aber ... so ist es nun einmal nicht. Also empfinde ich so, wie ich empfinde.«

»Was willst du eigentlich von mir, Pavel?« fragte Sulu verzweifelt. »Was erwartest du von mir? Soll ich plötzlich einen Anfall väterlicher Zuneigung bekommen? Soll ich dieses Mädchen anschauen, das für mich in jeder denkbaren Hinsicht eine Fremde ist, und aus dem Nichts den Willen herbeizaubern, fortan mein ganzes Leben ihr zu widmen? Pavel, ich... ich habe Verantwortungen...«

»Ja, die hast du«, sagte Chekov streng. »Und eine davon befindet sich nebenan im ›Gästeschlafzimmer‹. Die einzige Frage in deiner Situation lautet: Wie willst du ihr nachkommen?«

»Ich werde das Richtige tun«, sagte Sulu. »Allerdings mag es sein, daß du und ich unterschiedlich definieren, was das Richtige ist.«

»Das glaube ich gar nicht«, erwiderte Chekov. »Das Problem ist nur, daß keiner von uns beiden es zugeben will. Das ist alles.«

17

Sulu und Demora verbrachten den folgenden Tag damit, durch San Francisco zu spazieren. Demora schwieg die meiste Zeit, während er ihr die Sehenswürdigkeiten zeigte. Sie schien bestenfalls ein höfliches Interesse aufzubringen.

Schließlich blieb er vor einem Gebäude stehen, zeigte darauf und sagte: »Hier bin ich aufgewachsen.«

Sie bedachte es mit einem flüchtigen Blick. »Lebt deine Familie immer noch hier?«

Er schüttelte den Kopf. »Meine Mutter zog nach New Tokio, um sich um ihre Schwester zu kümmern. Und der Rest der Familie… jeder lebt sein eigenes Leben, an unterschiedlichen Orten.« Er seufzte. »In früheren Zeiten hat eine Familie über Generationen hinweg im selben Haus gelebt. Aber… das gibt es schon sehr lange nicht mehr. Es gibt zu viele Möglichkeiten. Zu viele Richtungen, in die die Menschen gehen können.«

»Und niemand möchte sich mit Kindern belasten.«

Er blieb stehen und blickte auf sie herab. Als er erkannte, daß es sinnlos war, mit diesem Kind durch die Blume sprechen zu wollen, sagte er geradeheraus: »Wieviel hast du gestern nacht von meinem Gespräch mit Chekov mitgehört?«

»Alles«, entgegnete sie in ihrem typischen sachlichen Tonfall.

»Und was hältst du davon?«

Sie zuckte die Schultern. Bei ihr war es eine sehr ausdrucksvolle Geste.

»Mehr nicht? Einfach nur...«, sagte er und zuckte ebenfalls die Schultern.

»Mutter hat mich überallhin mitgenommen, weil sie der Meinung war, sie müßte es als gute Mutter tun. Du meinst, du müßtest mich in einer Schule deponieren, weil du dabei das Gefühl hast, ein guter Vater zu sein. Jeder tut nur das, was er tun muß. Für mich macht es überhaupt keinen Unterschied.«

Er musterte sie und versuchte herauszufinden, ob ihre Worte sarkastisch gemeint waren. Ob sie sich bemühte, einen tiefen Schmerz zu verbergen. Aber ihrer leidenschaftslosen Miene war genausowenig zu entnehmen wie...

... wie seiner eigenen.

»Du bist schon sehr erwachsen«, sagte er.

Sie hob ganz leicht eine Augenbraue. »Das ließ sich nicht vermeiden«, entgegnete sie.

Die Schule, die Sulu ausgesucht hatte, lag im Staat Washington, ein wenig außerhalb von Seattle. Die Winchester-Schule gehörte zu der Handvoll Erziehungseinrichtungen, die besonders für Starfleet-Personal empfohlen wurde, das sich in ähnlichen Schwierigkeiten wie Sulu befand. Allerdings war Sulus Situation selbst für Starfleet ungewöhnlich.

Sie sahen sich eine Zeitlang auf dem Gelände um, besuchten die Schlafsäle und sprachen mit den Lehrern. Dabei war Demora immer höflich, leise und respektvoll.

Und damit machte sie Sulu immer nervöser.

Er hatte schon vor langer Zeit gelernt, seinen Gefühlen zu vertrauen. Bei der Begegnung mit einem fremden Schiff wußte er beispielsweise sofort, ob es Ärger geben würde oder nicht. Lange bevor das andere Schiff die Schilde aktivierte, bevor der erste Alarm gegeben wurde ... Sulu hatte es einfach im Gefühl.

Und auch jetzt hatte er dieses Gefühl. Sie hatte ihre Schilde bereits aktiviert. Er wußte nicht genau, über welche Art Waffen sie verfügte, aber es würde nicht einfach für ihn, wenn sie das Feuer auf ihn eröffnete.

»Gefällt es dir?« fragte er, während sie im Schlafsaal standen.

Sie nickte. Das war alles. Sie nickte nur.

Sie nickte auch in den Klassenzimmern, in der Bibliothek und auf dem hübsch angelegten Zentralplatz. Sie nickte so häufig, daß Sulu schon glaubte, daß ihr der Kopf abfallen würde.

Auf dem Heimflug sagte er zu ihr: »Ich glaube, es gefällt dir nicht.«

Sie seufzte verzweifelt. »Ich habe doch gesagt, daß es mir gefällt.«

»Ich glaube, du sagst mir vielleicht nur, was ich gerne hören würde.«

Sie warf ihm einen eiskalten Blick zu. »Woher soll ich wissen, was du gerne hören würdest? Ich kenne dich doch kaum.«

Und es sieht nicht danach aus, daß du mir die Gelegenheit dazu geben willst. Sie hatte es zwar nicht ausgesprochen, aber er war überzeugt, daß ihr diese Gedanken durch den Kopf gingen. Entweder das, oder er projizierte seine eigenen Gedanken auf sie.

»Also gut«, sagte er. »Was würdest du gerne über mich wissen?«

Sie dachte eine Weile nach.

»Hast du meine Mutter geliebt?« fragte sie.

Er war unsicher, was er in einer solchen Situation sagen sollte. Andererseits wurde ihm klar, daß er im Grunde mit einer solchen Frage hätte rechnen müssen.

Aber was sollte er ihr antworten? Die Wahrheit lautete, daß er nur sehr wenig Zeit mit ihrer Mutter verbracht hatte. Sie hatten überhaupt keine Gelegenheit gehabt, eine Beziehung, ein gegenseitiges Vertrauen aufzubauen. All jene Dinge, die in eine Liebe einflossen…

Dann dachte er an sie. An ihr Lächeln… ihren Mut… ihren seltsamen Humor… Er überlegte, was sie für ihn dargestellt hatte… erinnerte sich daran, wie sich ihre Körper aneinandergepreßt hatten…

…und an das, was sie ihm gegeben hatte.

Dann lächelte er und sagte: »Demora… ich glaube, ich habe deine Mutter schon geliebt, bevor ich ihr begegnet bin.«

Sie betrachtete ihn mit einer gewissen Skepsis. »Heißt das ja?«

»Das heißt ja.« Er zögerte kurz, bevor er fragte: »Hat sie mich geliebt?«

Wieder dieses Schulterzucken. »Ich denke schon.«

»Hat sie es jemals gesagt?«

Demora lachte leise. »Sie hat nicht einmal gesagt, ob sie mich liebt. Mutter hatte nicht viel Sinn für Worte, für sie zählten nur Taten. Bist du genauso?«

»In gewisser Weise. Und du?«

»In gewisser Weise. Allerdings«, fügte sie in ihrer ungewöhnlich reifen Art hinzu, »ist das Reden über Liebe und das alles… letztlich nur Zeitverschwendung.«

»Wenn das so ist, warum hast du dieses Thema dann angesprochen?«

»Ich kann es mir leisten, meine Zeit zu verschwenden. Ich meine, du bist hier, ich bin hier, und Mutter ist nicht mehr da. Im großen Plan der Dinge spielt die Liebe eigentlich keine besondere Rolle. Und schon gar nicht in unserer Situation.«

»Und wie ist unsere Situation?«

»Nun… sie ist genauso, als würde ein Meteor auf

unseren Planten zurasen. Man kann viel Zeit damit verbringen, sich zu überlegen, woher dieser Meteor gekommen ist. Vielleicht ist er ein Teil eines anderen Planeten, der in Stücke gerissen wurde, und dann fragt man sich, ob jemand diesen anderen Planeten bewohnt hat, was es für Leute waren, ob sie alle gestorben sind und ähnliche Sachen. Aber all das spielt überhaupt keine Rolle. Es geht nur darum, etwas gegen diesen Meteor zu unternehmen, ihn zu zerstören, weil er eine Bedrohung für den Planeten darstellt.«

»Also bin ich der Planet, und du bist der Meteor. Ist es das, was du sagen willst?«

Sie antwortete wieder mit einem Schulterzucken. Sulu hatte das Gefühl, daß seine Schultern schmerzten, wenn er ihr nur dabei zusah.

»Demora … dich zu zerstören wäre das letzte, was ich tun würde.«

»Und was wäre das erste, das du mit mir tun würdest?«

Er schüttelte verwirrt den Kopf. »Wie bitte?«

Sie sprach völlig ruhig und schien überhaupt nicht verärgert zu sein. »Ich kann es dir sagen … du würdest dir wünschen, daß es mich nicht gäbe. Denn dann könntest du ungestört dein Leben weiterleben.«

»Das ist nicht wahr.«

Sie wandte den Blick ab.

Er legte ihr eine Hand auf die Schulter, aber sie stieß sie fort. »Das ist nicht wahr!« wiederholte er.

Mit sicherem Blick erwiderte sie: »Du weißt genau, daß es wahr ist.«

Womit sie natürlich völlig recht hatte.

Sie sollte am nächsten Morgen zur Winchester-Schule aufbrechen. Auf diese Weise blieb ihr genügend Zeit, sich dort einzugewöhnen, und Sulu würde mit dem nächsten Transportschiff rechtzeitig die *Bozeman* erreichen.

Sie sagte kein Wort, als er sie zu Bett brachte. Sie nickte nur, als er ihr sagte, daß er sie früh am nächsten Morgen wecken würde. Er dachte, daß er noch mehr sagen sollte, entschied aber, daß es dazu keinen Grund gab. Alles weitere wäre rührselig und sinnlos. Sie hatten später noch genügend Zeit, sich ausgiebig zu verabschieden.

In dieser Nacht träumte er von Susan. Beziehungsweise von Ling Sui.

Er hatte schon gelegentlich von ihr geträumt. In manchen Nächten an Bord der *Enterprise*, wenn er nicht ohne weiteres einschlafen konnte, war sie zu ihm gekommen. Die Träume fanden nur selten in der Stadt Demora oder in der Wüste Sahara statt. Statt dessen hielten sie sich auf Wrigleys Vergnügungsplaneten auf oder besuchten die Ringe des Saturn oder streiften durch ein Dschungelparadies. Manchmal kehrten Augenblicke der Gefahr aus ihrem gemeinsamen Abenteuer in fragmentarischer Form wieder. Doch unabhängig vom Schauplatz ihres Abenteuers war Ling Sui immer liebevoll, lächelnd und zu allem bereit.

Aber nicht diesmal.

Diesmal befand er sich auf der Brücke der *Enterprise*. Er saß im Kommandosessel. Sonst hielt sich niemand dort auf, und die Brücke wirkte seltsam verzerrt, als würde man sie durch ein Weitwinkelobjektiv betrachten.

Hinter sich hörte er ein Weinen, das Weinen einer geplagten Kreatur. Es hallte über die Brücke. Er wirbelte mit seinem Sessel herum und blickte auf den Turbolift.

Die Tür stand offen. Und in der Liftkabine war Ling Sui. Sie sagte nichts, tat nichts. Sie stand einfach nur da, während ihr die Tränen über die Wangen liefen und sie gelegentlich von Schluchzern geschüttelt wurde. Als Sulu von seinem Sessel aufstand, schlossen sich die Türhälften des Turbolifts. Er ging auf den Lift zu, stolperte über einen Tribble und blieb vor der Tür stehen. Sie öffnete sich nicht. Immer noch war das Weinen zu hören. Er zwängte die Finger in den Schlitz und versuchte, die Türhälften auseinanderzuziehen. Schließlich öffneten sie sich, aber mit einem leisen Stöhnen statt des gewohnten Zischens.

Der Turbolift war leer.

Immer noch war das Weinen zu hören.

Er trat in den Turbolift und versuchte herauszufinden, wohin Ling verschwunden war. Die Tür schloß sich, und die Kabine setzte sich in Bewegung.

Sie bewegte sich nach unten, immer schneller, und immer noch hörte er das Weinen. Nur daß es jetzt nicht mehr wie das einer erwachsenen Frau klang. Es war jetzt höher und schien von einem Kind zu stammen.

Etwa zu diesem Zeitpunkt erkannte er, daß der Turbolift viel schneller stürzte, als er sollte. Wesentlich schneller. Die Decks flitzten vorbei, und Sulu wußte plötzlich, daß er sich im freien Fall befand. Der Turbolift konnte jetzt nicht mehr rechtzeitig abgebremst werden, um zu verhindern, daß er am Boden des Schachts zerschellte.

Das Schluchzen ließ nach und wurde schwächer und schwächer, während Sulu sich auf den Aufprall gefaßt machte. Er fragte sich, ob noch einmal sein ganzes Leben an ihm vorbeiziehen würde, wie es angeblich in einer solchen Situation geschah. Er wartete, und dann geschah es, doch es huschte so schnell vor seinen Augen vorbei, daß es kaum mehr als ein flüchtiges Blinzeln war.

Es war das Gesicht eines Kindes.

Dann wachte Sulu auf.

Er saß eine Weile schwer atmend im Schlafzimmer. Seine Hände lagen flach auf der Matratze, als müßte er sich davon überzeugen, daß er sich auf festem Boden befand und nicht ins Bodenlose stürzte.

Als er einen Blick auf das Chronometer warf, stellte er zu seiner Überraschung fest, daß es erst zwei Uhr morgens war. Er war hellwach und fühlte sich ausgeruht – falls man sich so fühlen konnte, nachdem man durch einen schrecklichen Alptraum aus dem Schlaf gerissen worden war.

Er wischte sich den Schweiß von der Stirn und stellte die Füße auf den Boden. Dann holte er sich seinen Morgenmantel aus dem Schrank und zog ihn über seinen nackten Oberkörper.

Er trat auf den Flur und ging das kurze Stück bis zum Gästeschlafzimmer weiter. Er hielt einen Moment inne, bis er Atemgeräusche hörte. Dann öffnete er die Tür.

Aus dem Flur fiel Licht herein und erhellte die untere Hälfte ihres Bettes. Obwohl sie unter der Decke lag, konnte er erkennen, daß sie sich zur Embryonalhaltung zusammengerollt hatte. Ihr Rücken bewegte sich im unregelmäßigen Rhythmus ihres Atems. Den Kopf hatte sie leicht zurückgebogen, so daß er nicht ganz auf dem Kissen lag. Irgendwie wirkte diese Haltung nicht sehr bequem.

Sulu ging zu ihr und versuchte vorsichtig, ihren Kopf in eine normalere Haltung zu drehen. Dabei spürte er, daß das Kissen feucht war. Ziemlich feucht, als hätte sie …

Sie hatte das Kissen vollgeweint.

War es Zufall? Oder hatte er sie unbewußt im Schlaf gehört und ihr Weinen in seinen Traum eingebaut? Irgendwie erschien ihm diese Möglichkeit wahrscheinlicher.

Sie hatte sich in den Schlaf geweint. Warum? Weil

ihre Mutter tot war? Weil ihr Vater sie fortschicken wollte? Weil sie kein Zuhause hatte, nichts, was ihr gehörte?

Sie hatte ihm überzeugend vorgespielt, wie stark sie war. Aber im Schlaf fiel jede Täuschung ab, und sie konnte ihre geheimen Ängste nicht mehr verbergen. Sie war nur noch ein schlafendes Kind auf einem vollgeweinten Kissen.

»Schilde deaktiviert«, murmelte er. Aber er war sich nicht sicher, ob er sie oder sich selbst damit meinte.

Er kehrte in sein Zimmer zurück, um eins der überzähligen Kissen aus seinem Bett zu holen und es gegen das feuchte Kissen auszutauschen. Er schob es vorsichtig unter ihren Kopf und ordnete dann die Bettdecke um ihren Körper. Dazu mußte er vorübergehend ihre Hände bewegen.

Dabei schloß sich ihre kleine, zarte Hand mit festem Druck um zwei seiner Finger.

Er zog vorsichtig, um sich von ihr zu lösen, aber sie wollte ihn nicht loslassen. Natürlich war sie sich dieser Handlung überhaupt nicht bewußt...

Zärtlich legte er seine übrigen Finger um ihre Hand und hielt sie fest.

Im Schlaf hatte sie unbeabsichtigt ihre Waffensysteme aktiviert. Der Angriff war nicht so verheerend oder zerstörerisch wie durch einen Phaser oder einen Photonentorpedo ... aber der Schuß hatte eine wesentlich größere Wirkung auf ihn.

Er stand einige Minuten da und sah, daß ihr unregelmäßiger Atem sich beruhigt hatte. Ihr Schlaf war jetzt friedlich. Das, was sie zuvor aufgeregt hatte, war offenbar verschwunden. Die Kraft der Hand eines Vaters hatte genügt, alles Bedrohliche zu vertreiben.

Nachdem er sich überzeugt hatte, daß sie tief und fest schlief, löste er unendlich vorsichtig seine Hand von ihrer. Er beobachtete sie eine Weile im Licht, das vom Flur hereindrang, und zog sich dann leise aus dem Zimmer zurück, ohne sie aus den Augen zu lassen.

Er blieb noch einen Augenblick lang stehen, bis er zum Wohnzimmerfenster ging. Er blickte zu den Sternen auf und dachte daran, wie es war, ein Raumschiff zwischen ihnen zu navigieren.

Wie es war, an der Seite eines Captains zu stehen.

Wie es war, selbst Captain zu sein.

Wie es auf der *Enterprise* gewesen war ... wie er all die Jahre dort gearbeitet hatte ...

Und er dachte an die Mission ... das Motto ...

Der Weltraum, unendliche Weiten ...

Wie konnte er dieser Verlockung den Rücken zukehren? Seine Aufgabe würde ihn immer wieder in die Ferne rufen, ihm wie eine zurückgewiesene Geliebte Vorwürfe machen ...

... um neue Welten zu erforschen ...

Würde er nie wieder seinen Fuß auf einen fremden Planeten setzen ... nie wieder staunend vor neuen Geheimnissen stehen ...?

... neues Leben und neue Zivilisationen ...

An dieser Stelle stutzte er.

Neues Leben.

Es war wirklich ein neues Leben. Erst sieben Jahre alt, kaum mehr als ein flüchtiger Augenblick in der Geschichte der Galaxis. Nicht einmal der Beginn eines Herzschlags in dieser Endlosigkeit.

Ein neues Leben, aber er hatte es nicht entdeckt, sondern es hatte ihn entdeckt.

Ein neues Leben, und er war dafür verantwortlich.

Aber was sollte er jetzt damit machen?

Die Subraumverbindung ließ Captain Morgan Batesons Bild leicht flackern. Sulu hatte Janice Rand, die während der Nachtschicht in der Kommunikationsabteilung von Starfleet arbeitete, um den Gefallen gebeten, einen Anruf höchster Priorität durchzustellen.

»Dafür sind Sie mir etwas schuldig, Sulu«, hatte sie gesagt.

»Alles, was Sie möchten«, hatte er erwidert.

»Gut. Wenn Sie Captain sind, retten Sie mich aus dieser Abteilung.«

»Versprochen«, hatte er gesagt.

Sie hatte den Anruf unverzüglich über einige Relaisstationen geleitet und ihm eine direkte Echtzeitverbindung zur *Bozeman* aufgebaut.

Captain Bateson hatte die Hände zusammengelegt und blickte Sulu mit offensichtlicher Verblüffung an. »Nach den übermittelten Computerdaten muß es dort, wo Sie sich befinden, Commander, gegen fünf Uhr morgens sein. Sind Sie ein Frühaufsteher?«

»Manchmal schon, Captain.«

»Ich vermute, daß Sie etwas auf dem Herzen haben.«

»Ja, Captain.« Sulu rückte unruhig auf dem Sitz umher, da er nicht sicher war, wie er anfangen sollte.

Bateson nickte ihm zur Ermutigung zu. »Sprechen Sie. Ich höre Ihnen zu.«

»Ich... bedaure, daß ich nicht in der Lage sein werde, den Posten des Ersten Offiziers auf Ihrem Schiff anzutreten, Captain. Es sind Umstände eingetreten, die es mir nicht ermöglichen, die Erde in absehbarer Zukunft zu verlassen.«

»Ich verstehe.« Bateson lächelte. »Hoffentlich keine unerwartete Schwangerschaft.« Diese Bemerkung war offensichtlich als Scherz gemeint.

Sulu blinzelte überrascht. »Doch, Captain«, sagte er. »Aber sie liegt schon sieben Jahre zurück.«

Jetzt war es Bateson, der überrascht aufblickte. Aber er hatte sofort seine Fassung wiedergefunden. »Nun,

Commander … falls die Schwangerschaft nicht so lange andauerte, daß sie höchstens vom achtjährigen Entwicklungszyklus des terwilliganischen Floggs übertroffen wird … vermute ich, daß Ihnen diese Tatsache erst in jüngster Zeit bekannt wurde.«

»So ist es, Captain.«

»Also hat die Mutter Ihnen vor kurzem diese Tatsache offenbart.«

»Die Mutter ist vor kurzem verstorben, Captain.«

»Oh.« Bateson schürzte leicht die Lippen. »Sie könnten natürlich dafür sorgen, daß das Kind …« Er hielt kurz inne. »Ist es ein Junge oder ein Mädchen?«

»Ein Mädchen.«

»Sie könnten das Mädchen in fähige Hände geben, wollte ich sagen.«

»Ja, Captain. Aber ich habe mich dagegen entschieden.«

»Ich verstehe. Sie hätten mich übrigens am einfachsten durch die Starfleet-Zentrale über Ihre Entscheidung informieren können.«

»Das ist mir bewußt, Captain. Aber auch in diesem Punkt habe ich mich anders entschieden. Ich denke … ich bin Ihnen eine Erklärung von Angesicht zu Angesicht schuldig.«

»Vor allem sind Sie mir den Posten als Erster Offizier schuldig, Mister Sulu«, erwiderte Bateson streng. »Ich habe mir diese Wahl nicht leicht gemacht, und es gefällt mir nicht, die ganze Prozedur nun von vorne beginnen zu müssen.«

»Ja, Captain. Trotzdem …«

»Trotzdem finden Sie, daß Sie auch Ihrer Tochter etwas schuldig sind.« Seine Stimme wurde nun wieder sanfter. »Diese Entscheidung ist Ihnen bestimmt nicht leichtgefallen, Commander.«

»Es war eine der schwersten meines Lebens, Captain.«

»Dann will ich der letzte sein, der sie Ihnen noch schwerer macht.« Er seufzte.

»Es tut mir leid, Captain.«

Bateson lachte tonlos. »Heben Sie sich Ihr Mitleid für sich selbst auf, Commander. Das einzige, was mir Sorgen bereitet, ist eine vorübergehende Unannehmlichkeit. Sie stehen vor einem wesentlich größeren Problem. Wie heißt das Mädchen übrigens?«

»Demora.«

»Demora Sulu. Ich werde mir den Namen merken. Und Sie sorgen dafür, daß ihr der Name Morgan Bateson ein Begriff ist, der ihretwegen auf einen hervorragenden Ersten Offizier verzichten mußte.«

»Das werde ich tun, Captain.«

»Viel Glück, Commander.«

»Ihnen auch, Captain.«

»*Bozeman* Ende.«

Und damit war die Sache erledigt, einfach so. Die Verbindung wurde unterbrochen und damit auch die Verbindung zu all den Leuten, die an Bord der *Bozeman* Dienst taten …

Nun konnte Sulu sich einer ganz neuen Verbindung widmen.

Demora Ling rollte sich herum, streckte sich und blinzelte im Sonnenlicht, das durch das Fenster hereindrang.

Sie setzte sich auf, rieb sich den Schlaf aus den Augen und stand auf. Der Saum ihres Nachthemdes spielte um ihre Fußknöchel, als sie zum Fenster hinüberging, gähnte und hinausschaute.

Die Sonne stand bereits hoch am Himmel. Zu hoch. Für sie war ein Platz in einem Shuttle reserviert, das am frühen Morgen starten sollte. Ihr Verdacht bestätigte sich kurz darauf, als sie einen Blick auf das Chronometer warf und feststellte, daß es kurz vor Mittag war.

Sie lief hinüber ins Wohnzimmer, wo sie Sulu fand, der in aller Ruhe die Schlagzeilen des heutigen Tages überflog, während er an einer Tasse Tee nippte. Er blickte zu ihr auf. »Na, bist du endlich aus dem Bett gefallen? Schläfst du immer so lange?«

»Es ist Mittag«, sagte sie.

»Ja, ich weiß. Trinkst du Tee? Ich habe leider keine Kindergetränke wie heiße Schokolade oder ähnliches. Tut mir leid.«

»Es ist Mittag«, wiederholte sie, als könnte sie nicht fassen, daß er eine solche Gleichgültigkeit gegenüber der Uhrzeit an den Tag legte. »Wir... dürfen unser Shuttle nicht verpassen.«

»So?«

»Und... und du mußt deinen neuen Posten antreten.«

»Sicher. Aber die Akademie kann noch ein paar Tage auf mich warten.«

Sie rieb sich die Augen, offenbar um sich zu vergewissern, daß sie wirklich aufgewacht war. »Die Akademie?«

»Ja, die Starfleet-Akademie. Als Admiral Kirk dort einen Lehrauftrag übernahm, hat er mir und meinen langjährigen Kollegen angeboten, ebenfalls dort zu unterrichten. Ich habe beschlossen, dieses Angebot jetzt anzunehmen.«

Ihr Kopf bewegte sich leicht auf und ab – ein Anzeichen, daß sie diese neuen Informationen nach und nach geistig verarbeitete. »Das ist... das ist hier.«

»Richtig.«

»Hier in San Francisco.«

»Richtig.«

»Werde ich trotzdem zur Schule in Washington gehen?«

»Nicht, wenn du es nicht möchtest.« Er machte eine kurze Pause. »Möchtest du?«

Mit sehr leiser Stimme antwortete sie: »Nein. Ich hasse diese Schule.«

»Warum hast du es mir nicht schon gestern gesagt?«

Noch leiser gab sie zu: »Weil ich dachte, es wäre dir gleichgültig.«

»Natürlich ist es mir nicht gleichgültig. Ich bin dein Vater.«

»Ich weiß. Aber... ich habe nicht gewußt, was das bedeutet. Nicht richtig. Ich bin mir immer noch nicht sicher.«

Er stellte die Teetasse ab. Seine Bewegungen waren ungeschickt, und er hoffte, daß sich seine Nervosität nicht zu offensichtlich zeigte. Seine Hände waren ruhiger gewesen, wenn er Phasersalven gegen klingonische Kampfschiffe programmiert hatte.

»Es bedeutet«, sagte er langsam, »daß wir, nachdem du gefrühstückt hast, losgehen werden, um ein Lebensbild von dir zu machen, damit wir dokumentieren, wie du aufwächst. Und wir werden dir etwas zum Anziehen kaufen. Etwas Spielzeug...«

»Spielzeug?« fragte sie.

»Okay, viel Spielzeug. Dann schaffen wir die Bezeichnung Gästeschlafzimmer ab und nennen es ab jetzt Demoras Zimmer. Wir werden alle Hebel in Bewegung setzen – wenn du einverstanden bist –, damit ich dich offiziell adoptieren kann. Damit alles seine Ordnung hat.«

Sie schien hundert verschiedene Dinge auf einmal sagen zu wollen. Doch das einzige Wort, das sie mit erstaunt aufgerissenen Augen herausbrachte, lautete: »Warum?«

Er lächelte. »Aus vielen Gründen. Doch nur zwei davon sind wirklich wichtig. Erstens, weil ich dein Vater bin. Und zweitens, weil ich dich liebe.«

»Du *liebst* mich?« fragte sie fassungslos. »Du kennst mich ja nicht einmal!«

»Ich weiß. Vermutlich ist es das Verrückteste, was du in deinem Leben jemals gehört hast.«

»Ja«, sagte sie. Ihre Unterlippe zitterte.

Er streckte ihr seine Hand hin, und diesmal nahm sie sie an und begann zu weinen, genauso wie in der vergangenen Nacht, nur daß jetzt starke Arme da waren, die sie tröstend hielten, während sie immer wieder sagte: »Es ist verrückt, es ist verrückt, verrückt …«

Sulu hatte das Gefühl, als würden die Augen von Ling Sui ihn beobachten.

Wo immer du jetzt bist, du verrückte Frau … ich hasse dich. Und ich möchte dir danken … ich werde dir für immer dankbar sein.

18

»Vater … kann ich irgendwann einmal mit dir zur Akademie gehen?«

Sulu warf Demora einen überraschten Blick zu, ohne langsamer zu werden.

Die beiden joggten im schnellen Lauf den Telegraph Hill hinunter. Natürlich ging es hinunter immer etwas leichter als hinauf. Die Sonne war noch nicht ganz aufgegangen, da ihr Lauftraining wie immer am frühen Morgen stattfand.

Als Demora die ersten Male mit ihm laufen wollte, hatte er seine Route völlig ändern müssen, um sie nicht zu überfordern. Doch nachdem sie im Laufe der Jahre zu einem Teenager herangewachsen war, hatte sie immer weniger Schwierigkeiten, mit ihm Schritt zu halten. Schließlich war er wieder zu seiner alten Route zurückgekehrt. Sie wurde immer ausdauernder, und er ahnte bereits, daß er eines Tages Schwierigkeiten haben würde, mit ihr Schritt zu halten.

»Du willst mit zur Akademie kommen?«

»Das habe ich gesagt.«

Ihr langes Haar schaukelte wie ein Pendel über ihren Rücken. Beide trugen T-Shirts und Shorts, während sie nebeneinander liefen.

Demora war keineswegs groß gewachsen – was für sie einen Anlaß erheblicher Besorgnis darstellte, obwohl Sulu ihr immer wieder versicherte, daß demnächst ein Wachstumsschub fällig sein mußte. Dann erwiderte Demora spöttisch, ob er vielleicht selbst einen solchen Wachstumsschub erwartete, und bedachte ihn sogar gelegentlich mit der Bezeichnung ›Kleiner‹. Da sie es liebevoll meinte, ließ er es ihr durchgehen, obwohl er sich geschworen hatte, daß jeder andere, der ihn jemals so nannte, es bitter bereuen würde.

Ihre geringe Körpergröße ließ sie allerdings auf den ersten Blick viel jünger erscheinen, als sie war. Ihr Gesicht hatte immer noch die weichen Züge der Kindheit. Vollständig bekleidet wirkte sie präpubertär. Doch mit dem verschwitzten T-Shirt, das auf ihrer Brust klebte, und in den Shorts, die ihre Beine freiließen, die wie die eines jungen Fohlens waren, bestand kein Zweifel an der Tatsache, daß sie eine heranwachsende Frau kurz vor der Reife war. Sulu bemerkte in diesen Tagen immer öfter, daß junge Männer ihnen nachschauten, wenn sie vorbeijoggten, und er hatte den heimlichen Verdacht, daß sie keineswegs auf ihn aufmerksam geworden waren.

An einer Straßenecke machten sie eine Pause. Sulu streckte sich und massierte einen verkrampften Muskel. »Du hast noch nie zuvor eine solche Bitte geäußert. Als ich es vor längerer Zeit einmal selbst vorgeschlagen habe, hast du ein solches Desinteresse gezeigt, daß ich das Thema nie wieder ansprechen wollte.«

Sie zuckte die Schultern. (Manche Gewohnheiten änderten sich nie.) »Ich habe nicht geglaubt, daß du es wirklich gewollt hast.«

Er starrte sie fassungslos an. Doch dann korrigierte er seine erste Reaktion, denn er hatte schon vor langer Zeit gelernt, daß man nichts, was Demora sagte oder tat, für bare Münze nehmen durfte. Es war eine schwierige Lektion für ihn gewesen. Er war es gewohnt, mit erwachsenen Menschen umzugehen, und zwar mit aufrichtigen Erwachsenen wie Leonard

McCoy oder Pavel Chekov. Mit Menschen, die einem genau sagten, welchen Standpunkt sie einnahmen.

Demora war nicht immer so ehrlich und mitteilsam. Das hatte ihm zunächst Sorgen bereitet, aber Sulu hatte sich gründlich mit diesem Thema auseinandergesetzt. Er hatte alles gelesen, was er dazu in die Hände bekommen konnte, von brandneuen Abhandlungen über die Kindererziehung bis zu Material, das vor Jahrhunderten geschrieben worden war. Er erinnerte sich an ein verwirrendes Gespräch, das er einmal mit Chekov geführt hatte, in dessen Verlauf Sulu eine bestimmte Erziehungstheorie zitiert hatte, worauf Chekov hatte wissen wollen, auf wessen Autorität Sulu sich berief.

»Auf Spock«, hatte Sulu gesagt.

Chekov hatte ihn mit maßloser Verblüffung angestarrt. »Mister Spock? Was weiß der denn über Kinder?«

»Nein, Dr. Spock.«

»Doktor?« Chekovs Verwirrung wurde noch gesteigert. »Wann hat er seinen Doktor gemacht? Weiß Dr. McCoy davon?«

Darauf hatte Sulu seinem Freund erklärt, daß ein gewisser Dr. Benjamin Spock in den Vereinigten Staaten von Amerika des zwanzigsten Jahrhundert als führende Autorität auf dem Gebiet der Kindererziehung gegolten hatte.

Auf jeden Fall hatte Sulu gelernt, daß er nicht uneingeschränkt alles glauben durfte, was Demora sagte. Mit einem Kind zu sprechen, unterschied sich erheblich von einem normalen Gespräch. Es war eher mit dem Schälen einer Zwiebel vergleichbar, wenn man durch mehrere Schichten bis zum Kern der Wahrheit vorstoßen mußte und sich während dieses Vorgangs gelegentliche Tränen nicht vermeiden ließen.

»Also dachtest du, ich wollte dich gar nicht wirklich

mitnehmen? Das kann nicht sein, Demmi! Ich habe dir doch oft genug davon erzählt. Dich immer wieder ermutigt. Du hast doch gehört, wie Chekov und ich jedesmal über die alten Zeiten reden, wenn er zu Besuch kommt. Wie bist du also auf die verrückte Idee gekommen, ich wollte dich nicht daran teilhaben lassen?«

Demora stützte sich mit dem Fuß an einer Häuserwand ab und streckte die Arme, um ihre Zehen zu berühren. Jetzt hielt sie inne und blickte ihn an. »Die Wahrheit?«

»Schlägt jede Lüge.«

Sie drehte sich um, lehnte sich gegen das Gebäude und verschränkte die Arme über den kleinen Brüsten. »Ich habe schon soviel über Starfleet gehört und wie wunderbar dort alles ist ... daß es mir beinahe angst macht.«

»Angst?« sagte er mit einem unterdrückten Lachen, da er keine Ahnung hatte, wovon sie sprach.

»Was ist, wenn ich mit dir die Akademie besuche ... wenn ich mich mit den Kadetten unterhalte, in einem Klassenzimmer sitze ... und feststelle, daß mir das alles ... ich weiß auch nicht ... langweilig vorkommt. Vielleicht sind die Kadetten Idioten, oder das Thema langweilt mich zu Tode.«

»Demmi! Es geht doch nur um einen Besuch, nicht um eine Karriereentscheidung.«

»Ich würde zum ersten Mal einen Schritt in deine Welt machen. Natürlich war ich schon mit Mutter auf anderen Planeten. Aber ... es wäre trotzdem etwas anderes. Ich weiß nicht, warum, aber ... es ist einfach so.«

»Trotzdem würdest du jetzt gerne mitkommen.«

»Ich habe in letzter Zeit viel nachgedacht. Zum einen vermisse ich Chekov. Er schickt mir zwar Briefe von der *Reliant*, aber das ist ein schlechter Ersatz. Außerdem ...«

»Also gut«, sagte Sulu. »Wie wäre es mit heute?«
Sie blickte ihn überrascht an. »Heute?«
»Warum nicht heute?«
»Es wäre eigentlich egal. Aber ich dachte eher ... irgendwann in nächster Zukunft.«
»In zwei Stunden wäre immer noch in der Zukunft. Das ist das Wunderbare an der Zukunft. Es gibt immer genug davon.«
»Gut, einverstanden. Ich ... freue mich schon darauf«, sagte sie.
»Aber du mußt mir eins versprechen, Demora.«
»Sicher, Vater. Was?«
»Keinen Ärger zu machen.«
»Vater!« erwiderte sie vorwurfsvoll. »Wann habe ich jemals ...?«
»Wir wollen jetzt nicht in Einzelheiten gehen, okay?« warnte er sie. »Du weißt sehr genau, wie oft ich von deinen Lehrern gehört habe, daß du gelegentlich gerne über dein Ziel hinausschießt. Ich möchte, daß du mir bei deiner Ehre schwörst, jeden Ärger zu vermeiden.«
»Klar. Kein Problem.«
»Das genügt mir nicht.«
»Also gut, dann schwöre ich.«
»Bei deiner Ehre?«
»Bei meiner Ehre.«
Sie lächelte.
Er runzelte die Stirn.

19

Es war nicht einfach, das Thema Astronavigation interessant zu gestalten. Es gab keine Finessen, keine tiefere Philosophie und keine lebhaften Diskussionen über die Ethik eines Problems. Es ging nur darum, die Grundlagen zu vermitteln und den Studenten beizubringen, ohne überflüssige Vorstellungen von ›oben‹ oder ›unten‹ zu denken.

Um zu verhindern, daß die Anwesenden irgendwann friedlich einschlummerten, hatte Sulu es sich zur Gewohnheit gemacht, seine Vorlesungen mit Erlebnisberichten aus erster Hand zu garnieren. Dadurch blieb das Interesse und die Aufmerksamkeit der Studenten gewährleistet, so daß sie nicht von den vielen Fakten überwältigt wurden, die sie zum Überleben benötigten.

Er erzählte gerade eine solche Anekdote und war wie immer amüsiert, wie die Klasse darauf reagierte. »Also wendete ich die *Enterprise* um volle einhundertachtzig Grad … und der Planet stand *wieder* genau vor uns.«

Es gab einige überraschte Lacher – und einige ungläubige Blicke.

»Ich dachte schon, ich hätte alles vergessen, was ich jemals über die Navigation eines Raumschiffs gelernt hatte«, erzählte er weiter. »Ich starrte abwechselnd auf meine Instrumente und den Sichtschirm.« Er demonstrierte es, indem er den Kopf hob und senkte, während seine Augen einen fassungslosen Ausdruck annahmen.

»Hat er den Planeten bewegt?« fragte ein Kadett. »Den gesamten Planeten?«

»Den gesamten Planeten«, bestätigte Sulu.

»Das ist das Verrückteste, was ich jemals gehört habe«, sagte ein anderer.

Sulu beschloß, daß er sich die Anekdote mit der Riesenhand, die das Schiff am Diskussegment festgehalten hatte, für ein andermal aufheben sollte.

Sein Blick wanderte durch den Raum und suchte nach Demora. Sie hatte im Hintergrund Platz genommen und den Kopf auf die Hände gestützt. Es war schwer zu erkennen, ob sie an dem interessiert war, was er vortrug. Schließlich war es bereits fortgeschrittener Stoff. Nicht unbedingt das, was ein junges Mädchen interessierte.

Doch jetzt war sie nicht mehr da. Ihr Platz war leer.

Besorgt verstummte er für einen Moment. Wohin war sie nur verschwunden? Er überlegte, ob er die Vorlesung unterbrechen oder gar abbrechen sollte, um nach ihr zu suchen.

Aber das wäre bestimmt eine Überreaktion. Schließlich befanden sie sich in der Starfleet-Akademie und nicht auf einem Rudertrip über den Amazonas. Und sie hatte bei ihrer Ehre geschworen, keinen Ärger zu machen. Demora wußte, wie ernst Sulu einen solchen Schwur nahm, so daß er beruhigt davon ausgehen konnte, daß sie sich daran hielt.

Überall, wohin sie schaute, gab es etwas Neues zu entdecken.

Galvanisierte Türen, Schilder, die den Weg zu verschiedenen Labors und Klassenräumen wiesen. Die Kadetten, denen sie begegnete, nahmen ihre Anwesenheit mit einem kurzen Lächeln oder einem Kopfnicken zur Kenntnis. Und gelegentlich auch mit einem irritierten Stirnrunzeln.

»Entschuldigung… wohin sind Sie unterwegs?« wurde sie von hinten angesprochen. Als sie sich umdrehte, sah sie zwei Kadetten, einen Mann und eine Frau – eine vulkanische Frau. Sie war es, die Demora angesprochen hatte.

»Ich schaue mich nur um.«

»Sie sollten hier nicht einfach so herumlaufen«, sagte die Vulkanierin. »Wer sind Sie?«

»Demora Sulu«, antwortete sie.

Der Kadett zupfte am Ärmel der Vulkanierin. »Siehst du? Sie ist Commander Sulus Tochter. Komm jetzt, Saavik, sonst verpassen wir unseren Unterricht.«

»Schon gut, Peter«, sagte sie und warf einen letzten unbehaglichen Blick auf Demora. »Ich denke, es wäre besser, wenn Sie zu Ihrem Vater zurückkehren würden.« Dann gingen sie und Peter Preston durch den Korridor davon.

Demora hatte den Zwischenfall natürlich sofort wieder vergessen und setzte ihre Erkundung fort.

Als eine Handvoll Kadetten durch eine gesicherte Tür trat, schlüpfte Demora hindurch, bevor sie sich wieder schloß. In der Eile hatte sie das Schild mit der Aufschrift MARK IV SIMULATOR überhaupt nicht bemerkt.

Doch ein Stück weiter sah sie ein anderes Schild, auf dem stand: BENUTZUNG NUR UNTER AUTORISIERTER AUFSICHT. Sie musterte es einen Moment lang und ging dann weiter.

Im Korridor befanden sich Fenster, durch die man in den Garten hinuntersehen konnte. Dort sah sie einen jungen Mann, der unter der Aufsicht eines älteren Mannes arbeitete. Der junge Mann war mittelgroß und hatte kurzes rotes Haar. Der ältere hatte eine herrische Art und schien recht unsanft mit dem jüngeren umzuspringen.

Demora sah ihnen einige Minuten lang zu und ging dann weiter.

Schließlich hielt sie vor einem offenen Eingang mit doppelten Türen an. Sie zögerte kurz, trat hindurch ... und blieb wieder stehen, während ihr die Kinnlade herunterklappte.

Sie hatte davon gehört, aber es noch nie gesehen.

Es war die Brücke eines Raumschiffs.

Natürlich wußte sie, daß sie nicht echt war. Es war ein Nachbau, eine Art Modell. Vermutlich sollten die Studenten hier einen Vorgeschmack auf das bekommen, was sie erwartete, wenn sie ihre Ausbildung abgeschlossen hatten und ihre Weltraumkarriere begann.

Sie trat ein und blickte sich fasziniert um. Überall leuchtete und blinkte es. Auf dem Hauptsichtschirm waren sogar Sterne zu sehen. Es war für sie überhaupt nicht schwierig, sich vorzustellen, daß sie sich im Weltraum aufhielt. An jeder Station wurden Daten über die Aktivitäten an Bord des angeblichen Schiffes angezeigt.

Sie strich kurz mit der Hand über den Kommandosessel, doch irgendwie schien er sie nicht besonders zu interessieren. Statt dessen fühlte sie sich magisch von der Pilotenstation angezogen, von jenem Ort, an dem so viele der Geschichten ihres Vaters stattgefunden hatten. All die Abenteuer, die Raumschlachten ... das unglaubliche Gefühl, mit den Fingerspitzen die Triebwerke und Waffen des mächtigen Raumschiffs unter Kontrolle zu haben.

Sie setzte sich und studierte die Kontrollen. »Commander Demora Sulu meldet sich zum Dienst«, sagte sie mit möglichst tiefer Stimme, um erwachsener zu klingen.

Sie berührte wahllos einige Tasten. »Kurs zwei zehn Komma drei«, sagte sie entschlossen. »Keine Romulaner. Keine Kling ... Augenblick! Da kommt einer!« Sie drückte auf einen Knopf. »Wumm! Erwischt! Hmm. Anscheinend haben sie den Planeten da drüben bewacht. Ich scanne die Planetenoberfläche … Captain! Es sieht so aus … daß dort eine unbekannte Spezies lebt. Kleine blaue wabbelige Kerlchen! Und …«

Plötzlich hörte sie ein Rumoren. Ihr erster Gedanke war, daß sie von einem Erdbeben überrascht wurde. Dann fuhr ihr Kopf herum, und sie sah die Ursache des Geräuschs. Die doppelten Türen, durch die sie eingetreten waren, hatten sich soeben geschlossen.

Sie erstarrte vor Schreck und blickte wieder auf die Kontrollen. Hatte sie es getan? Sie glaubte es nicht, aber sie hatte die Tasten und Knöpfe ohne Überlegung gedrückt. »Hallo?« rief sie unsicher – so leise, daß sie sich selbst kaum hören konnte.

Dann knisterte etwas, und es schien eine Durchsage oder Nachricht eingespielt zu werden. Die Stimme hatte einen sehr dringlichen Unterton.

»Achtung«, sagte die Stimme. »Hier spricht die *Kobayashi Maru*. Wir sind achtundfünfzig Lichtjahre von Altair Sechs entfernt. Wir sind mit einer Gravomine zusammengestoßen und haben sämtliche Energie verloren.« Die Verbindung war so schlecht, daß die Worte kaum zu verstehen waren. »Unsere Hülle wurde beschädigt, und wir haben viele Todesopfer zu beklagen …«

Demora war im Sitz erstarrt. Es klang wie eine echte Übertragung. Konnte irgend jemand anderer sie hören? Natürlich, es konnte gar nicht anders sein. Vielleicht hatte sie sich irgendwie in die Starfleet-Kommunikation eingeschaltet. Schließlich war die Abteilung nicht weit von hier entfernt.

Kobayashi Maru. Aus irgendeinem Grund klang dieser Name vertraut. Ihr Vater hatte ihn gelegentlich erwähnt, aber sie konnte sich nicht erinnern, in welchem Zusammenhang. Er hatte ihr so viele Abenteuer erzählt, so viele Schiffe erwähnt, daß sie sich manchmal überhaupt nicht mehr zurechtfand. Was hatte es mit der *Kobayashi Maru* auf sich …?

Sie blickte auf die Konsole, aus der die Übertragung kam. »*Enterprise,* unsere Position ist Gamma Hydra Sektion Zehn.«

Enterprise? Das Schiff sprach direkt zur *Enterprise*? Das erklärte alles. Die *Enterprise* wurde in letzter Zeit nur noch für Trainingsmanöver in der unmittelbaren Umgebung benutzt. Ihr Vater hatte sich gelegentlich darüber beklagt und gesagt, es wäre eine Schande für ein so großartiges Schiff und daß sie etwas Besseres verdient hatte. Wenn er von ›ihr‹ sprach, klang es immer so liebevoll, daß Demora gelegentlich eine leichte Eifersucht entwickelte.

Würde sie jetzt die Antwort der *Enterprise* hören? Oder konnte man von hier aus nur eine Hälfte der Gespräche verfolgen?

Die immer schwächer werdende Stimme des Commanders der *Kobayashi Maru* sagte gerade: »Die Außenhülle ist zerstört! Die Lebenserhaltung versagt! Können Sie uns helfen, *Enterprise*? Können Sie uns …«

Sie stellte sich vor, wie sie als Pilotin die *Enterprise* in die Nähe des hilfsbedürftigen Schiffes brachte. »Bewahren Sie Ruhe!« sagte sie im Überzeugungston. »Die *Enterprise* ist unterwegs, unter dem Kommando von Captain Hikaru Sulu, mit Commander Demora Sulu an der Navigation.« Sie nahm wieder wahllos einige Schaltungen vor. »Wir werden das Problem …«

In diesem Augenblick explodierte die Konsole.

Demora wurde nach hinten aus dem Sitz geschleudert. Während sie am Boden lag, sah sie, wie überall rote Lampen blinkten und die Alarmsirene röhrte.

Mein Gott, ich habe alles kaputtgemacht! Vater wird mich umbringen! dachte sie entsetzt.

Eine weitere Konsole sprühte Funken. Demora schrie

auf und versuchte zurückzuweichen, bis es noch eine Explosion gab. Überall waren Rauchwolken und Flammen. Sie wußte nicht mehr, wohin sie zuerst schauen sollte. Das verängstigte Mädchen hielt sich verzweifelt an der Lehne des Kommandosessels fest. *»Hiiilfeee!«* heulte sie. *»Es tut mir leid! Ich wollte das nicht! Holt mich hier raus!«*

Dann hörte sie eine Stimme, die aus unendlicher Ferne zu kommen schien. »Irgend jemand ist da drinnen! Ich glaube, jemand ist da drinnen!«

Und eine andere Stimme, tiefer und autoritärer, sagte: »Öffnen Sie die Tür! Hier kann niemand sein! Öffnen Sie die Tür, verdammt nochmal!«

Es gab ein rumpelndes Geräusch, und dann glitten die Hälften der doppelten Türen auf.

Sie sprang auf und lief auf sie zu, während ihr Herz raste. Dann stieß sie frontal mit jemandem zusammen, der ein Lehrer zu sein schien... zumindest dachte sie das. Ihre Augen tränten vor Angst und Scham, ganz zu schweigen vom Rauch.

Der Mann stoppte ihre Flucht, indem er sie an den Schultern festhielt. »Wer bist du, junge Dame?«

»Es tut mir leid! Es tut mir so leid!« jammerte sie panisch.

Der rote Widerschein der Alarmleuchten flackerte über sein Gesicht. »Wie heißt du?«

»D... Demora...«

»Demora. Was hast du hier gemacht, Demora?«

»Ich habe...« Ihr ganzer Körper zitterte. »Ich habe mir vorgestellt, ich wäre Pilot... so wie mein Vater...«

»Und dein Vater ist...?«

»Mein Vater wird sehr wütend sein!« heulte sie. »Entschuldigung! Es tut mir leid! Ich wollte es nicht tun!« Sie riß sich von ihm los und flüchtete, als wäre der Teufel hinter ihr her.

Der Mann blickte ihr kopfschüttelnd nach, als ein

Techniker zu ihm trat. »Es tut mir leid, Admiral Kirk. Ich schwöre, ich hatte keine Ahnung, daß jemand hier drinnen war. Ich hätte niemals einen pyrotechnischen Testlauf gemacht, wenn ich gewußt hätte ...«

»Schon gut, Tuchinsky«, sagte Kirk. »Sie scheint sich nicht verletzt zu haben. Sie hat nur einen furchtbaren Schreck bekommen. Suchen Sie das Mädchen, finden Sie heraus, zu wem sie gehört, und lassen Sie sie aus dem Gebäude führen.«

Kirk schüttelte den Kopf, als Tuchinsky dem eingeschüchterten Mädchen nachlief. Er hatte das Gefühl, daß sie in nächster Zeit darauf verzichten würde, ihre Nase in Dinge zu stecken, die sie nichts angingen.

Kirk schaute sich im Simulator um und seufzte. Er versuchte sich vorzustellen, wie es aussah, wenn ein Kind an der Navigationskonsole der *Enterprise* saß.

»Entsetzlich«, murmelte Admiral Kirk.

Tuchinsky konnte Demora nicht finden, obwohl er das gesamte Gebäude gründlich absuchte. Ein möglicher Grund war der, daß sie sich gar nicht mehr im Gebäude aufhielt, was Tuchinsky nur recht sein konnte. Er kehrte zu Admiral Kirk zurück und teilte ihm mit, daß das Mädchen nicht auffindbar war, womit Kirk sich zufriedengab. Sie war vermutlich mit eingezogenem Schwanz zu ihren Eltern geflüchtet, nachdem sie eine wertvolle Lektion fürs Leben gelernt hatte.

Demora hockte inzwischen hinter einer Hecke.

Sie saß zitternd da, mit angezogenen Beinen, gerötetem Gesicht und einem tiefen Schrecken.

»Entschuldigung.«

Sie blickte auf.

Der junge Mann, den sie durch das Fenster beobachtet hatte – der Gärtner oder Hausmeister – stand vor ihr und blickte mit ernster Miene auf sie herab. »Es gibt in der Umgebung viel bequemere Aufenthaltsorte als diesen, und die überwältigende Mehrheit dieser Orte dürfte mir nicht im Weg sein«, sagte er streng. Er klang nicht wie jemand, der Spaß vertragen konnte.

Demora sagte nichts. Sie sprang nur auf und ging mit hängenden Schultern fort.

»Tun Sie das nicht!« rief der Mann ihr nach.

Sie blieb stehen und drehte sich verwirrt zu ihm um. »Was soll ich nicht tun?«

»Diese niedergeschlagene Haltung einnehmen. Sie wissen gar nicht, was es heißt, niedergeschlagen und am Ende zu sein. Dazu sind Sie noch viel zu jung.«

»Ich habe Mist gebaut, und es ist mir peinlich.«

Er kam zu ihr, nahm ihr Kinn in die Hand und drehte unsanft ihren Kopf hin und her. »He! Was machen Sie da?« protestierte sie.

»Ich suche nach spitzen Ohren oder Antennen oder etwas Ähnlichem. Haben Sie etwas in dieser Art?«

»Nein!«

»Also sind Sie ein Mensch.«

»Ja!«

»Also sind Sie ein Mensch, der Mist gebaut hat. Das ist völlig normal.« Er schüttelte den Kopf und entfernte sich wieder.

»Wer sind Sie überhaupt?« wollte sie wissen.

»Boothby«, sagte er.

»Boothby. Nachname oder Vorname?«

»Wen kümmert es? Rufen Sie einfach nur *Boothby*. Dann kommen entweder ich oder mein Vater, der hier das Sagen hat. Mein Vater ist hier der Hausmeister. Ich helfe ihm bei der Arbeit. Eines Tages werde ich sie ganz von ihm übernehmen. Eine beträchtliche Erbschaft, nicht wahr? Eine Landschaft voller Weltraumkadetten, die auf dem Gras herumtrampeln oder deprimiert in der Ecke hocken.« Er schüttelte den Kopf. »Ein mürrischer alter Mann. Falls ich mal genauso werde, hoffe ich, daß mich vorher jemand erschießt, um mich von meinem Leid zu erlösen.«

Zu spät, dachte Demora. »Ich hocke nicht deprimiert herum«, sagte sie laut.

»Gut.« Er entfernte sich weiter.

»Falls es Ihnen nicht aufgefallen ist«, rief sie ihm nach, »ich bin kein Kadett!«

»Noch nicht«, gab er verächtlich zurück und verschwand hinter einer Ecke.

Während des Abendessens herrschte eisiges Schweigen.

Demora stocherte auf ihrem Teller herum, und ihr Vater aß ohne jeden Laut. »Das Essen ist nicht durchgekocht«, sagte sie vorsichtig.

»Es ist Sushi. So wie es ist, ist es genau richtig«, lautete seine tonlose Erwiderung.

Sie verdrehte die Augen. »Ich weiß, Vater. Es sollte ein Scherz sein.«

»Ich bin heute abend nicht zu Scherzen aufgelegt, wenn es dir nichts ausmacht.«

»Würdest du mich zumindest ansehen?« sagte sie voller Verzweiflung.

Er sah sie an, doch seine Miene war wie versteinert.

»Gut, schau woanders hin«, forderte sie ihn auf.

Aber er tat es nicht. Er ließ sie nicht aus den Augen, während er sagte: »Verrate mir eins, Demora … was glaubst du, wie ich reagiert habe, als ich hörte, daß ein kleines Mädchen im Mark IV Simulator in Schwierigkeiten geraten war? Daß sie sich grundlos selbst in Gefahr gebracht hat? Daß sie Admiral Kirk in die Arme lief, als sie Hals über Kopf aus dem Simulator flüchtete? Was meinst du, wie ich mich in diesem Augenblick gefühlt habe?«

»Ich weiß es nicht.«

»Ich denke, du weißt es doch.«

Sie atmete hörbar aus. »Wütend. Beschämt. Ich weiß es nicht.«

Er beugte sich vor. »Du hast mir dein Ehrenwort gegeben«, sagte er. »Du hast bei deiner *Ehre* geschworen, Demora. Hast du eine Ahnung, was das bedeutet?«

»Ich hatte nicht die Absicht, mein Versprechen zu brechen. Es war nicht meine Schuld. Ich ...«

In diesem Moment schlug er mit der flachen Hand auf den Tisch. Demora schrak zusammen. In all den Jahren, seit sie zusammenlebten, hatte sie ihn noch nie so wütend erlebt. Um genau zu sein: Er war überhaupt nur sehr selten wütend gewesen. Seine Ruhe und Selbstbeherrschung waren normalerweise bemerkenswert. Aber jetzt schien er sich nicht mehr zurückhalten zu können.

»Es war nicht nur ein Versprechen. Es ging um deine Ehre! Und jetzt versuchst du, dich irgendwie herauszureden!« Er stand so abrupt vom Tisch auf, daß er mit dem Knie dagegenschlug. Dadurch humpelte er leicht, als er auf die Porträts seiner Ahnen zeigte, die an der Wand hingen. »Für sie war Ehre nicht nur ein Wort! Kein billiges Versprechen, das man bedenkenlos vergessen kann, wenn man keine Lust mehr hat, sich daran zu halten! Sie haben für ihre Ehre gekämpft! Sie sind dafür in den Tod gegangen! Ich habe dir vertraut, und du hast dich meines Vertrauens unwürdig erwiesen!«

»Was verlangst du von mir, Vater?« gab Demora zurück. »Ich habe zugegeben, daß ich Mist gebaut habe! Ich habe gesagt, daß es mir leid tut. Wie oft soll ich mich noch dafür entschuldigen? Was erwartest du von mir? Soll ich mich in ein Schwert stürzen, weil ich einen Fehler gemacht habe?«

»Ich möchte, daß du verstehst, wieviel mir die Ehre bedeutet und warum ich so wütend und enttäuscht bin, daß du dein halbes Leben mit mir verbracht hast, ohne etwas davon zu verstehen! Ich habe mich während meines gesamten erwachsenen Lebens bemüht, nach dieser Philosophie zu handeln. Und jetzt muß ich feststellen, daß dir all dies überhaupt nichts bedeutet! Gar nichts! Mein Ehrgefühl ist der Grund, warum ich immer noch hier bin! Weil ich die Verantwortung für dich übernommen habe, weil das für mich die einzige ehrenwerte Handlungsweise war!«

Und in diesem Augenblick wurde Sulu plötzlich bewußt, daß er etwas Falsches gesagt hatte. Denn Demora wich zurück, als hätte er ihr eine Ohrfeige gegeben. Ihr Blick war eiskalt, genauso wie ihre Stimme, als sie sagte: »Ich dachte, du wärst bei mir geblieben, weil du mich liebst. Weil du mit mir zusammensein wolltest, nicht weil du es tun mußtest.«

Sulu, einer der erfahrensten taktischen Offiziere von ganz Starfleet, fand sich plötzlich in der Defensive wieder. »Es war beides, Demmi«, sagte er.

Sie funkelte ihn an. Die Koseform ihres Namens zeigte offensichtlich keinerlei Wirkung. »Das glaube ich nicht. Ich glaube, daß es nur das war, was du gesagt hast.«

»Beides gehört zusammen. Es gibt ein Gedicht, in dem es heißt: ›Ich könnte dich nicht so sehr lieben, mein Schatz, wenn ich nicht noch mehr die Ehre liebte.‹«

»Was gehen mich deine Gedichte an?« Sie zeigte mit einem zitternden Finger auf die Bilder an den Wänden. »Und was gehen mich diese Leute an? Die Toten scheinen dir wichtiger zu sein als ich!«

»Das ist nicht wahr.«

»Doch, ist es!« Sie stampfte mit dem Fuß auf. »Du hättest mich einfach in diese blöde Schule in Washington schicken und dich nie wieder um mich kümmern sollen!« Damit stürmte sie davon in ihr Zimmer.

»Wie es scheint, hast du ein Problem«, sagte Uhura.

Sulu starrte ihr Gesicht auf dem Monitor an. Uhura hielt sich gegenwärtig auf dem Mars auf. Sie hatte sich von Starfleet beurlauben lassen, um einen Job bei einem Rundfunksender in der Mars-Hauptstadt Ares City zu übernehmen.

Sulu sprach über eine direkte Verbindung mit ihrer Wohnung. »Was soll ich also tun?« fragte er.

»Das fragst du mich?«

»Nun … du bist eine Frau.«

»Sulu! Das ist das größte Kompliment, das du mir jemals gemacht hast!« Sie schenkte ihm ihr strahlendstes Lächeln.

»Ich weiß nicht, was ich jetzt zu ihr sagen soll.«

»Sag ihr, daß du genau weißt, wie leid es ihr tut, und daß du ihre Gefühle verstehst.«

»Ich bin mir nicht sicher, ob das genügt. Was ist die beste Methode, um einem weiblichen Wesen zu zeigen, daß man sie liebt?«

»Vertikal oder horizontal?«

Er bedachte sie mit einem säuerlichen Blick. »Vertikal, natürlich. Ich habe nicht vor, eine griechische Tragödie zu inszenieren.«

»Sag es ihr einfach, Sulu.«

»Sie könnte das Gefühl haben, ich würde lediglich versuchen, die Scherben zu flicken.«

»Und? Ist es so?«

Er zögerte. »Natürlich nicht.«

»Sulu …« erwiderte Uhura. »Ich habe einen Vorschlag. Eine Liebesbeteuerung, die durch ein Zögern eingeleitet wird, klingt nicht sehr überzeugend. ›Liebst du mich?‹ ›Äh … ja.‹ Verstehst du, was ich meine?«

»Sicher.«

»Sprich mit dem Mädchen. Und was noch viel wichtiger ist … hör ihr zu. Beruhige sie. Versuche einfach … wieder den Weg zu ihrem Herzen zu finden. Du hast es hier mit einem heranwachsenden Teenager zu tun. Die Explosion bei einer Kollision von Materie und Antimaterie ist nichts im Vergleich zum Zusammenstoß zwischen Eltern und ihren jugendlichen Kindern. Verstanden?«

»Verstanden«, sagte er nickend.

»Gut. Jetzt geh und schließe Frieden mit deiner Tochter. Schließlich ist sie die einzige, die du hast.«

Er nickte, als Uhuras Gesicht verblaßte. Dann stand er auf, ging durch den Flur und klopfte an Demoras Tür.

»Ja?« kam es von drinnen.

»Demora. Ich möchte mir dir reden.«

»Wer ist da?«

Er warf einen hilfesuchenden Blick nach oben. »Dein Vater.«

Eine Weile war es still. Dann glitt die Tür auf, und Sulu trat ein.

Demora lag auf dem Bett und hatte den Kopf auf die Hände gestützt. Automatisch blickte Sulu auf das Kissen. Keine Tränenflecken.

»Demmi«, begann er.

»Ich will zu Starfleet.«

Sein Mund war immer noch geöffnet und blieb für eine Weile offen, bis er sich daran erinnerte, daß er ihn schließen sollte. »Wie bitte?«

»Ich sagte, ich will zu Starfleet.«

Er räumte ein paar weggeworfene Kleidungsstücke von einem Stuhl und setzte sich. »Seit wann, wenn ich fragen darf?«

»Schon seit einiger Zeit. Und zwar aus zwei Gründen. Erstens … auch wenn es nur ein Modell war, aber als ich an der Pilotenkontrolle der *Enterprise* saß …« Dabei deutete sie mit den Fingern Anführungszeichen vor und hinter dem Wort ›*Enterprise*‹ an. »… da hatte ich das Gefühl, daß ich irgendwie auf diesen Platz gehöre. Und ich habe daran gedacht, wie es sein würde, wirklich da draußen unterwegs zu sein … um Leuten in Not zu helfen oder den Weltraum zu erkunden … Ich glaube, das wäre eine großartige Lebensaufgabe.«

»So ist es«, sagte er seufzend. »Und der zweite Grund?«

»Und zweitens«, sagte sie völlig ruhig, »möchte ich, daß du stolz auf mich bist.«

Er starrte sie fassungslos an. »Das ist überhaupt nicht nötig. Ich meine … ich werde stolz auf dich sein, ganz gleich, was du tust.«

»Ich weiß. Aber ich möchte es tun.«

»Nun, zum Glück muß es nicht hier und heute entschieden werden. Wir können noch viel darüber nachdenken. Aber … ich danke dir für diese Geste.«

Dann kam sie zu ihm, und sie umarmten sich. Er hatte sich seiner Tochter niemals verbundener gefühlt als in diesem Augenblick.

Und da er die Traurigkeit in ihren Augen nicht sehen konnte, erkannte er nicht, daß sie niemals weiter voneinander entfernt waren.

20

Er hat die *Enterprise* gestohlen?« Sie starrte Janice Rand ungläubig an. Sie saßen im Park auf einer Bank, und Janice bedeutete ihr mit einer beschwichtigenden Geste, die Stimme zu senken. Als Demora an diesem Tag aus der Schule gekommen war, hatte Janice auf sie gewartet. Sie hatten sich bereits einige Male getroffen und anregend miteinander geplaudert. Doch keines dieser unverbindlichen Gespräche hatte Demora auf das vorbereitet, womit sie nun konfrontiert wurde.

Demora war fünfzehn Jahre alt. Der Wachstumsschub hatte vor einigen Jahren eingesetzt, genau wie ihr Vater vorausgesagt hatte. Sie war eine Handbreit größer geworden, und ihr Körper wies keinerlei präpubertären Züge mehr auf, selbst wenn man ihr einen Kartoffelsack übergehängt hätte. Ihr Gesicht hatte die kindliche Weichheit verloren und wies nun die markanten Züge einer attraktiven jungen Frau auf. Doch jetzt machte Janice sich Sorgen, ob Demora kurz vor einem Schlaganfall stand, der verhindern würde, daß sie jemals ihren sechzehnten Geburtstag erlebte.

»Er hat die *Enterprise* gestohlen?« wiederholte Demora. Diesmal schaffte sie es, ihre Stimme nicht über ein entsetztes Flüstern zu erheben. »Was soll das heißen? Man kann ein Raumschiff doch nicht einfach stehlen. Das ist…«

Sie hatte offensichtlich Schwierigkeiten, diese Vorstellung zu verarbeiten. Doch es war kaum überraschend, wenn man bedachte, wie sich die Ereignisse in den vergangenen Monaten überstürzt hatten. Sie kannte alle Details der Trainingsmission, die plötzlich zu einem Todesduell mit einem Wahnsinnigen aus dem zwanzigsten Jahrhundert namens Khan geworden war. Sie erinnerte sich, wie es ihr kalt über den Rücken gelaufen war, als Chekov beschrieben hatte (trotz Sulus Protesten), wie sie mit knapper Not dem Genesis-Torpedo entkommen waren … eine Flucht, die Mister Spock das Leben gekostet hatte.

Vielleicht war alles zuviel für ihn gewesen. Ihr Vater war aus der Übung gekommen, was derartige Kämpfe um Leben und Tod betraf.

»Wir könnten sagen, daß es nur der Streß war«, sagte Demora hastig.

Rand starrte sie verwirrt an. »Wie bitte?«

»Streß. Du weißt schon. Nach dieser Trainingsmission, nach Spocks Tod … und als er dann feststellen mußte, daß man die *Enterprise* aus dem Verkehr ziehen wollte, da ist er einfach … durchgedreht. Hat vorübergehend den Verstand verloren.«

Aber Janice schüttelte den Kopf. »Demora, du verkennst die Tatsachen. Es war keine impulsive Tat. Sie wurde sorgfältig vorbereitet.«

»Du meist, er hat die ganze Aktion …?«

»Nicht er allein.«

»Aha.« Demora dachte nach, während sich ihre Miene verdüsterte. »Laß mich raten! Die üblichen Verdächtigen.«

Rand nickte. »Es hatte etwas mit Spock zu tun … und mit Dr. McCoy. Mir sind immer noch nicht alle Einzelheiten klar …«

»O mein Gott!« sagte Demora und schlug die Hände vors Gesicht. »Aber … aber wie? Man kann doch nicht einfach in ein Raumdock spazieren und mit einem

Raumschiff abhauen! Hat denn niemand versucht, sie aufzuhalten?«

»Jemand hat es versucht. Captain Styles von der *Excelsior*. Aber die *Enterprise* ist ihm entkommen.«

»Entkommen? Der *Excelsior*? Wie haben sie …?« Ihr Gesicht wurde aschfahl. »Sie … sie haben doch nicht das Feuer eröffnet, oder? Sich auf einen Kampf eingelassen …?«

»Nein. Nichts dergleichen. Sie haben …« Rand räusperte sich. »Sie haben die *Excelsior* lahmgelegt.«

Demora starrte sie irritiert an, da sie nicht wußte, ob sie richtig gehört hatte. »Wie bitte?«

»Sie haben sie lahmgelegt.«

»Wie kann man ein Raumschiff lahmlegen?«

Janice breitete verzweifelt die Arme aus. »Sie haben den Hamster in der Tretmühle erschossen, der das Schiff antreibt. Woher soll ich wissen, wie sie es bewerkstelligt haben? Ich weiß nur, daß die *Excelsior* etwa zehn Meter weit kam, und dann gaben die Maschinen den Geist auf. Captain Styles ist darüber äußerst unglücklich. Er kommt sich wie ein Idiot vor. Man nennt ihn bereits ›Käpt'n Steiler Absturz‹. Nein, der Kerl ist wirklich zu bedauern.«

Einige Vögel die Demora als freigiebige Nahrungsquelle wiedererkannten, ließen sich in der Nähe nieder. »Haut ab!« schrie sie und schlug sie damit in die Flucht.

»Okay«, sagte sie nach einer Weile. »Vielleicht ist es ja gar nicht so schlimm. Immerhin wurde kein fremdes Eigentum beschädigt. Niemand wurde getötet. Vielleicht läßt sich alles wieder richten. Wenn … wenn Vater und die anderen die *Enterprise* einfach zurückbringen … läßt man sie aufgrund ihrer unzweifelhaften Verdienste möglicherweise unbehelligt. Sie brauchen nur einen guten Anwalt. Vielleicht könnte dieser Cogley …«

Dann sah sie, daß Janice den Kopf schüttelte. »Kein Cogley?«

»Das ist nicht das Problem. Das Problem ist, daß sie die *Enterprise* nicht zurückbringen können.«

Demoras Stimme wurde eiskalt. »Was ist mit der *Enterprise* geschehen? Haben sie den Hamster erschossen?«

»Wenn es nur das wäre! Nein, Admiral Kirk hat sie in die Luft gejagt.«

»Du meinst, sie wurde vollständig zerstört?« Demora wurde plötzlich schlecht, und sie legte ihren Kopf auf die Knie. »Warum haben sie das gemacht?« fragte sie so leise, daß Janice sie kaum verstehen konnte.

»Ich weiß es nicht. Aber ich bin überzeugt, daß sie einen guten Grund dafür hatten.«

»Natürlich hatten sie einen guten Grund. Sie wollten mich damit in den Wahnsinn treiben!«

Jetzt gab sie sich keine Mühe mehr, ihre Stimme zu senken. Einige Fußgänger im Park blickten sich in ihre Richtung um und gingen dann wieder ihrer Wege.

»Wo ist Vater jetzt? Geht es ihm gut? Er...« Plötzlich kam ihr der entsetzliche Gedanke, daß all dies vielleicht nur die behutsame, umständliche Vorbereitung auf die eigentliche Nachricht sein könnte.

»Ihm geht es gut«, versicherte Janice ihr schnell und tätschelte beruhigend ihre Hand. »Glaub mir. Er ist auf Vulkan.«

»Vulkan? Was macht er auf Vulkan?«

»Dieser Punkt ist mir auch etwas unbegreiflich. Ich glaube... er ist mit Spock dort.«

»Mit Spock? Spock ist doch tot!«

»Er...« Janice suchte nach den geeigneten Worten, aber es gelang ihr nicht. »...es geht ihm wieder besser«, sagte sie.

Demora stand auf. »Ich gehe jetzt nach Hause«, gab sie bekannt. »Ich gehe nach Hause... um mich unter der Bettdecke zu verkriechen... und wenn ich aufwache, werde ich feststellen, daß alles nur ein verrückter Traum war.«

»Du bist nahe dran. Aber du wirst nach Hause gehen, um deine Sachen zu packen und dann in meine Wohnung zu kommen.«

»Deine Wohnung? Warum?«

»Weil die Botschaft, die dein Vater an mich übermitteln konnte, besagte, daß du genau das tun sollst. Demora... du mußt verstehen. Sulu, der Admiral, sie alle... gelten jetzt als Kriminelle. Tatverdächtige auf der Flucht. Sie stehen zwar unter dem Schutz des Rats von Vulkan, aber sobald sie den Planeten verlassen, müssen sie damit rechnen, sofort verhaftet zu werden.«

Demora wollte es nicht glauben. Sie kam sich vor, als hätte sich die ganze Welt plötzlich um fünfundvierzig Grad geneigt.

»Du verstehst sicher, daß unter den gegebenen Umständen kein freier Fluß der Kommunikation möglich ist. Sulu konnte mir eine kurze Nachricht zukommen lassen, die unbemerkt durch die Kommunikationsabteilung von Starfleet schlüpfte. Mehr ist im Augenblick nicht drin, und wahrscheinlich werden wir erst wieder von ihm hören, wenn die ganze Angelegenheit endgültig geklärt ist.«

»Und... wann wird das sein?«

»Ich weiß es nicht«, sagte Janice Rand, die sich nicht erinnern konnte, sich in ihrem Leben jemals zuvor so hilflos gefühlt zu haben.

»Gut... einverstanden. Ich werde meine Sachen holen... mein Apartment verriegeln... und bei dir einziehen, Janice. Wenn du damit leben kannst.«

»Kein Problem«, sagte Janice. »Wirklich.«

Demora stand auf und schüttelte den Kopf. »Ich verstehe nur nicht, warum... oder *wie*... er mir so etwas antun konnte! Ich verstehe es einfach nicht!«

»Es gibt da noch etwas, das ich an dich weitergeben soll. Er sagte, daß er hofft, es würde dir dabei helfen, ihn zu verstehen. Ich soll dir sagen, daß es sich um eine Angelegenheit der Ehre handelt.«

Demora seufzte. »Ja, ich hatte mir bereits gedacht, daß er so etwas sagen würde.«

21

Das Ende der Welt war nahe, und für Demora Sulu bestand kein Zweifel, daß sie völlig allein sterben würde.

Janice war nicht bei ihr. Das war für sich genommen nichts Ungewöhnliches. Rand hatte in letzter Zeit viel Arbeit, seit sie in die Starfleet-Zentrale versetzt worden war. Mit den längeren Dienstzeiten war eine Erweiterung ihrer Verantwortung verbunden. Doch sie kam normalerweise nach Hause, wenn Demora noch wach war. Gelegentlich wartete Demora sogar mit dem Abendessen auf sie. Darüber mußte Janice immer wieder lachen, weil sie sich fragte, wer sich eigentlich um wen kümmerte.

Doch jetzt war Janice seit fast sechzehn Stunden abwesend, und Demora war sich – genauso wie jeder andere Bewohner dieses Planeten – schmerzhaft des Grundes dafür bewußt.

Die Bilder von der Sonde waren über alle Kommunikationskanäle der Erde verbreitet worden. Demora hatte sich anfänglich schwergetan, das Ding ernst zu nehmen, denn es hatte sie frappierend an einen dicken Baumstamm erinnert. »Gebt mir eine Gabel und ein großes Glas Milch«, hatte sie gesagt, »mehr brauche ich nicht, um mit diesem Problem fertigzuwerden.«

Doch jetzt wurden keine Witze mehr gerissen.

Es gab keine Sicherheit mehr.

Und keine Hoffnung.

Es war der Erde immer näher gekommen, während

niemand den Grund dafür kannte. Es sah nicht so aus, als sollte irgend etwas zerstört werden. Andererseits deutete auch nichts darauf hin, daß es *nicht* beabsichtigte, irgend etwas zu zerstören. Es ... war einfach nur da. Man spekulierte, daß es nach irgendwem oder irgendwas suchte, obwohl Demora nicht die geringste Ahnung hatte, wer oder was das sein könnte. In gewisser Weise war die Sonde wie ein kleines Kind, das ein Zimmer zerlegte, während es nach etwas suchte. Ganz gleich, ob das Objekt schließlich gefunden wurde – das Resultat war in jedem Fall das gleiche – nämlich ein verwüstetes Zimmer.

Und die Erde schien kurz davor zu stehen, zu einem verwüsteten Planeten zu werden.

Sie konnte die Sonde nicht am Himmel sehen, weil sie sich außerhalb der irdischen Atmosphäre befand. Aber sie glaubte sie spüren zu können. Ihre Anwesenheit, ihre Macht. Sie hörte das Röhren und Kreischen, das ihr durch Mark und Bein drang. Und die Erde schien von diesem Lärm zerrissen zu werden.

Demora wußte, daß Janice Rand damit beschäftigt war, die Notmaßnahmen von der Starfleet-Zentrale aus zu koordinieren. Allerdings war fraglich, ob ihre Bemühungen etwas nützten. Denn die Sonde ließ sich weder aufhalten noch sonstwie beeinflussen. Sie kam wie eine Naturgewalt, und wer sich ihr entgegenstellte, hätte genausogut versuchen können, eine Flutwelle durch Spucken aufzuhalten.

Demora hatte nicht in Janice Rands Apartment sterben wollen. Auch wenn sie hier schon seit drei Monaten wohnte, war es immer noch Rands Apartment. Demora wollte nach Hause. Sie wollte in ihrer eigenen Wohnung sein.

Also hatte sie sich dorthin auf den Weg gemacht. Nüchtern betrachtet ergab diese Entscheidung überhaupt keinen Sinn. Sie verließ ein Apartment, um dem

Wind, dem Regen und dem Zittern der Erdoberfläche unter ihren Füßen zu trotzen, und kam in einem anderen Apartment an.

Der einzige positive Effekt, der diese Aktion auf sie hatte, war der, daß sie ihr das Gefühl gab, etwas zu unternehmen, ganz gleich, ob es richtig oder falsch war. Etwas zu tun, sich in irgendwelchen Aktivitäten zu ergehen, war immer noch besser als untätig herumzusitzen und auf das Ende zu warten. Und wenn sie schließlich starb, konnte sie immer noch sagen: »Ich bin nicht in der Wohnung irgendeines Bekannten gestorben, sondern in meinen eigenen vier Wänden!«

Es war ein schwacher Trost, aber wenn der Planet von einer tödlichen Sonde bis in die Grundfesten erschüttert wurde, klammerte man sich an jeden Strohhalm.

Sie ging ans Fenster und blickte hinaus. In der Ferne war die Golden Gate Bridge zu sehen, die von schweren Brechern umspült wurde, die immer höher wurden. Es schien nur eine Frage der Zeit, bis die Konstruktion zusammenstürzte. Und sie mußte allein und hilflos zusehen.

Und sie konnte die ganze Zeit nur an ihren Vater denken.

Es verschaffte ihr eine gewisse Erleichterung, daß er außer Gefahr war. Aus den Nachrichtensendungen kannte sie den Kurs der Sonde und wußte, daß sie niemals in die Nähe von Vulkan gekommen war oder kommen würde. Also war er in Sicherheit. Er hatte sich im Exil verkrochen, während der Rat der Föderation Stellungnahmen gegen ihn und seine Freunde herausgab, und jetzt waren er und die anderen diejenigen, die zuletzt lachten. Seine Ankläger waren auf der Erde gefangen, und er war weit außerhalb jeder Gefahr. Er würde überleben, denn was nützte es, wenn sie beide starben?

Andererseits haßte sie ihn genau dafür. Mit tiefem, leidenschaftlichem Haß.

Sie betrachtete die Reproduktionen seiner Vorfahren ... die natürlich auch ihre Vorfahren waren. Sie starrten sie mit unterschiedlich ausgeprägter Verdrießlichkeit und Unergründlichkeit an, während sie spürte, wie der Zorn in ihr hochkochte.

»Ich hasse euch!« flüsterte sie, und dann schrie sie es noch einmal: *»Ich hasse euch!«*

Sie lief zur Wand und riß die Porträts herunter. Ihre Finger krallten sich um die Bilder und schleuderten sie in alle Richtungen. Ihr Herz klopfte rasend in ihrem Brustkorb, und sie tobte so wild herum, daß sie über einen Stuhl stolperte und zu Boden stürzte. Dort blieb sie zusammengerollt und schluchzend liegen. Sie fühlte sich wieder wie ein kleines Kind, als sie mit den Fingernägeln am Teppich kratzte und zerrte.

»Du hast mich im Stich gelassen, du Mistkerl!« heulte sie, obwohl niemand ihre Stimme im Lärm des Weltuntergangs hören konnte. Der Regen prasselte gegen die Scheiben, so daß man kaum noch etwas sehen konnte.

Ja, er hatte sie im Stich gelassen. Er hatte sich auf eine verrückte und kriminelle Mission begeben, um Spock zu helfen. Und er hatte vorher kein einziges Wort zu ihr gesagt. Er hatte völlig ruhig dagesessen, an ihrem allerletzten gemeinsamen Abend, wie sich nun herausgestellt hatte, und das Bewegendste, was er gesagt hatte, war »Würdest du mir bitte den Reis reichen?« gewesen. Er hatte mit keinem Sterbenswörtchen angedeutet, was er zu tun beabsichtigte.

Weil er sie immer noch wie ein Kind behandelte. Weil sie für ihn immer noch nicht ›würdig‹ war. Natürlich war es so. Nach vier langen Jahren war er immer noch wütend auf sie. Sie konnte es nicht fassen. Sie würde niemals seinen Ansprüchen gerecht werden, sie würde niemals das sein, was er von ihr erwartete. Weil er sie nicht als Mensch akzeptieren konnte. Es war genauso, wie dieser Gärtner – Booby oder wie immer sein Name gewesen war – gesagt hatte. Sie war ein Mensch und hatte Mist gebaut, aber ihr Vater verlangte von ihr, daß sie mehr als ein Mensch war. Er wollte, daß sie eine perfekte Maschine war, ein kleiner Roboter, den man aufzog und auf den Boden stellte. Er wollte, daß sie nie einen Fehler machte und sich streng an einen Ehrenkodex hielt, der aus vergangenen Jahrhunderten stammte und genauso kalt und unerbittlich wie der Sturm war, der draußen tobte.

Also hatte er ihr nicht vertraut und sie verlassen, ohne sich darum zu bekümmern, ob er sie jemals wiedersehen würde. Er saß auf Vulkan im Trockenen und lachte sich in diesem Augenblick wahrscheinlich schlapp, während die Welt in der schwersten Sintflut ertrank, seit Noah den Blick zum Himmel gewandt und bemerkt hatte, daß es nach Regen aussah.

Sie hörte die Sonde, die immer lauter wurde. Es war das einzige Geräusch, das das ungezügelte Wüten des Sturmes übertönen konnte. Es war ein ohrenbetäubendes Dröhnen, und sie schrie: *»Hört auf! Hört auf! Warum tötet ihr uns nicht einfach?«*

Der Wind schlug mit neuer Wucht gegen das Fenster. Es zersplitterte, und die Scherben flogen durch den Raum. Demora lag hinter einer Couch, als es geschah, und das rettete ihr das Leben. Die Splitter bohrten sich in die Polster, und einige landeten in ihrem Haar. Wenn sie immer noch vor dem Fenster gestanden hätte, wäre sie sofort tot gewesen.

Der Wind heulte durch das Apartment und wirbelte die Einrichtung durcheinander. Die Schwerter und die antiken Feuerwaffen polterten von den Wänden.

Das war das Ende. Sie wußte es. Und sie klammerte

sich an die wahnsinnige Idee, daß sie im Kampf sterben wollte, wenn sie schon sterben mußte. Es spielte keine Rolle, daß der Feind eine seelenlose Sonde im Orbit um die Erde war… oder daß der Wind sie mühelos zurückdrängte. Es spielte keine Rolle, daß es keinen denkenden Gegner gab, keinen Schurken, über den sie triumphieren konnte.

Sie wollte gegen den Tod höchstpersönlich kämpfen. Gegen allen Zorn und jede Enttäuschung ihres Lebens, gegen die Angst, die sie zu überwältigen drohte.

Sie kroch über den Boden und griff sich ein Samurai-Schwert, das nach Auskunft ihres Vaters einstmals einem großen Vorfahren von ihm gehört hatte. Sie stellte sich vor, daß sie spüren konnte, wie die Kraft des Samurais durch den Griff in ihren Körper floß. Es nur festzuhalten, gab ihr bereits neue Kraft.

Sie zog es aus der Scheide, und das metallische Schaben verschaffte ihr eine eigenartige Befriedigung. Dann kam Demora taumelnd auf die Beine und hob die Klinge. Sie stand vor dem geborstenen Fenster und wankte in der Gewalt des Sturmes.

In ihrem ganzen Leben war sie sich noch nie so melodramatisch vorgekommen. Aber wen kümmerte es? Niemand war in der Nähe. Wenn sie schon sterben mußte, dann sollte es wenigstens mit einer gewissen Würde geschehen.

»Du willst mich haben?« rief sie dem Tod zu, während sie das Schwert im Wind schwenkte. *»Dann komm und hol mich!«*

Und dann sah sie es.

Es war der Tod, der in Gestalt eines riesigen, dunklen Vogels am Himmel kreiste. Als sollte jeder Zweifel ausgeräumt werden, zeigte sich der Tod den Menschen der Erde in leibhaftiger Gestalt, auf schweren Flügeln dahingleitend, wie ein gigantischer Raubvogel…

Ein Raubvogel …?

»He, was ist das?« rief sie und kniff die Augen zusammen.

Ja, es war ein klingonischer Kampfkreuzer der Bird-of-Prey-Klasse. Aber was machte er hier? Wie kam er hierher? Die klingonische Delegation hatte vor ein paar Tagen geschlossen den Rat der Föderation und die Erde verlassen. Alle Nachrichtensender hatten darüber berichtet. Der Botschafter war erbost abgereist, weil die Föderation kein Verständnis für seine Forderung gezeigt hatte, ihm Kirks Kopf auf dem silbernen Tablett zu präsentieren. Zu jener Zeit hatte niemand bezweifelt, daß die Klingonen früher oder später zurückkehren würden, um erneut Wiedergutmachung vom Rat zu fordern.

Doch es war kaum vorstellbar, warum sie sich ausgerechnet den jetzigen Zeitpunkt dazu ausgesucht haben sollten. Es konnte auch kein dummer Zufall sein, denn man hatte ein planetares Notsignal ausgestrahlt, das jeden davor warnte, auch nur in die Nähe der Erde zu kommen.

Trotzdem war er hier, ein klingonischer Bird-of-Prey, groß und häßlich; er landete soeben in den brodelnden Fluten unter der Golden Gate Bridge und verschwand dabei wieder in den Wolken und Regenschauern, die den Weltuntergang untermalten. Wer konnte so verrückt und furchtlos sein, ein Kampfschiff direkt in das Herz des Sturmes und in den sicheren Tod zu navigieren …?

»O mein Gott!« flüsterte sie.

Sie – Vater, Kirk und die anderen – hatten ein klingonisches Raumschiff gestohlen. Das war einer der Punkte, über die sich der Botschafter beschwert hatte, wie in den Nachrichten zu hören war, nachdem der ganze Fall an die Öffentlichkeit gelangt war.

Es war ihr Vater.

Er war heimgekehrt, um zusammen mit ihr zu sterben.

Tränen strömten ihr über das Gesicht, als sie dachte: *Das ist so lieb …*

Minuten vergingen, in denen eine seltsame Ruhe über sie kam. Sie beobachtete, wie die Wolken vorbeijagten, wie die Wellen immer höher schwappten, und doch war all dies irgendwie … richtig. Sie hatte ihren inneren Frieden gefunden, obwohl sie den Griff des Schwertes immer noch so fest umklammert hielt, daß ihre Fingerknöchel weiß hervortraten.

Alles würde sich in den nächsten Sekunden entscheiden, dessen war sie gewiß. Was würde geschehen? Würde das Gebäude von einer riesigen Flutwelle fortgerissen werden? Würde sich die Erde auftun und alles verschlingen? Würde ein Energiestrahl alles vernichten?

Sie war so ruhig, daß sie erkannte, sie mußte gar nicht abwarten, um es herauszufinden. Ihr Vater war zu einer letzten ehrenvollen Tat bereit und wollte lieber sein eigenes Leben opfern, als den Tod seines Heimatplaneten aus der Ferne mitzuerleben. Vielleicht sollte sie versuchen, seinem tapferen Beispiel zu folgen.

Sie drehte das Schwert herum, setzte die Spitze auf ihre Brust, hielt es fest mit beiden Händen und holte tief Luft. Sie suchte nach der Kraft und Entschlossenheit, es hineinzustoßen. Es wurde immer leichter für sie, sich auf ihr Vorhaben zu konzentrieren, weil der Wind allmählich nachließ und …

Der Wind ließ nach?

Verblüfft blickte sie aus dem Fenster und konnte kaum fassen, was sie sah.

Die Sturmwolken zogen sich über das Meer zurück. Es war, als würde man eine Videoaufzeichnung rückwärts laufen lassen. Der Pazifik glättete sich, die Wellen um die Golden Gate Bridge gingen auf ihre normale Höhe zurück. Demora beobachtete das Phänomen und zweifelte immer mehr an ihrem Verstand.

Die Sonne brach durch. Und am Himmel entdeckte sie ein Shuttle, das sich im Sinkflug der Stelle näherte, an der das klingonische Raumschiff niedergegangen war.

Kaum fünf Minuten nach der Ankunft des Schiffs hatte sich die drohende Katastrophe verflüchtigt – und war bereits Geschichte.

»Was ist geschehen?« fragte sie sich.

»Man hat uns rehabilitiert.«

Es war Hikaru Sulus erste Mahlzeit zu Hause seit drei Monaten, und die Dinge, die sich in diesem Zeitraum ereignet hatten, waren überwältigend.

Zuerst hatte Demora gar keine Gelegenheit erhalten, ihn zu sehen. Das Shuttle, mit dem Sulu und die anderen aus dem Wasser gefischt worden waren, hatte sie direkt zur Starfleet-Zentrale gebracht. Demora hatte sich bemüht, ihn dort zu besuchen. Ihre Bemühungen, zu ihrem Vater zu gelangen, waren heldenhaft. Sie hatte sich auf jede nur erdenkliche Weise Zutritt zu verschaffen versucht. Sie hatte mehr Wachen beschwatzt, als sie für möglich gehalten hätte. Sie hatte es mit jeder Ausrede probiert, hatte sogar behauptet, sie würde bald sterben und hätte nicht mehr lange zu leben. (»Kommen Sie mit einem ärztlichen Attest wieder«, hatte ein Wachmann spöttisch erwidert.)

Nichts hatte funktioniert. Die Sieben von der *Enterprise* blieben für Demora unerreichbar. Die einzigen Personen, die man zu ihnen durchgelassen hätte, wären Anwälte gewesen, aber die Angeklagten hatten diese Möglichkeit strikt zurückgewiesen. (Scotty hatte sich am freimütigsten geäußert: »Anwälte! Als hätten wir nicht schon genügend Probleme!«) Schließlich hatte der Rat der Vereinten Föderation der Planeten es geschafft, zusammenzutreten und sich der Angelegenheit anzunehmen.

Das Ergebnis dieser Verhandlung war der Öffentlichkeit bekanntgegeben worden. Es war erst eine knappe Stunde her, seit die Abtrünnigen von der *Enterprise* vom Rat befragt worden waren. Nach dem Ende der Untersuchung waren sie plötzlich Helden und hatten nach Hause zurückkehren können.

Demora hatte bereits auf ihn gewartet, als Sulu hereinspaziert kam. Sie hatte verzweifelt versucht, das Apartment aufzuräumen, aber sie hatte längst nicht alle Spuren beseitigen können, die der Sturm hinterlassen hatte. Doch Sulu hatte dem überhaupt keine Beachtung geschenkt. Es hatte geknirscht, als er auf die Glassplitter im Teppich getreten war, während er auf seine Tochter zulief und sie in die Arme schloß.

»Hast du mich vermißt?« fragte er sie.

»Wieso, bist du fortgewesen?« erwiderte sie mit ihrer üblichen forsch-fröhlichen Art.

Und jetzt saßen sie gemeinsam beim Abendessen, das Demora in aller Eile zusammengestellt hatte. Viele Systeme waren immer noch außer Betrieb. Es würde eine Weile dauern, bis alles wieder seinen gewohnten Gang ging. Sulu betonte, daß ihm diese Dinge unwichtig waren, daß es ihm nur darauf ankam, daß sie wieder zusammen waren.

»Im Prinzip hieß es, daß man unsere Vergehen aufgrund ›mildernder Umstände‹ nicht weiter verfolgen wird«, erklärte Sulu ihr.

»Und hinter diesen Umständen verbirgt sich die Tatsache, daß ihr die Erde gerettet habt.«

»Dem kann ich nicht widersprechen. Der einzige, der belangt wurde, war der Admiral … Sie haben ihn zum Captain degradiert.«

Sie zuckte zusammen. »Das war sicherlich sehr unangenehm.«

»Eigentlich nicht. Unter uns gesagt, glaube ich, daß er nie richtig glücklich mit seiner Stellung als Admiral war. Als Captain darf – und wird – er wieder das Kommando über ein Raumschiff übernehmen. Das ist der Posten, auf den er gehört.«

»Nach allem, was du mir über ihn erzählt hast, kann ich dir nur zustimmen. Natürlich sind die Klingonen ihm immer noch sehr böse.«

»Das ist richtig«, pflichtete Sulu ihr bei, während er die Nudeln mit der Gabel aufwickelte.

»Aber für ihn kein Problem«, sagte Demora. »Er muß nur die Klingonen vor einer großen Katastrophe retten, und dann werden auch sie ihm verzeihen.«

»Mein Verstand sagt mir, daß eine solche Möglichkeit zu absurd ist«, sagte Sulu. »Andererseits habe ich gelernt, daß man den Adm... den Captain niemals unterschätzen sollte.« Er blickte sich im Apartment um. »Du meine Güte, was für ein Durcheinander.«

»Ich weiß. Der Sturm ist nicht sehr rücksichtsvoll mit der Einrichtung umgegangen.«

Er sah sich zur Wand um. »Sogar die Bilder meiner Ahnen wurden in Mitleidenschaft gezogen.«

»O ja«, sagte sie schnell. »Es war schlimm. Es ist kaum etwas heil geblieben.«

»Ich bin sicher, daß du dein Bestes getan hast.«

»Vater... ich muß dir etwas sagen...«

Er wartete mit erhobenen Augenbrauen.

»Als ich euer Raumschiff sah... dachte ich, daß es für dich das Ende sei. Daß du unter gar keinen Umständen...« Sie verstummte.

»Ach, Demmi!« tadelte er sie. »Du hättest mehr Vertrauen in mich haben sollen! Hast du gar nicht daran gedacht, daß ich an der Steuerung des Schiffes saß? Es war meine Aufgabe, das Klingonenschiff sicher zu landen – beziehungsweise zu wassern. Ich bin Pilot, kein Kamikaze-Flieger. Wir kamen mit einem Plan und hatten die richtigen Leute, um ihn auszuführen. Ich streite nicht ab, daß alles sehr riskant war, aber glaube mir, Demmi: Du darfst niemals davon ausgehen, daß ich ein Selbstmordkandidat bin.«

Er sagte es in amüsiertem Tonfall. Er lachte über diese Vorstellung. Er lachte Demora aus.

Sicher, im Licht des klaren Himmels und ihrer wiedergefundenen Zuversicht war diese Vorstellung lachhaft. Aber nicht, während der Sturm gewütet hatte. Und ihre irreführenden Vorstellungen hätten beinahe dazu geführt…

Beinahe.

»Nein, natürlich bist du nicht selbstmordgefährdet, Vater. So etwas würde ich nicht einmal im Traum von dir denken.«

Ihre Gabel hing reglos über den Nudeln. Es gab so vieles, was sie noch sagen wollte. So vieles, das sie wütend machte, sie frustrierte, sie verängstigte. So viele unausgesprochene Empfindungen, die durch Sulus lange Abwesenheit an die Oberfläche gespült worden waren. Sie wollte darüber reden, aber sie wußte nicht einmal, womit sie anfangen sollte.

»Janice hat sich gut um dich gekümmert, vermute ich«, sagte Sulu.

»Ja, sicher.« Sie nickte. »Sehr gut.«

»Gut«, sagte Sulu. Er legte eine Hand auf ihren Unterarm. »Ich wußte, daß ich mich auf sie verlassen kann. Und ich wußte, daß ich mich auf mein erwachsenes Mädchen verlassen kann. Du bist so groß geworden, Demmi.«

»Danke, Vater.« Sie räusperte sich. »Und… es ist schön, daß du wieder zu Hause bist. Ich kann dir gar nicht sagen, wie sehr ich mich freue. Und es gibt noch so vieles, was…«

Der Türmelder summte. Demora wollte aufstehen, aber Sulu hielt sie zurück. »Nein, ich gehe schon«, sagte er und ging zur Tür, während Demora sitzen blieb.

Chekov kam herein. Er sprühte vor Aufregung. »Jetzt«, sagte er nur.

Sulu blickte ihn überrascht an. »Jetzt?«

»Jetzt. Wir sollen uns unverzüglich am Shuttle zum Raumdock einfinden. Normalerweise hätte ich angerufen, aber in diesem Teil der Stadt funktioniert die Kommunikation noch nicht richtig.«

»Was ist los?« fragte Demora.

Chekov ging zu ihr und küßte sie hastig auf die Wangen. »Schön, dich wiederzusehen, meine Kleine. Junge, was für ein Durcheinander!« Dann wandte er sich wieder Sulu zu. »Also? Worauf wartest du noch?«

Obwohl Chekov sie begrüßt hatte, kam sie sich vor, als sei sie unsichtbar. »Entschuldige bitte, aber er ist gerade heimgekommen. Vater, du bist eben erst nach Hause ...«

»Demmi«, sagte er und nahm ihre Hände in seine. »Ich bin sicher, daß es nicht für sehr lange Zeit sein wird.«

»Was ist ›es‹? Was geht hier vor sich?«

»Ich habe dir gesagt, daß der Captain wieder das Kommando über ein Raumschiff übernimmt. Rate mal! Es ist die *Excelsior*. Und wir sollen seine Brückenbesatzung stellen ... nur für den Probeflug, mehr nicht. Ich bin sicher, daß es nicht lange dauern wird.«

Sie starrte ihn an und dachte: *Wie kannst du dir so sicher sein? Sobald du aufbrichst, kann jederzeit alles mögliche passieren. Das hast du selbst immer wieder gesagt. Eine neue Sonde, ein neuer Wahnsinniger, eine neue Bedrohung ... Werden es wieder drei Monate sein? Ein ganzes Jahr? Oder fünf? Du bist gerade erst heimgekommen!*

Er drückte ihre Hände und sagte: »Demmi … wenn du damit irgendwelche Probleme hast …«

Aber sie konnte in seinen Augen sehen, was er dachte. Er hoffte auf Zustimmung, nicht auf Widerspruch. Im Grunde wollte er gar nicht hören, was sie wirklich dachte.

Im diesem Augenblick wußte sie Bescheid. Sie wußte, daß ihr Mißtrauen und die Selbstvorwürfe, die sie seit ihrer Kindheit genährt hatte, gerechtfertigt waren. Wenn er die Wahl zwischen ihr und den Sternen hatte, konnte sie einfach nicht mithalten. Sein Reich war der Weltraum, und seit ihrem ersten Auftauchen war sie für ihn ein Klotz am Bein gewesen. Er war wie ein flügellahmer Vogel herumgeflattert und hatte den Absturz nicht verhindern können – so unausweichlich wie die Bruchlandung des klingonischen Bird-of-Prey. Es war alles nur ihre Schuld, und das Schuldbewußtsein und die Selbstvorwürfe verfestigten sich zu einer Mauer um ihr Herz.

Und in diesem Moment legte sie einen Schwur ab – daß sie nie wieder etwas sagen oder tun würde, was ihn in seiner Freiheit einschränkte. Er war ein Mann, der maßgeblich an der Rettung der Erde beteiligt gewesen war. Er hatte die Erde gerettet! Und sie wollte versuchen, ihm schon wieder Fesseln anzulegen? Ihm das Gefühl geben, daß er ihr etwas schuldig war? In seinen Augen erkannte sie, wie aufgeregt er war, weil es wieder losgehen sollte.

Und sie sah die Zukunft in seinen Augen. Sie offenbarte sich plötzlich so klar wie der neue Tag, der über der heimgesuchten Erde angebrochen war. Der Entdecker, der Weltraumabenteurer war in Hikaru Sulu wiedererwacht und strebte nach neuen Taten. All die Jahre mit ihr waren vergeudete Zeit für ihn gewesen. Jedesmal, wenn er gesagt hatte, daß es eine Schande und Verschwendung wäre, James Kirk als Lehrer zu beschäftigen, hatte er im Grunde auch von sich selbst gesprochen.

Er würde zu neuen Abenteuern aufbrechen, das wußte sie jetzt. Sie sah ihn an der Pilotenkonsole eines Raumschiffs – nicht nur das, sie sah ihn sogar im Kommandosessel. Wie er die Bestimmung erfüllte, von der ihn ein unverhofft aufgetauchtes kleines Mädchen abgehalten hatte. Sulu war dazu bestimmt, Planeten zu retten, und nicht, sich auf einem niederzulassen.

Und sie wußte, daß sie ihm folgen würde. In zwei Jahren war sie alt genug, um sich an der Starfleet-Akademie zu bewerben. Der Weltraum lockte sie genauso wie ihren Vater. Vielleicht sogar noch stärker, denn als Starfleet-Offizier würde sie endlich das sein, was er akzeptieren konnte. Sie würde seinen Respekt nur dadurch gewinnen, daß sie genauso wurde wie er.

»Kein Problem, Vater«, sagte sie und vollbrachte in diesem Augenblick die größte schauspielerische Leistung ihres Lebens. »Wirklich. Ich habe nichts dagegen. Schließlich bin ich kein Kind mehr, wie du vorhin sagtest. Im Notfall kann ich mich immer an Janice wenden – aber eigentlich will ich irgendwann unabhängig werden. Und nach allem, was du durchgemacht hast, hast du es dir verdient. Geh nur. Ich werde hier sein, wenn du zurückkommst. Und wenn du für längere Zeit weg bist, werde ich inzwischen die Akademie abschließen und dir zu Hilfe kommen.«

Trotz ihrer Entschlossenheit wünschte sie sich für einen kurzen Augenblick, daß er sie durchschaute. Daß er sich an ihre gemeinsamen Jahre erinnerte und sagte: *Rede keinen Unsinn. Es hätte nicht viel gefehlt, und wir hätten uns für immer verloren. Ich werde bei dir bleiben, und wir werden reden und unsere Beziehung in Ordnung bringen …*

Er drückte sie fest an sich. »Ich wußte, daß du es verstehen würdest«, sagte er.

Sie lächelte fröhlich. »Dafür sind Töchter schließlich da!«

Eine weitere Umarmung, ein flüchtiger Kuß, ein hastiges Lebewohl, und dann waren er und Chekov fort. Demora saß anschließend noch lange am Tisch und starrte auf die kalt gewordenen Nudeln. Dann schienen Demoras Hände plötzlich einen eigenen Willen zu entwickeln, als sie die Schüssel mit den Nudeln ergriff und sie gegen die Wand schleuderte. Das Porzellan zerschellte, die Nudeln verteilten sich über die Wand und hinterließen einen schmierigen Fleck, als sie zu Boden rutschten.

Noch mehr Durcheinander – aber darauf kam es jetzt nicht mehr an.

FÜNFTER TEIL

LEBEN NACH DEM TOD

22

Chekov hatte das Disziplinarverfahren leicht angeschlagen, aber ansonsten unversehrt überstanden. Uhura hatte ihm Beistand geleistet und eine leidenschaftliche Ansprache gehalten, die Chekov sprachlos vor Bewunderung gemacht hatte. Sie hatte in leuchtenden Farben ausgemalt, wie sehr ihn die jüngsten Ereignisse schockiert hatten – zuerst sein geliebter Captain, dann seine geliebte Patentochter –, so daß er zum Schluß völlig verstört gewesen war. Eine vorübergehende Unzurechnungsfähigkeit. Das war der einzige Grund, hatte sie gesagt, warum er bei Demora Sulus Trauerfeier auf Captain Harriman losgegangen war.

Der Disziplinarausschuß hatte sich beraten und sich schließlich mit einem Schlag auf die Finger zufriedengegeben – einem offiziellen Verweis (der für Chekov kein Problem war) und der Aufforderung zu einer schriftlichen offiziellen Entschuldigung an Captain Harriman (die für Chekov ein Problem war).

Chekov beklagte sich unablässig, während sie zu Fuß zu seinem Apartment zurückkehrten. »Ja, ich würde mich sehr gerne bei ihm entschuldigen«, sagte er verbissen. »Und zwar mit einem Ziegelstein, den ich ihm auf seinen Schädel...!«

»Pavel, du solltest dich lieber freuen, daß die Sache für dich so glimpflich verlaufen ist«, riet Uhura ihm. »Du hattest Glück, daß der Ausschuß ein so großes Verständnis für deinen geistigen Zustand zeigte. Und daß Harriman beschlossen hat, nicht viel Aufhebens um die Sache zu machen. Andernfalls hätte es viel schlimmer für dich ausgehen können.«

Chekov schnaufte verächtlich, aber Uhura wußte, daß sie ihn zur Vernunft gebracht hatte. Als sie Chekovs Wohnung erreichten, machte Uhura bereits Vorschläge für den Wortlaut seiner Entschuldigung, mit denen Chekov unter Umständen leben konnte, wie er zugab.

Nach dem Eintreten bemerkte Chekov sofort, daß eine Nachricht für ihn eingetroffen war. »Du weißt ja, wo alles ist«, sagte Chekov zu Uhura und umfaßte mit einer ausladenden Geste sein Apartment.

»Ich weiß zumindest, wo der Wodka ist«, erwiderte Uhura. »Viel mehr hast du ja nicht zu bieten.«

»Ich setze eben Prioritäten«, gab er grinsend zurück, während er am Computerterminal die eingegangene Nachricht aufrief.

Uhura gelang es, ein Glas Fruchtsaft aufzutreiben, mit dem sie auf der Couch Platz nahm. »Chekov«, sagte sie bedrückt, nachdem sie einen Schluck genommen hatte, »soll ich dir etwas wirklich Deprimierendes sagen? Ich meine, vielleicht sollte ich es in Anbetracht der Umstände lieber nicht sagen. Aber ich habe über all das nachgedacht, was wir erreicht haben… und was von uns bleiben wird. Der Captain ist tot. Sein Sohn ist tot. Sulus Tochter ist tot. Ich habe keine Familie, genauso wie du und Scotty. Ich komme mir vor, als würde man uns wie die Figuren eines Krimis einen nach dem anderen abservieren. Und wenn alles vorbei ist, sind wir nur noch Namen in irgendwelchen Starfleet-Aufzeichnungen. Wir haben uns abgerackert und unser Leben riskiert, und am Ende… wird man sich vielleicht an uns erinnern. Aber es wird niemand mehr da sein, der uns wirklich liebt. Hat es sich wirklich gelohnt, Pavel?«

Als er keine Antwort gab, drehte sie sich zu ihm um. »Pavel?«

Er saß immer noch vor dem Computer und drehte sich jetzt zu ihr um. »Komm und schau dir das an!«

»Hast du mir überhaupt zugehört?«

»Nein. Uhura, ich möchte, daß du …«

»Nun, ich bin jedenfalls froh, daß ich dir gesagt habe, was mir durch den Kopf …«

»Uhura! Komm endlich her!« sagte er mit solcher Dringlichkeit, daß er sofort ihre ungeteilte Aufmerksamkeit hatte. Sie stand auf, ging hinüber und beugte sich über seine Schulter, um zu sehen, was er ihr zeigen wollte.

Auf dem Bildschirm war ein Standbild von Sulus Gesicht zu sehen. »Was soll das?« fragte sie.

»Ich werde es noch einmal abspielen«, sagte er. »Schau es dir genau an.«

Das Standbild belebte sich, und Sulu sagte: »Wenn ihr diese Nachricht erhaltet, bin ich vielleicht schon kein Captain mehr. Vielleicht bin ich sogar schon tot. Aber für mich ist es von großer Bedeutung, daß ihr beide, Pavel und Uhura, versteht, was ich tue und warum ich es tue.«

»Ich vermute, er hat uns beiden die gleiche Nachricht zukommen lassen«, sagte Chekov. »Deshalb …«

»Darauf bin ich auch schon gekommen, Pavel«, erwiderte sie trocken.

»Ich weigere mich, das Geheimnis von Demoras Tod einfach so hinzunehmen«, sprach Sulu weiter. »Ich habe kaum etwas gegessen, kaum geschlafen … ich habe kaum gelebt, seit ich davon erfuhr. Captain Harrimans Verhängung einer Quarantäne ist zwar verständlich und sogar vorschriftsgemäß, aber ich kann sie nicht akzeptieren. Ich kann nicht Monate oder Jahre warten, bis ich erfahre, warum das Leben meiner Tochter zu Ende gehen mußte. Ich … kann nicht einmal eine Woche warten. Ich muß es wissen, für Demora … und für mich. Denn in den Momenten kurz vor dem Einschlafen … habe ich das Gefühl, daß sie immer noch nach mir ruft. Ich kann die Angelegenheit nicht einfach auf sich beruhen lassen. Ich kann es einfach nicht.

Daher beabsichtige ich, mit der *Excelsior* direkt nach Askalon Fünf zu fliegen. Damit verletze ich nicht nur die Quarantänevorschriften, ich verweigere außerdem einen direkten Befehl von Admiral LaVelle. Ich schätze, daß meine Handlungsweise schwer bestraft wird, aber es geht nicht anders. Ich muß es tun.

Anderseits war mir bewußt, daß ich euch nichts davon sagen durfte … meine Freunde … weil ich euch dann nicht mehr davon hätte abhalten können, euch dieser Mission anzuschließen, die vermutlich das Ende eurer Karriere bedeutet hätte. Erst vor wenigen Jahren kamen wir zusammen, um Dr. McCoy zu helfen, Spocks Seele wieder mit seinem Körper zu vereinen. Wir haben diese Aktion relativ unbeschadet überstanden, weil wir ironischerweise das Glück hatten, die durch die Sonde drohende Katastrophe abwenden zu können. Letztlich konnten wir uns durch einen unglaublichen Zufall rehabilitieren. Wenn wir nur wenige Tage früher eingetroffen wären, hätte man uns zur Strafe in irgendeine Bergbaukolonie versetzt. Und einige Tage oder nur Stunden später … wäre die Erde zerstört worden.

Es scheint also, daß Captain Kirk unter dem Schutz von mächtigen Göttern stand. Aber wie es aussieht, haben diese Götter ihn inzwischen im Stich gelassen. Und wenn sie ihm nicht mehr zur Seite stehen … können wir darauf wetten, daß wir ihnen erst recht gleichgültig geworden sind. Das ist der Grund, warum ich nicht das Risiko eingehen darf und werde, daß ihr euch mir anschließt.

Statt dessen habe ich beschlossen, die Angelegenheit genauso zu regeln, wie Mr. Spock es im Fall Talos Vier getan hat. Ich übernehme die volle Verantwortung, damit ihr nicht belangt werden könnt. Es ist einzig und allein mein Problem. Sie war meine Tochter.

Aber ich möchte, daß ihr versteht, warum ich mich euch nicht früher anvertraut habe, damit ich nicht in eurer Achtung sinke. Wenn ich euren Respekt verliere, wäre das fast genauso schlimm, wie Demora zu verlieren, und«, setzte er mit einem verbissenen Lächeln hinzu, »einen weiteren Verlust könnte ich im Augenblick nicht ertragen.

Jetzt kennt ihr meine Situation. Wünscht mir Glück und hofft mit mir, daß die Götter, die einst James Kirk beschützten, gelegentlich einen freundlichen Blick in meine Richtung werfen. Sulu Ende.«

Das Bild erlosch, so daß Chekov und Uhura eine Zeitlang auf den leeren Monitor starrten.

»Ich kann nicht glauben, daß er es wirklich getan hat«, sagte Chekov. »Ich kann nicht glauben, daß er ohne uns aufgebrochen ist.«

»Ich verstehe ihn«, sagte Uhura, »und zwar aus genau den Gründen, die er genannt hat. Er mußte es tun, er konnte nicht anders. Er muß seinen inneren Frieden wiederfinden. Und ich vermute, das kann er nur tun, wenn er sich keine zusätzlichen Sorgen um uns machen muß.«

»Und was geschieht jetzt? Sollen wir so tun, als wäre alles völlig normal? Sollen wir einfach unser Leben weiterleben?«

»Richtig«, sagte Uhura. »Genau das werden wir tun. Ach ja … und noch etwas.«

»Was?«

»Wir werden beten.«

Sie schwebte orientierungslos im Nichts …

Sie glaubte Stimmen zu hören … unvertraute Stimmen …

Sie war ringsum von Flüssigkeit umgeben … sie schwamm in einer gallertartigen Masse. Eigentlich hätte sie ertrinken müssen … aber die Flüssigkeit füllte ihre Nase, ihre Lungen, jeden Teil von ihr aus … und statt sie zu ersticken, nährte diese Flüssigkeit sie …

Es war wie im Mutterleib …

… wessen Leib … welche Mutter …

… sie hatte keine Erinnerungen mehr … das Bewußtsein, wer und wo sie war, lag in unerreichbarer Ferne …

… sie sehnte sich nach jemandem … wollte, daß jemand zu ihr kam … sie rettete … aber sie wußte gar nicht, wovor sie gerettet werden wollte … oder wer sie retten sollte …

23

Niemand hatte als erster etwas sagen wollen. Nicht Anik von Matern, der Erste Offizier, als sie den Befehl hörte. Nicht Lojur, der kothanische Navigator, der den Kurs eingab. Nicht Lieutenant Shandra Docksey an der Pilotenkontrolle, als sie die *Excelsior* in eine Richtung beschleunigte, die nicht annähernd dem Kurs entsprach, dem sie ihrer Ansicht nach hätten folgen müssen. Und nicht einmal Commander Rand an der Kommunikationsstation.

Doch irgendwer mußte irgendwann etwas sagen. Zuerst hatte es ausgesehen, als würde Rand es tun, da sie auf eine lange Bekanntschaft mit Captain Sulu zurückblickte. Doch schließlich übernahm Anik selbst diese Aufgabe. Sie trat auf ihren zerbrechlich wirkenden Beinen vor, räusperte sich und sagte: »Captain …«

Er drehte sich mit seinem Sessel herum und wirkte bemerkenswert ruhig. Sie beide wußten genau, was sie jetzt sagen würde, also wartete er einfach ab, daß sie es sagte.

»Der Kurs, den Sie befohlen haben, ist nicht der Kurs, der uns nach Centrelis bringen wird.«

»Nicht unbedingt, Commander«, erwiderte er nüchtern.

Anik schien einen Moment lang verwirrt, als wäre sie nicht sicher, ob er ihre Bemerkung richtig verstanden hatte. »Captain …?«

»Ich gebe zu, daß es nicht der direkte Kurs nach

Centrelis ist. Ich habe beschlossen, daß wir einen kleinen Umweg machen.«

»Einen ... Umweg, Captain?«

»Richtig, Commander. Das Leben ist viel zu kurz, um sich nicht gelegentlich einen kleinen Umweg zu gönnen, damit wir auch die angenehmen Seiten des Lebens genießen können. Meinen Sie nicht auch?«

Docksey und Lojur tauschten einen bedeutungsvollen Blick aus.

Anik betrachtete ihn mißtrauisch. »Captain ...«

»Ich habe eine eindeutige Kursanweisung gegeben, Commander. Ich bin dazu befugt. Haben Sie damit irgendein Problem?«

»Captain ... es geht nicht darum, ob ich ein Problem damit habe. Es geht darum, ob Starfleet möglicherweise ein Problem damit hat.«

»Wollen Sie mir einen Vortrag halten, Commander?«

Auf der Brücke war es sehr still geworden. Trotz ihres ätherischen Wesens bezweifelte niemand die geistigen oder charakterlichen Stärken Aniks. Sie würde sich von niemandem einschüchtern oder herumstoßen lassen.

Sulu erwiderte Aniks ruhigen Blick und sagte dann mit geradezu extremer Ausgeglichenheit: »Ich weiß, was ich tue, Commander.«

»Ja, Captain. Ich glaube, wir alle wissen, was Sie tun«, entgegnete Anik. »Und deshalb möchte ich die Empfehlung aussprechen ...«

In diesem Augenblick empfing die *Excelsior* das Notsignal.

»Captain«, sagte Rand besorgt. »Ich empfange einen Notruf.« Vermutlich war eine solche Nachricht in der ganzen Geschichte Starfleets noch nie mit so großer Erleichterung aufgenommen worden. »Das Frachtschiff *Burton* im Sektor zwei-neun-Jot meldet eine

Fehlfunktion des Warpkerns. Sie mußten ihr Schiff evakuieren und bitten um sofortige Hilfe.«

»Signalisieren Sie ...« Er hielt inne, warf Anik einen Blick zu und lächelte dann. »Signalisieren Sie, daß wir ihrem Hilfeersuchen nachkommen werden und in etwa ...« Er drehte sich mit fragend erhobenen Augenbrauen zu Lojur herum.

»Wir könnten in ...« Lojur konsultierte seine Instrumente. »... in siebenundvierzig Minuten dort sein, Captain.«

»... in siebenundvierzig Minuten eintreffen werden«, sagte Sulu. »Wir werden die Besatzung und Fracht der *Burton* übernehmen und sie zur Starbase Neun bringen.«

»Ja, Captain«, sagte sie und wandte sich wieder ihrer Konsole zu, um die Nachricht abzuschicken.

Dann schaute Sulu wieder zu Anik auf. »Zufrieden, Commander?«

Anik gingen verschiedene Dinge durch den Kopf, die sie erwidern könnte, doch dann sagte sie nur: »Absolut, Captain.«

Die Rettungsaktion verlief ohne Zwischenfälle. Die *Burton* mußte nicht völlig aufgegeben werden. Als Besatzung und Fracht evakuiert waren, hatte der Warpkernbruch das Innere des Raumschiffs verseucht. Doch es würde sich mühelos wieder dekontaminieren lassen, so daß die *Excelsior* das Schiff in Schlepptau nahm.

Die Besatzung der *Burton* war zutiefst von der *Excelsior* beeindruckt. Die meisten Besatzungsmitglieder hatten bislang nur an Bord von kleineren Schiffen gearbeitet und außer auf Bildern nie etwas gesehen, das mit der *Excelsior* vergleichbar war. Die Besatzung der *Excelsior* war freundlich und hilfsbereit, und niemand von der *Burton* hätte erraten können, daß die Leute von der *Excelsior* sich große Sorgen um ihren Captain machten.

Kurz darauf erreichte das Föderationsschiff Starbase Neun, wo Besatzung und Fracht der *Burton* ohne besondere Schwierigkeiten entladen wurden. Insgesamt handelte es sich um eine der reibungslosesten Routinemissionen, die die *Excelsior* jemals unternommen hatte.

Und wie sich herausstellte, war es außerdem eine der kostspieligsten.

Die *Excelsior* stand immer noch in der Nähe von Starbase Neun und schloß soeben den Transportvorgang ab, als Janice Rand sich von ihrer Konsole abwandte und Sulu ansah. Er saß in seinem Kommandosessel und starrte geradeaus auf den Hauptsichtschirm. Es schien, als wäre er ein Stück von der Wirklichkeit abgerückt; er war sich der Welt um ihn herum bewußt und hatte sich gleichzeitig von ihr distanziert. Dennoch schien er zu spüren, daß Rand ihm etwas mitzuteilen hatte, noch bevor sie etwas sagte. Er drehte sich im selben Augenblick zu ihr herum, als sie den Mund öffnete.

»Ich empfange eine Nachricht von Admiral LaVelle, Captain.«

Die Brückenbesatzung reagierte sofort auf die Neuigkeit. LaVelle stand in der Hackordnung ziemlich weit oben. Falls diese kleine Spritztour, wie sie allmählich vermuteten, nicht autorisiert war, würden sie jetzt mehr darüber erfahren. Jeder rechnete im Grunde damit, daß Sulu sich von seinem Kommandosessel erheben würde, um den Anruf unter vier Augen in seinem Quartier entgegennehmen zu können.

Deshalb machte sich eine gemeinschaftliche, wenn auch unausgesprochene Überraschung breit, als er sagte: »Auf den Schirm, Commander.«

Rand war genauso wie alle anderen davon ausgegangen, daß er sich in sein Quartier zurückziehen würde. »Captain …?« setzte sie an.

Aber Sulu war völlig ruhig und selbstsicher. »Auf den Schirm, Commander.« Und um keinen Zweifel daran zu lassen, daß er genau wußte, was ihr durch den Kopf ging, fügte er hinzu: »Ich habe nichts zu verbergen.«

Mit einem knappen, unsicheren Kopfnicken, das auszudrücken schien: *Wenn Sie es unbedingt so haben wollen*, legte sie die Übertragung auf den Hauptsichtschirm.

Die Darstellung von Starbase Neun verschwand und wurde durch das besorgte Gesicht von Admiral LaVelle ersetzt. Auch sie schien überrascht, daß die Kommunikation über einen offenen Kanal lief. »Captain Sulu, ich denke, daß für dieses Gespräch ein privaterer Rahmen auch in Ihrem Interesse wäre«, sagte sie.

»Ich habe keine Geheimnisse vor meiner Besatzung, Admiral«, erwiderte Sulu zuversichtlich.

»Wie Sie meinen. Dann werde ich Sie unverblümt fragen, was zum Teufel Sie vorhaben?«

»Ich tue nur, was ich tun muß, Admiral. Das tut jeder von uns«, sagte er gelassen.

»Was jeder von uns tut, ist, den Befehlen von Starfleet zu gehorchen«, sagte LaVelle. »Und Ihre Befehle lauten, sich nach Centrelis zu begeben. Und die Vorschriften verbieten Ihnen, sich Askalon Fünf zu nähern. Man wird Ihnen als mildernden Umstand anrechnen, daß Sie infolge der ungenehmigten Kursabweichung dem Transportschiff *Burton* zu Hilfe kommen konnten. Sie hätten wissen müssen, daß die Leitung von Starbase Neun eine routinemäßige Meldung über die Hilfestellung durch die *Excelsior* an Starfleet weiterleiten wird.«

»Ja, Admiral, dessen bin ich mir bewußt.«

»Also verzichteten Sie freiwillig auf den zeitlichen Vorsprung, der Ihnen ermöglicht hätte, Askalon Fünf zu erreichen, bevor wir davon erfahren hätten. Das ist, wie ich schon sagte, ein mildernder Umstand. Aus Respekt vor Ihrer Opferbereitschaft werde ich Ihnen noch eine Chance geben, die Angelegenheit wieder in Ordnung zu bringen. Ich bin bereit, diesen kleinen Umweg als Reaktion auf ein Notsignal zu betrachten. Dieser Zwischenfall wird lediglich eine Randnotiz in Ihrer Personaldatei zur Folge haben. Dann könnten alle Beteiligten ungestört weitermachen wie bisher und vergessen, daß es da eine gewisse… Unregelmäßigkeit im Verhalten einer gewissen Person gegeben hat. Was sagen Sie dazu?« fragte sie mit einem hoffnungsvollen Unterton in der Stimme.

»Ich würde sagen, daß ich Ihnen für dieses Angebot sehr verbunden bin, Admiral.«

LaVelle nickte langsam. »Sie werden trotzdem wieder auf Kurs Askalon Fünf gehen?«

»Ja, Admiral.«

»In diesem Fall müssen Sie mit ernsthaften Konsequenzen rechnen, Captain. Und wir werden sofortige Maßnahmen ergreifen müssen. Sind Sie sich dessen bewußt?«

Nach dieser Ankündigung herrschte Totenstille auf der Brücke.

»Ja, Admiral, ich verstehe, daß Sie nur das tun, was Sie tun müssen«, sagte Sulu ruhig. »Ich schätze, damit unterscheiden Sie sich gar nicht so sehr von mir, nicht wahr?«

»Es gibt durchaus einen bedeutenden Unterschied, Captain. Er besteht darin, daß einer von uns beiden nicht in Schwierigkeiten geraten wird.«

Sie ließ ihre Worte im Raum stehen, als die Verbindung unterbrochen wurde.

Alle Augen waren auf Sulu gerichtet. Jeder wartete

darauf, daß er etwas sagte ... irgend etwas. Und jeder hoffte natürlich, daß er etwas sagte, das darauf hinwies, daß er von seinem gefährlichen und selbstzerstörerischen Vorhaben Abstand nehmen würde.

In aller Ruhe musterte er die Gesichter seiner Brükkenbesatzung.

»Wer möchte mich meines Kommandos entheben?« fragte er.

In seiner Stimme lag eine herausfordernde Selbstsicherheit. Er hatte den Fehdehandschuh hingeworfen, doch niemand war gewillt, ihn aufzunehmen. Dazu schien Sulu viel zu sehr von seiner Sache überzeugt zu sein.

»Hören Sie mir bitte gut zu«, sagte er. »Ich bin nicht wahnsinnig geworden. Ich habe weder den Verstand verloren, noch leide ich unter Selbstüberschätzung. Wir haben uns schon des öfteren in solchen Situationen befunden, während viel mehr auf dem Spiel stand. Als ich Captain Kirk verriet, wo die Khitomer-Konferenz stattfinden würde, habe ich einen verurteilten Verbrecher unterstützt. Man hätte mich des Hochverrats anklagen können. Aber ich handelte nach Gewissen und Ehre, ich war bereit, meinem Freund zu helfen, auch wenn es auf Kosten meiner Regierung ging. Aus demselben Sinn für Loyalität und Ehre handle ich jetzt.«

»Aber, Captain«, sagte Rand so behutsam, wie es ihr möglich war. »Es ist nicht das gleiche. Diesmal wollen Sie Ihre Karriere sinnlos aufs Spiel setzen, nur weil ... weil ...«

»Weil Demora tot ist.«

»Ja, Captain«, sagte Anik.

»Das mag durchaus sein«, gestand Sulu ein. »Aber meine Erinnerung an sie ist noch sehr lebendig. Und was ich tue, geschieht nur, um ihr Angedenken zu ehren. Und weil ich fest entschlossen bin, in Erfahrung zu bringen, durch welche Umstände sie auf Askalon Fünf zu Tode gekommen ist. Es war nicht irgendein Unfall, bei dem sie von einer Klippe gestürzt ist oder von einem aggressiven Lebewesen angegriffen wurde. Demora wurde plötzlich zum Berserker. Sie starb nackt und wild, als sie von ihrem eigenen Captain niedergeschossen wurde. Und ich will den Grund dafür wissen.« Seine Stimme wurde immer lauter und eindringlicher. »Nicht in zehn Monaten oder in sechs Jahren, sondern jetzt! Das bin ich ihr schuldig. Und wenn Starfleet der Meinung ist, ich hätte kein Recht dazu, dann sind Starfleet und ich geschiedene Leute. Haben wir uns verstanden?«

Es folgte ein längeres Schweigen, während sich alle gegenseitig ansahen, um festzustellen, wie die anderen reagierten. Es war, als müßte die Brückenbesatzung Einstimmigkeit erzielen, um richtig funktionieren zu können.

Dann sagte Anik einfach nur: »Ja, Captain.«

»Ja, Captain«, wiederholte Janice Rand.

Einer nach dem anderen gab seine Zustimmung. Sulu nahm jede Wortmeldung mit einem Nicken zur Kenntnis. Dann sagte er: »Docksey ... gehen Sie mit optimaler Geschwindigkeit auf Kurs Askalon Fünf.«

»Kurs Askalon Fünf«, bestätigte Docksey, während sie dachte: *Jetzt geht der Ärger richtig los ...*

Die *Excelsior* schwenkte herum und entfernte sich von Starbase Neun.

Und viele Lichtjahre entfernt ging ein Ruf an alle Raumschiffe in der Nähe, sie unverzüglich aufzuhalten ...

»Du glaubst also wirklich, daß man dich retten wird. Daß jemand für dich betet …«

Die Stimme trieb genauso ziellos durch ihren Kopf, wie sie selbst durch die zähe Flüssigkeit trieb. Sie versuchte, sich der Stimme zu entziehen, aber sie durchdrang ihr gesamtes Wesen. Es gab kein Entkommen, keine Abwehr …

»Du bist völlig allein. Du gehörst mir, so wie du einst deiner Mutter gehörtest, nur diesmal wirst du nicht entkommen … Du wirst für immer mir gehören, und vielleicht werde ich dich irgendwann sogar freilassen, doch zuvor werde ich deine Erinnerung auslöschen, damit du erneut unwissend und verwirrt umherirrst … vielleicht habe ich es schon getan … vielleicht tue ich es genau in diesem Augenblick, und du bist viel zu verworren, um es erkennen zu können … Du weißt nicht mehr, was oben und unten oder links und rechts ist. Soll ich dir etwas verraten? Wir können dir jederzeit die Orientierung wiedergeben und sie dir anschließend wegnehmen, ohne daß du es jemals bemerken wirst … Du wirst nie wieder etwas bemerken …«

Dann kam ihr der Gedanke, der Gedanke der Rettung … und seltsamerweise galt dieser flüchtigste aller Gedanken nicht ihrem Captain, nicht ihren Kollegen, niemandem, den sie zu ihren engeren Freunden gerechnet hätte …

Als der Gedanke durch ihren Geist trieb, war sie wieder ein Kind …

Vater …!

24

Das kann nicht dein Ernst sein, Vater!« Admiral Blackjack Harriman ging im Quartier seines Sohnes auf und ab. Er nickte mit grimmiger Miene. »Ich meine es todernst, mein Sohn. Die Anweisung kam von Admiral LaVelle höchstpersönlich.«

Captain Harriman schien verwirrt. »Man will, daß wir die *Excelsior* verfolgen?«

»Völlig richtig, Johnny. Und du bist befugt, jedes Mittel einzusetzen, um die *Excelsior* von ihrem Kurs abzubringen, notfalls auch mit Gewalt. Es ist so, daß Starfleet einfach nicht mehr bereit ist, solche Faxen und Respektlosigkeiten zu dulden. Kirk hat seine gesamte Karriere darauf aufgebaut, aber man darf seinen Kollegen auf keinen Fall erlauben, diese Tradition fortzusetzen.«

»Aber ...«

»Captain Sulu hat einen eindeutigen Regelverstoß begangen, mein Sohn«, sagte Blackjack. »Nicht nur das, er hat außerdem die direkten Befehle von LaVelle mißachtet. Das kann nicht toleriert werden, und dieses Schiff wurde ausgewählt, der *Excelsior* eine Lektion zu erteilen. Ich muß zugeben, daß eine gewisse Ironie in dieser Angelegenheit steckt ... wenn Sulu von einem Raumschiff namens *Enterprise* gejagt wird. Aber wir dürfen uns darüber nicht den Kopf zerbrechen. Der Befehl wurde erteilt, und die Vorgehensweise ist klar.«

Harriman starrte auf die Wand. »Dir ist bewußt, Vater, daß es meine Schuld ist. Wenn…«

»Wir wollen es nicht noch einmal von vorne durchkauen, Junge«, sagte Blackjack. »Das führt zu nichts. Wir werden einfach unsere Aufgabe erledigen.«

Er blickte zu seinem Vater auf, während er seine Augen zu schmalen Schlitzen zusammenkniff. »Eins möchte ich allerdings noch wissen. Warum hat Admiral LaVelle Kontakt mit dir und nicht mit mir aufgenommen? Das hier ist mein Schiff. Wenn wir einen neuen Auftrag erhalten, dann sollte er mir erteilt werden.«

»Admiral LaVelle und ich kennen uns schon seit der Akademie, mein Sohn.« Er zuckte die Schultern. »Vielleicht war ihr nur wohler dabei, den Befehl über mich laufen zu lassen. Außerdem widerspricht es keineswegs dem Protokoll. Zufällig bin ich der ranghöchste Offizier an Bord dieses Schiffes. Starfleet hat uns einen Auftrag erteilt. Es ist nicht unsere Aufgabe, die Entscheidungen vorgesetzter Offiziere zu kritisieren, Junge. Und genau das macht Sulu gerade. Und damit hat er sich in einen großen Haufen Schwierigkeiten hineinmanövriert. Ich hoffe, wir haben uns verstanden.«

»Ja, Admiral. Ohne Zweifel.«

Doch in seiner Stimme lag noch ein anderer Unterton, über den sich der Admiral gewisse Sorgen machte. Als Captain Harriman sich auf den Weg zur Tür machte, trat Blackjack ihm in den Weg – gerade soweit, daß er ihm den Durchgang versperrte. Sie blickten sich eine Weile gegenseitig an, bis der Captain die Augen senkte und sich plötzlich für seine Schuhe zu interessieren schien.

»Du wirst doch hoffentlich keine Probleme damit haben, Junge! Es würde mir überhaupt nicht gefallen, wenn du zulassen würdest, daß dein Urteilsvermögen durch sentimentale Anwandlungen getrübt wird und du weiche Knie bekommst.« Seine Stimme troff geradezu vor Abscheu.

»Mit meinen Knien ist alles in bester Ordnung, danke der Nachfrage«, sagte Harriman reserviert. »Ich kenne meine Befehle und werde meine Pflicht erfüllen. Besteht Anlaß, daran zu zweifeln?«

»Nein.«

»Dann treten Sie bitte zur Seite, Admiral, damit ich meine Arbeit tun kann.«

Blackjack nickte anerkennend. »Ja, Captain.«

Harriman trat durch die Tür, bog nach links in den Korridor und marschierte davon.

Als er die Brücke betrat, salutierte Dane wie gewöhnlich. Aus irgendeinem Grund brachte er ihren Schrullen heute weniger Verständnis entgegen als unter normalen Umständen.

»Mr. Magnus, programmieren Sie einen Kurs auf Askalon Fünf«, sagte er.

Magnus drehte sich mit seinem Sessel herum und gab sich keine Mühe, seine Überraschung zu verbergen. »Askalon Fünf?« fragte er.

»Richtig. Ich dachte, ich hätte einen eindeutigen Befehl gegeben. Sie haben ihn doch verstanden, oder?«

»Captain«, meldete sich Dane zu Wort. »Askalon Fünf steht unter Quarantäne.«

»Es gibt niemanden, der sich dessen mehr bewußt ist als ich, Dane«, sagte Harriman. »Außerdem wird mir bewußt, wie sehr es mir mißfällt, wenn ich einen Befehl wiederholen muß. Sie wollen mich doch nicht dazu veranlassen, es tun zu müssen, oder?«

»Nein, Captain«, sagte Magnus mit einem Schulterzucken. »Kurs ist eingegeben, Captain.« Er blickte zu Lieutenant Chaput hinüber, die neben ihm saß, eine recht impulsive Pilotin, die nicht weniger verwirrt als Magnus wirkte.

»Der Kurs liegt an, Captain«, bestätigte Chaput. »Ich warte auf weitere Befehle.«

»Mit Höchstgeschwindigkeit nach Askalon Fünf«, sagte Harriman und trommelte ungeduldig mit den Fingern, bevor er hinzufügte: »Energie!«

Die *Enterprise* ging auf Warpgeschwindigkeit und raste Askalon Fünf entgegen.

Commander Dane trat einen Schritt von ihrer Station zurück. »Captain«, sagte sie, »wenn ich eine Frage stellen ...«

»Warum kehren wir nach Askalon Fünf zurück?« nahm Harriman ihr das Wort aus dem Mund. Er saß eine Weile mit ausdrucksloser Miene da, bis er eine Antwort gab. »Weil wir ... unsere Befehle haben, Commander. Wir sollen ein anderes Raumschiff abfangen, das sich auf Kurs Richtung Askalon Fünf befindet und sich den Quarantänevorschriften und Befehlen von Starfleet widersetzt. Meine genauen Befehle lauten, daß wir alle notwendigen Schritte unternehmen sollen, um dieses Raumschiff von diesem unsinnigen Vorhaben abzubringen.«

»Schließen diese Schritte notfalls auch Gewalt ein?«

»So ist es.«

Einen Moment lang herrschte Schweigen. Dann sagte Dane: »Captain ... geht es um Demora?«

»In Anbetracht der Tatsache, daß Captain Sulu involviert ist, würde ich sagen, es besteht eine hohe Wahrscheinlichkeit für eine solche Vermutung.«

In diesem Augenblick hörte Harriman, wie an der wissenschaftlichen Station etwas gemurmelt wurde. Er drehte sich langsam zu Lieutenant Maggie Thompson herum. »Haben Sie etwas zu sagen, Lieutenant?« fragte er.

»Nein, Captain«, antwortete sie.

»Ich denke doch. Und ich würde es sehr schätzen, wenn Sie ehrlich genug wären, es offen auszusprechen.«

Sie blickte ihn mit unverhohlenem Trotz an. »Wenn sie versuchen wollen, etwas zu tun, um Demora zu helfen, dann sollten wir die *Excelsior* unterstützen und sie nicht behindern.«

»Muß ich Ihnen ins Gedächtnis rufen, Lieutenant, daß Fähnrich Demora Sulu nicht mehr am Leben ist? Ich habe persönlich auf den Knopf gedrückt, der ihre Asche in die Sonne katapultierte. Niemand kann ihr jetzt noch helfen, und niemand kann ein Verhalten wie das der *Excelsior* akzeptieren. Wenn Sie ein Problem damit haben und denken, daß Sie aufgrund Ihrer emotionalen Verwicklung in diese Situation nicht in der Lage sind, wie gewohnt Ihren Pflichten nachzukommen, dann werde ich Sie gerne ablösen lassen.«

»Das wäre mir nicht recht, Captain«, sagte sie. Ihre Worte klangen gehorsam, aber der Tonfall war es keineswegs.

Falls Harriman es registriert hatte, ließ er es sich nicht anmerken. Statt dessen musterte er die übrigen Mitglieder der Brückenbesatzung. »Das gleiche gilt für alle anderen. Wenn es hier jemanden gibt, der glaubt, daß er seinen Dienst nicht mit der gewohnten Effizienz ausüben kann … steht es ihm frei, die Brücke zu verlassen. Es wird keine Notiz in Ihrer Personalakte geben. Aber wenn Sie das Gefühl haben, zu emotional in dieser Angelegenheit zu reagieren, können Sie jetzt sprechen.«

Natürlich sprach niemand … obwohl mehrere Personen am liebsten aufgestanden und hinausgegangen wären. Aber es war einfach nicht der richtige Moment, um seine wahren Gefühle zu offenbaren. Über solche Schwächen mußte die Brückenbesatzung erhaben sein. Genauso wie der Captain des Schiffes.

»Captain«, sagte Dane schließlich, »falls wir uns auf ein mögliches Gefecht vorbereiten sollten …«

»Daran habe ich bereits gedacht, Commander. Geben Sie Alarmstufe Gelb. Versetzen Sie das Schiff in Gefechtsbereitschaft.«

»Alarmstufe Gelb«, bestätigte Z'on von seiner Station.

Harriman bemerkte erst jetzt, daß er die ganze Zeit gestanden hatte. Langsam ließ er sich in seinen Kommandosessel sinken, während er zusah, wie die Sterne vorbeiflogen. Mit einer gewissen Wehmütigkeit sagte er dann: »In solchen Augenblicken wünsche ich mir, daß wir es einmal mit einem einfachen Problem zu tun bekommen ... zum Beispiel einer Horde angreifender Blumbergs.«

Trotz der ernsten Lage lächelten einige Besatzungsmitglieder über diese Bemerkung. Lieutenant Chaput jedoch drehte sich nur verständnislos zu Magnus um. »Eine Horde *was*?« fragte sie.

»Fragen Sie lieber nicht«, riet Magnus ihr. »Glauben Sie mir, es wäre wirklich besser, wenn Sie nicht danach fragen.«

Also fragte Chaput nicht mehr.

25

Askalon V füllte den Bildschirm wie ein eitriges Geschwür aus.

Lange Zeit sagte niemand auf der Brücke der *Excelsior* ein Wort. Sulu starrte auf den Planeten und glaubte zu spüren, wie etwas Böses und Verdorbenes von der Oberfläche ausging. Würde er genauso empfinden, wenn Demora hier nicht den Tod gefunden hätte? Wahrscheinlich nicht. Sein Eindruck von diesem Planeten war durch die Tragödie gefärbt, die sich hier ereignet hatte.

Doch diese Überlegungen minderten sein Gefühl der Abscheu nicht, das er bei der Betrachtung dieser Welt empfand.

Auch die anderen betrachteten den Planeten, aber sie sahen ihn ganz anders als Sulu. Sie sahen eine Welt, die für den Captain, den sie schätzten und bewunderten, zum Waterloo geworden war. Keiner hatte den geringsten Zweifel, daß ihn seine Entscheidung teuer zu stehen kam. Sie würde ihn das Kommando und vermutlich sogar die Karriere kosten. Und die Belohnung für seinen hohen Einsatz würde geringfügig oder gar nichtig sein. Nichts würde ihm seine Tochter zurückbringen, und es gab nicht einmal eine Garantie, daß er die Antworten fand, nach denen er suchte.

Dennoch warteten sie alle in respektvollem Schweigen ab.

»Commander Anik«, sagte er nach einer Weile, »machen Sie bitte ein Shuttle startbereit.«

Anik nickte, während sie eine gewisse Erleichterung empfand, daß damit ein mögliches neues Problem vermieden wurde. Zumindest schlug Sulu nicht sämtliche Vorschriften in den Wind, die mit der Tatsache zusammenhingen, daß der Planet unter Quarantäne stand. Als Captain Harriman und die restlichen Mitglieder der Landegruppe wieder auf die *Enterprise* gebeamt worden waren, hatte der Transporter sie automatisch von allen potentiell gefährlichen Erregern gesäubert, die sie möglicherweise von der Planetenoberfläche mitgebracht hatten – einschließlich des unbekannten Faktors, der solch fatale Auswirkungen auf Demora gehabt hatte.

Wenn sich Sulu direkt auf den Planeten begeben hätte, wäre er ungeschützt allen Viren oder Bakterien ausgesetzt gewesen, die es dort geben mochte. Daher war es das Klügste, die Oberfläche aus großer Höhe mit einem Shuttle abzufliegen und zunächst gründliche Messungen anzustellen, statt sich einfach in eine möglicherweise gefährliche Umgebung beamen zu lassen.

»Das Shuttle *Galileo* wird in fünf Minuten startbereit sein, Captain«, sagte Anik.

Janice Rand zuckte zusammen, als sie es hörte. Doch nicht etwa mit der *Galileo*! Hatte denn noch niemand bemerkt, das dieser Name ein schlechtes Omen war? Shuttles mit dem Namen *Galileo* stürzten immer wieder ab, brannten aus oder führten während der Landung zu sonstigen schlimmen Katastrophen. Sie hoffte, daß Sulu ein anderes Shuttle anfordern würde.

»Ausgezeichnet«, sagte er.

Er schien tatsächlich zu glauben, er könnte das Schicksal herausfordern. Rand konnte den Gedanken nicht ertragen, Sulu allein in die Katastrophe fliegen zu lassen, und stand auf. »Erbitte Erlaubnis, Sie begleiten zu dürfen, Captain«, sagte sie.

»Ich danke Ihnen für dieses Angebot, Commander, aber meine Antwort lautet: Nein.« Er erhob sich aus seinem Sessel. »Ich trage allein die Verantwortung für meine Entscheidung. Es ist ausschließlich meine Angelegenheit. Niemand außer mir wird sich deswegen in Gefahr begeben.«

Sie nickte, aber sie schien nicht glücklich damit zu sein. Sulu legte ihr mitfühlend eine Hand auf die Schulter und sagte: »Ich weiß Ihre Hilfsbereitschaft wirklich zu schätzen, Janice. Halten Sie die Stellung. Ich werde schneller wieder zurück sein, als Sie denken.«

»Zu Befehl, Captain«, sagte sie mit einem leichten Lächeln – während sie sich fragte, ob sie ihn jemals lebend wiedersehen würde.

Sulu wandte sich unterdessen an Anik. »Wenn ich Starfleet wäre«, sagte er leise zu ihr, »würde ich ein anderes Schiff schicken, um uns die Hölle heiß zu machen. Halten Sie die Sensoren auf maximale Reichweite und zögern Sie nicht, sich notfalls sofort zurückzuziehen. Nehmen Sie keine Rücksicht auf mich.«

»Captain, wir würden niemals …«

»Sie müssen es tun, wenn die Alternative darin besteht, sich mit einem anderen Starfleet-Schiff auseinandersetzen zu müssen. Sie haben Ihre Befehle, Anik. Ich erwarte von Ihnen, daß Sie sich daran halten.«

»Ja, Captain«, sagte Anik, aber sie schien keineswegs mit dieser Situation zufrieden zu sein.

Als er sich auf den Weg zum Turbolift machte, hörte er ein vielfältiges Echo von Stimmen, die ihm »Viel Glück!« wünschten. Er hielt inne und dankte ihnen mit einem knappen Nicken.

»Ich wünsche uns allen viel Glück«, sagte er. »Ich zweifle nicht daran, daß wir es brauchen werden.«

Er machte einen kleinen Umweg, um sich zu bewaffnen, weil er kein unnötiges Risiko eingehen wollte.

Als er das Shuttle erreichte, wartete Anik bereits auf ihn.

Sie standen sich gegenüber. Sulu hatte die Arme hinter dem Rücken verschränkt. »Sind Sie gekommen, um mir einen guten Flug zu wünschen, Commander?«

»Captain … ich möchte Sie noch einmal darum bitten, es nicht zu tun.«

»Warum wollen Sie mich umstimmen, obwohl Sie wissen, daß mein Entschluß feststeht?«

Anik wirkte leicht unsicher. »Aus rein egoistischen Gründen, Captain.«

Er hob eine Augenbraue. »Wie darf ich das verstehen?«

»Nun … während ich die Akademie durchlief, waren die Reisen von Captain Kirk und seiner Stammbesatzung bereits … ich kann es nicht anders ausdrükken, Captain … sie waren legendär. Und meine größte Hoffnung bestand darin, einst unter einem dieser außergewöhnlichen Offiziere dienen zu dürfen. Sie alle waren … Sie sind immer noch Helden für mich. Und als Ihre frühere Nummer Eins Valtane um Versetzung von der *Excelsior* bat, da …«

»Valtane war ein guter Offizier«, warf Sulu ein. »Aber die Besatzung konnte sich nie richtig mit ihm anfreunden.«

»Ja. Auf jeden Fall … war das meine große Chance. Sie haben keine Ahnung, Captain, wie viele Hebel ich in Bewegung gesetzt habe, wie viele Türklinken ich geputzt habe, um diese Versetzung durchzudrücken. Aber ich habe mein Ziel erreicht. Ich konnte meinen Traum verwirklichen. Ich rede nicht oft darüber, weil …« Sie wand sich unbehaglich. »… weil es meiner Ansicht nach keine sehr professionelle Haltung ist. Aber so ist es nun einmal.«

»Sie wollen mir damit also sagen, daß Sie denken,

ich würde ein unnötiges Risiko eingehen und damit Ihr Lebensziel in Gefahr bringen.«

»Ja, Captain.«

»Das ist in der Tat recht egoistisch.«

»Ja, Captain«, wiederholte sie ohne Spur von Reue.

»Nun, Commander... ich muß Ihnen sagen, daß die Beförderung zum Captain keineswegs bedeutet, daß man dadurch weniger egoistisch wird.« Er dachte kurz nach. »Ich erinnere mich an einen Zwischenfall mit Captain Kirk, vor etwa zehn Jahren. Damals war er Admiral. Wir waren völlig von diesem Khan überrumpelt worden. Sie haben vielleicht davon gehört.«

»Das war während meines letzten Jahres an der Akademie. Die Kadetten, die von dieser Mission zurückkamen, die... überlebt hatten, sprachen von einer Trainingsmission für die Hölle.«

»Dem kann ich nicht widersprechen. Auf jeden Fall waren wir ohne jede Hoffnung, nachdem wir von der *Reliant* überrascht worden waren. Unser Schiff war nicht in der Lage, sich von der Stelle zu bewegen oder sich zu verteidigen. Es gab keine Hoffnung mehr. Dann kam eine Subraumnachricht von der *Reliant* herein... und solange ich lebe, werde ich niemals vergessen, was dann geschah. Uhura wandte sich an den Admiral und sagte, daß man uns die Bedingungen für die Kapitulation übermittelt hatte. Es klang, als hätte sie die widerwärtigste Obszönität ausgesprochen. Niemand rührte sich. Niemand wagte zu atmen. Als der Admiral sagte, sie solle die Übertragung auf den Schirm legen, fühlten wir uns, als hätte man uns einen Stich ins Herz versetzt. Denn ein James T. Kirk kapitulierte niemals, solange er noch am Leben war. Doch schließlich konnte er Zeit herausschinden und Khan austricksen. Er hatte es geschafft. Obwohl er sich anschließend Vorwürfe machte und sagte, er sei offenbar senil geworden... hat er die *Reliant* in die Flucht geschlagen. Plötzlich schien die Galaxis wieder im rechten Lot zu sein. Und ich glaube … daß ich in dieser Hinsicht etwas von ihm gelernt habe. Daß man niemals kapitulieren sollte, bevor man die letzte Karte ausgespielt hat. Und obwohl Demora bereits aus dem Spiel ist, habe ich immer noch ein paar Karten in der Hand. Verstehen Sie, was ich meine?«

Anik seufzte. »Nicht ganz, befürchte ich, denn es wäre mir immer noch lieber, wenn Sie nicht gehen würden.«

»Das wäre auch mir lieber«, sagte er und ging zum Shuttle. Dann drehte er sich noch einmal um. »Anik«, sagte er, »ich möchte Sie daran erinnern, daß es eine attraktive junge Frau gab, die während Captains Kirks erster Fünfjahresmission als Adjutantin für ihn gearbeitet hat. Ihr Name ist Janice Rand. Sie hat zwar nicht so lange unter ihm gedient wie ich, aber … ich denke, es hat genügt. Wenn es also der Geist von uns ›Legenden‹ ist, der Sie inspiriert hat, dann werden Sie feststellen, daß es überall Legenden gibt, wohin Sie auch schauen. Es kommt nur darauf an, was wir daraus machen.«

Sie nickte und trat zurück, als Sulu in das Shuttle *Galileo* stieg. »Viel Glück, Captain. Wir warten auf Sie.«

»Stellen Sie ein Licht ins Fenster«, erwiderte er, bevor sich die Tür hinter ihm schloß. Kurze Zeit später hob das Shuttle ab, verließ den Hangar und machte sich auf den Weg nach Askalon V.

Sie hörte die Stimmen, und sie klangen besorgt.

Sie drangen wie aus großer Ferne zu ihr, und diesmal spürte sie, daß sie nicht zu ihr sprachen. Sie sprachen miteinander, obwohl sie das Gefühl hatte, sie würden sich langsam auf sie zubewegen, wie die Strahlen der Sonne, die sich über den Horizont schoben ...

»Sie sind im Orbit. Was machen sie hier?«

»Was sollen sie schon hier machen?«

»Er weiß Bescheid.«

»Er kann nichts wissen!«

»Trotzdem weiß er es – irgendwie.«

»Ich schlage vor, wir schnappen ihn uns. Er gehört mir.«

»Unsinn! Wir haben schon das Mädchen. Das war bereits riskant genug. Er ist der Captain eines Raumschiffs. Es wird Fragen geben ...«

»Was kümmern uns die Fragen? Es gibt immer Fragen. Nur wird es keine Antworten geben. Ich will ihn haben.«

»Nein.«

»Ich sagte ...«

»Und ich sagte nein! Wir sind schon viel zu weit gegangen! Was darüber hinausgeht, wäre Selbstmord! Ich sagte ... nein!«

Dieses Gespräch ergab für sie überhaupt keinen Sinn. Die Stimmen vermischten sich, wurden eins, so daß jeder Zusammenhang verlorenging.

Trotzdem ...

Trotzdem ...

In winzigen Portionen kehrten Sinn und Verständnis zu ihr zurück. Bewußtsein. Begreifen. Langsam wurde sie sich bewußt, daß sie mehr als ein Geist war, der in einem Meer des Nichts dahintrieb. Sie hatte einen Namen. Sie hatte eine Persönlichkeit. Und sie hatte ein Ziel.

Sie mußte diesen Ort verlassen ...

26

Das Shuttle glitt über die Oberfläche von Askalon V dahin. Die Ionen in der Atmosphäre ließen das Gefährt unter Sulus Händen vibrieren, aber das stellte für ihn kein besonderes Problem dar.

Er hatte Harrimans Berichte über den Zwischenfall gründlich studiert und konnte das Shuttle demnach genau zu den Koordinaten navigieren, wo es vor einer Woche zur letzten tödlichen Begegnung mit Demora gekommen war.

Zufrieden stellte er fest, daß die Oberfläche des Planeten seinen Untersuchungen sehr entgegenkam. Denn aufgrund der lehmartigen Beschaffenheit des Bodens hatten sich alle Abdrücke unverändert – oder nahezu unverändert – erhalten. Er ließ das Shuttle bis auf zehn Meter Höhe herabsinken, um sich die Umgebung auf einem Monitor genau ansehen zu können. Die Fußabdrücke waren auf den ersten Blick zu erkennen. Die deutlichen Spuren eines Kampfes in dem aufgewühlten Boden. Er sah die Überreste des Notsenders, der während des Kampfes erheblich in Mitleidenschaft gezogen worden war. In der Nähe könnte er sogar Blut ausmachen, obwohl er nicht genauer darüber nachdenken wollte, wer es vergossen haben mochte. Zumindest bestätigten die Spuren, was Harriman in seinem Bericht geschrieben hatte. Es mußte ein sehr heftiger Kampf gewesen sein. Die Tatsache, daß Demora mit bloßen Händen angegriffen hatte – mit bloßem Körper, um genau zu sein –, hatte der Wildheit des Kampfes keinen Abbruch getan.

Bloß und … barfuß.

Er vergrößerte die Bildschirmdarstellung und suchte nach den Abdrücken nackter Füße. Er brauchte eine Weile, aber schließlich hatte er sie gefunden. Die Spuren von Demoras bloßen Füßen. Er ließ das Shuttle wieder etwas aufsteigen, so daß er sich nun in einer Höhe von etwa zwanzig Metern befand.

Da drüben. In westlicher Richtung. Von dort kamen die Spuren. Er setzte das Shuttle in Bewegung, um die Spuren bis zu ihrem Ursprung zurückverfolgen zu können.

Er brauchte einige Zeit dazu, aber nicht sehr lange. Zweifellos konnte ein Shuttle diese Strecke viel schneller zurücklegen als eine Frau zu Fuß. Selbst wenn sie gerannt war, was den Spuren nach der Fall zu sein schien – zumindest anfänglich, denn hier waren die Fußabdrücke nicht mehr flach und deutlich. Durch die Gewichtsverlagerung hatten nur die Fußballen tiefe Eindrücke hinterlassen. Außerdem war der Schrittabstand größer, was ebenfalls auf eine schnelle Fortbewegung hindeutete.

Er dachte an die vielen Gelegenheiten, bei denen sie gemeinsam gejoggt waren. Diese trostlose Welt stellte einen alptraumhaften Kontrast zum Auf und Ab der Straßen von San Francisco dar, in denen sie gelaufen waren.

Dann bemerkte er noch etwas. Die Abdrücke von Stiefeln, die sich seitlich näherten und dann parallel zu Demoras Spur verliefen. Doch diese Abdrücke führten in die entgegengesetzte Richtung.

Aufgrund der Schuhgröße vermutete Sulu, daß sie ebenfalls zu Demora gehörten. Und die Richtung paßte zum ursprünglichen Ankunftsort des Landeteams. Das hieß, Demora war etwa aus nordwestlicher

Richtung gekommen … dann war etwas geschehen, das sie zu einem nackten, wilden Wesen gemacht hatte, worauf sie umgekehrt und in östlicher Richtung zurückgelaufen war, um schließlich Harriman und seine Leute anzugreifen.

Also mußte Sulu nur den Ort aufsuchen, wo es geschehen war … und herausfinden, was geschehen war. Dann hätte er die Antwort auf seine Fragen.

Allerdings mußte er auch mit neuen Fragen rechnen.

Das Shuttle flog weiter. In der Ferne konnte Sulu die Ruinen der Stadt erkennen, die in Harrimans Berichten erwähnt wurde. Er fragte sich, wie ihre Bewohner gewesen sein mochten. Waren sie von einer Virusepidemie dahingerafft worden, die sie genauso wie Demora in blindwütige Berserker verwandelt hatte? Waren sie zum Schluß nur noch Jäger und Gejagte gewesen und hatten sich gegenseitig getötet, bis niemand mehr übrig war?

Und war das, was mit Demora geschehen war, eine Art Überrest der Seuche, deren Erreger immer noch in der Luft trieben?

Aber in diesem Fall stellte sich die Frage, warum Harriman und die anderen nicht davon betroffen waren. Warum nur Demora?

Warum ausgerechnet sie?

Warum? Das war die eigentliche Frage. Das war der Grund für sein Hiersein. Sulu mußte zugeben, daß es sich um mehr als nur eine Untersuchung zur Rekonstruktion der Ereignisse handelte. Was er suchte, war eine Art kosmische Antwort. Etwas, das ihm erklärte, warum ausgerechnet sein kleines Mädchen dieser entsetzlichen Seuche zum Opfer gefallen war.

Mit einem Wort … er suchte nach einem Sinn in diesem Universum.

Er war schon so lange von Stern zu Stern gereist,

daß er allmählich glaubte, hinter allem die Andeutung eines Sinns entdecken zu können. Manchmal dachte er, daß dort draußen, knapp außerhalb des menschlichen Bewußtseins, die Antworten lagen, nach denen jedes Lebewesen suchte, um zu verstehen. Er glaubte, daß er unmittelbar hinter dem Horizont der Erkenntnis den Ansatz einer Antwort erahnen konnte.

Und dann war Kirk aus seinem Leben gerissen worden … dann Demora … die zwei großen Konstanten in seinem Leben hatten sich einfach so verflüchtigt.

Die Natur verabscheut das Vakuum.

Der Verlust von Kirk und Demora hatte eine große, luft- und seelenlose Leere in ihm hinterlassen, und jetzt versuchte er, sie wieder auszufüllen. Er wollte sie mit Antworten ausfüllen, mit Erkenntnis … mit irgend etwas.

Die Fußspuren endeten.

Sulu ließ das Shuttle anhalten und über der Stelle schweben, die der Ausgangspunkt der Spur zu sein schien, wie es aussah.

Auf den ersten Blick gab es nichts Besonderes an dieser Stelle zu entdecken. Hier war es ein wenig hügeliger als anderswo, aber sie bestand aus dem gleichen Lehmboden, der überall anzutreffen war. Kein Gebüsch oder sonstiger Bewuchs, weder Flora noch Fauna.

Das Besondere war nur, daß hier die barfüßigen Spuren anfingen und die Stiefelspuren aufhörten. Offenbar hatte Demora sich zu dieser Stelle begeben, ihre Kleidung abgelegt, war dann zur Landegruppe zurückgelaufen und hatte versucht, die Leute umzubringen. Am Treffpunkt der Spuren war der Boden leicht aufgewühlt, aber nicht sehr stark. Es konnte sich höchstens um die Spuren eines kurzen Kampfes handeln.

Darüber hinaus gab es keine weiteren Spuren, was die Möglichkeit auszuschließen schien, daß sie von irgendeinem Tier gebissen und mit einer unbekannten und schnell wirkenden Variante von Tollwut infiziert worden war. Möglicherweise hätte es ein fliegendes Tier sein können. Schließlich wurden viele Krankheiten durch Insekten übertragen.

Welche Hinweise gab es noch?

»Einen Augenblick!« sagte Sulu.

Hier gab es nur zwei Spuren, eine führte hin, eine führte fort. Kein Gebüsch. Keine Versteckmöglichkeit. Die Sicht war in jeder Richtung unbehindert.

»Wo ist ihre Kleidung?« fragte er. »Wo zum Teufel sind ihre Sachen?«

Der Boden um die Fußspuren war zertreten, aber offensichtlich nicht aufgewühlt worden. Also konnte sie ihre Kleidung nicht vergraben haben. Möglich war, daß sie sie mit dem Phaser zerstrahlt hatte. Aber wo war dann der Phaser? Sie hätte den Phaser auf Selbstzerstörung schalten können, aber dann hätten die Leute aus der Landegruppe den Knall hören müssen. Und die Explosion hätte irgendwo Brandspuren hinterlassen.

Er benutzte die Sensoren des Shuttles, um die Stelle zu untersuchen, an der sich die Spuren trafen. Die Atmosphäre verhinderte zuverlässige Scans aus dem Orbit, aber hier waren die Anzeigen etwas klarer. Allerdings nicht sehr viel klarer.

Sulu kaute eine Weile auf der Unterlippe. Dann ließ er das Shuttle sinken. Er landete die *Galileo* jedoch nicht genau auf der verdächtigen Stelle, sondern in einer Entfernung von etwa fünfzig Metern.

Er blieb noch eine Weile im Shuttle sitzen, während sein Geist arbeitete und die Situation einzuschätzen versuchte. Dann beugte er sich vor und programmierte einen Kurs für das Shuttle. Er gab Entfernung, Geschwindigkeit und Richtung ein. Schließlich sagte er: »Computer.«

»Bereit«, erwiderte die beruhigende weibliche Stimme.

Er gab in schnellen, klaren Sätzen seine Anweisungen. Der Computer bestätigte die Befehle in sachlichem Tonfall. Was ihm am Umgang mit Computern gefiel, war die Tatsache, daß sie ihn nicht darauf hinwiesen, wie gefährlich, wenn nicht gar selbstmörderisch sich seine Anweisungen bei oberflächlicher Betrachtung anhörten. Die Maschine verzichtete auf eine philosophische Diskussion. Er gab einen Befehl, und der Computer würde ihn widerspruchslos ausführen.

Sulu war einer lebhaften Diskussion grundsätzlich nicht abgeneigt, aber zur Abwechslung war es nett, wenn die Dinge einmal ohne Komplikationen abliefen.

Vorsichtshalber ließ er die Atmosphäre genau untersuchen, fand aber nichts Ungewöhnliches. Um ganz sicherzugehen, zog er sich trotzdem eine Atemmaske über das Gesicht. Er holte tief Luft, um sich zu überzeugen, daß sie wie vorgesehen funktionierte. Dann schlüpfte er in eine Jacke, um sich gegen die Kälte zu schützen, und öffnete die Tür des Shuttles, damit er aussteigen konnte.

Seine Füße versanken ein Stück im Boden, aber dieser Umstand würde ihm keine Probleme bereiten. Sein Phaser hing am Gürtel, und in der Hand hielt er einen Tricorder, dessen Anzeigen er studierte.

Die Maske erleichterte einige der Atemprobleme, mit denen die Landegruppe von der *Enterprise* zu tun gehabt hatten. Dennoch machte ihm trotz der Schutzjacke der tückisch kalte Wind zu schaffen, der über die Planetenoberfläche blies. Er streckte sich, um seine Muskeln zu lockern, während er spürte, wie seine Gelenke eiskalt wurden. *Ich werde alt*, dachte er.

Langsam und vorsichtig schritt er das Gelände ab, wo Demora ihrer ungewöhnlichen Transformation unterzogen worden war. Er ging einmal herum und runzelte dann die Stirn. Nach den Anzeigen des Tricorders gab es hier noch etwas ... das sich offenbar unter dem Boden befand. Doch er konnte es nicht genau erkennen. Die Schaltkreise des Tricorders wurden nach wie vor durch irgendwelche Interferenzen gestört. War es möglich, daß die Atmosphäre immer noch ...?

Nein. Nein, allmählich hatte er den Verdacht, daß es genau das Gegenteil war. Er wanderte wieder über das Gelände und hielt den Tricorder fest, als wäre das Gerät sein Rettungsanker – oder der Heilige Gral. Irgend etwas ... *erzeugte* die Interferenzen. Störte den Tricorder, hinderte ihn daran, ihm ein eindeutiges Bild von der Umgebung zu liefern.

Er näherte sich den Fußspuren und der Stelle, wo sie sich trafen, achtete aber darauf, nicht auf sie zu treten. Er wollte sie nicht verwischen, falls die Notwendigkeit bestand ...

In diesem Moment gab der Boden unter seinen Füßen nach.

Es gab nicht die geringste Vorwarnung – außer vielleicht einer leichten Vibration, wie von einer Maschine. Mit einem Mal öffnete sich der Boden unter ihm, und Sulu spürte, daß etwas an seinen Beinen zerrte. Er erkannte sofort, was es war – ein Unterdruck, als würde er in eine große schwarze Röhre gesaugt. Nach diesen Eindrücken, die nur einen Sekundenbruchteil dauerten, nahm er nur noch Finsternis wahr.

Er schrie auf, als er in die Dunkelheit stürzte, doch sein Schrei wurde sofort erstickt, als sich der Boden über ihm wieder schloß.

Nicht daß irgend jemand in der Nähe war, der ihn hätte hören können.

Er stürzte ins Nichts – wie Alice, die ins Kaninchenloch fiel.

Alice ... das Kaninchenloch ...

Der Vergnügungspark-Planet …

Während er weiter fiel und von Schwärze umgeben war, schoß ihm etwas durch den Kopf …

… der Planet im Sektor Omikron Delta, der ein einziger Vergnügungspark war … wo plötzlich Dinge aus dem Boden kamen … wo Dinge und Wesen aus dem Nichts geschaffen wurden … wie das weiße Kaninchen … und Alice … und der schwarze Ritter und der Revolver mit dem anscheinend unbegrenzten Vorrat an Patronen … und der Samurai … und …

… Demora …

Der Name wehte flüsternd durch seinen Geist, dann wurde sein Sturz abrupt gestoppt, und Bewußtlosigkeit umfing ihn.

Es war sehr still auf der Brücke der *Excelsior*. Anik saß im Kommandosessel und beobachtete unentwegt den Hauptsichtschirm. Der Planet drehte sich langsam unter ihnen, ohne seine Geheimnisse preiszugeben, während das Raumschiff ihn im Orbit umkreiste.

Die Brückenbesatzung kam ihren Pflichten leise und sorgsam, beinahe mit ängstlicher Umsicht nach. In der Luft hingen das übliche Summen der Instrumente und das leise Murmeln der Besatzung. Doch insgesamt herrschte eine Atmosphäre der Zurückhaltung. Mit einem Teil ihrer Gedanken waren die Leute bei der Arbeit, doch ein größerer Teil war bei Captain Sulu auf der Oberfläche des Planeten.

»Hat sich der Captain schon gemeldet?« fragte Anik.

»Nein«, sagte Rand. »Aber er ist noch nicht überfällig. Noch nicht.«

Wieder folgte beklommenes Schweigen. Als es für Anik unerträglich wurde, drehte sie sich zu Janice Rand um, deren ruhiges Auftreten ihren inneren Aufruhr nur mit Mühe verbergen konnte. »Commander

Rand«, sagte sie langsam, »wenn ich Ihnen eine Frage stellen dürfte… Wie war es?«

Janice blickte mit einem Ausdruck höflicher Verwirrung auf. »Es? Wie soll was gewesen sein?«

»Wie war es, unter Captain Sulu zu dienen, als er noch Pilot war? Wie war er da?«

»Oh… im Grunde genauso wie jetzt. Er hatte viele Hobbys. Eine Pflanze namens Beauregard war sein ganzer Stolz und seine ganze Freude. Und das Fechten. Einmal wurde er krank und drehte durch. Er verfolgte jeden mit einem Schwert. Es war… seltsam.«

»Und Captain Kirk? Sie waren seine Adjutantin. Wie war es, für ihn zu arbeiten… und für all die anderen?«

Rand lehnte sich mit einem leichten Lächeln zurück. »Es war… eine ganz besondere Zeit. Es war…« Plötzlich errötete sie. »Es dürfte merkwürdig klingen, wenn ich es sage.«

»Sprechen Sie nur, Commander«, drängte Docksey, die Navigatorin. Die Besatzung war voll bei der Sache, doch andererseits wirkte ein entspanntes Geplauder Wunder, um die Leute bei Laune zu halten.

»Wir waren… das beste Schiff von ganz Starfleet. Und die beste Besatzung. Und wir wußten es irgendwie. Auch Starfleet wußte es, vermutlich weil wir es immer und immer wieder beweisen konnten.« Sie lächelte, als sie sich an die Zeit erinnerte. An die aufregenden Entdeckungen und Abenteuer.

Sie stand von ihrer Station auf und ging zu Anik hinüber. Sie stützte sich leicht gebeugt mit einer Hand auf dem Kommandosessel ab, während sie eine stolze, männliche Haltung annahm. Anik grinste, als Janice ihre Stimme um mindestens eine Oktave senkte und in der Art eines Starfleet-Admirals intonierte: »Gibt es ein Problem zu lösen? Eine Gefährdung der Sicherheit? Für diese Aufgabe gibt es nur einen Mann, meine

Damen und Herren: James Kirk. Und nur ein Schiff, mit dem sich das Problem bewältigen läßt: die *Enterprise*. Wer stellt sich mutig sogar einem Planeten-Killer entgegen? Die *Enterprise*. Was, die Klingonen machen Ärger, und wir brauchen ein Schiff, das ihnen zeigt, was eine Harke ist? Schicken wir die *Enterprise*! Was sagen Sie da? Eine gigantische Amöbe macht das Weltall unsicher, und wir brauchen ein Raumschiff, das unüberwindliche Gefahren überwinden kann? Hier kommt die *Enterprise*!«

Plötzlich meldete sich Lieutenant Tom Chafin von der wissenschaftlichen Station zu Wort, ein kräftiger, gutaussehender Terraner mit dichtem braunen Haar. »Commander Anik«, rief er, »offenbar kommt gerade ein Raumschiff aus dem Warptransit...«

»Bestätigt«, sagte Lojur. »Das Schiff befindet sich auf Kurs zwei fünf drei Komma vier. »Es scheint...«

Der Weltraum verzerrte sich, als etwa zehntausend Kilometer entfernt ein schweres Raumschiff in den Normalraum zurückkehrte.

»Es ist eins von unseren. Ein Föderationsraumschiff der *Excelsior*-Klasse«, meldete Lojur.

»Welches?« fragte Anik.

Janice Rand blickte von ihrer Kommunikationskonsole auf, als sie die Identifizierung empfangen hatte.

»Hier kommt die *Enterprise*«, sagte sie tonlos.

27

Es war stockfinster, und irgendwann sagte eine spöttische Stimme: »Tja… es ist schon eine ganze Weile her, nicht wahr, Lieutenant Commander?«

Sulu bewegte die Hände und ertastete den kühlen, weichen Boden. Langsam öffnete er die Augen und blinzelte in der unerwarteten Helligkeit. Von allen Seiten hörte er ein leises Summen und Gluckern, als wäre er von großen Flüssigkeitstanks umgeben.

Er hob den Kopf und blickte sich um. Er war von großen Flüssigkeitstanks umgeben.

Manchmal waren die Dinge genau das, was sie zu sein schienen.

Die Tanks standen in zwei Reihen an den Wänden und schienen einen endlosen Korridor zu flankieren, eine Art Tunnel. Sulu hatte keine Ahnung, wie groß diese Anlage sein mochte. Am fernen Ende glaubte er Maschinen erkennen zu können, ein großes Energieaggregat oder etwas Ähnliches, aber es war zu weit entfernt, als daß er Genaueres hätte sagen können.

Oben wuchsen die Wände des Raumes zu einem kathedralenartigen Gewölbe zusammen, das über einen Kilometer hinaufzureichen schien. Der Raum hatte tatsächlich eine gewisse religiöse Ausstrahlung, was Sulu als Ironie empfand.

Dann sah er das Stiefelpaar, das wenige Schritte entfernt stand. Er reckte den Hals, um den Blick an den Beinen bis zum Gesicht hinaufwandern zu lassen. Doch er wußte bereits, wessen Gesicht er sehen würde.

»Taine«, sagte er.

Sein Haar war länger, und er trug jetzt einen dichten, graumelierten Schnurrbart. Er hatte zugenommen, aber er wirkte immer noch schlank und durchtrainiert, und die Jahre hatten nichts vom kalten Zorn in seinen Augen verblassen lassen, als er Sulu anstarrte. Er trug grüne Kleidung, eine Hose mit weiten Aufschlägen und ein lockeres Hemd.

»Ich fühle mich geschmeichelt, daß Sie sich an meinen Namen erinnern.«

»Keine Ursache. Einmal war ich wegen einer veganischen Maringitis eine Woche lang bettlägrig. Auch diesen Namen werde ich nie vergessen.« Er hielt inne. »Sind Ihre Spießgesellen immer noch bei Ihnen?«

»Meine Partner, meinen Sie? Rogers und Thor. Ja. Wir hatten eine fruchtbare, wenn auch nicht völlig reibungslose Zusammenarbeit.«

»Und für eine dieser Reibungen war ich verantwortlich.«

»O ja«, sagte Taine langsam. »Das kann man wohl sagen, Lieutenant Commander. Ach so, Sie sind ja in der Zwischenzeit befördert worden, wenn ich mich recht entsinne. Sie sind jetzt Captain. Captain Sulu. Sehr beeindruckend.«

»Was tun Sie hier?« wollte er wissen. »Und warum haben Sie es getan?«

»Was getan?« fragte Taine mit Unschuldsmiene.

Sulu spürte, daß er die Beherrschung verlor. »Demora«, stieß er hervor. »Warum haben Sie … sie vernichtet? Was sind Sie für eine Kreatur, daß Sie so etwas … so etwas …«

Seine Hände verkrampften sich vor Wut, und dann konnte er sich nicht länger zurückhalten. Er stürmte mit ausgestreckten Händen auf Taine zu.

Doch er kam nicht weit. Um genau zu sein, kam er höchstens einen halben Meter weit, bis eine kräftige Hand ihn am Kragen seiner Jacke packte und ihn hochriß. Er konnte gerade noch *Thor* denken, bevor er quer durch den Raum geschleudert wurde und gegen einen Tank prallte.

»Haben Sie sich weh getan, Captain?« fragte Taine mit gespielter Besorgnis.

Sulu versuchte benommen, wieder auf die Beine zu kommen. Er spürte, daß Blut an der Seite seines Gesicht herabtropfte, aber er wischte es nicht ab. Er wollte den dumpfen Schmerz nicht wahrhaben. »Was tun Sie hier… *und warum haben Sie sie getötet?*«

Taine, der sich mit dem Rücken gegen einen anderen Tank gelehnt hatte, lachte rauh. »Sie? Ach, Sie meinen sicher Demora! Wir haben sie nicht getötet, Captain.«

»Ich weiß, Harriman hat es getan. Aber Sie haben vorher etwas mit ihr gemacht. Sie haben sie in eine… eine Bestie verwandelt. Dafür sind Sie verantwortlich!«

Thor trat mit baumelnden, muskelbepackten Armen an Taines Seite. Taine schüttelte den Kopf. »Sie hören mir ja gar nicht zu, Captain. Nein, Sie haben überhaupt nichts verstanden.« Er neigte den Kopf leicht in Thors Richtung. Thor, der offenbar verstanden hatte, was Taine wollte, griff mit einem Arm in den Tank, an dem Taine lehnte. Er schien in der Flüssigkeit nach etwas zu fischen, bis er es schließlich fand. Er zog es heran und heraus…

Ihre Augen waren geschlossen, und ihr Gesicht war unter der zähen Flüssigkeit, die in den Tanks schwappte, kaum zu erkennen. Auch ihr Haar, das Taine mit seinen starken Händen gepackt hielt, troff davon.

Sie atmete nicht.

Dann schienen sich plötzlich ihre Lungen zu verkrampfen, und sie erbrach einen Schwall der weißen Flüssigkeit. Diese landete klatschend auf dem Boden, und etwas davon spritzte auf Taines Stiefel. Er trat angewidert einen Schritt zurück.

»Ist sie es, nach der Sie suchen?« fragte Taine und deutete über die Schulter auf sie.

Sulu starrte fassungslos und sprachlos auf die Szene. Schließlich schaffte er es, ein einziges Wort hervorzustoßen.

»Demora«, flüsterte er.

Sie erbrach sich wieder, während sich ihre Finger um den Rand des Tanks klammerten. Ihre Augen waren von der weißlichen Flüssigkeit verklebt.

Und dann schienen plötzlich all die Jahre abzufallen, als sie wie ein Kind von sechs Jahren sagte: »Vater… ich fühle mich nicht so gut…«

»Wir werden von der *Enterprise* gerufen«, meldete Rand tonlos.

Anik von Matern schien nicht die Neigung zu verspüren, das Gespräch ohne Zögern anzunehmen. Sie hatte natürlich geahnt, daß dieser Augenblick unausweichlich war, und als es jetzt soweit war, fühlte sie sich überraschend ruhig.

»Scannen Sie das Schiff, Mr. Chafin«, sagte sie.

»Verstanden«, sagte Chafin. Nach einer Weile gab er bekannt: »Auf der *Enterprise* herrscht Alarmstufe Gelb. Die defensiven Systeme sind aktiviert.«

»Sie rufen uns erneut«, sagte Rand. »Sie klingen recht ungeduldig.«

Anik schürzte die Lippen und starrte noch eine Weile auf den Bildschirm. »Also gut, stellen Sie die Verbindung durch«, sagte sie.

Auf dem Hauptsichtschirm erschien die Brücke der *Enterprise*. Im Zentrum stand Captain John Harriman und hatte die Arme hinter dem Rücken verschränkt. Anik registrierte sofort, daß sich noch jemand auf der Brücke aufhielt, der nicht zur normalen Brückenbesatzung zu gehören schien. Es war ein älterer Mann, ein Admiral. Dann erkannte sie ihn wieder. Es war Admiral ›Blackjack‹ Harriman. Der Vater des Captains.

Das ist gar nicht gut, dachte Anik.

»*Excelsior*, hier spricht Captain Harriman von der *Enterprise*. Ich hatte gehofft, schneller eine Antwort von Ihnen zu erhalten«, sagte Harriman.

»Wir müssen uns entschuldigen«, erwiderte Anik gelassen. »Ich bin Commander Anik. Wie können wir Ihnen behilflich sein?«

»Sie könnten in der Tat etwas für mich tun. Und zwar könnten Sie mich mit Captain Sulu sprechen lassen.«

»Ich bedaure, aber er ist augenblicklich indisponiert.«

»Indisponiert? Inwiefern?«

»Es handelt sich um ein altes Problem … eine Art Rückfall«, erklärte Anik, ohne eine Miene zu verziehen. »Er …« Sie zögerte und warf Rand einen kurzen Blick zu. Janice zuckte die Schultern, worauf Anik sich wieder an Harriman wandte. »Er geht mit einem Schwert auf die Besatzung los. Wir hoffen, daß wir das Problem bald unter Kontrolle haben.«

Harriman schwieg eine Weile. »Commander, ich bin nicht an irgendwelchen Spielchen interessiert«, sagte er schließlich. »Wenn Sie mich nicht unverzüglich mit Captain Sulu sprechen lassen, muß ich davon ausgehen, daß er sich auf der Oberfläche des Planeten befindet. Könnte ich mit dieser Vermutung recht haben, Commander?«

Anik sagte nichts.

»Commander …«, wiederholte Harriman warnend.

»Captain Sulu … ist nicht zu sprechen.«

Harriman seufzte und rieb sich mit Daumen und Zeigefinger über den Nasenrücken. »Also gut, Commander… wie Sie meinen. Der Captain ist nicht zu sprechen. In diesem Fall muß ich Sie darauf hinweisen, daß ich von Starfleet die Befugnis erhalten habe, Ihnen zu befehlen, sich unverzüglich aus diesem Sektor zu entfernen.«

»Ich… bedaure, aber ich kann diesem Befehl leider nicht nachkommen«, sagte Anik.

»Warum nicht?«

»Ich habe meine Befehle.«

»Wessen Befehle?«

»Captain Sulus.«

»Tatsächlich«, erwiderte Harriman unbeeindruckt. »Dann würde ich jetzt gerne mit ihm sprechen.«

»Das ist zur Zeit leider nicht möglich«, sagte Anik.

Captain Harriman setzte zu einer Entgegnung an, doch dann trat plötzlich Admiral Harriman in den Vordergrund. »Commander… ich bin Admiral Harriman.«

»Guten Tag, Admiral«, sagte sie ungerührt.

Janice Rand beobachtete Anik mit wachsender Bewunderung. Die Maternianerin wirkte aufgrund ihrer beinahe transparenten Haut zerbrechlich, aber es bestand kein Zweifel an ihrer eisernen Willenskraft. Sie ließ sich nicht ohne weiteres einschüchtern.

»Ich bin nicht an Wortspielereien interessiert, Commander«, sagte er schroff. »Es ist wichtig, daß Sie verstehen, worum es hier geht. Ich werde es Ihnen erklären, und Sie können meinetwegen alles abstreiten, aber ich würde es sehr schätzen, wenn niemand von uns unnötig Zeit verschwendet. Captain Sulu hat Starfleet-Befehle und Quarantänevorschriften verletzt, als er Ihr Schiff nach Askalon Fünf brachte und dann die Planetenoberfläche betrat. Wir können sein Verhalten nicht dulden. Sie haben als Untergebene in gutem Gewissen gehandelt, und das ist völlig in Ordnung. Aber jetzt gebe ich Ihnen in meiner Funktion als Starfleet-Admiral einen direkten Befehl: Holen Sie Captain Sulu auf die *Excelsior* zurück und begeben Sie sich dann zur Starbase Neun, wo man Captain Sulu unter Arrest stellen wird. Haben Sie verstanden?«

Anik straffte die Schultern. »Ich weiß nicht, ob das möglich sein wird, Admiral.«

»Dann schlage ich vor, daß Sie es möglich machen, Commander. Denn wenn Sie sich meinem Befehl widersetzen, tragen Sie die Verantwortung. Sie haben fünf Minuten, um Captain Sulu zurückzuholen. *Enterprise* Ende.«

Die Übertragung wurde unterbrochen, worauf der Bildschirm wieder die *Enterprise* zeigte, die im Weltall hing und keinen Zweifel zu lassen schien, daß sie es ernst meinte.

»Commander Rand«, sagte Anik leise, »rufen Sie Captain Sulu. Er sollte zumindest über die Situation informiert werden.«

Rand nickte und schickte sofort ein Signal an Sulus Kommunikator...

...der genau in diesem Moment vom Absatz eines großen Stiefels zertreten wurde.

Auf der Oberfläche von Askalon V stand das Shuttle *Galileo*. Sämtliche Funktionen schienen abgeschaltet zu sein.

Nur der Bordcomputer registrierte, wie die Zeit verstrich.

Thor trat vom Kommunikator zurück und bückte sich, um voller Stolz die zertrümmerten Einzelteile zu betrachten.

Rogers, der soeben den Raum betreten hatte, nickte

anerkennend. Er hatte ein großes und beeindruckendes Phasergewehr geschultert.

»Wir sind hier unten ebenfalls recht gut ausgerüstet«, sagte Taine zu Sulu. »Wir haben ein paar nette Spielzeuge.«

Doch Sulu hörte ihm nicht zu. Er hockte am Boden und drückte Demoras nackten Körper an sich. Sie schnappte nach Luft und zitterte vor Kälte, so daß Sulu ihr seine Jacke umlegte. Ihr Zähne klapperten so heftig, daß sie kein weiteres Wort herausbrachte.

Es gab so vieles, was er ihr sagen wollte ... so vieles, das er nicht verstand. Er hatte geglaubt, sie wäre tot. Er war auf ihrer Trauerfeier gewesen, nachdem man sie eingeäschert hatte. Er war nach Askalon V gekommen, um nach einer kosmischen Wahrheit zu suchen, doch statt dessen wurde er vor ein unglaubliches Rätsel gestellt. Sie lebte und lag zitternd in seinen Armen, und er war so sehr von seinen Gefühlen überwältigt, daß er gar nicht wußte, wie er mit allem umgehen sollte. Vorerst gab er sich damit zufrieden, ihr übers Haar zu streichen, wobei er sich vorkam, als würde er sie wie eine Welpe behandeln. Er durfte nicht zulassen, daß die Tiefe seiner Gefühle offenbar wurde – nicht bevor Demora und er diese Situation wohlbehalten überstanden hatten.

Rogers schien überhaupt nicht glücklich mit dieser Situation zu sein, denn er warf Taine einen äußerst wütenden Blick zu, dem Sulu problemlos entnehmen konnte, was er empfand. »Die Sache wird immer schlimmer«, murmelte er.

»Du machst dir zu viele Sorgen«, erwiderte Taine. »Ihre Instrumente können hier unten keine Lebensformen registrieren, und sein Kommunikator funktioniert nicht mehr. Wenn sie weitere Leute herschicken, um nach ihm zu suchen, werden sie ihn nicht finden. Und das wird das Ende der großartigen Karriere von Captain Sulu sein.«

»Sie sind wahnsinnig«, sagte Sulu.

Taine lächelte schwach. »Nein. Ich habe das Sagen. Captain… können Sie sich erinnern, als Sie vor Jahren von mir erwarteten, Ihnen die Einzelheiten meiner ›Pläne‹ zu verraten?«

»Ja.«

»Und ich habe geschwiegen. Aber inzwischen ist viel Zeit vergangen. Ich bin etwas… umgänglicher geworden. Wenn man beim Absturz eines Shuttles um Haaresbreite dem Tod entrinnt… verändert man zwangsläufig seine Lebenseinstellung.«

»Sie müssen mir nichts erzählen. Ich weiß, was los ist.« Er versuchte, Demoras Zittern zu beruhigen.

»Wirklich?« sagte Taine überrascht. »Das wäre allerdings etwas Neues. Der Held verrät dem Schurken, was es mit den Intrigen auf sich hat. So haben Sie doch unsere Rollen verteilt, nicht wahr? Sie der kühne Held, ich der gemeine Schurke. Dann sagen Sie mir, Sie großer Held, was vor sich geht!«

»Das alles hier«, sagte Sulu und deutete auf die Tanks und den großen Raum, »ähnelt der Maschinerie auf einem Vergnügungspark-Planeten, den ich vor zwanzig Jahren besuchte. Dort wurden Nachbildungen von Personen oder Dingen hergestellt, die durch eingebaute Mechanismen in der Lage waren, Gedanken zu lesen und alles Gewünschte zu erschaffen.«

»Nahe dran«, sagte Taine. »Aber knapp daneben. Ich vermute, Sie haben von der Technik des Klonens gehört?«

»Natürlich. Die Schaffung einer genetisch identischen Kopie aus einer Körperzelle.« Er dachte an die kürzlich erwähnten gesundheitlichen Probleme von Dr. McCoy. »Hauptsächlich setzt man die Technik dazu ein, Organe für Transplantationen herzustellen.

Sie werden vom Original geklont und in Organbanken auf Abruf bereitgehalten.«

»Diese Anwendung ist mir nicht ehrgeizig genug. All das hier«, sagte Taine und zeigte in die Runde, »wurde, wie wir glauben, von einem Zweigvolk derselben Spezies geschaffen, die auch diesen ›Vergnügungspark-Planeten‹ errichtete, an den Sie so angenehme Erinnerungen haben. Doch es war ein kriegerisches und eroberungssüchtiges Volk. Sie waren nicht daran interessiert, ihre Technologie für den Nachbau harmloser künstlicher Kreaturen zu nutzen. Sie wollten echte, lebende und atmende Wesen erschaffen – Klone, die eine schlagkräftige Armee bilden sollten. Eine Armee von Arbeitern. Eine Arme von Soldaten. Sie konnten sie gemäß der gewünschten Aufgaben erschaffen.

Das Problem mit dem Klonen ist jedoch schon immer der Zeitfaktor gewesen. Wenn man einen erwachsenen Menschen haben möchte, muß man mindestens zwanzig Jahre warten, bis er herangewachsen ist. Er läßt sich nicht über Nacht erschaffen, zumindest nicht nach dem Stand unserer Wissenschaft.

Aber hier... ja, nur hier... wurde das Problem gelöst. Es geht genauso schnell wie bei den künstlichen Kopien auf dem Vergnügungspark-Planeten.«

Sulu erinnerte sich daran, wie beispielsweise der Samurai plötzlich in voller Lebensgröße materialisiert war, unmittelbar nachdem ein entsprechender Gedanke durch Sulus Kopf gegangen war.

»Robuster, dynamischer... in jeder Hinsicht den einfachen Nachbildungen überlegen. Soweit wir feststellen konnten, führte die uneingeschränkte Anwendung des Klonens auf diesem Planeten zu einem großen Krieg. Als er vorbei war, lag die Stadt in Trümmern, und nur die Klone überlebten... bis auch sie schließlich starben oder sich gegenseitig umbrachten.

Denn diese Klone waren nicht perfekt, wissen Sie. Sie kannten keinerlei Zurückhaltung. Sie waren unzivilisiert. Sie waren ideal, wenn sie wie ein Rudel wilder Hunde angreifen sollten. Alles, was eine gewisse Selbstbeherrschung oder Intelligenz erforderte... war ein Problem. Das war ihr Verderben, wie ich vermute. Natürlich ist das alles Spekulation, wie Sie sicher verstehen.« Er machte eine wegwerfende Geste. »Aber die Spekulation gründet sich auf unsere Forschung. Wir haben uns auf vielen Planeten umgesehen, sind Hinweisen und Andeutungen nachgegangen, die uns schließlich zu dieser Welt führten. Als Ling Sui...«

»Sie meinen Susan«, stellte Sulu richtig. Aus irgendeinem Grund verschaffte diese Korrektur ihm eine gewisse Befriedigung.

Doch Taine blickte ihn nur spöttisch an. »Ling Sui, Susan Ling oder irgendeinen der Dutzend Namen, die sie benutzte. Ich bezweifle, daß sie sich noch an ihren richtigen Namen erinnern konnte, als sie starb.« Er beugte sich vor und schaute Sulu nachdenklich an. »Sie wissen wirklich nur sehr, sehr wenig. Haben Sie es immer noch nicht begriffen? Ling Sui und ich waren Partner. Wir waren Entdecker. Wir reisten von Planet zu Planet, führten Ausgrabungen durch, nahmen mit, was wir fanden, und verkauften es dem Meistbietenden. Und auf einer Welt fanden wir die Information, die der Schlüssel zur Technik des Klonens auf einem anderen Planeten war.

Doch Ling Sui wurde plötzlich habgierig und versuchte, mich aus dem Geschäft zu drängen. Sie glaubte, sie könnte diese Information ganz allein verkaufen. Aber ich bin ihr auf der Spur geblieben... und konnte sie in der Stadt Demora stellen. Durch Ihre Einmischung, Captain, gab es eine gewisse Verzögerung, doch irgendwann hatte ich sie. Ja, ich konnte verhindern, daß sie die Information an einen anderen verkaufte.«

Dann streifte er sich das Medaillon über den Kopf, das er um den Hals trug. Sulu erkannte es sofort. Es war dasselbe, das auch Ling Sui getragen hatte. Es funkelte ihn grünlich an – genauso grün, wie ihre Augen gewesen waren.

»Wir... erneuerten kurz darauf unsere Partnerschaft, nachdem ich mir zurückgeholt hatte, was sie mir gestohlen hatte. Zu guter Letzt gab es keine Vorwürfe mehr, auch wenn wir anschließend getrennte Wege gingen... sie weiterhin als Entdeckerin von Dingen, die sie verkaufen konnte. Und ich begab mich auf die Suche, die mich schließlich vor einem Jahr hierherführte. So lange hat es gedauert, Captain. Eine solche Beharrlichkeit findet man heutzutage nur noch selten. Wir haben ein ganzes Jahr damit verbracht, diese Anlage zu erforschen. Wir haben Dinge entdeckt, die Sie in Erstaunen versetzen würden. Wir haben die Maschinen in Betrieb genommen und Experimente durchgeführt, bei denen wir unser eigenes genetisches Material zum Klonen benutzt haben. Einige Experimente verliefen erfolgreicher als andere, und ich sage ganz offen, daß wir zu Anfang viele Fehlschläge zu verzeichnen hatten. Aber wir haben dazugelernt. Inzwischen sind wir in der Lage, einen ausgewachsenen Klon in weniger als zwei Minuten herzustellen. Bedauerlicherweise sind sie schwierig, das heißt, unmöglich zu kontrollieren. Außerdem neigt das Zellmaterial dazu, nach etwa zehn irdischen Tagen zu zerfallen. Keine guten langfristigen Aussichten. Aber wir kommen der Sache allmählich näher.«

»Und wie sieht Ihr Plan aus?« fragte Sulu sarkastisch. »Wollen Sie die Galaxis mit einer Horde geklonter Krieger erobern?«

»Ach nein, nichts so Grandioses. Allerdings hat eine

Gruppe der Tholianer großes Interesse bekundet. Wir haben erste Kontakte geknüpft und die Kommunikation hergestellt. Sie sind sehr von der Vorstellung geklonter Kriegerarmeen angetan. Natürlich versuchen die Tholianer immer wieder, uns Termine zu setzen, und beschweren sich, wenn wir sie nicht einhalten können. Sie sind geradezu besessene Pünktlichkeitsfanatiker.«

»Ich hätte niemals gedacht, daß ich so etwas sagen würde«, erwiderte Sulu, »aber Ling Sui hatte Glück, daß sie inzwischen gestorben ist. Das war auf jeden Fall besser, als in Ihre wahnsinnigen Pläne involviert zu werden.«

»Wir waren ein Herz und eine Seele, Ling Sui und ich. Das wußten wir beide. Sehen Sie, Captain ... was damals geschah, war nicht mehr als ein Streit unter Liebenden.«

Sulu warf ihm einen verdutzten Blick zu. »Ein Streit unter Liebenden? Sie haben versucht, sich gegenseitig umzubringen!«

»Natürlich. Ling Sui gab sich niemals mit halben Sachen zufrieden, falls Sie es nicht bemerkt haben. Aber es gibt keinen Zweifel, daß ich ältere und längere Ansprüche auf sie habe, Captain. Oder sind Sie noch nicht von selbst darauf gekommen?«

»Worauf soll ich gekommen sein?«

Taine grinste schief. »Daß Demora meine Tochter ist. Nicht Ihre, sondern meine.«

Janice Rand blickte von der Kommunikationskonsole auf. »Keine Antwort, Anik«, sagte sie, ohne ihre Besorgnis zu verbergen.

»Scannen Sie den Planeten auf Lebensformen«, befahl Anik.

»Ich scanne«, sagte Chafin. »Ich kann nichts entdecken. Es könnten Interferenzen sein. Oder ...«

»Oder er könnte tot sein«, sagte Anik tonlos.

Immer noch hing das Raumschiff *Enterprise* drohend vor ihnen im Weltraum.

Auf der Brücke der *Enterprise* war die Anspannung beinahe greifbar. Und zwischen dem Admiral und dem Captain war sie noch substantieller.

»Ich hoffe, ich habe meine Kompetenzen nicht überschritten, Captain«, sagte der Admiral förmlich. Seinem Tonfall war zu entnehmen, daß die Bemerkung offenbar ironisch gemeint war. Doch zu seiner leichten Überraschung schien sich Captain Harriman davon nicht amüsieren zu lassen.

»Ich bin mir bewußt, daß Sie als ranghöchster Offizier an Bord dieses Schiffes das Recht haben, jederzeit einzuschreiten, wenn Sie es für nötig erachten«, sagte Harriman. »Doch ich wäre Ihnen für eine gewisse Zurückhaltung dankbar.«

Der Admiral blinzelte überrascht, bis er leicht die Augen zusammenkniff. »Damit habe ich kein Problem«, sagte er knapp, »solange Sie Ihre Arbeit machen.«

»Über diesen Punkt müssen Sie sich keine Sorgen machen, Admiral.«

»Dann sollten Sie mir keinen Grund zur Besorgnis geben, Captain.«

Magnus und Chaput tauschten einen nervösen Blick aus, als sie diesen Wortwechsel verfolgten.

Commander Dane rückte unruhig in ihrem Sitz hin und her, und Thompson interessierte sich plötzlich brennend für die Anzeigen ihrer wissenschaftlichen Station.

Und beide Harrimans wandten ihre Aufmerksamkeit wieder dem Hauptsichtschirm zu.

28

Sulu lachte. Demora klammerte sich immer noch an ihn; ihr war schwindelig. Doch Taines Ruhe durchdrang den Nebel der Verwirrung. Sie blickte zu Sulu auf, mit einer Mischung aus Konfusion und Furcht, die sich noch verstärkte, als er zu lachen begann.

Taine hatte eine Vielzahl von möglichen Reaktionen erwartet, wenn er Sulu diesen Schlag versetzte, aber damit hatte er nicht gerechnet. »Was ist daran so komisch?« wollte er wissen.

»Was so komisch ist? Sie sind ein Narr, das ist komisch.«

»Ich bin nicht derjenige, der die Tochter eines anderen Mannes aufzog und davon ausging, sie wäre seine eigene.«

»Ich auch nicht. Die Ärzte haben genetische Tests durchgeführt, als ich von ihrer Existenz erfuhr. Es ist mein Kind, Taine. Ich bin ihr Vater. Daran gibt es nichts zu rütteln.«

Rogers blickte Taine mit offensichtlicher Überraschung an. »Sie haben gesagt ...«

»Still!« befahl er Rogers und wandte sich wieder Sulu zu. »Sie lügen. Ich weiß, daß Demora mein Kind ist.«

»Dann irren Sie sich. Glauben Sie wirklich, ich hätte all die vielen Jahre mit ihr verbracht, wenn ich mir nicht sicher gewesen wäre? Ich wußte seit dem ersten Tag, wer ihr Vater ist. Und Sie sind es nicht.«

»Sie lügen!«

Taine trat mit einem Fuß nach ihm. Sulu hob einen Arm und konnte den Schlag ablenken, der ihn nun an der Schulter erwischte. Er schwankte, ging aber nicht zu Boden.

»Sie ist *meine* Tochter«, stieß Taine mit einem heiseren Flüstern hervor. »Ich habe sie sofort erkannt, als ich ihr Bild in den Nachrichtensendungen sah. Sie erinnern sich … damals, als Kirks Tod bekanntgegeben wurde. Und da war Demora, in voller Lebensgröße, wie sie auf der Brücke der *Enterprise* ihren verletzten Kameraden in den Armen hielt. Sie war das Ebenbild ihrer Mutter, das habe ich sofort erkannt. Und ihr Name wurde als Demora Sulu angegeben. Oh, was habe ich darüber gelacht!« Er hob die Stimme und sprach seine Partner an. »Haben wir nicht darüber gelacht, meine Herren?«

Rogers machte einen sehr unbehaglichen Eindruck, was Sulu ihm nicht zum Vorwurf machen konnte. Taine verhielt sich immer unberechenbarer, und es wurde immer fraglicher, ob er noch bei Verstand war.

»Hören Sie, Taine …«, begann er.

Doch Taine wollte ihm nicht zuhören. »Als ich dann feststellte, daß die *Enterprise* in diesen Sektor kommen würde, stellte ich einen Notsender auf, den ich während meiner Irrfahrten aufgelesen hatte, und programmierte ihn auf chinesisch, in der Hoffnung, damit ihre Neugier zu wecken. Es war ein Schuß ins Blaue, das gebe ich zu, aber ich habe mein ganzes Leben damit verbracht, Schüsse ins Blaue abzugeben. Und es hat funktioniert. Sie können nicht abstreiten, daß ich erfolgreich war.

»Und wahnsinnig«, gab Sulu zurück.

Taine sprach weiter, ohne auf Sulus Bemerkung einzugehen. »Wir haben sie in unsere Gewalt gebracht und sie durch einen Klon ersetzt … nicht unbedingt in dem

Tempo Ihres sogenannten Vergnügungspark-Planeten, aber schnell und effektiv. Natürlich wußte ich, daß der Körper nach zehn Tagen oder so zerfallen und das Täuschungsmanöver aufgeflogen wäre. Aber ich war mir ziemlich sicher, daß man die Leiche einäschern oder sonstwie bestatten würde, so daß niemand hinter unser kleines Geheimnis kommen würde.«

Sulu schwieg.

»Nun, Captain? Haben Sie nichts mehr zu sagen?«

»Nur noch eine Frage. Wie lange bin ich schon hier unten?«

»Ach, glauben Sie, daß man Ihnen Hilfe schicken wird, wenn Sie zu lange fort sind? Darauf würde ich mich an Ihrer Stelle nicht verlassen. Denn man würde Sie hier unten gar nicht finden, weil wir viel zu gut abgeschirmt sind. Aber um Ihre Frage zu beantworten ... es ist jetzt exakt siebenundfünfzig Minuten her, falls Ihnen das in irgendeiner Weise hilft.«

»Sehr«, erwiderte Sulu.

»Es nützt nichts, Commander«, sagte Chafin, während er sich von der wissenschaftlichen Station abwandte. »Ich habe die Sensoren auf maximale Empfindlichkeit hochgefahren, aber wir haben immer noch nichts entdeckt.«

»Wir werden von der *Enterprise* gerufen«, sagte Rand.

Anik seufzte. »Das war unvermeidlich. Also auf den Schirm damit.«

Captain Harrimans Gesicht erschien. »Sie haben mehr als genug Zeit gehabt, *Excelsior*. Wo ist Captain Sulu?«

Sie trommelte eine Weile mit den langen Fingern auf der Armlehne und wog ihre Möglichkeiten ab, bis sie beschloß, es mit der Wahrheit zu versuchen. »Er befindet sich auf der Oberfläche des Planeten, aber wir sind nicht in der Lage, ihn zu lokalisieren. Keine Anzeichen für Lebensformen, keine Kommunikation. Ich beabsichtige, ein Suchteam hinunterzuschicken.«

»Abgelehnt«, sagte Harriman. »Das wäre eine direkte Verletzung der Befehle und Vorschriften von Starfleet. Ich möchte Sie auf die unangenehme Möglichkeit hinweisen, daß Captain Sulu vermutlich nicht mehr am Leben ist. Sie waren noch nicht auf der Oberfläche dieses Planeten, Commander, aber ich. Was immer damals mit Fähnrich Sulu geschah, ist höchstwahrscheinlich auch mit ihrem Vater geschehen. Vielleicht ist er im Wahn in einen Abgrund gestürzt. Auf jeden Fall ... werden Sie niemanden hinunterschicken, um nach ihm zu suchen.«

»Captain, dieser Vorschlag ist unvernünftig ...«

»Commander, ich habe einen höheren Rang als Sie und führe direkte Starfleet-Befehle aus. Ich muß Sie fragen, ob Sie sich meiner Autorität beugen werden. Falls Sie sich weigern, machen Sie sich der Mittäterschaft schuldig, was zu erheblichen strafrechtlichen Konsequenzen für Sie führen würde.« Er machte eine kurze Pause. »Bislang verlief Ihre Karriere recht vielversprechend, Commander Anik. Daher möchte ich Ihnen raten, Ihre Zukunft nicht aufs Spiel zu setzen.«

Die Blicke aller Anwesenden waren auf sie gerichtet, doch Anik sah unverwandt auf den Bildschirm.

»Captain, ich bedaure, aber ich kann Ihren Wünschen nicht entsprechen.«

»Also gut. Ich enthebe Sie Ihres Kommandos. Wer ist nach Ihnen der ranghöchste Offizier an Bord?«

Es herrschte Totenstille, bis sich schließlich Janice Rand von der Kommunikationskonsole erhob. »Ich, Commander Janice Rand.«

Harriman runzelte leicht die Stirn. Natürlich kannte er die Frau und wußte, daß sie auf eine langjährige Zusammenarbeit mit Sulu zurückblickte. »Großartig«, brummte er, als wüßte er schon die Antwort, bevor er seine nächste Frage gestellt hatte. »Commander Rand... kann ich von Ihnen erwarten, im Einklang mit den Befehlen von Starfleet zu handeln und Anik das Kommando abzunehmen?«

Rand zögerte nicht einen Augenblick. »Ich bedaure, Captain, aber das können Sie nicht.«

»Ja, ich habe vermutet, daß ich eine derartige Antwort von Ihnen erhalte«, sagte er seufzend. Er kratzte sich nachdenklich am Kinn. »Es scheint, daß wir ein Problem haben.«

»So sieht es aus, Captain.«

Plötzlich schien Harriman es äußerst eilig zu haben, als er sagte: »Ich gebe Ihnen fünf Minuten, um noch einmal über die Situation nachzudenken. Nutzen Sie diese Zeit!« Dann unterbrach er die Bildverbindung.

Anik, Rand und die übrigen Mitglieder der Brükkenbesatzung warfen sich gegenseitig verwirrte Blicke zu. »Hoppla!« sagte Anik.

»Und was jetzt?« fragte Rand.

Anik grinste schief. »Ich weiß nicht, was Sie jetzt tun wollen, aber ich sollte wohl damit beginnen, meinen Lebenslauf zu aktualisieren, und über eine berufliche Laufbahn im privaten Bereich nachdenken.«

»Das ist eine übertrieben pessimistische Einstellung, Commander«, sagte Rand.

Anik blickte sie skeptisch an. »Ich möchte Sie nicht beleidigen, Commander, aber mir scheint, daß Sie ein wenig zu alt für solche Phantasien sind. Wie sagt man auf der Erde? Wir haben den Rudi Kohn überschritten.«

»Den Rubikon.«

»Wie auch immer, wir haben ihn jedenfalls überschritten. Versuchen Sie weiter, Captain Sulu zu erreichen. Der Transporterraum soll sich bereit machen, ein Suchteam nach...«

Plötzlich rief Docksey: »Photonentorpedo von Steuerbord!«

Sie hatte recht. Die *Enterprise* hatte einen Torpedo genau in Richtung der *Excelsior* abgefeuert.

»Alarmstufe Rot! Schilde hochfahren!« rief Anik, während sie hoffte, daß es nicht schon zu spät war. »Nach Backbord ausweichen! Auf Einschlag gefaßt machen!«

Die *Excelsior* reagierte sofort. Die Schirme bauten sich auf, doch einen Sekundenbruchteil vorher kollidierte der Photonentorpedo mit der Steuerbordgondel der *Excelsior* … doch er zerschellte nur, ohne zu explodieren.

»Kein Treffer!« rief Lojur.

»Ein Treffer war es schon«, sagte Anik. »Aber man hat den Sprengkopf entfernt.«

»Der Mistkerl wollte uns einschüchtern«, sagte Rand.

»Immerhin hat es funktioniert«, murmelte Docksey an der Pilotenkonsole.

»Wir bleiben auf Alarmstufe Rot. Docksey, bringen Sie uns ein Stück weg.«

»Verstanden. Soll ich die Phaser bereitmachen?«

»Noch nicht. Erst, wenn uns keine andere Wahl mehr bleibt.« Anik schüttelte verärgert den Kopf. »Das waren die kürzesten fünf Minuten, die ich je erlebt habe.«

Plötzlich schien Harriman es äußerst eilig zu haben, als er sagte: »Ich gebe Ihnen fünf Minuten, um noch einmal über die Situation nachzudenken. Nutzen Sie diese Zeit!« Dann unterbrach er die Bildverbindung.

»Fünf Minuten?« erwiderte eine Stimme, die an ihrem Zorn zu ersticken schien.

Harriman drehte sich nicht zum Admiral um, als er sagte: »Ja, Admiral. Fünf Minuten.«

»Captain, fünf Minuten oder fünfhundert Minuten werden nicht den geringsten Unterschied machen. Diese Leute widersetzen sich Ihnen und Starfleet. Ich sehe keinerlei strategischen Vorteil darin, ihnen Zeit zum Nachdenken zu lassen.«

Jetzt drehte sich Harriman zu seinem Vater herum. »Strategischer Vorteil?« sagte er fassungslos. »Admiral... das ist eins von unseren Schiffen! Wir befinden uns hier nicht im Krieg!«

»O doch!« erwiderte der Admiral steif. »Wir führen einen Krieg gegen den Ungehorsam. Gegen die Mißachtung von Vorschriften. Gegen die Eskapaden und Eigenmächtigkeiten eines James Kirk und all jener, für die er zum Vorbild wurde. Er hat seine Philosophie an Captain Sulu weitergegeben, der nun wiederum diese Leute beeinflußt. Es ist wie eine Krankheit... wie ein Krebsgeschwulst, das unsere Disziplin auffrißt! Sehen Sie nicht, wohin das alles führt, Captain? Zu Anarchie und Aufsässigkeit! Starfleet kann nicht funktionieren, wenn die Offiziere es sich angewöhnen, ihren eigenen Kopf durchzusetzen!«

»Ich werde dieses Problem auf meine Weise lösen, Admiral«, erwiderte Harriman streng.

Die Luft zwischen ihnen schien vor Spannung zu knistern. Und dann sagte der Admiral sehr leise und drohend: »Captain... ich gebe Ihnen einen direkten Befehl. Ich will, daß das Problem jetzt gelöst wird. Nicht in fünf Minuten, sondern jetzt. Andernfalls ...«

Harriman spürte, daß sein Gesicht kreidebleich wurde. »Soll das eine Drohung sein, Admiral?«

»Ob das eine Drohung sein soll? Nein. Ich werde Ihnen zeigen, was eine Drohung ist.« Blackjack Harriman wandte sich an Chaput und sagte: »Machen Sie einen Photonentorpedo ohne Sprengkopf bereit... wie sie ihn auch für Sonden benutzen. Dann erfassen Sie das Ziel und feuern ihn ab.«

Chaput drehte sich verdutzt zum Captain um, der genauso verdutzt war. »*Was?*«

»Sie haben meinen Befehl genau verstanden«, sagte der Admiral gelassen. »Es soll nur ein Warnschuß sein.«

»Und der nächste Schuß wird ein echter Angriff sein?«

»Wenn es nötig ist«, sagte Admiral. Er drehte sich zum Captain um und blickte ihm ins Gesicht. »Zwingen Sie mich nicht dazu, Sie des Kommandos zu entheben, Captain.«

Die Muskeln an Harrimans Unterkiefer arbeiteten krampfhaft. »Chaput … führen Sie den Befehl aus«, sagte er.

»Verstanden, Captain«, sagte Chaput und bemühte sich, ihre Besorgnis nicht zu deutlich werden zu lassen. »Ungeladener Torpedo auf Ziel gerichtet und abschußbereit.«

»Feuer!« sagte Harriman.

»Torpedo abgefeuert«, meldete Chaput nüchtern.

Sie sahen zu, wie der Lichtpunkt auf die *Excelsior* zutrieb. Das Raumschiff versuchte ihm auszuweichen, aber dazu war der Abstand zwischen den beiden Schiffen zu klein. Der Torpedo prallte gegen die Steuerbord-Warpgondel, doch da er über keinen Sprengkopf verfügte, wurde er lediglich zertrümmert.

»Sie haben ihre Schilde aktiviert«, meldete Dane von der Sensorstation.

»Gut«, sagte der Admiral zufrieden. »Das bedeutet, daß man uns ernst nimmt.«

»Offensichtlich ist es jetzt Ihr Spiel, Admiral«, sagte Harriman zu ihm. »Welchen Zug wollen Sie als nächstes ausführen?«

Ohne auf den Sarkasmus in Harrimans Tonfall einzugehen, sagte Blackjack: »Jetzt können Sie ihnen die fünf Minuten geben. Aber jetzt werden sie sie nicht dazu nutzen, um Zeit zu schinden, sondern um zu schwitzen. Jetzt operieren wir aus der Position des Stärkeren.«

»Bei manchen hat sich die Erkenntnis durchgesetzt, daß wahre Stärke in der Zurückhaltung liegt«, sagte Harriman.

Der Admiral blickte ihn an. »Es ist völlig in Ordnung, jemanden mit Samthandschuhen anzufassen, Captain... solange klar ist, daß darin eine eiserne Faust steckt. Und wenn Sie nicht den Mumm haben, angemessen auf eine derartige Situation zu reagieren... dann werde ich es tun.«

Das Shuttle stand immer noch reglos auf der Oberfläche des Planeten. Doch jetzt wurde ein Computerprogramm aktiviert, und die Triebwerke der *Galileo* erwachten zum Leben.

Langsam, aber stetig stieg das Shuttle empor.

Sulu und Demora wurden von Thor bewacht. Sie kauerten nach wie vor am Boden. Demora zitterte nicht mehr, sondern starrte wütend zu Thor hinauf.

Rogers hatte Taine in einen anderen Bereich des riesigen Raumes geführt und sprach leise und hastig zu ihm. »Hören Sie mir zu, Taine!« sagte er. »Ich bin mit Ihnen in all diesen Jahren durch dick und dünn gegangen. Ich war Ihnen immer dankbar dafür, daß Sie mir damals auf Castalan Neun das Leben gerettet haben. Das wissen Sie. Aber unter uns gesagt, scheinen Sie seit Ihrem Absturz in der Sahara nicht mehr der alte zu sein. Die meiste Zeit geht es einigermaßen... aber in letzter Zeit...«

»Worauf wollen Sie hinaus?« fragte Taine.

»Ich will darauf hinaus, daß Sie einen Schritt zurückgegangen sind. Dieser Sulu hat uns vor zwanzig Jahren ziemliche Probleme bereitet, und ich bin der letzte, der ihm deswegen eine langwierige und qualvolle Folter verweigern würde. Aber dieser Racheakt bringt uns keinerlei Profit. Diese ganze Angelegenheit … hat keinen Sinn. Und was dieses Mädchen betrifft, an dem Sie einen Narren gefressen haben … Vielleicht haben Sie wirklich geglaubt, daß es Ihre Tochter ist. Oder vielleicht hat sie sie nur an Ling Sui erinnert, und Ihnen liegt wegen der alten Zeiten soviel an ihr. Damit könnte ich problemlos leben. Ich habe die ganze Zeit zu Ihnen gehalten, weil Sie immer genau wußten, wo es langgeht. Aber … Sulu hat recht, Taine. Es ist Wahnsinn. Wenn Sie die beiden töten wollen, dann tun Sie es. Wenn Sie vorher Ihren Spaß mit dem Mädchen haben wollen, dann tun Sie es. Ich würde sie sogar festhalten, wenn es nötig ist. Aber nun gehen Sie allmählich zu weit. Sie setzen uns alle einem unnötigen Risiko aus. Das muß aufhören. Setzen Sie dem Spiel ein Ende.«

»Meinen Sie das wirklich?« fragte Taine.

»Ja.«

Plötzlich schoß Taines Hand vor und versetzte Rogers einen harten, schnellen Schlag gegen die Kehle. Rogers schnappte nach Luft, als Taine mit dem Bein nachsetzte und ihm einen Stoß in die Magengrube verpaßte, der ihn zu Boden gehen ließ. Bevor Rogers sich wieder erheben konnte, stand Taine über ihm und hielt Sulus Phasergewehr in den Händen.

»Sie wollen, daß ich dem Spiel *ein Ende* setze? Ich könnte *Ihrem Leben* sofort ein Ende setzen!« Er wirbelte herum und richtete die Waffe auf Sulu und Demora. »Ich soll sie töten, Rogers? Gut! Doch eins nach dem anderen! Ich werde Sie Stück für Stück zerschießen!«

Das Shuttle stieg immer höher, während es dem vorprogrammierten Kurs folgte. Als es genügend Höhe gewonnen hatte, drehte es sich um 180 Grad ... und ging dann in einen Sturzflug über.

Sulu sprach mit leiser Stimme. »Sie muß Ihnen sehr viel bedeutet haben.«

»Sie sind still! Sie wissen gar nichts!«

»Ich weiß mehr, als Sie ahnen können«, sagte Sulu zuversichtlich. »Ich weiß genau, was Sie bereuen. Ich weiß, was sie Ihnen bedeutet hat. Ich weiß, was ...«

»Ich sagte, Sie sollen still sein!« befahl Taine. Er kam näher und richtete Sulus Phasergewehr genau auf seinen Kopf. Sulu hatte die Waffe mitgenommen, weil er keine Ahnung gehabt hatte, was ihn hier erwartete. Und da er ganz allein war, hatte er nicht ohne ein Mindestmaß an Feuerkraft gehen wollen. Doch jetzt sah es aus, als wäre diese Entscheidung ein großer Fehler gewesen. »Ich weiß, was Sie vorhaben«, sagte Taine. »Sie wollen mich reizen, damit ich kurzen Prozeß mit Ihnen mache. Das ist es doch, was Sie wollen, oder? Einen schnellen, schmerzlosen Tod, während Ihre Moleküle sich in Nichts auflösen, damit Sie nichts mehr spüren. Oder Sie bilden sich ein, daß es vielleicht noch einen Ausweg gibt. Jemand, der durch das Dachfenster bricht, um Sie zu retten. Nun, Captain, falls es Ihnen entgangen ist ...« Er deutete nach oben. »Hier gibt es kein Dachfenster! Was wollen Sie also tun?«

»Improvisieren«, antwortete Sulu.

Dann brach die Decke ein. Und das Shuttle *Galileo* bohrte sich durch das Kathedralengewölbe. Es regnete Trümmer, während das Dröhnen der Triebwerke des Shuttles durch den gewaltigen Saal hallte.

Thor blickte auf und sah noch, wie ein großes Stück Mauerwerk genau auf ihn zuflog. Er hatte kaum genügend Zeit, die Hände in einem sinnlosen Versuch, sich zu schützen, hochzureißen, bevor es auf ihn stürzte und ihn unter sich begrub.

Sulu riß Demora fort, als die Trümmer in ihre Richtung geschleudert wurden. Er hörte das Summen eines Phasers und warf sich instinktiv nach links. Der Phaserstrahl schoß an seinem Kopf vorbei, während er einen Felsbrocken ergriff und ihn dorthin warf, wo sich Taine befinden mußte.

Der Stein traf Taine an der Schläfe. Er taumelte, und das Phasergewehr fiel zu Boden.

Als Sulu die Gelegenheit erkannte, wußte er, daß es vielleicht seine einzige war, so daß er sich mit einem Hechtsprung auf die Waffe warf, während weiterhin Trümmer von der Decke regneten.

Thor kam ihm in die Quere. Er hatte sich unter den Trümmern hervorgekämpft und stieß ihn mit einem kräftigen Unterarm zur Seite. Dann setzte er Sulu nach.

Demora versuchte ebenfalls, an die Waffe zu gelangen, und erreichte sie im selben Augenblick wie Taine. Beide klammerten sich an das Phasergewehr und rangen miteinander, die Gesichter zu Grimassen verzerrt – seine verächtlich, ihre wild.

Ein Energiestrahl schoß aus der Waffe, als Taines Finger den Auslöser fanden. Der Schuß zerfetzte einen Teil der Wand und ließ Metallstücke durch den Raum wirbeln. Eins davon flog in hohem Bogen auf Rogers zu … und landete genau in seiner Brust. Rogers hatte es geschafft, allen anderen fliegenden Trümmern auszuweichen und blickte nun auf das Stück Metall, das aus seinem Brustkorb ragte. Er ging überrascht in die Knie, während seine Augen glasig wurden.

Das Shuttle war zur Ruhe gekommen, nachdem es sein Ziel erreicht hatte und keine weiteren Kursprogrammierungen vorhanden waren.

Thor ließ seine Faust wie der Hammer des Gottes, nach dem er benannt war, auf Sulu niederfahren. Sulu konnte den Schlag blockieren, der ihm vermutlich den

Kopf abgerissen hätte, doch nun erwischte Thors Faust mit betäubender Wucht seinen Arm. Trotz der vielen Jahre schien Thors Kraft nicht nachgelassen zu haben – im Gegenteil, er war sogar noch kräftiger und schneller geworden. Sulu wünschte sich, er könnte das gleiche von sich behaupten.

Ein weiterer Schuß löste sich aus dem Phasergewehr. Dann noch einer. Die Energiestrahlen schlugen in Maschinen und ließen Funken aufsprühen. Am anderen Ende der Halle, wo die Generatoren standen, brach Feuer aus.

Taine schien von alledem nichts zu bemerken, während er versuchte, Demora die Waffe zu entwinden. Aber sie wollte nicht loslassen. Sie klammerte sich mit aller Kraft daran.

Er schrie Demora ins Gesicht: *»Du hättest mir gehören sollen!«*

»Du hättest ins Vakuum geboren werden sollen!« schrie Demora zurück und zerrte mit aller Kraft, die sie aufbringen konnte, am Gewehr.

Thor stand über Sulu, der gerade auf die Beine zu kommen versuchte. Die Höhle wurde von Explosionen erschüttert. Thor schien es gleichgültig zu sein. Er hatte einen schweren Trümmerbrocken aufgehoben und wollte ihn auf Sulu schleudern.

Nur eins hielt ihn davon ab.

Er hatte plötzlich keinen Kopf mehr.

Ein Schuß aus dem Phasergewehr fuhr genau zwischen seinen erhobenen Armen hindurch. Sein Kopf wurde vollständig zerstrahlt. Der Körper blieb noch einen Moment lang stehen, als wüßte er, daß etwas nicht stimmte, ohne sicher zu sein, was es sein mochte. Dann brach er zusammen, während Sulu zur Seite rollte, damit er nicht unter Thors Körper oder dem Trümmerbrocken begraben wurde. Er kam schnell auf die Beine und versuchte zu Demora zu gelangen.

Aber es gelang ihm nicht. Ständig zuckten Energiestrahlen aus dem Phasergewehr, und er war vollauf damit beschäftigt, ihnen aus dem Weg zu gehen. Tanks wurden getroffen, platzten auf und ergossen ihren zähflüssigen Inhalt über den Boden.

Doch das war nicht alles.

Körper wurden herausgespült, und Sulu erkannte voller Entsetzen, daß es Klone waren. Klone von Demora. Klone von Taine, Thor und Rogers. Sie waren nackt und triefnaß, sie stöhnten und versuchten herauszufinden, wo sie waren und wer sie waren. Es war, als wären Sulu und Demora plötzlich in einen Horrorfilm alten Stils hineingeraten.

Demora ließ sich plötzlich auf den Rücken fallen, während sie immer noch die Waffe umklammert hielt. Taine blieb keine andere Wahl, als ihr zu folgen. Dabei zog Demora die Beine an und stieß sie ihm in den Bauch, so daß er in hohem Bogen über ihren Kopf flog.

Doch bei dieser Aktion wurde ihr das Phasergewehr aus den Händen gerissen.

Taine landete in einer Pfütze aus weißer Flüssigkeit und hatte das Phasergewehr fest im Griff.

»Sie wissen überhaupt nichts!« heulte er. »Sie gehörte mir! Sie hätte schon immer mir gehören sollen, und jetzt haben Sie alles ruiniert!«

Sulu war sich nicht sicher, wen genau Taine mit ›sie‹ meinte, aber es spielte im Grunde keine Rolle. Er wußte nur, daß er und Demora viel zu weit von ihm entfernt waren, als daß sie noch verhindern konnten, im Phaserstrahl zu sterben.

In diesem Augenblick schlug ein längliches Stück Metall in Taines Schulter.

Taine griff danach. Es war mehr das plötzliche Gefühl von etwas Warmem, das ihn irritierte, als eine tatsächliche Schmerzempfindung. Er drehte sich schwankend um und sah, daß Rogers genau hinter ihm stand. Rogers war dem Tode nahe, hatte aber noch genügend Leben in sich, um sich das Metallstück aus der Brust ziehen und es gegen Taine einsetzen zu können.

Taine wollte sprechen, aber seine Stimmbänder schienen ihm den Dienst zu versagen.

»Du ... du hast uns getötet«, stieß Rogers keuchend hervor. »Ich habe dich wie einen Bruder geliebt ... und du hast uns getötet ... weil du haben wolltest ... was du nicht haben konntest ... du Idiot ...«

Er stürzte und fiel gegen Taine, der dadurch auf den Rücken geworfen wurde. Seine Finger krallten sich ein letztes Mal um den Auslöser des Phasergewehrs, und der Strahl riß ein neues klaffendes Loch in die Decke. Riesige Trümmerstücke lösten sich und polterten herab, um Taine und Rogers unter sich zu begraben.

Sulu und Demora standen inmitten explodierender Maschinen, die von den Phaserschüssen überladen worden waren. »Komm!« rief Sulu und zerrte Demora zum Shuttle.

Die Klone kamen allmählich auf die Beine und versuchten, nach den beiden zu greifen. Sulu wehrte sie mit Fußtritten ab, bis er und seine Tochter in das Shuttle sprangen. Nach wenigen Sekunden hatte sich das Gefährt erhoben und flüchtete durch das Loch aus der einstürzenden Höhle.

Sie hatten den Weg zur Hälfte geschafft, als sie feststellten, daß sie nicht rechtzeitig entkommen konnten.

Admiral Harrimans Gesicht erschien auf dem Sichtschirm der *Excelsior*. Ohne weitere Umschweife sagte er: »Ich schätze, Ihnen ist bewußt, daß wir es ernst meinen, Commander.«

»Sie haben Ihren Standpunkt unmißverständlich unterstrichen, Admiral«, sagte Anik.

»Wie ich bemerke, haben Sie Ihre Schilde und Waffensysteme aktiviert.«

»In dieser Hinsicht lassen Sie uns kaum eine andere Wahl, Admiral.«

Harrimans Gesicht rötete sich leicht. »Sie haben durchaus eine andere Wahl, junge Frau. Unterstellen Sie Ihr Schiff dem Kommando der *Enterprise* und folgen Sie uns nach Starbase Neun.«

»Diese Möglichkeit steht uns nicht offen, Admiral«, sagte Anik. »Mit allem gebührenden Respekt ... aber ich werde Captain Sulu nicht im Stich lassen.«

Harriman schüttelte den Kopf. »Es amüsiert mich immer wieder, wenn jemand so etwas tut. Wenn jemand eine Ungeheuerlichkeit mit der Wendung ›Mit allem gebührenden Respekt‹ einleitet. Deshalb muß ich Ihnen mit allem gebührenden Respekt sagen, Commander, daß wir Ihr Schiff nötigenfalls manövrierunfähig schießen und ins Schlepptau nehmen werden, wenn Sie sich weiterhin widersetzen. Sie sollten kapitulieren!«

Anik dachte über die Situation nach. Sie blickte sich zu den anderen um, zu Janice Rand ... und dachte an Captain Sulu.

»Admiral«, sagte sie gelassen, »ich wäre Ihnen dankbar, wenn Sie mich mit derartigen Obszönitäten verschonen würden.«

»Obszönitäten?« Er hatte keine Ahnung, wovon Sie sprach.

»Ja. Ich meine damit vor allem den Begriff *kapitulieren*. Wir werden nicht kapitulieren, solange wir noch nicht alle Karten ausgespielt haben. Aber das ist eigentlich eine große Tradition der *Enterprise*, nicht wahr, *Captain* Harriman.« Sie ließ keinen Zweifel daran, daß ihre letzte Bemerkung nicht dem Admiral, sondern seinem Sohn galt.

»Commander Anik«, sagte der Admiral mit einer

gewissen Herablassung, »Sie lassen sich auf ein Kartenspiel mit einem alten Profi ein. Das würde ich an Ihrer Stelle nicht tun. Sie können einen gewieften Pokerspieler nicht bluffen. Kapitulieren Sie. Wenn Sie sich weigern, muß Ihr Schiff als Sicherheitsgefährdung eingestuft werden. Und das wird keine angenehmen Konsequenzen haben.«

Janice Rand murmelte etwas.

Anik drehte sich zu ihr um. »Wie bitte?«

»Ich habe gerade gesagt«, erklärte Rand leise, »daß es für diese Situation ein angemesseneres Spiel als Poker gibt.«

»Und das wäre?«

»Nun... ich kenne es unter dem Namen ›Schmu‹. Aber es gibt auch noch eine andere Bezeichnung dafür... Ich bin mir sicher, daß Sie schon davon gehört haben.«

Auf Aniks Gesicht zeigte sich ein leichtes Lächeln.

»Ja, ich kenne das Spiel. Es ist jedoch sehr riskant.«

»Wie Captain Kirk zu sagen pflegte... das Risiko ist unser Geschäft.«

»Commander?« sagte der Admiral.

Anik wandte sich wieder dem Bildschirm zu und ging überhaupt nicht auf diese Anrede ein. »John...«, sagte sie statt dessen. »Während meines zweiten Jahres an der Akademie habe ich zufällig ein Gespräch unter Kadetten im vierten Ausbildungsjahr mitgehört.«

»Das ist ohne jede Relevanz, Commander«, versuchte der Admiral sie zu unterbrechen.

Doch sie hörte nicht auf ihn, sondern sprach weiter direkt zu Captain Harriman. »Sie sprachen von ihren Hoffnungen und Träumen... und einer von ihnen sprach davon, eines Tages Captain werden zu wollen. Er wollte das beste Schiff von Starfleet mit der stolzesten Tradition kommandieren. Ich habe mich immer wieder daran erinnert, John, obwohl ich nie wußte, wer es war – bis jetzt. Ich habe die Stimme wiedererkannt. Daher wollte ich Sie fragen … ob Sie sich an diese Tradition erinnern.«

Der Admiral verlor die Geduld. »Ich warne Sie zum letzten Mal«, sagte er wütend. »Geben Sie auf, oder wir eröffnen das Feuer!«

Anik lächelte nur trotzig. »Unsinn!« sagte sie.

Sie gönnte sich einen Augenblick, um die verdutzte Reaktion des Admirals zu genießen – und einen weiteren Augenblick, in dem sie betete, daß ihr Plan sich nicht als Schlag ins Wasser erwies. Dann drehte sie sich zu Docksey um und sagte ruhig: »Lieutenant … fahren Sie die Schilde herunter.«

Docksey riß die Augen auf. »Wie bitte?«

»Sie haben meinen Befehl verstanden.« Ohne ihn zu wiederholen, wandte sie sich an Rand und sagte: »Unterbrechen Sie die Kommunikation. Wir haben uns nichts mehr zu sagen.«

Rand nickte und bediente die Kontrollen ihrer Station. Das Bild des Admirals verschwand und wurde durch das der *Enterprise* ersetzt.

»Ich bewundere Sie für Ihren Mut, Commander«, sagte Rand.

»Vielen Dank.«

»Und es wird mir eine Ehre sein, als Sträfling in einem Bergwerk an Ihrer Seite zu arbeiten.«

Anik nickte leicht. »Falls wir so lange leben«, sagte sie.

Admiral Harriman zitterte vor Wut. Er wandte sich an seinen Sohn. »Hast du das gesehen?« fragte er zornig. *»Hast du es gesehen?«*

Bevor der Captain etwas erwidern konnte, meldete Magnus plötzlich: »Captain … ihre Schilde sind deaktiviert.«

Blackjack konnte es nicht fassen. »Diese Arroganz! Das ist genau das, wovon ich gesprochen habe, Captain. Diese unverfrorene Verachtung! Nun, wir werden Ihnen eine Lektion erteilen, die sie nicht vergessen werden! Das werden wir tun! Phaser auf die *Excelsior* ausrichten!«

Chaput zögerte und blickte hilfesuchend zu Captain Harriman. Doch dessen Miene war nicht der geringste Hinweis zu entnehmen. Er starrte mit stoischer Ruhe auf das ungeschützte Raumschiff, das sich direkt vor ihnen befand. »Phaser ausgerichtet«, sagte sie matt.

»Commander, sie haben ihre Phaser auf uns gerichtet«, sagte Lojur.

Anik war die Ruhe selbst, während sie im Kommandosessel saß und die Hände verschränkt hatte. »Jetzt wird es interessant.«

»Soll ich die Schilde wieder hochfahren?«

»Nein«, sagte sie.

»Soll ich irgend etwas anderes tun?«

»Ja. Halten Sie sich fest.«

»Stehen ihre Schilde wieder?« wollte der Admiral wissen.

»Nein, Admiral«, sagte Magnus.

Es gab eine längere Pause, bis der Admiral leise sagte: »Diese Unverschämtheit! Sie glauben, ich hätte nicht genügend Mumm.« Dann sagte er lauter als vorher: »Phaser Feuer frei!«

29

Sulu und Demora befanden sich auf einem hohen Turm über der Ruinenstadt und beobachteten, wie die Horden näher kamen.

In einiger Entfernung lag das Wrack der *Galileo*. Das Shuttle hatte, ohne daß Sulu davon wußte, einen Treffer durch einen Phaserstrahl erhalten, und der Systemschaden hatte sowohl die Energieversorgung als auch die Navigationsfähigkeit des Gefährts beeinträchtigt. Infolge dessen konnte Sulu die *Galileo* kaum lange genug unter Kontrolle halten, um die Oberfläche zu erreichen. Die Bruchlandung war recht unsanft gewesen, aber sie hatten es bis auf ein leichtes Humpeln unbeschadet überstanden. Bedauerlicherweise war der Subraumsender an Bord des Shuttles als eins der ersten Systeme in Mitleidenschaft gezogen worden, so daß sie jetzt nicht einmal mehr um Hilfe rufen konnten.

Und es war noch schlimmer gekommen, seit die Armee der Klone aus dem Untergrund hervorquoll. Jedes einzelne Wesen war genauso wild und aggressiv, wie es der Klon von Demora gewesen war. Solange sie in der Flüssigkeit ihrer Tanks trieben, waren sie von jeder Wahrnehmung abgeschnitten und hilflos. Doch nachdem sie jetzt herausgekommen waren… wurden sie zu Amokläufern… und suchten nach etwas oder jemandem, an dem sie ihre Wildheit austoben konnten. Und das einzige, was ihnen in dieser Hinsicht zur Verfügung stand, waren Sulu und Demora.

Also waren die beiden um ihr Leben gelaufen. Sie waren gerannt, so schnell sie konnten, um die heulenden Horden nicht zu nahe an sich herankommen zu lassen. Schließlich hatten sie die Stadt erreicht, wo sie mit einer unangenehmen Feststellung konfrontiert wurden.

Die Stadt war direkt am Rand eines Abgrunds erbaut worden.

Sulu mußte wohl oder übel anerkennen, daß es ein strategisch günstiger Ort war, um eine Stadt zu gründen. Kein Angreifer konnte einem jemals in den Rükken fallen. Bedauerlicherweise bedeutete es auch, daß es in dieser Richtung keine Rückzugsmöglichkeiten gab. Und als die Armee der Klone, deren Zahl um die fünfhundert lag, sich sammelte, suchten Sulu und seine Tochter nach einer Zuflucht.

Sie waren immer höher hinaufgestiegen, während sie kaum miteinander sprachen, um ihre Kräfte zu schonen. Irgendwann ging es nicht mehr weiter. Sie hockten im höchsten Turm und sahen auf die Massen herab. Die Klone tobten durch die Stadt und suchten nach ihren Opfern. Ihre wahnsinnigen Schreie waren animalisch.

Demora rückte näher an ihren Vater heran und blickte nach unten. Sie befanden sich in einem Gebäude, das an einen Glockenturm erinnerte, nur daß es nirgendwo eine Glocke gab. Das Dach wurde von Säulen gestützt, so daß es hier nach allen Seiten offen war. Sie befanden sich etwa hundert Meter über dem Boden. Wenn sie Glück hatten, würden die Horden sie hier niemals finden. Doch sie wurden das dumme Gefühl nicht los, daß sie heute kein Glück haben würden.

»War ich… genauso?« fragte Demora und zuckte zusammen, als sie das Kreischen der Wesen hörte. Sulu hatte sie in Kürze über alle Geschehnisse der letzten Zeit informiert.

»Das warst nicht du, Demora«, sagte er und legte einen Arm um sie.

Sie blickte ihn zweifelnd an. »Aber das hast du nicht gewußt.«

»Richtig.«

»Du dachtest, ich wäre tot.«

Er spürte, daß seine Augen brannten, daß die Tränen kommen wollten, die er bis jetzt zurückgehalten hatte. Doch jetzt waren es Tränen der Freude, der Erleichterung … zumindest für den Moment, so kurz er auch sein mochte. Entschlossen wischte er sie weg. »Ja …«, flüsterte er, »ich dachte, du wärst tot.«

»Aber du bist trotzdem hergekommen. Du hast deine Karriere aufs Spiel gesetzt, dein Leben … wegen nichts, nicht einmal für eine Hoffnung.«

»Ich … habe dich gespürt. In meinem Kopf. Nachts konnte ich nicht schlafen. Ich hatte das Gefühl, du würdest mich rufen.« Er hielt kurz inne. »Auf dem Vergnügungspark-Planeten … konnten die Maschinen Gedanken lesen. Die Technik hier hat denselben Ursprung. Vielleicht konntest du mich … wegen unserer besonderen Verbindung … irgendwie erreichen.« Er schüttelte den Kopf. »Entweder das, oder es gab etwas in mir, daß sich einfach weigerte, diese Tatsache zu akzeptieren. Ich wollte es wissen. Ich mußte in Erfahrung bringen, warum du mir entrissen wurdest.«

Sie hörte, daß sie näher kamen, und schloß die Augen, als könnte sie damit die Bedrohung verschwinden lassen. »Und jetzt werden wir beide sterben.«

»Ich bin ohne dich gestorben. Mit dir zu sterben, wäre mir angenehmer.«

Sie drehte sich zu ihm um und blickte ihn mit Tränen in den Augen an. »O Gott …!« stöhnte sie. »Das ist so … sentimental.« Dann drückte sie ihn so fest an sich, daß er befürchtete, sie würde ihm die Rippen brechen. Mit leiser Stimme sagte sie: »Vater ... das ist vielleicht nicht der günstigste Augenblick, um es dir zu sagen ... aber ... da es vielleicht meine letzte Gelegenheit ist, sollte ich offen sein ...«

Er hob ihr Kinn an und blickte ihr in die Augen. »Was willst du mir sagen, meine Kleine?«

»Daß ich dich wirklich gehaßt habe.«

Er blinzelte. »Ich war mir nicht sicher, was du mir sagen wolltest, aber damit habe ich eigentlich nicht gerechnet.«

Sie wandte beschämt den Blick ab. »Ich habe dich für das gehaßt, was du für mich getan hast. Daß du auf der Erde geblieben bist, um bei mir sein zu können, statt im Weltraum, wo du hingehörst. Und als ich mich gerade an diese Schuldgefühle gewöhnt hatte, bist du wieder auf die Reise gegangen. Ich hätte mich für dich freuen sollen, aber ich war nur wütend auf dich, weil ich mich im Stich gelassen fühlte. Und als ich zur Akademie ging, geschah es zum Teil aus dem Grund, weil ich dir gefallen wollte ... nur daß in der Zwischenzeit meine Wut auf dich immer größer geworden war, die ich nie nach draußen gelassen hatte. Schließlich haßte ich mich selbst, weil ich eine Karriere verfolgte, mit der ich dich beeindrucken wollte. Du hast keine Ahnung, wie es ist, mit so vielen Gefühlen zu leben und sich für alle gleichzeitig schämen zu müssen.«

Er senkte den Kopf. »Ich wünschte, ich könnte es dir sagen«, begann er mit heiserer Stimme.

»Was?«

Er blickte sie wieder an. »Daß ich wütend auf dich war. Ich gebe es offen zu. Denn ich wollte alles haben. Ich wollte für dich dasein, für mein Kind ... und ich wußte, daß ich mein Leben weiterleben wollte. Und je älter du wurdest, desto mehr hast du mich an deine Mutter erinnert, und desto größer wurde meine Wut auf sie, weil sie uns beiden dies angetan hatte. Ich war dir gegenüber … viel kälter, als ich hätte sein sollen. Ich habe dich auf Distanz gehalten, vor allem später, als du mich am nötigsten gebraucht hast. Ich habe über Ehre und Prinzipien gesprochen … als würde die Liebe überhaupt keine Rolle spielen. Es gibt so vieles, was ich hätte tun sollen. Jeder Vater oder jede Mutter möchte vollkommen sein, doch niemand weiß, wie das geht. Und ich wußte es noch weniger als die meisten.«

»Du hast das Beste getan, was dir möglich war.«

»Vielleicht … aber ich habe nicht alles getan, was ich hätte tun sollen. Ich wünschte mir, ich könnte die Zeit noch einmal zurückdrehen … mit der *Excelsior* eine Schleife um die Sonne fliegen und einen Sprung in die Vergangenheit machen … um mich selbst zur Vernunft zu bringen.«

»Meinst du, du würdest auf dich hören?«

Er seufzte. »Vermutlich nicht.«

Sie schwiegen eine Weile, während jeder die Nähe des anderen spürte.

»Es tut mir so leid«, sagte sie leise.

»Mir auch. Viel mehr, weil ich mich nicht mit meiner Jugend und Unerfahrenheit entschuldigen kann.«

Dann griff Demora in eine Tasche der Jacke, die Sulu ihr umgelegt hatte. »Hier«, sagte sie. »Ich habe es Taine abgenommen, als wir miteinander gekämpft haben. Ich denke … du solltest es haben.«

Es war das Jade-Medaillon. Er nahm es ehrfürchtig von ihr entgegen und betrachtete es. Sogar im schwindenden Licht, das trübe durch den violetten Himmel sickerte, schimmerte das Medaillon in einem eigenen Glanz.

»Sehr altmodisch«, sagte sie.

»Das war Mutter vielleicht auch.«

Er drückte auf den Verschluß, und der Deckel

sprang auf. Darin befand sich ein winziges Bild, das aussah, als wäre es Jahrhunderte alt.

Es war ein Bild von Sulu.

Er starrte es an. »Das ist eine Aufnahme aus meiner Dienstakte«, sagte er. »Woher hat deine Mutter diese Kopie bekommen?«

»Sie hat immer Mittel und Wege gefunden«, sagte Demora.

Er schloß das Medaillon und gab es ihr zurück. »Du solltest es behalten.«

»Nein, Vater. Ich möchte, daß du es besitzt.«

»Sie war deine Mutter. Du solltest ...«

Dann begann Demora zu lachen. Er blickte sie stirnrunzelnd an. »Was ist daran so komisch?« wollte er wissen.

»Wir streiten uns darum, wer dieses Medaillon haben sollte, als hätten wir völlig vergessen, daß wir beide wahrscheinlich bald tot sind! Ich meine, könnten wir uns in der kurzen Zeit, die uns noch bleibt, nicht über sinnvollere Dinge streiten?«

Sulu starrte sie längere Zeit an ... bis auch er lachte. Er hatte ein recht seltsames Lachen, das wie ein stotterndes Triebwerk klang. Und bei den seltenen Gelegenheiten, zu denen er es hören ließ, hatte Demora sich angewöhnt, es nachzumachen – worüber er noch mehr lachen mußte. Und genau das geschah nun.

Während die geklonten Kreaturen durch die Stadt strichen und nach etwas suchten, das sie töten konnten, hockten ihre potentiellen Opfer hundert Meter über ihren Köpfen und lachten.

30

»Nicht ausführen!« Chaputs Hand erstarrte über den Phaserkontrollen, als sie im letzten Moment die Stimme ihres Captains hörte.

Admiral Harriman drehte sich zu seinem Sohn um. »Was hast du gesagt?«

»Führen Sie den Befehl nicht aus, Chaput«, wiederholte der Captain. »Heben Sie die Gefechtsbereitschaft auf.«

Blackjack funkelte seinen Sohn an. »Was zum Teufel hat das zu bedeuten?«

»Es bedeutet, daß ich wieder das Kommando über mein Schiff übernehme.«

»Den Teufel wirst du tun!« Er drehte sich zu Chaput um. »Ich befehle Ihnen, meinen letzten Befehl auszuführen!«

»Tun Sie es nicht«, sagte Harriman. Der Tonfall seiner Stimme war so fest, daß Chaput die Hände unter die Beine schob und sich darauf setzte. »Admiral, ich sage noch einmal, daß ich wieder das Kommando über mein Schiff übernehme. Sie sind hiermit von Ihrer Verantwortung entbunden.«

Blackjack Harrimans Gesicht rötete sich zusehends. Er trat einen Schritt näher an Harriman heran. »Es gibt bestimmte Vorschriften, nach denen ein untergebener Offizier einem ranghöheren das Kommando entziehen kann. Sind Sie der Ansicht, daß irgendeine dieser Vorschriften auf die gegenwärtige Situation zutrifft?«

»Ja, Admiral.«

Seine Stimme nahm einen tiefen und gefährlichen Klang an, als er sagte: »Und welche wäre das?«

»Alle. Und noch eine.« Harriman beugte sich zu ihm vor. »Sie kotzen mich an! Jetzt verlassen Sie bitte meine Brücke.«

Blackjack ballte die Hände immer wieder zu Fäusten. »Das ist Meuterei. Das ist ein klarer Fall von Meuterei.«

»Nennen Sie es, wie Sie wollen. Ich wiederhole: Verlassen Sie die Brücke, oder ...«

»Oder was? Wollen Sie Ihren Sicherheitswächtern befehlen, ebenfalls Meuterei zu begehen, indem Sie mich entfernen lassen?«

Harriman schüttelte den Kopf. »Nein. Ich werde es persönlich tun.«

Blackjack geriet in Rage. »Du kleines undankbares Miststück! Weißt du überhaupt, wie oft ich deinetwegen interveniert habe? Wie oft ich dir Rückendeckung gegeben habe? Du hast es nur mir zu verdanken, daß du heute auf diesem Sessel sitzt! Und jetzt willst du mir auf diese Weise dafür danken?« Seine Stimme wurde immer lauter und wütender, während der Captain einfach nur mit verschränkten Armen dastand und den Wutausbruch seelenruhig über sich ergehen ließ.

Schließlich wandte sich der Admiral ab und setzte sich in den Kommandosessel. Mit eisiger Stimme sagte er: »Nicht einmal Kirk hat jemals so etwas getan. Nicht einmal er hat sich jemals so überheblich gegenüber einem ranghöheren Offizier verhalten. Du bist noch schlimmer, als er es jemals war.«

»Wir alle streben nach etwas Besonderem, Admiral. Würden Sie jetzt bitte unverzüglich die Brücke verlassen?«

Der Admiral lehnte sich im Sessel zurück und verschränkte die Hände. »Keine zehn Pferde werden mich aus diesem Sessel wegbewegen. Jetzt sag deiner Pilotin, daß sie meinen Befehl ausführen soll. Tu es, oder wirf mich von der Brücke … wenn du meinst, du hättest den Mumm dazu.«

»Also gut«, erwiderte Harriman gelassen.

Die gesamte Brückenbesatzung hielt den Atem an.

Und Harriman drückte seelenruhig auf die Kommunikationstaste an der Pilotenkonsole und sagte: »Brücke an Transporterraum. Erfassen Sie die Person im Kommandosessel und beamen Sie sie direkt in eine Arrestzelle.«

Dem Admiral klappte die Kinnlade herunter, dann versuchte er, vom Sessel aufzuspringen, doch es war zu spät. Er verschwand in einer flirrenden Lichterscheinung, als seine Moleküle entmaterialisierten.

Auf der Brücke herrschte fassungsloses Schweigen. Es dauerte eine ganze Weile, bis jemand zu atmen oder zu sprechen wagte.

»Captain«, sagte Dane schließlich, »das war äußerst unangemessen. In all den Jahren meiner Ausbildung und meines Dienstes, nach allem, was meine Erfahrung mich gelehrt hat … habe ich noch nie etwas Derartiges erlebt.«

»Worauf wollen Sie hinaus, Dane?«

»Ich will darauf hinaus, daß es ein genialer Schachzug war. Denn ich bin keineswegs versessen darauf, das Feuer auf die *Excelsior* zu eröffnen.«

»Das sehe ich genauso. Gehe ich recht in der Annahme, daß Sie vor Gericht zu meinen Gunsten aussagen werden?«

»Darauf können Sie sich verlassen, Captain.«

»Vielen Dank, Dane. Ich habe mit Ihrer Unterstützung gerechnet.« Er drehte sich um. »Z'on, rufen Sie die *Excelsior*, aber dalli. Ich will wissen, was da unten vor sich geht!«

31

Sie kamen. Fünfhundert an der Zahl. Bestien, die nur von ihrem Instinkt und Zerstörungswillen getrieben wurden. Fehlgeschlagene Experimente, deren Körper menschlich aussahen, die jedoch den Geist von wilden Tieren besaßen. Sie waren nackt und verwirrt. Es war wie eine Prozession von Gespenstern oder die Konfrontation mit dem schlimmsten Alptraum.

Demora beobachtete, wie ihre eigenen Klone durch die Straßen tobten.

»Wir werden nicht sterben.«

Die Basis des Turmes erzitterte, während gleichzeitig das triumphierende Geheul der Horden zu ihnen hinaufdrang. Sulu und Demora hatten die Eingangstür verriegelt, aber sie hielt dem Ansturm nur für kurze Zeit stand. Sie hörten, wie sie zerschmettert wurde.

Sulu und Demora blickten sich düster an. Sulu waren nun die leeren Versprechungen einer baldigen Rettung ausgegangen.

»Ich will nicht auf diese Weise sterben«, flüsterte Demora. »Von diesen Bestien zerrissen… ich will nicht so sterben.«

Er sagte nichts, sondern sah sie nur an – doch ohne Verzweiflung und Hoffnungslosigkeit, sondern mit Stolz und sogar etwas Trotz.

»Es gibt noch einen anderen Ausweg, nicht wahr?« fragte sie, obwohl sie bereits die Antwort auf diese Frage wußte.

Und da auch er wußte, was sie wußte, nickte er nur.

Sie blickte direkt nach unten. In der Tiefe sah sie den blutrünstigen Mob, der sich durch den Eingang drängte. Der Turm zitterte immer noch unter den stampfenden Füßen.

»Und es ist nichts Unehrenhaftes?« fragte sie.

»Nein.«

»Weil ich weiß, daß das sehr wichtig ist. Und weil ich möchte, daß du stolz auf mich bist.«

Er lächelte und hielt die Tränen zurück, um ihr keine Schwäche zu zeigen. »Auch mir wäre es ganz recht, wenn du stolz auf mich sein könntest.«

Der Turm erbebte, und die Schreie wurden lauter. Ein kleines Stück hinter ihnen befand sich der Durchgang zur Treppe, die nach unten führte. Er war durch eine Tür verschlossen, aber sie würde kaum länger als eine Sekunde standhalten.

»Vater... ich habe nie gewußt, daß du Tests hast durchführen lassen, um festzustellen, ob ich wirklich deine Tochter bin. Wenn... das Resultat negativ gewesen wäre... hättest du dich auch dann um mich gekümmert?« Sie hielt kurz inne. »Du darfst lügen, wenn du Rücksicht auf meine Gefühle nehmen möchtest. Ich verspreche dir, daß ich dir deswegen nie einen Vorwurf machen werde.«

»Ja. Ich hätte dich auf jeden Fall als meine Tochter angenommen. Und ich hätte dich genausosehr geliebt, und ich könnte nicht stolzer auf dich sein, als ich es jetzt bin.«

Die Horden kamen immer näher. Ihnen blieben nur noch Sekunden, bis sie die Spitze des Turmes erreicht hatten. Dann war alles zu Ende.

»Demora«, sagte Sulu, »es ist mir... eine große Ehre... zusammen mit dir zu sterben.«

»Zu sterben wäre ein großes Abenteuer.«

Sulu runzelte die Stirn. »Das habe ich schon einmal gehört. Wer hat das gesagt. Ch'en Tu-hsui, nicht wahr?«

»Nein. Peter Pan.«

»Oh. Nun …« Er stand auf und nahm ihre Hand. »… dann laß uns fliegen.«

Sie traten an den Rand des Turmes. Unter ihnen gähnte der Abgrund. Über ihnen war der violette Himmel, der bereit schien, ihre Seelen willkommen zu heißen.

»Vater … ich habe Angst.«

»Ich auch.«

»Glaubst du an ein Leben nach dem Tod?«

»Ich glaube an das Leben vor dem Tod.«

»In diesem Fall … alles Gute.«

»Das wünsche ich dir auch.«

Sie holte tief Luft und sagte: »Ich liebe dich, Vater.«

»Ich liebe dich auch, Demora.« Und diesmal – vielleicht zum ersten Mal überhaupt – meinte er es mit ganzem Herzen.

Sie machten sich bereit und blickten sich noch einmal an.

Dann sprang Demora.

Sulu sprang nicht.

Doch er ließ ihre Hand nicht los. Statt dessen hielt er sie verzweifelt fest, während Demora wie ein Pendel nach unten schwang und gegen die dicke Steinwand des Turmes schlug. Sulu hielt sich mit aller Kraft fest, um nicht vom Turm zu stürzen.

Demora schrie in Panik, Verwirrung und Wut auf, während nur der eiserne Griff ihres Vaters sie davon abhielt, in die Tiefe zu stürzen. Es dauerte eine Weile, bis die Rufe ihres Vaters zu ihrem Verstand vordrangen. *»Schau! Dort!«* Endlich reckte sie den Kopf, um sich umzuschauen.

Ein Shuttle glänzte im violetten Licht und kam mit hoher Geschwindigkeit auf sie zugeflogen. Wie es aussah, würde es in zehn Sekunden bei ihnen sein.

Drei Sekunden später brach der erste Klon durch die Tür. Es war eine genetische Kopie von Taine, gefolgt von mehreren Exemplaren derselben Baureihe.

Da Sulu beide Hände benötigte, um Demora festzuhalten, trat er mit dem Fuß aus. Der Schlag traf den Klon und warf ihn in die Arme der anderen, die hinter ihm die Treppe heraufdrängten. Sie kreischten und heulten auf, bis sie erneut von allen Seiten gegen Sulu vorrückten.

Mit einem weiteren Fußtritt riß er einen Klon von den Beinen. Ein anderer packte Sulus Gesicht, worauf dieser zubiß und ihm eine blutige Wunde zufügte. Doch immer neue Klone kamen, so daß es für Sulu allmählich eng wurde.

Jetzt war das Shuttle genau unter ihnen.

Nach einem knappen Stoßgebet ließ Sulu los. Demora fiel zwei Meter tief und schlug auf das Dach des Shuttles. Sie rutschte gefährlich weit zur Seite, konnte sich aber wieder hinaufziehen. »Vater!« schrie sie. *»Vater!«*

Sie waren jetzt überall. Sulu konnte sich ihrer kaum mehr erwehren.

Plötzlich glitt die Tür des Shuttles auf, und Captain Harriman schob sich heraus. Er hatte einen Phaser in der Hand, den er hob und abfeuerte. Er traf einen Klon, der zurückgeworfen wurde, und dann einen zweiten, so daß Sulu für einen Moment frei war.

Sulu riß sich los und sprang vom Turm. Er landete neben Demora auf dem Dach, und sie griff sofort nach ihm, um ihn festzuhalten.

Harriman beugte sich zurück ins Innere des Shuttles. »Sachte, Anik!« rief er. »Halten Sie die Kiste ruhig! Wir haben sie! Landen Sie, damit wir sie hereinholen können.«

Das Shuttle ging behutsam tiefer und setzte in sicherer Entfernung von der Stadt auf. Demora und Sulu lagen flach auf dem Bauch und hielten sich krampfhaft an den Händen fest. Sie rangen nach Atem und konnten kaum fassen, was gerade geschehen war.

Endlich schaffte es Demora, einen Satz herauszubringen.

»Hättest du sie nicht zwei Sekunden früher entdecken können?«

32

»Beabsichtigen Sie, mich irgendwann wieder freizulassen, *Captain*?« sagte Admiral Harriman in eisigem Tonfall.

John Harriman stand mit verschränkten Armen vor der Arrestzelle. »Das kommt darauf an. Ich denke, ich sollte Ihnen zunächst Bericht erstatten.«

»Tun Sie das. Ganz gleich, was Sie sagen werden, *Captain*, es dürfte kaum etwas dabei sein, was sich in der bevorstehenden Gerichtsverhandlung als mildernder Umstand werten ließe.«

Dann erzählte Harriman ihm, was vorgefallen war. Die Augen des Admirals wurden immer größer, je länger Harriman erzählte.

Als der Captain seinen Bericht abgeschlossen hatte, herrschte längere Zeit Schweigen.

»Jetzt darfst du mich gerne vor Gericht bringen, Vater«, sagte Harriman schließlich. »Natürlich kannst du auch jedes Besatzungsmitglied der *Excelsior* belangen, wenn du es wünscht. Und jeder Beteiligte wird eine umfangreiche Aussage abliefern. Es handelt sich hier um eine Rettungsmission, die von einem gewissen Admiral Harriman geleitet wurde, mit Unterstützung eines recht bekannten Captains, dem unter anderem die Rettung der Khitomer-Konferenz zugeschrieben wird, ganz zu schweigen von der Rettung der Erde… Bei dieser Mission wurde nicht nur eine totgeglaubte Frau gerettet – die Tochter des besagten Captains –, sondern es wurde außerdem die illegale Benutzung außerirdischer Kloning-Technologie aufgedeckt, die von den Tholianern für militärische Eroberungspläne aufgekauft werden sollte. Wenn Sie jedoch möchten, daß der Bericht erwähnt, daß besagter Admiral den Befehl gab, auf das ungeschützte Schiff des berühmten Captains zu feuern und diesen Captain sowie seine Tochter auf dem Planeten zurückzulassen, womit die illegale Technologie ungehindert zum Einsatz gekommen wäre... nun, Admiral, die Entscheidung liegt ganz bei Ihnen.«

Blackjack runzelte die Stirn. »Ich glaube, Sie haben mich in der Zwickmühle, Captain.«

Harriman nickte. »Ja, Admiral, das glaube ich auch.«

»Und jetzt erwarten Sie von mir, daß ich klein beigebe.

»Nein, Admiral. Ich hoffe inbrünstig, daß Sie es tun.«

»Hmm.« Der Admiral kratzte sich am Kinn. »Wenn ich mich einverstanden erkläre... möchte ich klarstellen, daß ich damit keineswegs Ihre Aktionen gutheiße.«

»Verstanden.«

»Es geschieht nur zum Wohl von Starfleet. Und damit Ihr Name nicht in den Schmutz gezogen wird.«

»Ja, Admiral. Das würde mir sehr entgegenkommen.«

Anik und Harriman waren unterwegs zum Transporterraum der *Enterprise*. »Also hat er sich einverstanden erklärt?« fragte sie.

»Natürlich hat er das. Sie können über meinen Vater sagen, was Sie wollen, aber dumm ist er nicht. Obwohl ich glaube, daß unsere Beziehung in nächster Zeit... etwas distanziert sein dürfte. Aber damit kann ich leben. Viel wichtiger ist, daß Demora damit leben kann.«

Sie betraten den Transporterraum. Anik drehte sich zu ihm um und schüttelte ihm fest die Hand. »Captain… es war mir eine Ehre.«

»Mir ebenfalls, Commander. Ich glaube, Captain Sulu wird sich in Kürze zurückmelden. Er möchte nur noch etwas Zeit mit Demora verbringen.«

»Das gönne ich ihm von Herzen.« Sie trat auf die Plattform.

»Ach, Commander… eine Frage noch«, sagte er.

»Ja?«

»Dieses Gespräch, das Sie mitgehört haben… in dem ich über Ehre und Tradition sprach und darüber, was ich vom Leben erwartete. Ich erinnere mich daran, ein solches Gespräch geführt zu haben – aber wie in aller Welt konnten Sie meine Stimme aufgrund dieses flüchtigen Augenblicks vor vielen Jahren wiedererkennen?«

»Ach, das meinen Sie.« Anik lachte. »Das habe ich erfunden.«

»Wie bitte?« Er starrte sie fassungslos an. *»Wie bitte?«*

»Ich habe es mir ausgedacht. Ich habe nie ein solches Gespräch belauscht. Ich bin mir nicht einmal sicher, ob wir zur gleichen Zeit an der Akademie waren.«

»Woher wußten Sie dann…?«

Sie zuckte die Schultern. »Ich habe es vermutet. Denn im vierten Ausbildungsjahr spricht jeder irgendwann einmal davon, was er vom Leben erwartet. Daher dachte ich mir, es wäre einen Versuch wert.« Sie zwinkerte ihm zu. »Wir sehen uns, Captain.«

Captain John Harriman schüttelte grinsend den Kopf. »Energie!« sagte er. Anik verschwand, und als Harriman den Transporterraum verließ, grinste er immer noch.

Hikaru und Demora standen auf dem Aussichtsdeck und blickten auf die Sterne hinaus.

»Weißt du«, sagte Demora nach einer Weile, »die meisten Leute kommen durchs Leben, ohne daß sie mit der Möglichkeit des Todes durch wildgewordene Klone konfrontiert werden.«

»Wir sind eben nicht wie die meisten Leute«, sagte Sulu. »Warum hast du mir zum Beispiel damals nicht gesagt, daß du wütend auf mich warst, weil ich mit Chekov zu einer neuen Mission aufbrechen wollte?«

»Ich denke, weil du gerade die Erde gerettet hattest, indem ihr per Zeitsprung zwei Buckelwale in die Gegenwart geholt habt...« Sie seufzte. »Schon gut. Ich verstehe, was du meinst.«

»Demora«, sagte er und wandte sich ihr zu. »Hast du einmal darüber nachgedacht, ob du dich auf die *Excelsior* versetzen lassen willst? Zufällig weiß ich, daß der Captain einem solchen Antrag nicht abgeneigt wäre.«

»Ich würde mir jedoch die ganze Zeit Sorgen machen, ob er mich in irgendeiner Weise begünstigt. Oder ob er mich zu sehr behüten würde. Mir scheint, das wäre keine gute Idee.«

»Für einen Moment sah sie sehr gut aus«, erwiderte er seufzend.

»Vater...« Sie zögerte. »Hast du mich angelogen? Als du...«

»Als ich dir sagte, ob ich dich angenommen hätte, wenn ich nicht dein Vater gewesen wäre? Nein. Nein, ich habe nicht gelogen. Denn selbst wenn du nicht meine Tochter gewesen wärst... wärst du immer noch ihr Kind gewesen. Und das hätte mir schon genügt.« Er lächelte. »Aber ich bin trotzdem froh.«

Er blickte zu den Sternen hinaus. »Und ich bin erleichtert, daß ich dich nicht sinnlos verloren habe. Ich habe mein Leben damit verbracht, durch die Galaxis zu reisen … um es zu verstehen. Ich glaube daran, daß es eine Ordnung gibt, einen Grund, aus dem die Dinge geschehen. Das würde alles etwas angenehmer machen. Daß es … im Grunde … eine positive Kraft gibt. Schließlich hat schon Einstein gesagt: ›Gott mag raffiniert sein, aber er meint es nicht böse.‹ Ich habe schon immer auf diese Weisheit vertraut.«

»Einstein, soso«, sagte Demora.

»Was ist los?«

»Hat er nicht auch behauptet, daß es unmöglich sei, die Lichtgeschwindigkeit zu überschreiten?«

Sulu stutzte kurz, dann zuckte er die Schultern. »Ich schätze, selbst Einstein hatte gelegentlich einen schlechten Tag.«

Er drehte sich noch einmal zu ihr um und nahm sie fest in die Arme. »Ich liebe dich, Demora.«

»Ich dich auch, Vater. Laß den Kontakt nie wieder abreißen.«

»Dafür werde ich sorgen.«

Er ließ sie zögernd los und wandte sich zum Gehen, als Demora sagte: »Ach, Vater?«

»Ja?«

»Ich habe vor einer Weile in meinem Quartier vorbeigeschaut … und eine Nachricht von dir gefunden. Nichts Ernstes, nur ein wenig nettes Geplauder. Normalerweise schickst du mir keine solchen Briefe. Was hat dich dazu veranlaßt?«

Er lächelte. »Ich habe einfach nur an dich gedacht, meine Kleine. Mehr nicht.«

»Es hat mir gefallen. Mach das in Zukunft öfter!«

»Werde ich machen. Und du ebenfalls.«

Er verließ das Aussichtsdeck, und Demora betrachtete noch eine Weile die Sterne.

STAR TREK™

in der Reihe
HEYNE SCIENCE FICTION & FANTASY

STAR TREK: CLASSIC SERIE

Vonda N. McIntyre, Star Trek II: Der Zorn des Khan · 06/3971
Vonda N. McIntyre, Der Entropie-Effekt · 06/3988
Robert E. Vardeman, Das Klingonen-Gambit · 06/4035
Lee Correy, Hort des Lebens · 06/4083
Vonda N. McIntyre, Star Trek III: Auf der Suche nach Mr. Spock · 06/4181
S. M. Murdock, Das Netz der Romulaner · 06/4209
Sonni Cooper, Schwarzes Feuer · 06/4270
Robert E. Vardeman, Meuterei auf der Enterprise · 06/4285
Howard Weinstein, Die Macht der Krone · 06/4342
Sondra Marshak & Myrna Culbreath, Das Prometheus-Projekt · 06/4379
Sondra Marshak & Myrna Culbreath, Tödliches Dreieck · 06/4411
A. C. Crispin, Sohn der Vergangenheit · 06/4431
Diane Duane, Der verwundete Himmel · 06/4458
David Dvorkin, Die Trellisane-Konfrontation · 06/4474
Vonda N. McIntyre, Star Trek IV: Zurück in die Gegenwart · 06/4486
Greg Bear, Corona · 06/4499
John M. Ford, Der letzte Schachzug · 06/4528
Diane Duane, Der Feind – mein Verbündeter · 06/4535
Melinda Snodgrass, Die Tränen der Sänger · 06/4551
Jean Lorrah, Mord an der Vulkan Akademie · 06/4568
Janet Kagan, Uhuras Lied · 06/4605
Laurence Yep, Herr der Schatten · 06/4627
Barbara Hambly, Ishmael · 06/4662
J. M. Dillard, Star Trek V: Am Rande des Universums · 06/4682
Della van Hise, Zeit zu töten · 06/4698
Margaret Wander Bonanno, Geiseln für den Frieden · 06/4724
Majliss Larson, Das Faustpfand der Klingonen · 06/4741
J. M. Dillard, Bewußtseinsschatten · 06/4762
Brad Ferguson, Krise auf Centaurus · 06/4776
Diane Carey, Das Schlachtschiff · 06/4804
J. M. Dillard, Dämonen · 06/4819
Diane Duane, Spocks Welt · 06/4830
Diane Carey, Der Verräter · 06/4848
Gene DeWeese, Zwischen den Fronten · 06/4862
J. M. Dillard, Die verlorenen Jahre · 06/4869
Howard Weinstein, Akkalla · 06/4879
Carmen Carter, McCoys Träume · 06/4898
Diane Duane & Peter Norwood, Die Romulaner · 06/4907
John M. Ford, Was kostet dieser Planet? · 06/4922
J. M. Dillard, Blutdurst · 06/4929
Gene Roddenberry, Star Trek I: Der Film · 06/4942
J. M. Dillard, Star Trek VI: Das unentdeckte Land · 06/4943
Jean Lorrah, Die UMUK-Seuche · 06/4949

STAR TREK™

A. C. Crispin, Zeit für gestern · 06/4969
David Dvorkin, Die Zeitfalle · 06/4996
Barbara Paul, Das Drei-Minuten-Universum · 06/5005
Judith & Garfield Reeves-Stevens, Das Zentralgehirn · 06/5015
Gene DeWeese, Nexus · 06/5019
D. C. Fontana, Vulkans Ruhm · 06/5043
Judith & Garfield Reeves-Stevens, Die erste Direktive · 06/5051
Michael Jan Friedman, Das Doppelgänger-Komplott · 06/5067
Judy Klass, Der Boaco-Zwischenfall · 06/5086
Julia Ecklar, Kobayashi Maru · 06/5103
Peter Norwood, Angriff auf Dekkanar · 06/5147
Carolyn Clowes, Das Pandora-Prinzip · 06/5167
Michael Jan Friedman, Schatten auf der Sonne · 06/5179
Diana Duane, Die Befehle des Doktors · 06/5247
V. E. Mitchell, Der unsichtbare Gegner ·06/5248
Dana Kramer-Rolls, Der Prüfstein ihrer Vergangenheit · 06/5273
Barbara Hambly, Der Kampf ums nackte Überleben · 06/5334
Brad Ferguson, Eine Flagge voller Sterne · 06/5349
J. M. Dillard, Star Trek VII: Generationen · 06/5360
Gene DeWeese, Die Kolonie der Abtrünnigen · 06/5375
Michael Jan Friedman, Späte Rache · 06/5412
Peter David, Der Riß im Kontinuum · 06/5464
Michael Jan Friedman, Gesichter aus Feuer · 06/5465
Peter David/Michael Jan Friedman/Robert Greenberger,
Die Enterbten · 06/5466
L. A. Graf, Die Eisfalle · 06/5467
John Vornholt, Zuflucht · 06/5468
L. A. Graf, Der Saboteur · 06/5469
Melissa Crandall, Die Geisterstation · 06/5470
Mel Gilden, Die Raumschiff-Falle · 06/5471
V. E. Mitchell, Tore auf einer toten Welt · 06/5472
Victor Milan, Aus Okeanos Tiefen · 06/5473
Diane Carey, Das große Raumschiff-Rennen · 06/5474
Diane Carey, Kirks Bestimmung · 06/5476
L. A. Graf, Feuersturm · 06/5477
A. C. Crispin, Sarek · 06/5478
Simon Hawke, Die Terroristen von Patria · 06/5479
Barbara Hambly, Kreuzwege · 06/5681
L. A. Graf, Ein Sumpf von Intrigen · 06/5682
Howard Weinstein, McCoys Tochter · 06/5683
J. M. Dillard, Sabotage · 06/5685
Peter David, Die Tochter des Captain · 06/5691
Diane Carey, Invasion 1: Der Erstschlag · 06/5694

STAR TREK: THE NEXT GENERATION
David Gerrold, Mission Farpoint · 06/4589
Gene DeWeese, Die Friedenswächter · 06/4646

STAR TREK™

Carmen Carter, Die Kinder von Hamlin · 06/4685
Jean Lorrah, Überlebende · 06/4705
Peter David, Planet der Waffen · 06/4733
Diane Carey, Gespensterschiff · 06/4757
Howard Weinstein, Macht Hunger · 06/4771
John Vornholt, Masken · 06/4787
David & Daniel Dvorkin, Die Ehre des Captain · 06/4793
Michael Jan Friedman, Ein Ruf in die Dunkelheit · 06/4814
Peter David, Eine Hölle namens Paradies · 06/4837
Jean Lorrah, Metamorphose · 06/4856
Keith Sharee, Gullivers Flüchtlinge · 06/4889
Carmen Carter u. a., Planet des Untergangs · 06/4899
A. C. Crispin, Die Augen der Betrachter · 06/4914
Howard Weinstein, Im Exil · 06/4937
Michael Jan Friedman, Das verschwundene Juwel · 06/4958
John Vornholt, Kontamination · 06/4986
Mel Gilden, Baldwins Entdeckungen · 06/5024
Peter David, Vendetta · 06/5057
Peter David, Eine Lektion in Liebe · 06/5077
Howard Weinstein, Die Macht der Former · 06/5096
Michael Jan Friedman, Wieder vereint · 06/5142
T. L. Mancour, Spartacus · 06/5158
Bill McCay/Eloise Flood, Ketten der Gewalt · 06/5242
V. E. Mitchell, Die Jarada · 06/5279
John Vornholt, Kriegstrommeln · 06/5312
David Bischoff, Die Epidemie · 06/5356
Peter David, Imzadi · 06/5357
Laurell K. Hamilton, Nacht über Oriana · 06/5342
Simon Hawke, Die Beute der Romulaner · 06/5413
Rebecca Neason, Der Kronprinz · 06/5414
John Peel, Drachenjäger · 06/5415
Diane Carey, Abstieg · 06/5416
Diane Duane, Dunkler Spiegel · 06/5417
Jeri Taylor, Die Zusammenkunft · 06/5418
Michael Jan Friedman, Relikte · 06/5419
Susan Wright, Der Mörder des Sli · 06/5438
W. R. Thomson, Planet der Schuldner · 06/5439
Michael Jan Friedman & Kevin Ryan, Requiem · 06/5442
Dafydd ab Hugh, Gleichgewicht der Kräfte · 06/5443
Michael Jan Friedman, Die Verurteilung · 06/5444
Simon Hawke, Die Rückkehr der Despoten · 06/5446
Robert Greenberger, Die Strategie der Romulaner · 06/5447
Gene DeWeese, Im Staubnebel verschwunden · 06/5448
Brad Ferguson, Das letzte Aufgebot · 06/5449
Dean Wesley Smith/Kristine Kathryn Rusch,
Invasion 2: Soldaten des Schreckens · 06/5754
J. M. Dillard, Star Trek VIII – Der erste Kontakt · 06/5757

STAR TREK™

STAR TREK: DIE ANFÄNGE
Vonda N. McIntyre, Die erste Mission · 06/4619
Margaret Wander Bonanno, Fremde vom Himmel · 06/4669
Diane Carey, Die letzte Grenze · 06/4714

STAR TREK: DEEP SPACE NINE
J. M. Dillard, Botschafter · 06/5115
Peter David, Die Belagerung · 06/5129
K. W. Jeter, Die Station der Cardassianer · 06/5130
Sandy Schofield, Das große Spiel · 06/5187
Dafydd ab Hugh, Gefallene Helden · 06/5322
Lois Tilton, Verrat · 06/5323
Esther Friesner, Kriegskind · 06/5430
Diane Carey, Die Suche · 06/5432
Melissa Scott, Der Pirat · 06/5434
Nathan Archer, Walhalla · 06/5512
Greg Cox/John Gregory Betancourt, Der Teufel im Himmel · 06/5513
Robert Sheckley, Das Spiel der Laertianer · 06/5514
Diane Carey, Der Weg des Kriegers · 06/5515
Diane Carey, Die Katakombe · 06/5516
Dean Wesley Smith/Kristine Kathryn Rusch, Die lange Nacht · 06/5517
L. A. Graf, Invasion 3: Der Feind der Zeit · 06/5519

STAR TREK: STARFLEET KADETTEN
John Vornholt, Generationen · 06/6501
Peter David, Worfs erstes Abenteuer · 06/6502
Peter David, Mission auf Dantar · 06/6503
Peter David, Überleben · 06/6504
Brad Strickland, Das Sternengespenst · 06/6505
Brad Strickland, In den Wüsten von Bajor · 06/6506
John Peel, Freiheitskämpfer · 06/6507
Mel Gilden & Ted Pedersen, Das Schoßtierchen · 06/6508
John Vornholt, Erobert die Flagge! · 06/6509
V. E. Mitchell, Die Atlantis Station · 06/6510
Michael Jan Friedman, Die verschwundene Besatzung · 06/6511
Michael Jan Friedman, Das Echsenvolk · 06/6512
Diane G. Gallagher, Arcade · 06/6513
John Peel, Ein Trip durch das Wurmloch · 06/6514
Brad & Barbara Strickland, Kadett Jean-Luc Picard · 06/6515
Brad & Barbara Strickland, Picards erstes Kommando · 06/6516
Ted Pedersen, Zigeunerwelt · 06/6517

STAR TREK: VOYAGER
L. A. Graf, Der Beschützer · 06/5401
Dean Wesley Smith/Kristine Kathryn Rusch, Die Flucht · 06/5402
Nathan Archer, Ragnarök · 06/5403
Susan Wright, Verletzungen · 06/5404

STAR TREK™

John Betancourt, Der Arbuk-Zwischenfall · 06/5405
Christie Golden, Die ermordete Sonne · 06/5406
Mark A. Garland/Charles G. McGraw, Geisterhafte Visionen · 06/5407
S. N. Lewitt, Cybersong · 06/5408
Dafydd ab Hugh, Invasion 4: Die Raserei des Endes · 06/5409
Karen Haber, Segnet die Tiere · 06/5410
Jeri Taylor, Mosaik · 06/5811
Melissa Scott, Der Garten · 06/5812
David Niall Wilson, Puppen · 06/5813

DAS STAR TREK-UNIVERSUM, 2 Bde.,
von *Ralph Sander* · 06/5150
DAS STAR TREK-UNIVERSUM, 1. Ergänzungsband
von *Ralph Sander* · 06/5151
DAS STAR TREK-UNIVERSUM, 2. Ergänzungsband
von *Ralph Sander* · 06/5270

Ralph Sander, Star Trek Timer 1996 · 06/1996
Ralph Sander, Star Trek Timer 1997 · 06/1997
Ralph Sander, Star Trek Timer 1998 · 06/1998
Ralph Sander, Star Trek Timer 1999 · 06/1999

William Shatner/Chris Kreski, Star Trek Erinnerungen · 06/5188
William Shatner/Chris Kreski, Star Trek Erinnerungen: Die Filme · 06/5450

Phil Farrand, Cap'n Beckmessers Führer durch
STAR TREK – DIE CLASSIC SERIE · 06/5451
Phil Farrand, Cap'n Beckmessers Führer durch
STAR TREK – DIE NÄCHSTE GENERATION · 06/5199
Phil Farrand, Cap'n Beckmessers Führer durch
STAR TREK – DIE NÄCHSTE GENERATION – Teil 2 · 06/6457

David Alexander, Gene Roddenberry – Die autorisierte Biographie · 06/5544
Judith & Garfield Reeves-Stevens, Star Trek Design · 06/5545
Nichelle Nichols, Nicht nur Uhura · 06/5547
Leonard Nimoy, Ich bin Spock · 06/5548
Lawrence M. Krauss, Die Physik von Star Trek · 06/5549
Judith & Garfield Reeves-Stevens, Star Trek – Deep Space Nine:
Die Realisierung einer Idee · 06/5550
Judith & Garfield Reeves-Stevens, Star Trek – Phase II:
Die verlorene Generation · 06/6470
Herbert F. Solow/Robert H. Justman, Star Trek – Die wahre Geschichte ·
06/6499
J. M. Dillard, Star Trek: Wo bisher noch niemand gewesen ist · 06/6500

Diese Liste ist eine Bibliographie erschienener Titel,
KEIN VERZEICHNIS LIEFERBARER BÜCHER!

HEYNE BÜCHER

MAGIC
Die Zusammenkunft

Die Buchreihe zum erfolgreichsten Fantasy-Kartenspiel der Welt!

06/6605

William M. Forstchen
Die Arena
Band 1
06/6601

Clayton Emery
Flüsterwald
Band 2
06/6602

Clayton Emery
Zerschlagene Ketten
Band 3
06/6603

Clayton Emery
Die letzte Opferung
Band 4
06/6604

Teri McLaren
Das verwunschene Land
Band 5
06/6605

Kathy Ice (Hrsg.)
Der Gobelin
Band 6
06/6606

Mark Summer
Der magische Verschwender
Band 7
06/6607

Hanovi Braddock
Die Asche der Sonne
Band 8
06/6608

Heyne-Taschenbücher